余同友
短篇小说精品集

余同友◎著

去往古代的父亲

时代出版传媒股份有限公司
安 徽 文 艺 出 版 社

余同友，中国作家协会会员、安徽省作协小说创作委员会委员，鲁迅文学院中青年作家高级研修班第七届学员、中国文联首届编剧高级研修班学员。有中短篇小说若干被《小说选刊》《小说月报》《中篇小说选刊》《长江文艺好小说》等文学刊物及年度选本选载。本书所选短篇小说散见于近年来的《十月》《长江文艺》《山花》等刊物，其中多篇被选入《小说选刊》《小说月报》《名作欣赏》等。

余同友
短篇小说精品集

QUWANG
GUDAI DE FUQIN

去往古代的父亲

余同友◎著

时代出版传媒股份有限公司
安 徽 文 艺 出 版 社

图书在版编目（CIP）数据

去往古代的父亲/余同友著. —合肥：安徽文艺出版社，2018.3
ISBN 978-7-5396-6267-1

Ⅰ. ①去… Ⅱ. ①余… Ⅲ. ①短篇小说—小说集—中国—当代 Ⅳ. ①I247.7

中国版本图书馆 CIP 数据核字(2017)第 279057 号

出 版 人：朱寒冬
责任编辑：周　康　　　　装帧设计：张诚鑫

出版发行：时代出版传媒股份有限公司　www.press-mart.com
　　　　　安徽文艺出版社　www.awpub.com
地　　址：合肥市翡翠路 1118 号　邮政编码：230071
营 销 部：(0551)63533889
印　　制：安徽联众印刷有限公司　(0551)65661327

开本：700×1000　1/16　印张：19.75　字数：300 千字
版次：2018 年 3 月第 1 版　2018 年 3 月第 1 次印刷
定价：39.00 元

目录

去往古代的父亲

我走在一条细窄的石板道上，黑石板布满了青苔，道两旁是合抱粗的大枫树。秋天，掌形的树叶吐出血一样的红，三两只大雁扇着黑色的翅膀从天空划过，它们的叫声也血一样红。我身着玄衣，背负长剑，打着绑腿，孤独地往山上那白云生处走。我已经走得筋疲力尽了，可我不能停下来。因为，我怀揣着一个重要的任务，要将一封密信送给山中清溪观的妙定道长。山高水长路迢迢，正在我走得有些绝望时，忽然从道旁闪出一个人来。她一身道姑打扮，眉目清秀。她向我行了个礼，问道，来者可是江枫渔火对愁眠？我回答，正是。她朝我一颔首，做了个手势说，请跟我来。我没问她叫什么名字，就糊里糊涂地跟着她往前走。很快，在山道拐弯处，突现一座小小的石砌茶亭，炊烟升腾，粗陶壶里水正沸开。道姑说，歇一会子吧，喝口茶再走。我饥渴难耐，连忙一屁股坐到了亭子里的石凳上。那柄剑是我才配备的，长度不太合适，它老是敲打我的脚后跟，那儿都被敲打得红肿破皮了，汗水一浸，酸痛难忍，我轻声地咝了一口气。道姑已经把一碗绿茶递了上来。那茶水汤色明黄，清香扑鼻，好茶！我喝了一口，又喝了一口，再吹着，咕咕咕地喝了下去。道姑微笑着说，先生，这茶味道如何？我点点头说，好茶，一定是明前茶。对茶我是懂得一些的，我准备向这个美丽的道姑卖弄几句，可是，这时，我忽然觉得眼前迷离起来，周遭的一切都在旋转不已，身体也随之摇晃。我努力挣出几句话，你、你、你下了毒？为什么？道姑看着我，柔声说，是的，我给你下的是醉铁散，没有三天你醒不过来的。我大叫一声，好你个贱人！我说着就倒了下去，我记得我身下的石凳子很凉很凉。

我对着屏幕骂了一句粗口，奶奶的，又被昆仑派暗算了，半个月工夫又白费了。我揉揉酸胀的眼睛，看看时间，已经是凌晨1点了，我决定今天就到这儿。这一款仙侠游戏真是磨人啊！我在游戏中的名字就叫“江枫渔火对愁眠”，我本来只是一介书生，饱读诗书期待中举人进仕途的，谁知造化弄人，我莫名其妙地被卷入了一件江湖恩怨，于是被迫弃文从武，作为华山派的二当家，步步为营，稳扎稳打，几次率领门下弟子左冲右突，差点就取得天下盟主的地位，却总是在关键时刻掉了链子。对此，我肯定不甘心啊，这两个月光是买装备就花了5000多元人民币了。弟子们在问我下一步的行动计划，我正想着如何破局，这时，屏幕下的QQ图像抖动起来。

是姐姐。她说，还没睡，又打游戏？

我给了她一个眯眼睡觉的表情，我已经习惯于用表情代替文字了。

通常情况下姐姐会教导我，别打了，伤身体，又伤钱，真搞不懂，你这么大个人竟然还痴迷这种低级游戏！但是今晚她没有说什么，她只是问，老爸到家了吧，你怎么不打电话给我？

我愣了下说，老爸要回来了吗？他没有回家啊。

姐姐说，什么？没有回家？他是上午的高铁啊，我送他到高铁站的，应该下午到家的。我让他一到家就去你那儿，让你给我打个电话，我还以为你忘记打了呢，那他到哪去了呢？姐姐也打出一系列的表情符号，淌汗的、皱眉的、恐慌的、抓狂的。

父亲身体很好，才60多岁，又没有什么不良嗜好，如黄赌毒什么的，应该也不会被拐骗，他如果回来了，自然就会回家。

姐姐说，问题是高铁是不会误点的，那他会去哪里了呢？

我说，你别急，可能是他老人家去访友去了。作为华山派道家二当家，我不也经常去各个名山大观访友吗？我刚说完这句话就后悔起来。

果然，姐姐说，他这个老古董哪有朋友呢？不行，小林，你得赶快打电话到 110 问问，老爸是不是记不得回家的路了，他不是老是迷迷糊糊的嘛。

我觉得姐姐有些小题大做，如果有什么意外，父亲身上有身份证，警察早就会联系我们了。我说，再等等看，也许他是中途下了车，到别的城市去走走呢，这于他是极有可能的。

姐姐听我这样一分析心里定了些，她说，那好吧，那到明天上午再看，你手机保持开通啊。

我给弟子们下了一个休整待命的指示，便下了线，关了电脑，躺到了床上。连续打了 4 个多小时网游，身上的筋骨都已经僵硬了，所以一躺下来，我立刻就睡着了。

我不知道我梦中有没有继续我的刀光剑影和游仙访道的生活，我只知道早上醒来，我的一只手握得紧紧的，像握着一柄剑。

我是合市第一人民医院的一名外科大夫，从医学院毕业后，我就在这里上班。我一度很喜欢这个职业，“医者，仁术也”嘛，每当看到病人经过我的手术得到痊愈时，我真的有一种由衷的高兴。我在医院同事上下以及患者中间的口碑还是不错的，我已经拿手术刀拿了 10 年了，基本上没有出过医疗事故。可是，3 年前我摊上了一件事。这件事说大不大说小不小，从此改变了我的职业观。

那天下午快下班了，我收拾衣服，准备向值夜班的大夫办理交接手续。突然，急诊室来电，说是一个老太太被公交车拖夹，身体多处受伤，得几个部室紧急会诊。其实，我完全可以把这事交给接班医生的，因为已经到了接班时间，但我怕时间来不及，也就没有多想，立即冲到重症监护室。通过紧张的抽血、拍片等检查，很快查清患者情况，老太太腿骨多处骨折，股骨头也断裂，如果不手术很有可能要截肢。我立即拿出了治疗方案，我自认为这个方案是最科学也稳妥的，那就是立即手术，同时在断裂的股骨头处安放上支架。在拿这个方案的那一刻，我稍稍犹豫了一下，要不要安支架？通常这样的情况也可以不安支架，而直接打石膏固定，但石膏固定效果要大打折扣，为了患者将来考虑，我还是给出了安支架的选项。

然而,问题来了,因为支架材料不是在医院拿,而是通过第三方拿货,是不给欠费的。一个支架3万元,这时,肇事司机说单位财务已经下班,拿不出这笔钱,患者家属求情说,那是不是能够先欠着。我跟他们解释,涉及医院的费用可以欠着,可是这个费用医院做不了主,没法欠,欠了就做不成手术。

患者家属急成一团,他们身上也没带钱,打电话给亲戚也半天没有弄到钱。看着时间一分一秒过去,我也替他们着急起来,我这时建议,要不打石膏吧,不能耽搁了。可是患者家属死活不同意,在凌晨时分,他们终于凑到了这笔钱,可是手术的黄金时间已经过去,我赶紧给患者进行手术。遗憾的是,手术效果不好,最后还是截肢了。这本来也是正常情况,但因为有了前面的那一出,患者家属不乐意了,他们认为是我操作不当,拖延了时间,于是一帮人找上门来,把我的办公室砸了个稀里哗啦,并且要起诉我。

更窝囊的是,医院为了息事宁人,最后竟然赔偿了患者家属10万元,还对我做出通报批评的处理。尽管院里领导对我说,那不过是做给患者家属看的,并不影响我的职称和工资待遇什么的。有了这一次遭遇后,不知怎么了,我忽然就害怕起做手术来。我再也没有了以前那种自信,以及作为一名大夫的存在感,经常是一上手术台,我那拿着手术刀的手就不由自主地颤抖,为此,我差点断了我的医生生涯。后来,我找到了解救的办法,那就是每周至少痛痛快快地打一次网游,只要过足了瘾,再上班时,手上也不抖了,心里也不怕了,就像打了鸡血,一切都正常了。所以,这些年来,我打了无数电游,有机甲类的,有武侠类的,有言情类的,有古装的,有现代的。但是,我还是最喜欢玩古代道教游仙类的,在那里我不仅是武功盖世的侠客,也是具有仙风道骨的道长,还是儒雅的出口成诗的书生,我以武功救人,也以大道示人。当然,比较讨厌的是,开发游戏的厂商不断提升难度,不断要购买装备,前前后后,我这些年投入网游装备的钱也有10多万了。不过,我觉得这还是可以承受的,现在,玩什么不需要钱呢?人家摄影发烧友一个相机镜头都要好几万呢。

我在想要不要换一换我那把剑,这个时候,姐姐的电话来了。她说,不得了，爸爸失踪了！

怎么知道是失踪了？

我托人找了铁路局的人，他们调出车站视频，老爸根本没上那辆车！哎呀，我真后悔，我怎么不亲自把他送上车呢？怎么办啊？

有没有报警？

报了，派出所说要满48小时不见人才能立案，真急死人了！

我一听也紧张起来，安慰姐姐说，再等等，再不行的话，我请假过去一趟，应该不会有事的。

姐姐的话音里都带着哭腔，她说，好的，你那边一有情况就立即告诉我。

父亲退休之前是我们合城的市图书馆馆员，负责古籍部。小的时候，大概五六岁吧，我去过父亲工作的地方。我记得，那里有一大间房子，房子里有一排排大柜子，大柜子里竖放着一本本线装书。房子里光线昏暗，父亲一进去就拉亮了灯，那灯是老旧的玻璃灯泡，泛出土黄色的光，空气里弥漫着一种轻微腐烂夹杂陈年酸醋的味道。父亲在其间走动着，我觉得他一走动，四周的空气、灯光、气味都搅和在一起，使整个空间愈加昏暗起来，像扑腾起大片的灰尘，呛人鼻孔。父亲从一个柜子里抽出一本线装书来，小心地铺展在办公桌上，用一枚放大镜对着书页照。我当时就吓得哭了，我望着那些旧书籍，它们像是一具具风干的尸体，而父亲那拿着放大镜看着书的样子，在昏黄的灯光下显得诡异极了。自那以后，我再也没有去过父亲的办公室。

父亲却在那间房子里工作了一辈子，从没有挪过窝。我不知道他在那里的具体工作是什么，他自己却对此很满意，工作积极，几乎没有旷过一天工，为此，他荣获过“全国图书馆先进工作者”称号。当时，上级奖励了他一个白色搪瓷茶杯，他一直用那个茶杯泡茶喝，泡得内壁都成茶色了，还舍不得丢掉。他白天在图书馆看线装书，晚上在家里还是看那些“之乎者也”，一边看，一边还念念有词。也许是因为反感或害怕父亲那样的生活，等到我读书时，虽然我的文科成绩很好，我还是毅然选择了理工科，大学读了医学院。

据我母亲说，父亲对我读理工科是颇为不满的，不过，他也并没有干涉我。

我不知道别人的父亲是什么样的，我觉得我的父亲虽然有些刻板、平凡和乏味，但也一直维持在正常值范围内，他基本上还能算得上是一个好公民、好丈夫、好员工、好父亲。但这一切在他退休后有所改变。

父亲是3年前退休的。退休后的第一天，他和往常一样，早早起床，买菜，买早点，然后背了一个背了多少年的黄书包准备去挤公交车上班。他走到门口时，母亲说，你做什么去？父亲愣了一下说，上班啊。话刚出口他就意识到，自己退休了，再不用上班了。父亲就回到屋里，坐了下来，他拿起那个白搪瓷茶杯，泡了杯茶，喝了一口，猛地对母亲说；田园将芜兮，胡不归！哈哈，我终于可以像古人一样过田园生活了嘛。

对于父亲的一套酸文假醋，当过街道办工厂车间副主任且早已退休的母亲已经听习惯了，就全当耳旁风了。她不理会他，换上一双软底鞋，她每天上午要到公园去和一群老伙伴练扇子舞。母亲出门去了，父亲开始忙活起来。

父亲所在的小区是这个城市的老旧小区，我们家又在一楼，有一个40平方米的小院子，当时统一被浇筑上水泥地。父亲对着这块水泥地思索良久，然后做出了规划，他要在这里种竹子，宁可食无肉，不可居无竹嘛，还得养兰花，养菊花，养梅花，嗯，条件成熟的话还得养三只鹅。父亲说干就干，等母亲那天从公园舞扇归来，父亲请来的工人已经将水泥地凿得只剩一角了。

父亲退休时是冬天，那个冬天，他成了一名搬运工，背着麻袋，从几十里外的郊区背来塘泥、沙土。他每天在那40平方米的空地上忙得不亦乐乎。到了春天的时候，他的田园出现了一点新气象，竹子、梅花和菊花都栽下去了，而兰花也开苞了，不久即将开放。那个春天应该是父亲最快乐的一段时光。有一天我回去时，他站在小院子里，冲着我问，你闻到兰花香了吗？我使劲嗅嗅，点点头说，嗯，闻到了。他高兴地说，这就对了，我告诉你，今年春天就以这个兰花当家了，接下来每个季节里我都有安排。我没有接他的腔，我回来是母亲让我为她买一个血压计，我心里惦记着的是我的网游，当时，我正在华山闭关，即将出关，我哪有心思听他的计划呢？父亲见我没往下问，就自顾自说起来，古人生活可风雅了，可丰富了，我跟你说，春天养兰其实算不了什么，夏天收云才有意思。

收云？收什么云？我顺嘴问他。

父亲得意了，你连这都不知道？他说，就是用坛子收集深山里的云气，带回家来供人享用。

那能收？

能，父亲肯定地说，古人收过的，我今年夏天肯定也要去收的。

我只好笑笑。

父亲没有放过我，估计他跟母亲说的时候，母亲从没有搭理过他，他显然有强烈的诉说欲望。他说，秋天我要遍插菊花，到时请大家到我们家来赏花，冬天呢，我要画“消寒图”。

我想进屋去，父亲把门给堵住了，他对我说，画“消寒图”你知道吗？嗨，古人会玩啊，就是从冬至这天起，画一枝素梅，枝上画梅花九朵，每朵梅花九个花瓣，共八十一瓣，代表数九天的八十一天，每朵花代表一个九，每瓣代表一天，每过一天就用颜色染上一瓣，“晴涂红色，阴涂蓝色，雨涂绿色，风涂黄色，雪可以空白不涂，或填铅粉。九九完成，已是冬去春来，每格笔画颜色不同，五颜六色，美不胜收”。染完九瓣，就过了一个九，九朵染完，就出了九，九尽春深，曰“九九消寒图”。

父亲一口气解释完这“消寒图”，他说得抑扬顿挫，手舞足蹈，俨然眼前已然大雪满天，而他则手持笔墨在宣纸上点染梅花了。

春天过后，到了夏天，父亲果然去收云了。

父亲半夜3点钟就起床了，他要赶在辰时之前到我们城市西边50多公里外的仙寓山的芙蓉尖去。他起床时，母亲还在睡梦中，母亲睡相不好，扯着连绵的小呼噜，嘴角还一翻一翻的。父亲看着身旁这个女人，忽然想起古书上写的，佛陀见宫女睡相便起了弃世出家之念。父亲想，出家大概不成，收云却是可行的。他打开门，走到院子里。小院里竹影摇摇，天上的星星大如倭瓜，远山如梦如烟，父亲低下身子在院子里收拾工具。

工具主要是三个土陶坛子，为找这三个坛子，父亲费了九牛二虎之力。原先的烧窑厂都倒闭了，没人生产这种东西了，因为这东西已经没有了市场。也不是没有替代品，比如塑料壶啊、人家腌菜的坛子啊倒是多得很，父亲认为用塑料壶、腌菜坛之类收云那是对云的侮辱，一定得是从来没有使用过的土陶坛子。父亲最后从一个山区土产日杂货店里淘到了三个坛子，巧的是三个坛子分别为大中小号，父亲欣喜不已。根据古书上的记载，这种小口坛子贮上云后，用产于皖西南一带的桑皮纸封上，便可积年不坏，每次收完云后，用墨笔在坛口上作一神符，神符曰："无心出岫，郁勃丹垠。"这样就可存放50年左右。一旦要启用时，就在封口上开一小窍，于是，"一线从窍中起，若薰炉篆烟，袅袅不断，始而蔼然，俄而油然，袭衿袂，绕檐除，轮囷杳霭，郁郁纷纷，渐而匝地围天，日色晦暝，栩栩然几疑大风之将起，欲乘之而游帝乡也"。

这一段拗口的文字，父亲背得烂熟，他就一边背着这段文字，一边将三个坛子搬到了门外。过不了一会儿，他预约的出租车司机开着车来了，帮着他将坛子弄上了车，一直往仙寓山里驶去。

到了芙蓉尖时，恰好是卯时与辰时交接时分，父亲让出租车司机熄了火，就在车里等他，他自己则挑着三只坛子往山尖的一个溪谷里走。这个时候，山上的虫子和鸟儿都一齐醒过来了，叫得一山如雨。道旁的草叶上露水很重，很快就打湿了父亲的裤脚，脚下虽滞重起来，他心中却欢喜，因为露水越重，说明云雾质量越纯。父亲终于找到了一块云雾密集的地方，选了一处大石头，将坛子从小到大依次排列开来。接着，他便按古书上写的，盘腿而坐，口诵偈言，眼观鼻，鼻观心，静等云气涌来。父亲闭了眼，他想象着，此时，云朵正布阵而来，从山岗上，从溪涧里，从树叶间，它们疾如奔马，密如蜂群，鱼贯而入土陶坛子里，只待他封口了。可是，等父亲的偈言念了九九八十一声，再睁开眼看时，土陶还是土陶，而山下的出租车司机却不耐烦地按起了喇叭。

父亲后来又试了几次，都不成功。他认为是出租车司机惊动了云阵，便一个人提前在山上借宿，到了清晨独自上山去，但收云仍然没有成功。眼看夏天将过，父亲只好退而求其次，收集了几坛子露水。回来后，他用那些露水煮茶，还专门请了他的好朋友和前同事老胡到家里来品茶。可是，这一顿茶喝完后，父亲和老胡都于第二天开始严重地拉肚子，老胡还被送到医院打了点滴。为这件事，老胡的夫人在电话里狠狠地把我父亲骂了一顿，她说，老胡差点拉脱水了，如果不是抢救及时就升天了。

这只是个小小的挫折，对父亲来说，他又在准备秋天的“百菊图”了。他计划要在小院里栽插上上百株菊花，白的、黄的、紫的、墨的，把院子办成一个菊园。他已经预定了花农的扦插枝，对每一种菊花放在什么地方也都做了安排。然而，他的这个计划还没来得及实施就夭折了。因为，小区要拆迁重建了。

父亲所在的这个小区建于20世纪80年代的初期，户型、面积、配套设施都跟不上需求了。首先，连个管道煤气都没有，液化气要用小导弹样的钢瓶充灌了送到家，既不安全又费时费力。还有，光纤网络什么的也很难入户，水电管网也老化，三天两头不是断水就是停电。小区的人早就盼着拆迁了，拆迁的好处摆在那里：1比1.2的比例原地还房，还补偿一定数额的装修费，只有傻瓜才不干。

父亲不是傻瓜，但父亲就是不干。父亲一听将来他要住进三十层的高楼就死活不干。我要住一楼，我要一个带土的小院子。父亲对拆迁办的人来回就是这么一句话。父亲这个近乎无理的要求自然没被允许。不要说一楼了，四楼以下都被开发商规划成了商业综合体，怎么可能让一楼成为你的住宅呢？更不要说有一个院子了，一个院子那得多少钱哪。

工作做不通，拆迁办的人并不着急，他们知道突破点在哪儿，转过身偷偷地找到了母亲，母亲很爽快地签了字。到了搬家的日子——搬到政府临时安置的出租房里，母亲对坐着不动的父亲说，走吧，你还要我背你走？

父亲默默地走出门，看着门前小院里长势良好的梅兰竹菊，以及他四处搜罗来的土陶坛子、石头桌子等等，他看了好一会儿，然后，甩甩手，丢下母亲和家里的一堆家具，一个人走了。母亲问他到哪里去，他头也不回地说，我找老胡喝酒去！

母亲放了心，她生怕等会子搬家公司来了，父亲会和人家争吵，他现在走了，她倒轻松了。父亲那天在老胡家喝多了，母亲喊我和她一起去接他回到安置房时费了好大的劲。我们打车回去的，到了新楼房门前，父亲就是不愿意上楼，他口里一直念念有词，我听了半天终于听清了他是在背诵陶渊明的《归去来兮辞》，田园将芜兮，胡不归？三径就荒，松菊犹存。倚南窗以寄傲，审容膝之易安。园日涉以成趣，门虽设而常关……他念得颠颠倒倒的，脚下也走得歪歪扭扭的。最后没办法，我不由分说，一个猛子抄起他，背着他进了电梯间。

到了下午，还是没有父亲的消息，原先还能镇定的我，现在也觉得事态变得紧张了。姐姐的电话一个接一个，她甚至在电话里哭起来，母亲才去世不久，我们可就爸爸一个亲人了，可千万不能有任何闪失啊。

我对姐姐说，我这就请假，去你那儿一趟，你也别太着急。

我放下电话就去向分管院长请假，抽空我还是上了一下网，交代我华山派门下弟子，对昆仑派只能智取不可强攻，我分别向几位大弟子做了安排，重新布置了战略战术。然后，我就到高铁站坐车赶到姐姐那儿去。

上了车后，我算了一下，父亲到姐姐那里去也不过半年多时间，是母亲去世后姐姐来接他过去的。想着父亲过往的那些事，我忽然有了一种不好的预感，父亲是不是故意失踪的呢？你永远无法叫醒一个装睡的人，同样，你也无法找到一个故意失踪的人哪。难说父亲没有这种倾向。

自从搬到安置房后，失去了他的“田园”，母亲经常打电话向我诉苦，你父亲退休综合征犯了，病得不轻，整天找我碴。你说老都老了，怎么还让我受气！

据母亲控诉，父亲退休后突然就添了不少毛病。比如，坚决不用手机，特意为老年人设计的老人机也不用。另外，只要母亲一看那些后宫剧之类的电视剧，他必然生气地关了电视，他说，这都乱糟糟地说些什么呀，这些人懂历史吗？

父亲住在高楼上无所事事，母亲曾经想着让他再去上班，再去伺候那些他伺候了一辈子的发出腐尸气息的线装本，他就安静多了。在父亲的默许下，母亲去了父亲的单位，母亲向父亲单位的领导表明可以不要任何报酬，但领导婉拒了她的要求。

父亲得知这一消息后非常失落。他站在高楼上，向窗外望去，窗外是城市里密密麻麻的火柴盒子似的建筑，每个盒子上都镶满了玻璃幕墙，刺得人眼发花头发晕。他摇头说，这么刺眼，大雁敢飞过去吗？怪不得现在总也听不到"何处高楼雁一声"了。过去的楼才叫楼，现在这叫楼吗？父亲说着又生起气来。

有一天，母亲照例到公园练她的扇子舞去了，姨家的大表哥小安敲响了我家的房门。母亲事后说，大表哥就是趁她不在家才来敲门的。

大表哥在我们这个家族里是有些名声的，他原来在一家银行信贷柜台任职，因为乱放贷，贷出的款项十有八九都成了呆账死账，结果被单位开除了。从那以后呢，他就从以前的借钱给别人改为专找别人借钱了，自然借来的钱他也从没有还过，他可能以为别人那儿也相当于银行吧。反正亲戚朋友都借遍了，气得老姨向亲戚们打招呼，千万不要再借钱给小安，借出去了小安不还的话跟他们概无关系。这些，父亲是知道的，大表哥也知道父亲知道，但他依然理直气壮地开口借钱。

大表哥说，姨夫，我知道大家都看不起我，说我欠钱不还，说我是个浪荡子。可是，姨夫，浪子回头金不换哪，我现在要学好了呀，我看好了一个营生，我要踏踏实实地去做事，我需要一笔启动资金。姨夫，我知道您是有学问的人，您不像他们为富不仁，您是有仁心和慈悲心的，您要相信我。您是一个君子，我以后也要做一个君子，君子当以信为先，我保证，您借给我的钱，我半年之后会一分不少地还给您。

大表哥滔滔不绝地对着父亲说了半天,一开始父亲并没有搭理他,但随着大表哥越说越激昂,并夹杂以涕泗横流时,父亲先不安起来。尤其是大表哥说出“君子”两个字时,父亲立即站起来说,对不起,小安,我轻慢你了,这是不应该的。他轻声问大表哥,那你再创业需要多少钱呢?

大表哥抹了一把眼泪说,10 万,10 万就够了。

父亲立即去卧室里去翻找母亲放存折的地方。虽然家庭财政大权归母亲管理,但父亲大体上还是知道母亲手头上有一些存款,就是这次拆迁,开发商就补偿了 20 多万。可是父亲不知道母亲具体将存折放在哪里,他四处乱翻,弄得卧室里像遭到兵匪抢劫。最后,大表哥亲自上阵,他观察了一下卧室里的情形,然后指挥父亲说,姨夫,你看看是不是在大衣橱的棉袄口袋里。我父亲就顺手去摸,果然就摸到了,他惊讶地看着大表哥。大表哥说,我妈也是这样藏钱的。那个存折上只有 7 万元,父亲有些惭愧。大表哥很大度地赦免了他,行,少就少点吧。大表哥看看存折说,这个需要凭身份证提取,你把姨的身份证再给我吧。

大表哥把存折和身份证拿到手后,和父亲道了声再见,就噔噔噔地下了楼。那天中午母亲回来后,看见卧室的景象,再一追问父亲,问明情况后,母亲当时就急了,她说,赶快到银行去,不能让他去取了这笔钱!

父亲不乐意了,怎么的,还有借钱反悔的?

母亲说,你又不是不知道小安子,他哪里是借钱哪,他是活赖钱,你这是肉包子打狗有去无回。

父亲说,这都是你们这些人不仁义给害的,君子当以信为先,还没借钱给别人就断定人家不还给你,你这不是小人嘛。君子喻于义,小人才喻于利。再说了,小安子毕竟还是你亲外甥嘛。父亲越说越气愤,他扭过头去看窗外的那些火柴盒子,再也不理会母亲了。

母亲连午饭也不做了,她冲到厨房里,不顾父亲的阻拦,操起一把菜刀就撵了出去。母亲没能撵上大表哥,她冲到小区最近的一家银行营业网点,查询了一下她的账户,很不幸,钱已经被提走了。母亲站在银行门前打大表哥的电话，很不幸，电话关机了。母亲手里的菜刀哐当一声掉了下来，在地上翻了个跟头，随后，母亲整个人也重重地砸在了地板上，翻了半个跟头。

这一跤把原本健康的母亲跌到了医院里，跌得十分严重，似乎把原来藏在母亲身体里的各种病都给跌了出来，关节炎、风湿症、高血压。那段日子里，我不停地为她跑各个病房，拿药，付费，向同事咨询治疗方案。躺在病床上的母亲不理会来看望她的父亲，他一来，她就扭过头去。父亲站立在一旁对母亲说，你放心，这不是没到半年吗？半年一到，小安肯定会把钱还回来的，你气个什么呢？父亲不说还好，他一说，母亲情绪明显激动，两手抖个不停，我赶紧把父亲推出病房。父亲一走，母亲就对我说，我受够他的气了，他就是一个傻子！这些年，要不是我维持这个家，他还能活啊？在这个世上他根本活不了，他除非活在古代差不多。到现在，他还认为小安会还钱。母亲说着，两串眼泪从枯皱的脸上一直往下流。我只好跟着她谴责父亲。我承认，母亲是我们家的功臣，父亲是个生活的低能儿，他这一生被那些线装古本给毁了。他根本不懂这个世界发生了什么，还偏偏有那些臭讲究，他不知道，他从古籍书本上读来的那些道理根本对不上眼下这个现实世界啊。

母亲在医院里待了半年多，病情时好时坏，谁也想不到，有一天晚上，她突然脑梗，再也没有抢救过来。而她去世的那一天，正好是小安向父亲信誓旦旦保证要还钱的最后一天。我后来想，母亲是不是这天晚上又想到了这一桩子事，情绪一激动就又发病了。

母亲去世后，看得出来，父亲是有些内疚的，但他绝不认为自己做错了。在母亲的葬礼上，我听见他对他的唯一的好朋友老胡说，她就是不相信人，连自己亲外甥都不相信。再说了，不就是7万块钱嘛，小安到期没有还钱来，也有可能是人家确实有难呢，我们还能逼人不成？那不成了落井下石的小人了吗？钱财能大于仁义吗？

母亲走后，我和姐姐都提议让父亲跟我们一起生活，随便他在哪边待都可以，但父亲哪个都不跟。父亲坐在临时租住房的客厅里，两鬓斑白，人一下子像老去了10岁。他看着我和姐姐，挥挥手说，出去，出去。我和姐姐对视了一眼，只好退了出去。

过了几天，我又去看他，开了门后，我吃了一惊，父亲眼窝深陷，脸上长满了如黑蘑菇般的老人斑，屋子里充塞着一股浑浊的气味。我嗅了嗅，大概是方便面的味道。我赶紧帮他打开了窗户，让空气流通起来。我说，你这些天一直没有下去走走？就是坐在屋里待着？

父亲摇摇头，又点点头，他自从开门后就始终坐在客厅的沙发上，泥菩萨一般一动不动。我劝他下去走走，他固执地摇摇头。看着父亲这样的状态，我不由得担心起来。我找到老胡，让老胡叔叔费费心，有空多约我父亲出去转转，不然老闷在屋里没病也会闷出病来的。老胡叔叔是个好人，听我说了我父亲的情况后，他也很担心我父亲，便很爽快地答应了，而且他还找到了一个让父亲重新高兴起来的好办法。

老胡叔叔拿了一本古旧的线装书找到父亲。他说，老余，你帮我看看这本书是哪个年代的版本。

父亲接过那本书，拿出放大镜，在那本发黄的旧书上照来照去，最后他肯定地说，清光绪七年翻刊淮南汲古阁的，是正品。

老胡叔叔说，清代的？那我上当了，我当作明淘来的呢。

父亲难得地笑了一笑，他说，差了有几百年喽。

老胡向我挤了挤眼睛，转身对父亲说，老余，今天你陪我去花冲公园的文玩市场去看看，我想再淘几本古籍秘本，这次你可得帮我掌好眼。

父亲欣然同意，当他与老胡相伴着出门时，我松了口气。

那段日子我每隔几天就打个电话给老胡，问问父亲的情况。老胡说，他挺好的，每天像上班一样准时，我们一起去花冲公园。

我以为父亲应该会慢慢适应这样的生活了，可是，过了才一个多月，又出事了。这一次出事，让父亲失去了老胡这个他唯一的老朋友。

其实，那件事真的不能怪老胡，可父亲就是要跟老胡断交。

那天上午，老胡又来约父亲去花冲公园文玩市场，他们俩高高兴兴地上了公交车。公交车上人多，父亲和老胡上车时已经人挤人挤成相片了。公交车语音提示:“请给需要帮助的乘客让个座,我们向您表示感谢。”提示了两遍后,就有两个小青年为父亲和老胡让出了中间的孕、残、病人专座。父亲不住地向让座的人道谢,如果不是位置腾挪不开,他估计是要鞠上90度躬的。公交车开得慢,沿途不断上人,车内越来越挤了。父亲眼睛只看得见身面前的无数的腿与腰,乘客的手都拉着吊环或扶着栏杆。忽然,他看见有一只手怪异地伸到一个粉红色的小皮包里,怪异之处在于,那只手是搛起两根手指在包里摸索,摸索了一会儿,两根手指搛出了一个钱包。父亲像看一场哑剧表演似的看着,他边看边用手拐拐前排的老胡,示意老胡也去看。

父亲以为老胡对自己的意图心领神会了,等到那两根手指搛着钱包即将缩回去时,他忽然站起来一把捉住了那只手,他大叫起来,小偷!小偷!抓住小偷了!

原先那么拥挤形似铁桶的人群竟然在这个时候齐刷刷地让出了一个空地,父亲和那两只尖手指被围在中间。

父亲这时候才看清楚那人长着一个光光的头和一张阴郁的脸,他迅速地扯开父亲的手,将那个钱包塞进自己的口袋,他冷冷地说,老东西,你昏了头吧,谁是小偷?你是作死吗?

父亲说,我看见你偷了别人的钱包!

光头把脸凑到父亲跟前,低声说,我没偷!你说是谁掉了钱包?是谁看到了?

父亲搜索那个粉红色的小皮包,可是他眼睛一接触那个包包的主人,那个女人一脸恐慌,匆忙对着他摇头。

光头哼一声,推开了父亲,要往车门走。

父亲又一次冲了上去,拉住光头,他转身对坐着不动的老胡说,老胡,老胡,你说,你可以证明他偷了别人钱包!

老胡看着父亲,摇着头说,没,我没看见!

父亲说,什么?你没看见?

光头又一次恶狠狠地拉开了父亲的手,老东西,你当心点!他说着,冲到车门前，恰好到了一个公交站点，车门开了，他很快跳下车走了。

父亲呆呆地立在原地，他指着老胡说，老胡，你怎么睁着眼睛说瞎话？你明明看见的，你怎么说你没看见呢？

老胡说，老余，你是没看见，那个小偷另外一只手藏在衣服里，衣服里有一把刀，你说，多危险哪，你真是多管闲事！

这时周围的人也说话了，哎呀，晚报也登了，上次就是有一个小偷，持刀把一个抓小偷的捅了，现在人还住在医院里昏迷不醒呢。

老胡拉着父亲说，老余呀老余，刚才我可为你捏了一把汗哪，你怎么这么冲动呢？

父亲甩开了老胡的手，他指着老胡说，老胡，你也是一个读书人哪！孟子怎么说的？富贵不能淫，威武不能屈，这才是个多大的事儿你就缩了头不敢做证，你，你！父亲越说越气愤，还没到花冲公园，他就下了车，他对老胡说，绝交！老胡，从此以后我们不是朋友了！

老胡还真是够朋友，父亲这样说他，他也不计较，过了一周，他又来约父亲，可是他把门都敲破了，父亲也不开门。父亲在门里对着老胡喊：道不同不相为谋！老胡，我和你做不成朋友了！你也别来找我了！

老胡只好怏怏地离开了。

就这样，父亲彻底成了一个孤家寡人，他比之前更闷闷不乐了，整天枯坐在家里，人也日渐消瘦。我打电话把父亲的情况一一说给了姐姐听。

姐姐在1000公里外的艾城成家了，在那里，她成功地经营着一家大型的女子美容机构，微信上、QQ上天天都晒着她和一帮男女老板吃喝玩乐热闹欢腾活色生香的生活。她说，老爸这是缺少圈子，现代人哪能没有圈子呢？还是接到我这儿来吧，我保证能让他找到他感兴趣的圈子。

姐姐当天就开着她的奔驰过来，半哄骗半拉扯地把父亲带到了艾城。

想到这里我有点惭愧，自从父亲去了艾城，我还一次都没有去看望过他。如果父亲这次真的失踪了，再也找不到了，我肯定很难原谅自己的。高铁正以每小时300公里的速度向艾城行驶，坐在车上的人，大多闷头看手机，我扭头看向车窗外，大平原上麦草青青，远处一座山突兀耸立，那气势有几分像华山，这让我不知不觉地又点开手机游戏，进入我的游仙生活。

刚一上线，“半夜去偷鸡”就上来问我，怎么了？最近上线太不正常了，很影响我们进度啊。

“半夜去偷鸡”是我的网游老搭档了，这些年我们一起出生入死，一起诗酒歌赋，结下了深厚的友谊，虽然我们到现在还没有见过面。我回答他说，没办法，老爸失踪了。我就将父亲的这档子事说给他听了。

“半夜去偷鸡”想了想说，你不介意的话，我来通过一个网络大咖发个朋友圈，让大家一起来找找线索，好不好？

当然好啊！我说。

当列车播报艾城高铁站到站的消息时，我正骑着一匹瘦马孤独地行进在一条崎岖的山道上呢，还要半个月才能到达长安。可是从合城到艾城，坐着高铁，3 个多小时就到了。我下了线，走出站台，姐姐已经在出站口迎接我了。

作为女子美容机构的老板娘，姐姐的脸必须得精致和美丽，这点她成功地做到了。不过，眼下，仔细看，还是会发现她的眼圈黑了，眼睛红了，她张皇地对我说，他本来在我这里好好的，一切都正常得很，不知又是哪根神经搭错了，竟然跟我们玩起失踪来了。

我安慰她说，急也没用，来之前我也托了一个熟人朋友，他在微信朋友圈发了相关信息，我们一起再去警察那里找找线索。

姐姐点点头，心里定了些，但仍然不停地重复着说，我真的不知道他为什么要失踪，为什么，你说为什么？

我理解姐姐的自责，其实，她大可不必，她对父亲已经很尽心了。

父亲刚到艾城，就惹出了事。那天，姐姐要到公司去上班，家里没人，就将女儿莹莹交给父亲，让他带着莹莹在小区转转，她很快就回来。毕竟有血肉牵连，父亲是很喜欢这个小外孙女的，他牵着莹莹在小区的草坪上走走逛逛，还拼命从脑海里回忆小时候自己唱的儿歌，教给莹莹。可是他没有一首记得完整，最后没有办法，他就教莹莹念唐诗，“春眠不觉晓，处处闻啼鸟”，莹莹噘着嘴巴说，幼儿园里老师早就教过了。父亲无计可施，这时，他看见小区道路上堆着一丛丛银杏树叶，这个小区里种了很多银杏，落叶的季节，明黄色的扇形树叶落了一地，小区清扫垃圾的人天天打扫，打扫完了就堆在一起，让车子拉走。父亲看着这一堆堆明黄黄的树叶，立即有了主意，他用一旁的推车将那些树叶全推到了草坪上。来，来，莹莹，姥爷教你画画。父亲对莹莹说。父亲带着莹莹把那些树叶摊开在草坪上，树叶作彩笔，草坪作画纸，他们在草坪上画了一棵大大的向日葵、一匹奔跑的马，逗得莹莹围着这些画又蹦又跳。很快有更多的小孩子参与了进来，他们用小手捧着所有打扫过的银杏树叶，在草坪上挥洒作画，有风吹过来，那些树叶就小蝴蝶一样飞舞，孩子们就跳起来，蹿高蹿低地去抓“蝴蝶”。正热闹着呢，小区物业接到扫垃圾工人的投诉，辛苦扫了一下午，全部被人弄到草坪上去了。物业管理人员经过摸查，查到了始作俑者，于是一个电话打到了姐姐那里。姐姐赶了回来，一个劲地向物业道歉，并认罚了垃圾清扫工的工资。

经此一遭，更坚定了姐姐给父亲找一个活动圈子的想法。为此，姐姐想了很多办法。她先是把他带到艾城的老年大学去，和一帮老干部学习书画。她认为父亲肯定喜欢这个，可是父亲在那里转了一圈，鼻子里哼一声，直接又走出来了。一群俗人！他就这四个字。姐姐不甘心，又带着他参加一个老年戏曲社，那里有一群老人天天唱京剧，京胡咿呀西皮流水，唱得摇头晃脑，父亲待了半天又不干了。不是那个味儿，他说，就这水平还整天想着去表演走穴呢。

姐姐最后还是通过万能的朋友圈发了一个信息，说明了父亲的情况，她说，我老爸曾经在老家种植梅兰竹菊，擅长诗词歌赋，有没有圈子带他一起玩？

消息发出去后，很快有朋友反馈，果然为父亲找到了一个好去处。那是艾城的一个公益性的推广国学的机构，叫艾北书院，顾名思义就是在艾城北边，书院每个周末有个雅集，邀请社会上各路人等去感受古代人的风雅生活。把这个事一说,父亲就有了兴趣。

父亲参加的第一次雅集恰好在春分那天,参加的人不少。书院是一座仿古建筑,雅集就在一楼的其中一间大厅里举行。大厅四周挂满了古之圣人画像,孔子、孟子、朱子等等。大家盘腿坐在草蒲团上,四围而坐,每人面前摆放着一个小条案,案上铺着小茶席,茶席上放着精致的瓷茶盅和小茶宠。围在中间的是一盆炭火,炭火上吊着一个陶罐,里面煮着古黟黑茶,水沸开了,浓浓的茶香盈室。座中一个古代书生打扮的着长衫的人站了起来,走到人群中间,朗声念道:“律回岁晚冰霜少,春到人间草木知。便觉眼前生意满,东风吹水绿参差。”父亲不由得跟着那人默念,他知道这首诗是宋朝张栻写的《立春偶成》。随即,那个书生模样的人从袖中抽出一支箫来,吹的是《春江花月夜》。父亲边听边连连点头。一曲终了,书生退场,又一个着青衣素裙古代装束的女子从座中站起,她在挂画,挂的是一幅唐人画意《鸟鸣涧》。女子步态优雅,举手投足如舞蹈一般,婷婷袅袅。挂画完毕,又有一人站起焚香,接着便是一群女子前来每人面前奉茶。

这一干程序走完以后,就是参加雅集的人自由活动,品茶闲话,背景音乐依然播放着《春江花月夜》。父亲见大条案上放着文房四宝,便走上前去,执笔掭墨,在纸上写起书法:“春度春归无限春,今朝方始觉成人。从今克己应犹及,颜与梅花俱自新。”父亲的书法是有童子功的,练过唐楷,又认真临过二王和邓石如,有法有度,水平并不逊于一些省级书法家协会的会员。他一写完,就有人拉开他的作品展示,立即叫好声一片。

姐姐当时将那个场景和父亲的书法作品拍了照片,从微信上传给我看。我上网搜索了一下,知道了那是唐人卢仝的诗《人日立春》。看看那首诗的意思,我对姐姐说,看来父亲在艾城找到春天了。

我这句话本来是句玩笑话,没想到,父亲却真的找到春天了。

那天父亲写完书法走下台来,重又坐到座中喝茶,一旁的一位女士对他笑笑说,您的书法是临过邓石如的吧,很有劲道风骨的。这话说到父亲的心坎上去了,他说,献丑了,是练过的,只是有好多年没写了。他这样说的时候才去认真打量面前的女士，这女人约莫有 60 岁，穿着一身唐装，梳着团在脑后的发髻，显得干净素雅。她冲着父亲又笑笑，拎着一个包，站起来往中间的台上走。

女人走到台上，打开包里的东西，却原来是一个小竹篮，还有各色花枝、草秆，她要表演插花。只见她不慌不忙地手持剪刀，端详着手里的材料，这里一剪，那里一插，双手快时如燕飞，慢时似拉纤，竟有一种节奏感。不一会儿，作品完成了，一株红梅含苞待放，旁逸着几根疏草、数枝枯秆，色调协调，情境相融，俨然一幅《红梅报春图》。女士捧着插花绕场一周展示，收获赞声一片。她走到父亲面前时，特意停顿了一下，眼睛里似乎在询问父亲，父亲两眼灼灼，孩子般地向她伸出大拇指。

父亲就这样和这位女士认识了，她的名字也叫得很雅——花若兰。

父亲自从去了第一次后，每次雅集都去参加，每次都坐在那个花若兰的身边。父亲仿佛找到了知音，他说的花若兰都懂，花若兰说的，他都觉得有趣极了。有一次雅集结束之后，父亲和花若兰走到书院的门口，准备分手告别时，花若兰忽然说，城外秋浦河边的蜡梅开了，真想去看看梅花。父亲说，去呀，王子猷雪夜访戴，那么远的路还想去就去呢。花若兰说，独自去寻梅是一种意思，不过，若是结伴去赏梅也很有意思呢。她说着，低下了头，斜斜地看着父亲。父亲的脸有些红，他说，那是，那是，要不，我陪你去？花若兰说，那好呀，你这一肚子学问才配去赏那脱俗的梅花呀。这话说的，父亲立时就跑到路当中去拦出租车。

父亲参加书院的活动越来越多，他因为能写能编，就被书院指定每场雅集固定上场表演书法，其他一些时候有活动也邀请他去串场。书院的活动很多，开始的时候，父亲总是乐呵呵地上场，挥毫泼墨，满怀豪情，但渐渐地父亲感觉又不好了。书院的每场活动，有颂诗、吹箫、挂画、上香、品茗等等，每每这些活动中间，突然会冒出一个穿西装的大肚子男人或着短裙画浓眉的女人，手持指示笔，向对面挂着的屏幕上一点，早就准备好了的投影仪开始放幻灯片，男人或女人就对着银幕讲解。他们先是侃一通老庄，话题渐渐引向了养生，然后，直指这样那样的保健品。他们讲完之后，像电视插播完广告，雅集又接着进行。其实，经过这一插播，后面的雅集根本就连不上，一群人呼啦啦地来到你面前，发放传单，发放试用品，他们蹲下身子，面带笑容亲切地问你，需不需要他们的酵素片、他们的血压计、他们的足疗仪。

父亲对此大为光火，如果不是花若兰每次都在场，他一定不会再去的。但正是因为花若兰每场必到，到了以后，还专门要看父亲写书法，父亲便只好硬着头皮上场。他只当是写给花若兰一个人看的，只要看到花若兰对着他的书法点头而笑，他就满足了。

所以，那一段时间，父亲在艾城应该还算是心情舒畅的。姐姐曾对我开玩笑，看来老爸迷上了那个花若兰，他要是给我们找个后妈怎么弄啊？我说，那好啊，那说明老爸还有一颗年轻的心，我们应该高兴才对嘛。姐姐说她曾经偷偷跟踪观察过几次，父亲和花若兰有时会一起去秋浦河边，在河边散步、赏花，不过，父亲始终没有拉过花若兰的手，始终和她保持着适当的距离。不管拉没拉手，我和姐姐都觉得，只要他快乐就好。事实上，他在艾城过得比在合城好多了，脸色也红润起来，心情也是爽朗的。可是，让我们想不通的是，他怎么突然玩起失踪了呢？

从派出所那里出来，我和姐姐更加恐慌，警察已经在内部公安网上发布了失踪协查消息，但一直没有接到相关反馈。一个大活人，还能人间蒸发了不成？我和姐姐都有一个不好的预感，我们都不敢说出来，难道是有人谋财害命抢劫了父亲吗？那一段时间，网上正热传着一个案件，说是有两兄弟专门抢劫杀人，他们的目标就锁定单身老人，抢过他们后就将尸体切成块抛到江里。姐姐坐在车里，久久没有发动，眼泪却哗哗哗地往下淌。

这时，我手机响了，“半夜去偷鸡”给我发来了信息。有反馈了，他说，有人说，看见你父亲和一个女人经常在秋浦河边散步。

这我知道，我说。

还有，他们最近经常和河边一个叫阿强的船主见面，有人还看见他们坐着阿强的小船在秋浦河上游玩呢。

这无疑是个新情况。我拍拍姐姐的肩膀，走，我们去秋浦河边找那个阿强问问看。

河边？小船？姐姐愣怔了一下，她忽然对我说，我知道老爸去哪儿了，他一定是坐船走了。

父亲是和花若兰一起发现那条阿强的小船的。

那天，他们俩在河边采集一些植物，花呀，枝呀，果呀，等等，以供花若兰插花时用。那天天气晴爽，他们沿着河岸走，采到了一大捧有用的素材，不知不觉，走出去好远了。父亲发现河边停着一艘小船，船头小甲板上躺着一个人，那个人脸上盖着帽子，四仰八叉地晒着太阳。风微微吹着，小船在河边晃荡着，缆绳系在岸边一棵老柳树的根上。“纵然一夜风吹去，只在芦花浅水边”哪！父亲见到这个情景，对花若兰说，你看，这个船主多么闲适啊。

父亲和花若兰走到船边，拉动着缆绳，弄醒了那个船主阿强。他们闲聊了起来。

秋浦河以前水路繁华，现在随着公路与铁路的开发，水上运输已经日落西山了。阿强懊恼地说，现在我只有有货运时搞货运，没有货运时我就打打鱼，这日子快要混不下去了。喂，我有新网上来的鱼，你们要吗？河里的有机鱼啊，绿色生态，比人工养殖的要好吃多少倍啊。

父亲那天买走了阿强所有的鱼，分了一半给花若兰。后来，他们便常常去河边坐阿强的船，当然不是白坐，坐一次，父亲付给他50元。最远的一次，他们坐了船在水路上行了20多公里。秋浦河越往下去风景越美丽，两岸古柳依依，水色澄碧。尤其是夕阳西下时，一叶小舟漂在波光闪闪的水中央，简直是一幅古人水墨画。父亲对花若兰说，我查了资料，这秋浦河就是唐时大诗人李白游过的河啊，他坐着小船写下了几十首诗，其中最有名的是那个《秋浦歌十七首》，有写心情的，什么“白发三千丈，缘愁似个长”呀；有写植物的，什么“千千石楠树，万万女贞林”呀；有写动物的，什么“秋浦锦驼鸟，人间天上稀；山鸡羞绿水，不敢照毛衣”呀；有写一路风景的，什么“秋浦千重岭，水车岭最奇”呀。喂，阿强，这里往下去是不是有一个叫水车岭的地方？

开着船的阿强说，有啊，是有一个水车岭！

父亲继续对着夕阳和水光山色抒情，当年李白五游秋浦，真是风雅之致啊！他看着身边的花若兰说，要是我们也能像李白一样，泛舟河上，优哉游哉，该多好啊！你愿意吗？

花若兰笑着说，好呀！

花若兰本来是说着玩的，这哪能当真呢？可没想父亲却当真了。他决定买下阿强的船，开着这艘小船一直往秋浦河的下游去。为此，他开始了他的计划。

父亲取出了他的所有积蓄，买下了阿强的船，又让阿强教会他驾驶这艘船。他还在船舱里添置了一些器具，雕花茶台、文房四宝。他想象着，和花若兰一起在水上巡游，花若兰泡茶品茗时，他就在一旁赋诗题字。后来听花若兰说，她年轻时还学过弹奏琵琶，他又去买了一把琵琶挂在船舱边。这就更妙了，如果是月圆之夜，月出于东山之上，徘徊于斗牛之间，白露横江，水光接天，烟笼寒水月笼纱，小船停泊在小码头边，花若兰怀抱琵琶，对着满天清辉一河水弹奏一曲琵琶行，那又是怎么样的诗意啊！

父亲兴致勃勃地做着这一切，他是一个人去做的，每到一个环节他就会向花若兰通报一声，船买好了，琵琶有了，上好的绿茶也有了，驾船技术学会了。他每通报一次，花若兰就惊讶地说，真的呀，真的呀，好啊，好啊！

估计父亲一开始也没有定下来什么时候启动这一行程，但那一次雅集最终让他踏上了小船。

到了夏天，艾北书院的组织者开办了一个国学少年班。开班之前的雅集仪式上，父亲也接到了邀请，他的任务是上场给小孩子们表演中国书法。父亲赶到书院一看，大厅里有五六十人，都是十一二岁的小孩子，他们都穿上了汉服，宽袍大袖，热闹哄哄，像唱戏一般。好不容易大家稍稍安静下来，由一位老先生领颂《三字经》，他读一句，小孩子们跟着读一句，再过后是吹箫、挂画，越往后，孩子们越不耐烦，他们彼此看着长袍布衫，动手动脚打打闹闹，很快就炸了锅。指导老师见状只好宣布，下面先拍照！话音刚落，那些小孩子们就尖叫着，或自拍，或自由组合，拿着手机拍个不停，一时间，大厅内灯光闪闪。父亲挤到了花若兰身边说，这是搞什么嘛！这还弘扬国学？我们走吧！花若兰点点头，脚下却没有动弹。父亲只好陪着她站在一边。

这个时候，又一个指导老师招呼大家拍集体合影。孩子们像一群河滩上被放养的鸭子，头挨着头站在一起。指导老师举着相机站在队伍前面，他喊，开始了啊！他看看相机又看看队伍，喊了一声，有钱好不好？孩子们喊，好！指导老师又喊了一声，你们想不想钱？孩子们齐声答道，想！震天响中，相机嚓嚓嚓摁个不停。

这是搞什么嘛！父亲愤怒地说了一句，抬脚就往外走，这一次他没有和花若兰打招呼。

父亲从艾北书院走出来后，一直往秋浦河边走，走啊走，一直走到了那条小船边。他站在船头，看着河水一直向远方流淌，长河落日，视野的尽头燃起了火烧云，天空中烟紫霞飞，父亲大概就是那个时候下了决心的。

父亲回到姐姐的家后就说他要回合城一趟，姐姐问他原因，他说他要回原单位去办个事。姐姐就为他买了高铁票，送他到了高铁站，看着他走进了车站的进站口。

父亲在姐姐走后，就又走了出来，他直奔艾北书院，拉出了花若兰，将她带到了他的船边。他说，走吧。他说着跳上了自己的小船。

花若兰惊讶地说，什么？走到哪？

父亲说，一直往下啊。他挥舞着手背起了苏轼的诗：“吾与子渔樵于江渚之上，侣鱼虾而友麋鹿，驾一叶之扁舟，举匏樽以相属。寄蜉蝣于天地，渺沧海之一粟。哀吾生之须臾，羡长江之无穷。挟飞仙以遨游，抱明月而长终。你看，这不是我们一直向往的吗？现在，我们终于能做到了。”

父亲一脸豪情地看着花若兰。

花若兰连连摇头，不行，不行，真的要走啊，我们住哪儿呢？吃哪儿呢？

你的技术能行吗？

父亲说，行啊，沿途都有码头停靠，可以住在旅馆里。放心，你住旅馆，我就住船上，我愿意住船上。吃就更不成问题了，船上可以烧饭，也可以在岸上的饭馆里吃啊。至于开船，我早就会了，阿强说了，现在河上没几艘船了，就是睡着开也不会撞上的。而且这种机动桨小船太好驾驶了，我已经开过好几次了。父亲热切地看着花若兰。

花若兰的脸色变了，她往后退去，老余，你真的要坐船啊，我劝你还是别坐了，回去吧。

父亲虽然有些失望，但他还是笑笑，你不走就算了，我是肯定要走的。纵一苇之所如，凌万顷之茫然，哈哈，古人常说要买舟东归，我今天终于办到了！父亲说着，发动了小船，船离开了岸，突突突，突突突，很快就驶向了一片烟波浩渺中。

尽管“半夜去偷鸡”给出了关于阿强的详细地址和联系方式，我和姐姐却没能找到他。我们在他家门前敲了半天门，也没见一个人出来，隔壁一个老太太告诉我们，阿强有一个多星期没有回家了。

而花若兰呢，她也许听说了父亲失踪的消息，我们把她的手机打破了，得到的始终是关机提示音：“您所拨打的手机已关机。”显然，她也不愿意我和姐姐去打扰她。

就在我和姐姐一筹莫展之时，“半夜去偷鸡”又发来了一个消息，他说，有人反馈，在秋浦河下游70公里的地方，有个捞沙船上的小老板说他看见过一个老头独自驾驶小挂桨机小船，应该就是你父亲，你可以去了解一下。

两个小时后，我和姐姐就赶到了秋浦河下游一个小镇码头边。一艘捞沙船在河面上定住，一头是长长的吸沙管，一头是洗沙过滤网，洗过的沙子经过过滤就自动传送到了船舱里。那些沙子都堆成了一座小山了。我和姐姐在发动机轰鸣声中找到了那个小老板。

小老板接过了我递过去的香烟，深吸了一口，好像他也是一台吸沙管一样。他说，我是看见了那只小蚱蜢船。嗨，那个老头好可笑啊。

小老板没看出我和姐姐的脸色不对，他又说，那小老头真是酷毙了，他只是一个劲地向前开，一边开着船，一边嘴里一直在动，不知道是不是在唱着什么。当时天快黑了，天色有点不对，天气预报说晚上会有一场风暴，别的人都早早把船停到码头边的港口里，人家是千帆归港嘛，可是那老头却是一舟远航，他好像一点儿也没意识到危险。我记得我当时还冲着他喊了几声，我说，老头子，还不收桨归港啊，你不怕死呢！他好像满不在乎，他向我挥挥手，继续站在船头嘴里大声唱着什么。

从小老板那里，我们明确得知，父亲驶过这片河段的那个晚上，的确是下了一场大雨，风大雨狂，父亲的小船十有八九是被风浪掀翻了，而父亲又是个十足的旱鸭子。刚一离开那个口无遮拦的小老板，姐姐就蹲下身子哭泣起来。

第二天，水上公安和海事部门派出了6艘快艇和10多个专业打捞人员，在预计父亲出事的地点往来搜索，整整一天，却没有发现一丁点儿沉船的痕迹，这非常奇怪。负责搜索的水上公安分局的那位副局长告诉我们，他们根据这一带的水文资料，推算出父亲沉船地点的精确率应该很高的，误差不会超过1公里，他们在长江上都能成功地搜索打捞出沉船，按道理，只要父亲在这里出事了，就不会找不到沉船。这位副局长最后说，他怀疑父亲并没有落水沉船，恐怕是去了别的地方。

在我们的强烈要求下，后来，水上公安又增派了几艘打捞船，扩大了搜索范围，还从省里请来了专家帮助测算和探查，甚至用上了最先进的水下探测仪，依然毫无收获。与此同时，在陆地方面也没有任何关于父亲的消息。

我们的父亲，真的就这样消失了。

站在河岸边，看着面前汤汤流水，我和姐姐抱头痛哭。哭完后，姐姐说，父亲既不在岸上，也不在水里，那他会去哪里呢？

我看看姐姐，又看看眼前的大河，我说，既然他不在岸上，也不在水里，那他一定是去了古代。

杨柳岸,晓风残月。

我骑着一头瘦驴,来到了一处渡口边。我是从长安一路过来的。自从华山顶上一场恶战后,我忽然对门派之争也失去兴趣,我不再做华山派的二当家了,我遣散了我的弟子们,在长安买了一头毛驴,装了一布袋诗书,我决定归隐山林了。

一叶小船毫无章法地横着。

我下了驴背,拉起船缆,小船动了,往岸边靠拢。从竹编的船舱里走出一位老人,他鹤发鸡皮,长须飘飘。我心中一惊,这老人的面貌好生熟悉,在哪里见过他呢?

老人虽是渡船艄公,却浑身上下透出一种高士之气,他拱手相问,请问您是?

我是“江枫渔火对愁眠”哪。我说。

哦,孩子,你终于找到我了,我是“纵一苇之所如”啊。他说,我是你父亲哪。

原来,父亲你在这里啊。我上前拉住父亲的手。

这时,电脑里响起《平沙落雁》的古筝曲。我和父亲相视一笑,两个人、一头驴,我们沿着山间小径,穿过松林,往山林深处走,我和父亲终于一起走到了古代。

(原载《十月》2016 年第 4 期)

转　　世

师傅，你是要把我们都烤成人肉面包吧，还要等到什么时候？我一手拿着一份报纸不停地扇着，一手拍着座位上的靠背，催促着司机快点发车。

我乘坐的是从阳山县城到豆村乡的农村公交班线，说是一个小时准时发走一班，司机拉我上车时连声说，马上就走，马上就走，可是我在车上等了一个半小时，还没有走的迹象。破旧的小中巴车上没有空调，只驾驶员上方吊着一个摇头的小电扇，而我坐在靠后的位置。经过阳光的暴晒，铁皮车成了一间温室大棚，就是待着不动汗都流个不止，更何况前后左右都坐满了人。每个人都是一根热棒，被加热的同时也为整个空间加热，浓重的汗馊味越积越稠，那气味仿佛成了液体在车厢里流淌。闷热使得人们连嘴皮也懒得动一动，个个眼白上翻表情僵硬。

我再怎么催促，司机也不理会，他装着没有听见，在车下招揽乘客。直到再过了半小时，座位上人全满了，过道里也塞满了人，司机才终于发动了车子，慢吞吞地驶出城去。一丝风吹进来，温度好歹降下来一些，一车的人像被摔在岸上的鱼重又回到了水里，开始说话、咳嗽、挤眉弄眼。我也活了过来，长吁了一口气，开始考虑起我这趟去豆村乡的任务来。

我一早就从市里坐车到阳山县城，然后立即在县城车站买了去豆村乡的车票。按照惯例，作为市委机关报的一名记者，我要到阳山县委宣传部联系一下，然后由他们派车派人，弄得像个人物似的去乡镇采访。但这次的任务有点特别，我决定还是不让宣传部的人知道为好，因为这次要做的是一桩对阳山县来说的负面新闻。一周前，我们报纸接到一封匿名举报信，说是阳山县豆村乡瓦市村有一家蓄电池厂严重破坏环境，生产生活用水都受到污染，当地人已经无法生活。值班总编老查把我叫到办公室指着这封举报信对我说，这个只有劳驾你这个首席记者去了解一下了，发不发稿到时再说。我一看“豆村乡瓦市村”几个字，便爽快地答应下来，我已经有三年没去瓦市村了，我很想念那个地方。

前几年我经常往阳山县跑。阳山县是个山区县，因为交通不便，所以工业一直发展不起来，财政收入低，在市里来说是个穷县。但全县的生态环境非常好，我曾经在一篇报道中这样来介绍阳山县——全县没有一家有污染的工业企业，这不说是全国唯一，至少在全省是唯一的一个县。而那个瓦市村，我更是去了有五六次，大多是去采访，其中一次我是私下带着我的女朋友小井去的。

瓦市村实在是一个很美的村子，正如它的名字所说的，这个村子曾经盛产黑色小瓦，古时候是一个很大的小黑瓦的交易集市。沿河而建的村子人家，一色的黑瓦平房，房前是一条水质清澈的河流，河边栽满了桃树和苦李树。那年的春天，小井刚好学校放假，我就和她一起来到瓦市村。一走到村口，我们都呆住了，满河岸的桃花与杏花灿然开放，天空中下着牛毛雨，斜风细雨，那些粉嫩的花瓣随风飘落在明镜似的河面上，像一群彩色的鱼，空气里弥漫着浓浓的花香。再往村里走，一座古老的石板桥划了一个优美的弧线挡在了村前，桥上覆盖了绿色的凉粉藤。从桥下的弧线里望出去，那些人家的黑瓦屋顶在雨中显得格外黑，细雨如烟，一切如梦如幻。进了村子，一处庭院里，小井找到了一口井，井圈是青灰麻石凿成，也不知是哪一朝的旧物了，井圈被井绳都勒出了一道道深深的刻痕，小井俯下身去，清清的井水映出她的面容，她对着深井喊一声，喂……深井给出了悠扬的回声，喂……这是我，小井说，这是我的井。

七八年过去了，我一直记得那天的场景，那天那鲜美艳丽的桃花、那口无纹的深井，以及小井那略带一点忧郁的神情。一提到瓦市，我就想到了那个飘着细雨的春天。嗨，我也曾文艺过嘛，不过，我敢说，任谁到了那个村子，在那样的春天，都会变得文艺起来。我一个人正这样想着，忽然耳朵里隐约传来有人说着“瓦市”两个字。我不由得竖起了耳朵。

声音发自我左边前排的两个人，两人都50岁左右，只是一个黑瘦，另一个却白而胖，形成鲜明对比，像特意安排的一对说相声的演员。白胖的在逗哏，哎呀，那个事真是奇事啊，瓦市村的刘文海的女儿，是一个省城人家女儿转世的，上个月，她到城里自己前世的父母那里去了。捧哏的在一旁啧啧有声，真的？那可真是怪事年年有，今年特别多啊，真是怪事哟！

他们的对话引起了我的兴趣。我知道乡间经常会有这些无稽之谈，特别是一些上了年纪的老太太，我的大姑就是这样的一位老太太。过年的时候，我到大姑家去拜年，她就一箩筐一箩筐地倒给我这些乡间传奇。比如，她有次说，她隔壁人家的老人忽然有一天头疼，疼了几天也不好，也吃了药，也打了针，就是不见好，反而越来越严重。后来找到林瞎子一掐，说是他家舅舅的坟地里长了一根竹鞭，要赶快把那根竹鞭取出来。于是，立即去请了人剖开坟，果然发现竹鞭都伸进了亡人的头盖骨中，这后人头不痛才怪呢。取出来后，敬了香烧了纸，头疼当天就好了。还比如，说有个人有天要到后山挖茶叶地，可他家里狗突然死活咬着他的裤腿不放，他怎么打那条狗，那狗也不松口，无奈，他就只好在家歇着。过了一会子，原先晴朗朗的天突然就下了大雨，那人就说幸亏没去山里。过不了一会子，只听得轰隆一声，山上起蛟了，起蛟就是发泥石流，恰恰好，把那人家的茶叶地连底铲起。那人在家里远远地看见了，赶紧抱起他家的狗痛哭起来。总之，大姑说着我就听着，我不觉得这有什么问题。这年头，城里的网络上，不也是一年到头充斥着各种各样的奇闻吗？发现或杜撰这些真真假假的传闻并传播它，不就是我们新闻界乐于干的事情吗？而且我们的许多新闻还没有大姑说的那些精彩呢。不过，我可从来没有从新闻的角度去审视我大姑说的那些奇闻，因为她说的奇闻中时间、地点、人物经常是模糊不清的，无法去证实或证伪，当然,也没有必要去证实或证伪。

但这车上的两个人的对话却让我有了一探究竟的想法。我正愁着怎么样去接近瓦市村的村民,怎么样较为隐蔽地去完成对那个乡村蓄电池厂的暗访,这不是一个很好的由头吗?尽管这两个人说的那事十有八九是荒唐甚至虚拟的。

我之所以这样肯定,是因为他们说的这个传奇,我早就在一本书上看到过类似的记载,书名我忘记了,故事却大体记得,说的是宋朝有名的诗人和书法家黄庭坚,说他的前身是一位女子。黄庭坚贬谪涪陵的时候,还曾经梦到过这位女子向他亲口叙述前身的经历。她自称经常诵念《法华经》,只愿再生变为男子,而且要变成一位名扬天下的男子。显然,她的愿望实现了。好像是为了取信于黄庭坚,她还点出了黄庭坚的一个秘密,一个不为人知的隐私。真的是隐私啊,这个大诗人、大书法家居然有腋气。腋气是什么?狐臭呗!有这样的毛病,说来真有点难为情。照这女子说来,黄庭坚有此毛病,是有因果的,前世的因种下今日的果。这女子说:"某所葬棺朽,为蚁穴居于两腋之下,故有此苦。"原来是这一窝蚂蚁害的。要想除去这毛病,也不难,只要找到这女子的墓,打开墓穴,"除去蚁聚",那种难言之"隐"便可立刻消除。黄庭坚依言照办,果然,"腋气不药而除"。

那两人还在那里一捧一逗地感慨着,妈妈的,我下辈子也要托生转世在城里。我前年到罗城去,坐城市里的公交车,那个车子里有空调,哎哟,大热天里,凉得像冰窖,哪像我们坐这破车子,受死罪了。我虽暗中好笑,但还是装着一本正经地问他们,你们说的瓦市村就是豆村乡的那个瓦市村吧?你讲的那个人叫什么名字?刘文海?就住在瓦市村的村头第三家?一一打听清楚了,我心里就打定主意,明访刘文海,暗中去了解那个污染的工厂情况。

这样想着,我心里轻松起来,闭上眼睛,随着车子的颠簸,慢慢进入半睡眠状态。睡梦中,我好像又看到了瓦市村的那些桃花、杏花、河水,初恋小井从梦中款款走来,她像当年一样抚摸着古老的石井圈,清清的井水映出她的面容,她对着深井喊一声,喂……深井给出了悠扬的回声,喂……这是我,小井说,这是我的井。

一个小时后,车到了豆村乡,在街边一家店里吃了一碗凉皮后,我又以5元的价格搭了一辆摩托车到了瓦市村。

眼前的瓦市村,河流还在,桃树杏树还在,古桥还在,只是总觉得不像我记忆中的瓦市村了。看了半天,我发现,不同的是,瓦市村的那些黑瓦平房好像少了不少,多了些金光闪闪的二层或三层的小洋楼。我顶着烈日往村里走去。

我原以为找到那个传说中的刘文海会特别困难,我甚至做好了找不到刘文海的准备,有可能根本就没有刘文海这个人。因为,那一切都有可能是传说嘛,谁能跟传说较真呢?而我所需要的,无非是一个借以顺利进入瓦市村观察了解的借口罢了。可是,出乎意料的是,我才问到村口的第一个人,这是一个老人(这以后我遇到的人大多是老人或孩童,这跟中国绝大部分农村一样,瓦市村也不能例外),他立即就准确地告诉我,你说的是刘蟹子吧,往前走,第三家,门口有棵大树的就是他家。老人口齿不清,我猜他说的是刘蟹子,在瓦市村的方言中,"海"的读音与"蟹"是一样的。及至见到刘文海后,我不禁暗中发笑,这刘文海可真有点像一只河蟹,他的头方方扁扁,小眼睛鼓突在外,走路虽不是像蟹子那样横爬着,他也没有八条腿,可是他给人的印象就神似一只黑黑的河蟹。

刘文海家的房子还是那种老式的黑瓦平房,家里也收拾得干干净净,像个村干部家,我问他是不是在村里任职。

刘文海有点不屑地笑笑说,村干部?我才不愿意当村干部呢,我要当早就当上了。

我发现刘文海眉眼间好像有一种别样的神情,与一般农民不一样的神情。他有50岁出头了,穿着短袖T恤,下身是长及膝盖的西式短裤,脚下竟然还穿着袜子,套着皮凉鞋。这大热天的,用一个农民的标准来看,他的衣着算是挺讲究的了。他给我泡了一杯茶,说你要来采访我,采访我什么呢?

我一个农民有什么好采访的？不过，我上过报纸，前些年我上过报纸，我是村里第一批致富带头人。

还好，刘文海是一个健谈的人，我放下心来，便和他闲聊起来。我并不急着抛出我的问题，我怕我一句话不注意会惊动了他。我就顺着他的话题问，哦，是什么致富项目呢？

我啊，我当年搞得可多了，主要有这样一些项目。刘文海真的有当干部的水平，思维十分清晰，他扳着手指数给我听，我养牛蛙，种莲藕，我还办过罐头厂，我们瓦市村那么多桃子杏子，都烂在地里，做成罐头多好啊，我是全乡第一批万元户哦。

显然，刘文海有一个让他自己较为满意的过去。但接着聊下去，他就发牢骚了，后来，后来不行了，农村就不行了，说到底，都发展城市去了。说到这里，他眨着眼睛说，你采访我什么？我早不办厂了，也不是致富带头人了，也没有什么荣誉了。

我问他，你妻子呢？

他说，她啊，就在屋后菜园地里，你要采访她？她也不是"三八"红旗手，而且三八节都过去了嘛。看来，刘文海对报纸宣传这一套很懂行。

我试探地问他，你有几个孩子？

刘文海立即像蟹子突然碰到了险情整个身躯缩了起来，两只大螯伸开，处于临战状态，他说，一个呀，一个男孩。

一个男孩子？我已经打听清楚了，那个在传说中转世的可是个女孩子啊！难道传说总归是传说，是别人好生生地给刘文海安上了一个女孩子？我说，哦，一个男孩子，还在读书？

嗯，刘文海说，是啊，读大三了。

我继续往下引下去，哦，像你这么大岁数的，在农村一般最少都要生两个呀，你怎么只生了一个呢？

刘文海愣了一下。他看了我一眼说，你到底想要采访什么？

我说，呃，是这样的，我听说你有个女儿……

我还没有说完，刘文海就变了脸色，他说，你想采访这个事？是谁的主意？

我赶紧解释，这么些年采访，碰到类似的情况多了去了，我说，我就是好奇，你放心，要是你不愿意，我绝不会公开发表的，我只是随口问问罢了。再说，我听许多村民都在议论这个事，如果我不来采访，早晚也有其他人来采访的，你要是信任我，你就对我说出事实，通过我来澄清谣言还原真实，这可能对你会更好。

我的这一番话大概发挥了一点作用，刘文海鼓突着蟹子似的眼睛，想了一会儿说，我可以对你说说这事到底是怎么回事，不过，你不能公开发表出来。

我很肯定地点头说，行，尊重你的意见。

刘文海说，我以前是有两个孩子，一个儿子一个女儿。女儿叫刘胡兰，对，就是那个女英雄的名字，因为她妈姓胡，我姓刘，就取了这个名字。小兰今年 14 岁，这孩子一生下来，就和村子里别的人家孩子不一样，各个方面都不一样。瓦市村的女孩子皮肤生下来就黑，而小兰却白嫩嫩的，怎么晒都晒不黑，她性格又活泼，在学校里喜欢唱喜欢跳，还会说一口好听的城里人的普通话。她从小就不像是出生在瓦市村的，许多人都说她就像以前在瓦市村插队的女知青，连说话的神态、梳妆打扮的样子都像城里人，家里人也从没有人教过她。教也教不来的，是吧，她就天生那样。

上上个月，小兰有天放学回来忽然不吃晚饭，她说，爸爸，我好像已经吃过了，我肚子是饱的。我说，你这丫头尽说胡话，怎么好像吃过了呢？吃过没吃过自己都不知道？吃过了又在哪里吃的呢？小兰说，我真不知道自己到底吃过还是没吃。我放学后回家，走到路上，身体就像在梦里一样飘起来了，一会儿就飘到了一个大城市，我看看那些大楼上挂着的牌子，才知道是我们省的省会城市合城。接着我就到了一户人家，那房子好大好漂亮，地板锃锃亮，阳光透过窗帘照进来，像仙境。我见到一位五六十岁的奶奶，她戴着一副好看的眼镜，烫着洋气的头发，好像在等谁。餐桌上有一碗牛肉面，香气扑鼻，我觉得饿，就端起来把面吃了。那奶奶看着我，一直微笑着，不多时我又飘起来，飘回了我们瓦市村。脚一沾到地，我就像梦醒过来，可是我嘴里竟然真的有牛肉面的香味，肚子里也饱饱的。小兰是个好孩子，从来不在我面前说谎的，她这是怎么了，是不是身体不舒服？我摸摸她的额头，并不发烧。我估计她是头天晚上睡觉着凉了，肚子不调和，就让她吃了点藿香正气丸，也就没问她了。可是，以后接连两天她回来都不吃晚饭，都做着同样的梦，都是同样的情景，吃了合城一户人家的牛肉面，醒来嘴里有牛肉香味。

我很奇怪，觉得小兰肯定是得了癔症了。我想，她要是连续这样我就要带她去省城大医院看看去了。我不像瓦市村其他那些人，我不忌讳看病，人吃五谷生百病嘛，心理问题也是一种病，对不对？有了病就去看医生，是不是？科学这东西还是要相信的。可是，小兰吃了四五天合城的牛肉面后，就没有再吃了，她照旧放学回家就做作业，做好作业再吃饭，前些天的事就真的跟做梦一样，一点儿痕迹没有，我终于放下心了。

然而，到了上个月，忽然有一天，小兰对我说，刘文海，你不是我爸爸。

我吃了一惊，这孩子，怎么突然直接喊我的名字？我又怎么不是她爸爸了？我很生气地说，小兰，你从哪里学的这样和爸爸说话的？

小兰眼里含着泪水说，你真的不是我爸爸，我爸爸不是你。

我更生气了，换了谁都会生气，是不是？我一指栗子磕在她头上，她长这么大了，我真很少打她哦，我与瓦市村别的人可不一样，我不像他们三天两头打孩子，可这次我实在是太生气了，我吼她说，那你爸爸在哪里？

小兰哇地一下哭了起来，她说，上次去吃牛肉面的那家才是我家，那老奶奶是我妈，家里的老爷爷是我爸，呜呜，合城那里才是我家。

她简直越说越离谱了，我实在忍不住，又给了她一指栗子，她哭得更厉害了。看着她那样子，我又有点心疼，我心想，她是不是这阵子学习太紧张了，心理压力太大了？她正在读初三毕业班，马上要面临中考，小兰在班上成绩一直名列前茅，她一心想考上市里的重点高中，因为只有考上了市里的重点高中,才有可能考上好的大学,只有考上好的大学,将来才有可能有一个好的工作,才能在城里买房买车。我从小就注重对她的教育,这些话也深深影响了她,在学习上她一直是很努力的,虽然有时也学得很苦。有一回,她成绩退步到班上第10名,回家后,眼睛都哭肿了。

我摸着她的头说,小兰,爸爸不对,爸爸不该打你,你要是学习压力太大了,就注意休息休息,晚上不要太熬夜。

哪知道小兰一挥手,挡开我的手,好像跟我一点也不认识似的,她摇摇头说,你不是我爸爸,你不是我爸爸。

我真是吓坏了,我到小兰学校去找老师了解情况。老师说,小兰在学校一直正常啊,不过听同学说,她最近老是说她要到城里去了,她对同学说她要到省城合城一中去读书了,那可是全省最好的中学啊,出了好多的省长、部长和科学家、企业家。我老婆也吓坏了,她背着小兰偷偷地去庙里烧香求菩萨,她认为小兰是中了邪了。可是烧了一大堆香纸,又捐了好几百元功德钱,都丝毫不起作用。我又打电话给小兰的哥哥、我们家的老大把这情况说了,他毕竟是大学生。我儿子也觉得奇怪,他说,会不会是环境污染造成的?村里不是建了个蓄电池厂吗?那个污染是很厉害的,也有可能让人神经系统紊乱。我不相信我儿子的话,小兰身体很健康,再说村子里那么多小孩,怎么别人家的没紊乱,就我们家小兰紊乱了?

小兰每天回家都是同样的话,说这里不是她的家,她的家在合城,我们也不是她的爸爸妈妈,她的爸爸妈妈在合城。后来,她甚至说出她在合城的家的具体地址,某某区某某路某某巷某某小区几号楼几单元几室,又说她爸爸叫什么名字,她妈妈叫什么名字,她在合城的家里是什么样的。她说,在合城家里,她有一个单独的房间,房间在23楼,朝南向阳,有一个大大的落地飘窗,窗帘是蓝色的,上面是美人鱼的图像,风一吹动窗帘,美人鱼就像活过来一样,在蓝色的大海里游啊游。窗子左面的墙边,放着一张写字桌,桌上有一盏企鹅形状的白色台灯,在晚上,那台灯发出特别柔和的灯光,那是她爸给她的生日礼物。那台灯设计特别科学,灯光下看书做作业不伤眼,写字桌再过来是一个书橱,书橱里摆满了书,有许多世界名著。窗子右面的墙边放着一张小床,床的颜色与窗帘的颜色是一致的,席梦思床垫上床单的图案是绿底子金黄色的小花,像秋天的大草原,床上还放着一只小抱熊,它毛茸茸的,神情憨憨的,真可爱……小兰说到这里,眼睛亮亮的,她好像看到了那一切,嘴角向上扬起来,微笑着。等说完了,好一会儿,她发现正坐在我们家的老房子里,面对着我和我老婆,立即哭起来。你们不是我爸爸妈妈,这里不是我的家,呜呜,她伤心地埋下头去,哭得越来越厉害。

刘文海的表达能力很强,比我见到的许多村干部强多了,他有条有理地给我介绍他女儿(或城里某户人家的女儿)刘胡兰的事情。这是件怪事,但他面容平静,语速不急不缓,倒像是在说别人家的某件事。这时,门前一黑,晃进来一个身影,我眨了好几下眼睛,才适应外面的强光,看清是一个女人。刘文海说,是我老婆。女人一身汗湿,显然从外面刚劳动回来,她面容粗糙,用手抹了一下额头上的汗水,对我笑了笑,就到屋后的厨房里去了。

顺着刘文海老婆的背影,我看见他家屋子的板壁上挂着几块用玻璃镶起来的相框,里面有一些照片,我站起身,顺便往那些相框前走。

我经常在乡村人家采访,我知道,一户人家的相框多多少少能反映出一户人家的历史。刘文海家相框里的照片不少,摆得密密麻麻的。刘文海有不少照片穿着军装,但地点背景常变换,有的是站在一架飞机前,有的是在大城市的摩天大楼下,有一张还蹲在一头老虎前,大概是在哪个城市的动物园里拍的。我问他,你以前是军人?

刘文海也走过来陪我一起看,他说,是啊,我在部队待了8年,当了4年班长,我手下的兵现在有的都当了师长了。

显然,刘文海对自己过去当兵的那一段历史还是挺得意的。我说,那你是后来转业的?

刘文海说,按照政策我是可以转业的,当时安置我转业到地区也就是现在的市化肥厂,那时国家提倡退伍转业军人放弃留城机会回到农村,改变农村落后面貌,我就很听话地回到了瓦市村,在村里第一个搞起蔬菜大棚,成了万元户,那时候我经常上报纸上广播呢。可是,越到后来我越发现当年回到瓦市村是走错了棋,瓦市这个市不是城市的市啊。

我说,在瓦市也不错啊,这里空气好,环境美,人都要多活几年呢。

刘文海连连摇头,打断我的话说,那都是你们城里人哄我们乡下人的话,你查一查,论长寿,绝对城里人比农村人平均寿命长,最好的医院最好的医生不都在你们城里?空气好,空气不能当饭吃啊。我那几个战友回到市里,最差的分到了厂里,后来就是下岗了,到后来还有退休金,有的早早做起生意,比起我种田都强过了百倍。凭我当时的能力,我不是吹牛的,我现在也肯定有房有车了。在瓦市村呢,我只有出点苦力,做点小生意都没有门路。所以,我对我儿子说,你就是讨饭也要到大城市去讨。你不看新闻吗?最近有个在南京要饭的,要了几年饭,在城里有两套房,还经常到香港去购物。在农村要饭,能把嘴糊饱就不错了,所以,现在你看看,在农村你还能看到要饭的吗?

刘文海发着感慨,我的目光继续在相片上扫描,他一家主要成员都在相框里,包括那个刘胡兰。照片里的刘胡兰的确从小就与一般乡村女孩子不一样,比如,在照相时,她总是落落大方,收拾得齐齐整整的。突然,我被一张照片吸引住了。在那张照片上,刘胡兰和一群同龄的女孩子一起合影,女孩子们都穿着新衣服,眼盯镜头,眼里是好奇和兴奋的神情,那背景与场景都似曾相识。我觉得我在哪里见到过,我使劲想,终于想起来了。我指着那张照片上的刘胡兰问刘文海,这张是不是在合城的逍遥津公园拍的?3 年前的六一儿童节拍的?

刘文海狐疑地看了我一眼,点点头说,大概是的吧,我也记不太清楚了,是她自己拿回家的。你怎么知道是六一节拍的?

我微笑着,我说,猜的嘛,小兰好阳光啊。

其实,这张照片还出自我手,看着照片,我一下子把脑海里储存的 3 年前的小兰的形象找了出来。

3 年前的一天，我在阳山县采访一位企业家，这个企业家创办了一家生态茶叶公司，公司的基地就在豆村乡的瓦市村。高山茶园出品的茶叶品质很好，但销路不畅，主要是名气不响，多数人不知道瓦市村的独特的自然环境。这位企业家非常苦恼，纯做广告的话，一是效果不好，二是他也拿不出那么多钱。我非常敬佩这位企业家的创业精神，我就给他出了个主意，就是做一次公益活动，以活动来扩大瓦市村的影响力。他一听非常赞同。于是我为他策划了一场这样的活动，考虑到当时即将迎来六一儿童节，许多山里孩子向往城市生活，而城里的小孩子也对乡村生活充满了神秘感，能不能搞一个城乡孩子结对子活动呢？通过这个活动，让更多的人深入了解瓦市村。最后，我出面联系了省城一家晚报，与企业联合开展了“你到山里看看，我到城里转转”的公益活动。我们组织了 30 名瓦市村的小学生到合城，由合城家中有小学生的居民每家负责接回一名瓦市村的小学生，城乡小孩子一起过一天，晚报派出多路记者跟踪采访。随后，这些合城的小学生也到瓦市村的小学生家里待上一天。这个活动效果非常好，多家媒体跟进采访，一时间，大家都知道了这个瓦市村是个风景优美、环境优良的好地方，那里生产的茶叶无污染纯天然。那位企业家十分高兴，硬是塞了一个 3000 元的红包给我，说是策划费。

那次活动我是全程参与的，小兰就是 30 个农村孩子代表之一，在去省城的车上，她表现得特别积极，不停地充当拉歌手，调动起同行的孩子们表演唱歌。一有空闲，她就会问我有关合城的问题，对这次合城之行充满了期待。到了合城后，由于事先联系的一户居民临时有事不能接待瓦市村来的孩子，后来经过协调，另一位小学老师承担了这一任务。这位小学女教师 50 余岁，据介绍她家是个失独家庭，她非常喜欢孩子，而她接走的孩子恰恰就是小兰。在合城那两天，小兰成了媒体聚焦人物，她形象好，关键时刻还能来一下才艺表演，特别是记者提问时，她说出来的话就像小大人似的，特别周详，特别有礼貌，面对镜头也不怵。也正因为如此，我对她才有了深刻的印象。我记得特别清楚的一件事是，活动结束临走的那天早晨，城里的家长来送别乡下孩子和自己去瓦市的孩子，大家都兴高采烈的，有的迫不及待地打开城里家庭送的礼物，互相比较着。只有小兰闷闷不乐，与来合城时形成了强烈反差。那位女老师也来送别小兰，小兰攥着女老师的手，眼泪汪汪，不停地抽泣着说，妈妈，我会想合城、会想你的，你太好了，合城太好了，咱家太好了！这孩子竟然喊那位女老师"妈妈"，那位女老师也不停地抹眼泪，这一幕被省电视台记者捕捉到了，反复地在电视上播放，那场景特别感人，这次活动也在小兰的哭喊声中达到了高潮。

后来，省城一些记者还来瓦市村做过回访，我在电视上看到，记者采访回到瓦市村的小兰时，小兰拿出了好几封信，她对记者说，她和城里的妈妈每个星期都要通一封信呢。

我在小兰的那张照片前站立了好一会儿，我想起那位搞茶叶的企业家。我问刘文海关于那个茶叶公司老板的情况，刘文海说，关门了，茶叶虽好，可是产量有限，老百姓屁点好处都没得到，现在茶山都不给他了，老百姓都收回来自己经营了。

我若有所思地点点头，问刘文海，那后来，小兰是怎么到了合城的呢？

小兰天天哭闹着，说她的家在合城，说得我们没办法，我就决定带她去合城一趟，看看她到底说的是不是真的。

就在上个月，我带着她一起坐了火车到合城去。说也奇怪，小兰下了火车，出了车站，就走到公交车站台，指着117路车对我说，就坐这班车。很快，公交车来了，小兰熟门熟路地带着我，坐上车，过了几个站台，下车，拐入一条巷子，走进一个小区里的单元房。我看看那些路名、巷名、小区的名字，和她平日对我说的一毫不差。我们坐电梯上到23楼，她竟然从口袋里摸出一把钥匙，开了门，还让我换了鞋，进了门，带我看她的房间，美人鱼窗帘、金黄花床单、企鹅台灯、床上的小抱熊玩具，和她先前描述的一模一样。这时，小兰说话的语气、腔调、声音一点也不像瓦市村人了，倒像是在合城生活了十几年的人。

看过了她的小房间，小兰熟练地用客厅里的电话拨了一个号码，随后，她冲着电话喊了一声妈妈,我回来了,你们什么时候回啊?

过了一会儿,门开了,进来一个 50 多岁的女人,她戴着宽边眼镜,手里捧着一个食品盒,她说,兰兰,快来,看我带了什么好吃的?

小兰跑过去接过食品盒,闻了闻说,呀,是我最喜欢的牛肉面啊。

我一下子愣住了,真奇怪,小兰好像在这家生活了好多年了。直到这时,那女人才发现我,她对我笑笑说,哦,来客人了,兰兰,你倒杯茶给叔叔啊。

我竟然成了小兰的叔叔了,我说,我是她爸爸啊。

眼镜女人说,你搞错了,兰兰是我女儿,她是我女儿转世的。我问你,你知道兰兰的生日是哪天?

这难不倒我,小兰每年过生日我都会让她妈给她下鸡蛋面吃。我说,我当然知道啊,她的生日是 1999 年 7 月 9 日。

女人拿过一张纸给我,是一张死亡证明,上面有一张照片,长得就跟小兰一模一样,而那女孩子的死亡年月日竟然就是小兰的生日,连时辰都一样的。女人说,我昨天做了一个梦,说今天我女儿要回来,竟然真的回来了。兰兰,你看,你走了 14 年,我把你的房间还保留了原样,你喜欢吧?

喜欢,喜欢,妈妈。小兰抱着那个女人说,我还要上学呢,还上合城一中。

眼镜女人说,没问题,兰兰,咱肯定上合城一中。

这时,我才知道,小兰真的是这个人家的人。我趁她们母女俩在房间里说话的时候,悄悄走了,头都不回地走了。

那你都没跟那户人家联系过了?我问刘文海。

他摇摇头,不联系,是人家的女儿了,我联系做什么?

也没留他们家的电话?

没有,什么都没留,连门牌号什么的我都忘记了。也不是我故意忘记的,我一回到瓦市村就把那天走的路线全忘了。

那也就是说，现在让你去找小兰，你都不认识路了？

是的，我也不会去找她了。刘文海说到这里，隐约露出了一点笑意。

为什么？她毕竟是你养了14年的女儿啊。

不，她不是我女儿。刘文海一脸沉静地说，她只是合城那个人家女儿转世的罢了，现在她要回去，我不会拦着她的。就好像我家只是个旅馆，她是个旅客在我家住过一段时间一样。

看着刘文海神态自若的样子，我不好就这个问题再追究下去，我想起我此行的主要目的，我虚虚地应付他说，哦，难得你这样看得开。我有几年没到瓦市村了，以前我可常来哟，你看小兰那张照片就是我拍的，那次城乡儿童结对子活动就是我组织策划的。

刘文海愣了一下，说，原来是这样啊，那你这次来做什么呢？

我说，不做什么，主要是太喜欢瓦市村了，就想来走走。这几年我没来了，瓦市村有没有什么大的变化？

变化？刘文海想了想说，哪有什么变化，不像城里几天就能立起一幢楼，10天不去就不认得路了。

我装着无意地问，许多村子都招商引资办起了工厂，瓦市村没有办厂？

刘文海看了看我，点起了一根烟，像在思考，抽了半支烟的时间，他说，工厂啊，有一家，就是我刚才说的那家生产蓄电池的，你要不要去看看？

我没想到刘文海这么热情，就说，怎么，你熟悉那家工厂？

刘文海说，说起来，这工厂也有你的功劳。当年你组织的那次活动，有个合城的学生家长到这里来，看中了这里的条件，就把工厂的几条生产线搬过来了。我呢，就在里面负责机修，一出现机器故障就一个电话通知我过去。我在部队里学过机械嘛，飞机我都会修。

我随着刘文海往工厂走去。厂子并不远，走了20来分钟就走到了，是那种用塑钢搭建起来的厂房，建在一个山坡上，机声隆隆，老远就闻到了一股臭鸡蛋的味道。

我说，这个什么味儿呀？

刘文海说，工业硫酸，今天晴天还好些，下雨天更浓呢。

那不是污染环境？

嗨，不污染怎么能发展呢？你说是不是？

刘文海领着我往厂区走，我暗中把录音笔打开，拿在手中，像是拿着一支笔。我边走边故意问刘文海，这里的污水排往哪里？村民用水怎么办？还有老百姓用井水吗？地下水是不是都被污染了？

刘文海毫不防备我，他带着我一个个污水口看，仿佛这些污染是理所当然的，根本算不了一回事儿。

转了一圈，回到了厂门口，我提出在厂里拍几张照片，刘文海说，你拍吧，你就拍吧，你是记者嘛。

等我在厂里拍了照片回到工厂门口时，我发现厂区门口站了十几个人，没等我反应过来，他们一齐冲上来，一把夺过我的录音笔和照相机，一个人把我的录音笔甩到了污水口里，一个人把我的相机打开，一张张地删除我拍的照片，我大叫，老刘，刘文海！

刘文海从人群背后慢吞吞地走出来，他满脸不屑地对我说，我就知道你是冲着工厂来的，我就看不起你们这些城里人，一天到晚要求我们这样，要求我们那样。要我们过着苦日子，自己却过着好日子，天天说着污染污染的，你们城里不是污染更厉害吗？你有本事，你把城里的企业都关掉啊，都到电视上去曝光啊！

我被刘文海说得哑口无言。他们检查完了我的相机，还是还给了我，推搡着把我弄出了工厂大门，并威胁我说，以后再进厂里一步就要打断我的腿。

这真是我记者生涯中最失败的一次。我顶着半下午的烈日往瓦市村的村口走，心里十分难受，偏偏这时，值班总编老查打电话给我，他说你就别采访瓦市村的工厂污染问题了。我一听就知道又是上面有人打招呼了。我没等他说完就把电话挂了。

汗水钉子一样从我的身体里往外冒出，口渴难忍，我突然非常想喝一口从前我和小井喝过的那井水。左转右转，我循着记忆的指引，终于找到了那口美丽的古井，青灰石井圈依然像一只巨大的纽扣紧扣在瓦市村的大地上。我紧步上前，趴在井圈上往井下张望，然而，井水已经干涸，全没了当年春水荡漾的样子。我使劲朝井里望，井底下，有一只土青蛙，它也在望着井口的天，我觉得我和它有着相同的神情，喂，你是我的前世吗？

它呱地叫了一声。这叫声在古井内回荡，在瓦市村的地心回荡。我听不懂它说的是什么——

呱——呱——

（《小说月报》2014 年第 8 期选载，原载《文学港》2014 年第 6 期）

泰坦尼克号

说实话，成克辉注意上这对夫妇，最初是缘于那男人的妻子。

那女人打扮得很时尚，长发卷曲，低胸紧身无袖短衫，下身是一件较长的牛仔裙。女人的腿修长，脸蛋也还周正，眼睛大而黑。总之，一切美女具备的元素她基本具备了，美丽而又新潮，让她在这一个旅行团队里显得光芒四射。但怎么说呢，成克辉觉得，依她的年龄，这种装扮似乎有扮嫩之嫌，所以，一开始，成克辉心里就把她归为花瓶之列。他猜测，她身边的男人可能是个有钱的主儿，也很可能不是她的丈夫。过去中国人认为理想的男女配对是郎才女貌，现在则是“男财女貌”了。但随即成克辉就否定了自己的这个判断，因为女人的年龄在那儿，和怀孕女人的肚子怎么都掩饰不了一样，一个40岁左右的女人的年龄也是怎么样都掩饰不了的。现在有钱的人搞点情况是太普遍了，但一个有钱的男人与一个和自己年龄相当的女人搞情况可是太少有了，作为老牛的男人牙口再不济也是要吃吃嫩草的，从这一点判断，他们又可能就是正式的可以合法做爱的夫妻了。

这个旅行团是自由拼团形成的，目的地是邻市一个叫百丈崖的地方。相对于名山大川，它并不是一个非常知名的景点，景区里有一条峡谷，沿着峡谷设置了众多运动项目，如攀岩、溯溪、过独木桥、飞越峡谷等等，把户外探险与天然山水结合在一起，倒也还有几分特色。而最有名的一个景观是，在峡谷的尽头，天然生长着一个高大的石块，危岩高耸，两旁瘦削，其上又平坦如砥,其形状像极了那艘世界著名的大轮船——泰坦尼克号。景区由此在这艘天然石船上大做文章,四处宣传。也许正因为泰坦尼克号与爱情有关,来这里的游客多是成双成对的,有年轻的正在恋爱中的情侣,也有三四十岁的中年男女,他们面孔可疑,有的可能是夫妇,有的可能是情人,虽然成分复杂,不过大家的目的一致,似乎在这里玩乐一番,经过了泰坦尼克号的考验,他们的爱情就从此永不沉没了。

成克辉本来也是与林红约了一起过来的,但林红突然临时有事来不了。林红一个劲地打电话给他,再三抱歉,成克辉的心里是有点不舒服的,但想想林红的带点撒娇的语气,他就生不起来气了。林红说,你就一个人去嘛,我的心会和你一起去的。林红真是会说话,说得成克辉一点脾气也没有了,他就越发觉得林红的好了。这趟旅游的费用早就交给了旅行社,这样的旅游又不好找别的人和自己一道,于是,成克辉打点行装,干脆一个人参加了这个所谓的"泰坦尼克号之旅"。

看着别人成双结队,成克辉的心里难免有些嫉妒,他一边发短信给林红,报告自己的见闻,一边无聊地观察团队中的人。这个打扮入时的女人自然就率先闯入了成克辉的眼睛。

成克辉一个人坐在大巴车的后排,因为他是单身一人,所以他很自觉地往后坐。而他落座后,他看见这对夫妇也放弃了前排的位置,径直往后走来。女人还对他点点头,很职业化地笑了笑,然后在他前面的一排座位坐了下来。这样,成克辉得以更近距离地观察这一对了。

女人的头发明显是才新鲜"出笼"的,一定是在美发店里精心做过的,卷曲,光亮,又带着一点儿湿润的感觉,并且有一股暗香。成克辉耸耸鼻子,暗暗笑自己的无聊。但眼前有这么一丛茂密的秀发,他想躲也躲不开啊,他这样为自己解脱。

车子开动了,女人很温柔地将身体倾倒在一旁男人的肩膀上。可是,对于女人这样的示爱,男人却没有什么表示,他一上车就面孔木木的,然后就脸朝向车窗外,仿佛在对着车窗玻璃照镜子。女人并没有在意自己男人略有些冷淡的态度，她往男人身边再挤了挤，把手搭在男人的大腿上，或者放在了男人的敏感部位？因为高靠背椅的阻隔，成克辉看不见前排的情况，他仅凭着自己的经验想象着。

女人也把脸转向了车窗外，她用手指着窗外，说，哎呀，你看，水塘，那里有个大水塘。

男人点点头，嗯，大水塘。

女人又咋呼着，哎呀，看，看，牛呀，一头老牛，现在竟然还有牛。

男人这次总算说了句较长的也较有意思的话，竟然还有牛，看你说的，这年头，牛多的是，牛郎更多的是。

成克辉在后座听了不禁想笑。这对男女真好玩儿。

女人听了男人这句话，愣了愣，她往男人身上倾斜的度数还保持着，但可以看得出，她的身体似乎要比先前坚硬了一些，不再那么柔软了。

一时无话。车里开始播放电影，这也是旅行社特意安排的，《泰坦尼克号》。这部电影大概大家都看过很多遍了。成克辉自己就看过不下三遍，一次是影片刚出来时看的，还看过一次碟片，而最近一次，是卡梅隆弄的3D，他陪林红一起看的。

成克辉还记得那天看电影时的场景。那天恰好是林红的生日，早在两个星期之前，他们就说好了，晚上他们在一起度过林红第三个本命年的生日。他们俩先是在银河公园临水的茶座里喝茶，吃饭，切蛋糕，然后，相拥在一起，说着话。

成克辉和林红的相识缘于一次偶然。

有天，成克辉的手机接到电信公司提示消息，预存了话费200元。成克辉有些奇怪，自己正准备去存话费呢，是谁这么好心给自己存了呢？家人是不太可能的，自己和妻子已形同陌路，她不会去关心他的话费的。那么，是哪位病人家属？这也不大可能的，以前，有些病人家属送他购物卡啊、土特产啊，甚至直接就送红包，他总是不动声色地在病人出院前如数退还。后来有一次，有位病人聪明地往他手机上打了500元话费，说这下你总退不回来了吧。这以后，成克辉就换了个手机号，只有不多的几个人知道。他妻子知道后说，成克辉啊，你真是廉洁奉公的人民好医生，共产党怎么还没发展你进组织呢？成克辉知道妻子这是在嘲笑他，他也不回答，他在心里说，我只是怕麻烦。成克辉费力猜想着到底是谁给他打话费，到了第二天，这个谜底就揭开了。

第二天，他接到一个短信，短信说，对不起，我交话费时，交到您的手机上了。您若有空，请也交200元到我手机上来，谢谢！成克辉看看手机号码，原来这号码和自己的只差了一个数字，这个人可真够粗心的。过了一天，成克辉特意请了假，一早就去电信公司营业部把这个话费交到了那个号码上，前台的收银员报了一遍号码后说，是林红吗？

成克辉愣了一下说，哦，是的。

不一会儿，那个叫林红的人就发来了一个短信，还真交了啊，谢谢！

成克辉幽默了一下回复说，该我谢谢你，利息我就没付给你了。

再后来，他们就认识了。男女间的事情是很奇怪的，不知怎么的，他们就短信来往，聊得非常投机。一年多的时间里，虽然没见过一面，却彼此非常熟悉似的。

他们的短信聊天并没有多少男情女爱的内容，但分明有一种情愫在两人心里潜滋暗长。林红喜欢让成克辉猜谜语，常常在成克辉坐诊时，没来由地发来一条：什么东西一说出来就消逝了？成克辉在这方面非常敏感但又可说是非常迟钝，他想，一说出来就消逝，莫非是爱情？他不敢猜。林红过后发来答案，大笨蛋，是“沉默”啊。对这答案成克辉若有所失，原来林红并不是指的爱情。他觉得自己有些多情了。

半年前的一天夜里，成克辉值夜班，忽然接到林红的短信：“什么东西越多越看不清楚？”林红一般不在夜里给他短信，他理解，可能是夜晚，她不太方便吧。虽然她从没有透露过她的家庭情况，但成克辉隐约猜测得到，林红是有一个还算稳固的家庭的，他也就很少在夜晚给她发短信。他看着这个谜语，想了半天依然没有头绪。林红却没有照往常一样发来标准答案，她忽然说，你能来看看我吗？

成克辉调了班，赶到与林红约定的一家名叫“天方”的茶馆时，已经是夜里10点多了。茶馆里灯影幢幢，放着轻柔的音乐，成克辉一眼在茶馆拐角处找到了从没有见过面的林红，他走上前去说，我敢肯定，你就是林红。

林红带着笑说，我敢肯定，你这次答对了。

虽然林红笑了，但成克辉还是发现她有些不对劲，她的悲伤并没有成功地从脸上逃离，反而因了她的刻意伪装而显得格外醒目。

也许是两人这之前那么多的短信联系，这样第一次坐在一起，倒也不觉得唐突，自自然然地，听着音乐，喝着茶。后来，林红说，我们来点红酒吧。

到了午夜时分，双方都有了些醉意，林红叹息一声说，我们走吧。

成克辉将林红送到了她指定的小区门口，要告别时，林红说，那个谜语猜出来了没有？

成克辉摇摇头说，没有。

林红忽然一下握了他的手，低了头说，是黑暗啊，是黑暗啊。她的嗓音里似有哽咽。

成克辉心里一怔，他觉得她的手好凉，便慢慢握紧了，慢慢将她拉近，再拉近，最后，他们靠在了一起。

有了这样的靠近，后来，他们就有了越来越多的约会。成克辉慢慢知道林红的家庭情况，她的丈夫竟然是本市某个区的区长。成克辉虽然只是一个医院的大夫，对官场政治并不关心，但他还是多多少少听说了，这位年轻的不到40岁的区长是本市的一位明星官员，还有很大的向上发展空间。当然，这些情况，是成克辉在别的渠道得到的，林红并没有向他明说，也没有刻意隐瞒。关于双方的家庭，他们总是视而不见或者是装着视而不见。

那天，林红的第三个本命年的生日，他们俩在银河公园临水的茶座里喝茶，吃饭，切蛋糕，然后，相拥在一起，说着话。以往，林红和成克辉在一起的时候，林红总有着驱不去的淡淡的哀愁的样子，成克辉也不刻意去问她。他觉得,像林红这样的女人,一定有她哀愁的理由。这天,林红的兴致却很高,脸上笑意盈盈。成克辉逗她说,今天没有谜语难为我了?林红偏过头,浅浅笑着说,今天,我就不为难你了。

吃过饭后,时间还早,他们俩决定去看电影,恰好是卡梅隆弄的那个3D版《泰坦尼克号》。成克辉把注意力放在那个3D效果上,剧情他没有太关心,他觉得这个片子照他这个40多岁的"老"男人看来,是太过于煽情了,太过于青春了。他侧过头去看林红,林红先开始还把她的手放在他的手心,但看着看着,就把手收了回去,正襟危坐起来。因为戴着观影的3D眼镜,成克辉没法看清林红的表情,只是林红的呼吸好像急促起来,看了一会儿,她忽然起身往外走,也不和成克辉招呼一声。成克辉以为她是到洗手间去了,可是等了一会儿还不来,便打她电话。林红在电话里说,对不起,我先走了。

成克辉问,为什么?

林红不说话。

成克辉说,你等等我,你在哪儿?

林红说,不。

电话便挂断了。

成克辉再打电话过去,林红不接,只是发了短信来,她说,杰克不是个好男人,他对罗西说,你跳我就跳,他就是吃准了罗西不敢跳,要是罗西敢跳,他会跳吗?我估计他也不会跳,他只是嘴上说说。这就是爱情的残酷。

成克辉回复说,前提是罗西就是不敢跳啊。这一信息刚发出去,他就后悔了,他觉得自己好笨。

林红回复过来:我们是女人,我们的选择从来就不易。

这是电影里的另一句台词,成克辉无法回复,他只好说了句:生日快乐!

大巴车上的电影又放到那个"你跳我就跳"的桥段了,成克辉注意看看前排两位的反应。遗憾的是,前排的男人似乎已经睡着了,他斜倚在车窗边,女人呢,接到了一个电话。成克辉发现,女人一接到电话,身板立即就挺了起来。她的声音虽然不大,但语气里却透着一股子不怒自威:“就让王局处理,按会上定的调子,不能走样。行了,我正有事呢。”她说着,挂了电话,看看睡在一旁的似乎没心没肺的男人,她立即又换了一副眉眼似的,温柔地、轻轻地靠在男人的肩膀上。男人没有任何亲昵的表示,女人只好转头去看车载电视里的电影。这时,电影里,庞大的泰坦尼克号灯火辉煌,那个叫罗西的女人正大声地诉说自己的爱情宣言:我宁愿当他的婊子,也不愿做你的妻子!

电影快结束时,也就是在庞大的、豪华的泰坦尼克号正在缓缓下沉时,导游一声喊,到了,到了,百丈崖到了!

经过一番短暂休整,大家再次在导游和景区安全员的带领下,开始往峡谷前行。根据景区的要求,每位游客都戴上了橘红色的安全帽。沿路有运动项目,比如攀岩、溯溪等,都由安全员带领着,先做一遍示范,然后交由游客去当一回“丛林野人”。队伍中年轻的夫妇玩得十分开心,都达到了景区广告中宣传的“湿身”“尖叫”的效果。成克辉因为是一个人,懒得去秀体力了,便在一旁看看水,看看树,看看山上一个个的大石头,倒也悠闲自在。

把山水看了,成克辉的目光不由得又看那对中年夫妇。那男人目光带点阴郁,魂不守舍似的,他只顾自地往前走,女人呢,一路在撒着与她的年龄并不十分相称的娇。可以看得出来,女人并不十分受男人待见,但她似乎并没有受到挫折,或许,他们是多年的夫妻,早已经习惯了这样的看似不平衡的状态?男人虽然心绪似乎不宁,但动作却十分敏捷,从行走的步伐以及体形上看,似乎是个运动员。为了试试自己的猜测准不准(自从和林红认识以来,他不知不觉也喜欢给自己出题、答题了),成克辉跟在他俩后面,找准一个机会,问那个男人,先生,你是体育教师?

男人略有点惊讶地看成克辉一眼说,是啊,你怎么知道?

成克辉说,看你的身手敏捷啊,那么高的悬崖,你三两下就上去了。

男人脸上露出一点不易察觉的笑意,随即又沉默了。

接下来,是过“情人桥”。在一条溪流上,架了两根长长细细的圆木,两根圆木之间的距离大约是两个手臂的长度，游戏规则是男女情侣牵着手，保持身体平衡，各自从一根圆木上走到溪流的另一边去。如果双方动作不协调，则会落水。更要命的是，情侣们的手牵在一起还不算，还得用一根红丝线紧紧缠在一起，这样，一方落水，另一方也势必被拉入水中。导游在那里鼓动着说，这才是真正的同舟共济啊，这才是真正的患难与共啊，我们这根红丝线就是爱情的象征，哪一队情侣平安到达对岸，我们景区会给予大奖，奖品是免费游览券两张！

大家很快自觉地让安全员给自己缠上红丝带，轮到成克辉前面的那对男女了，女人伸出手去拉着男人的手，也要缠上那样一条幸福的红丝带。男人脸色木然，他一把扯脱了红丝带，径直一个人，伸展开手臂，像炫技一样，绷直了脚尖，跳起了圆木上的芭蕾舞，三两下就走到了对岸，扔下背后的女人以及一大群大呼小叫的男男女女。成克辉偷偷地去看那女人。女人脸上倒不见有多少愤怒，她怔怔地看着对岸的男人，低头看溪流里的水。这峡谷里的水倒是十分清澈，日光照在水里，像是给水填充了一种有质感的东西，是可以用手将水里的如玉样的日光捞起来似的。水里有小小的麻石斑纹的鱼，来去穿行的动作奇快，像飞翔一样。女人再抬起头，又换了一副温柔的脸，她默默地一个人绕过“情人桥”，从前面的石桥上走到对岸，像什么事都没有发生一样，又挽起了男人的胳膊。男人无可无不可似的，任由女人挽着，远远看去，倒像是被女人绑架一般。

一路行行停停，终于到了景区最后的大结局——泰坦尼克号石船前面。这是高潮部分。玩法也比较刺激，就是在崖上也就是泰坦尼克号的船头，围起一圈栏杆，然后沿着栏杆悬下一块钢板，像荡秋千一样，男女情侣紧贴着站在钢板上，头顶上有一根钢线，钢线上吊着安全带，绑在人背后，这边一推，一跳，人就按照事先设计好的钢丝轨道，先下落，然后升到对面的一块石头上。导游又在阐释着爱情的伟大和这个游戏的意义，杰克不是对罗西说嘛，你跳，我就跳。能不能和自己爱的人一起跳，那可是对爱情的考验啊！来吧，来吧，放心，我们的钢丝绳都是从德国进口的，这一根绳子可是花1万多元钱买的哟。每人一根绳子,扣在你们后背的安全扣上,这一套设备都是专业的进口户外运动设备。

年轻人照例拥上前去,毫不犹豫地接受这伟大的爱情的考验。成克辉一个人还是笑着摆摆手,决定自己就站在船甲板上看看风景算了。他这样想着,又去看那对他一直关注的男女。

他以为受到男人先前的拒绝或者说故意的冷落,女人这一下应该不会再邀请男人一起玩这个游戏了。但女人似乎越挫越勇,她甚至扮演了电影中罗西的腔调说,跳,我跳下去,你跳不跳?

这个男人真是奇怪,他的眉眼忽然生动起来,他竟然也用电影里杰克的腔调说,好啊,你跳,我就跳!

女人高兴地走上钢板,男人随后也走上去,女人伸开了双臂,男人紧贴在女人的身后,紧紧抱着女人的腰。这时,有山风刮过来,风吹起了女人的长发和裙子,这情景还真像那部煽情的电影中那幅煽情的画面。女人想必是感受到了,她迎风长啸了一声。从成克辉这个角度看出去,他忽然发现那个男人似乎在流泪。

游戏按照安全员的指导,在按程序进行,安全员分别在他们的腰间系上安全带,扣好安全绳,检查了一遍后,又仔细叮嘱注意事项。千万不要动身后的这个安全扣,这是保命的,上次有个人带个小孩子,小孩子把这个扣子拉开了,摔到山下,在床上躺了两个月才醒过来。

男人、女人都点点头。放心吧,我们又不是小孩子,我们知道什么是安全的,是吧?女人对男人说。

成克辉看见男人别过脸去,这让他看不到男人脸上的表情。

好了,开始,预备,一、二,放!

安全员一声令下,操作员松开绳索,将那对男女推向深谷。

风起,云涌,阳光从山岗上反射过来,刺得成克辉两眼生痛,眼前一片赤橙黄绿青蓝紫,像一道彩虹。他努力睁开眼,看着那一对往下跳的人,朦胧中,他看见那女人仰着脸,张开两臂,七彩阳光布满了她的全身。

成克辉的眼睛被阳光刺花了，他仿佛看见银幕上《泰坦尼克号》的场景在眼前再现。此时，这艘巨大的不沉之船，正载着杰克和罗西往幸福的彼岸驶去。船下，是大海蔚蓝色的波涛，海鸥在鸣叫，海风在尽情地吹拂幸福的人。

这阳光太强烈了，成克辉终于忍不住，泪水猛然流了下来。他忽然想，该给眼前的景象拍个照片，到时发给林红看。他掏出手机——

就在我刚刚拍了第一张照片时，我接了一个电话，要不，我可能会拍得更清楚一些。就是你们看到的这张，虽然比较模糊，但还是可以看出，他们滑到中间时还是没有出事的。你看，这时他们还是紧紧地贴在一起的。成克辉打开自己的手机，指着自己拍的照片给面前两个调查的警察看。

这两个警察，一胖一瘦，像是两个说对口相声的演员。他们在调查时，也似乎一个逗哏、一个捧哏，那个胖子老是发问，话特别多，而瘦子总是在后面哼哼两声。现在，胖子反复地看成克辉拍的那张照片，他说，对不起，你能把这张卡借给我们暂用一下吗？

成克辉有些为难，储存卡里有林红发给他的其他照片，但毕竟人命关天，他想了想说，我通过微信发给你好吗？他拿过手机，将照片发送给了胖警察。

警察再看了看照片，记下了成克辉的手机号，急匆匆地走了。妈的，麻烦事，麻烦事一桩接一桩。胖子不停地抱怨着。

折腾到晚上 7 点，成克辉这个团队才返回市里。成克辉还是坐在后排，他前面的一排，空着。就在他去拍他们美丽的爱情的身影时，一声惊叫划破了山谷。那个不声不响、身手敏捷的男人竟然掉下了山谷，当场就没有了呼吸，而他的美丽的女人，随后跌倒在男人身边，哭昏了过去。为什么男人会掉下去？他可是受过专业户外运动训练的体育老师啊！旅游团的人纷纷议论着。但一旦上了车，大家都噤了声，眼睛不朝先前两个人坐着的地方看。

司机不识相地又开始播放那个煽情的电影《泰坦尼克号》，刚放了个开头，前排有个年轻的女孩叫了起来，放什么呀，快关了，快关了！

成克辉也一下子激动起来，他大声叫喊着，是啊，吵死了，关了，关了，关了！

司机啪地关掉了视频。

整车的人沉默了起来。山里的黑夜比城里的浓，很快，一大团一大团的黑暗涌进了车里，只有车子仪表盘上的指示灯亮着绿莹莹的光。“什么东西越多越看不清楚？”成克辉想起林红的谜语。黑暗真的是越多越看不清楚吗？他觉得好像这也不对，有时候，黑暗越多越看得清楚，就像他此刻，他觉得在这大团的黑暗中，他似乎看清楚了一些东西。

成克辉还没回到城里的时候，林红就打电话过来，她说，微博上有好多你们这个团的消息。

成克辉上了自己的微博，果真，不断有人发消息、转消息。微博上说，那个遇难的男人是市五中的体育教师，而那个女人是他妻子，原来是五中的语文教师，4 年前认识了市里的某个领导，按微博里的说法，是成了那个领导的“干女儿”，从此，她步入了政界，眼下正在市辖某县里任副县长呢。还说，女人的丈夫是自杀，是自己解开了扣在身后的安全扣，而他本来是准备和女人一起跳下去的，后来，到底还是只解开了自己的安全扣，留了女人一命。

成克辉看着那些铺天盖地的消息，心里一下子堵塞起来，他调出他拍的那张照片，贴到了微博上，没有写一个字。

手机振动起来，成克辉看了一眼，是林红的，他没有接。手机振动着，手机顽强地振动着，屏幕在大团的黑暗中闪出一阵阵蓝光。

成克辉一直没接。最后，手机终于停止了振动。黑暗又聚拢来，成克辉长舒了一口气。

（《小说选刊》2014 年第 1 期选载，原载《山东文学》2013 年第 11 期）

天花板上的狐精

潘安在屋里闷头睡了一天，第二天一早，也就是正月初四，他就一个人捡起自己的大蛇皮袋离开瓦庄，爬上去罗城的火车了。

算算，这是潘安第20次离开瓦庄去罗城了。潘安在罗城的一家工厂当保安，他在罗城当保安已经整整13年了，这13年里，他大多每年都要回瓦庄两次，只有少数几个年份里才回一次。瓦庄到罗城来回两三千里，一次路费再省也要五六百元。瓦庄别的男人最多一年回家一次，主要是省下这来回的花费，但潘安舍得花这个钱，他认为，赚钱做什么，不就是养家吗？而家是什么？有女人才有家。他的家、他的女人就在瓦庄，在外辛苦一年，能不回来看看家、看看家里的女人吗？每次回到瓦庄，潘安都要带许多东西，半人高的蛇皮袋装得满满的。在村路上，他将那蛇皮袋扛在肩头上，压得都看不见脸，但潘安自己知道，被袋子遮住的脸这个时候是骄傲的、高兴的。那袋子就是一个移动的广告牌，它告诉瓦庄别的人家的女人，那个恋家的潘安又回来了，又给他家的小红带了许多东西。而每次离开瓦庄去罗城时，潘安还带着那个巨大的蛇皮袋，不同的是，这时的袋子是瘪下去的，折叠成一个方块，夹在胳肢窝下。瓦庄的那些结了婚的大嫂子们就笑话他，潘安，你回来那一满袋子都被小红掏空了啊。潘安知道她们是在开他玩笑，他红了脸嗯啊嗯啊地应付着，低了头，很快地走出瓦庄那些大嫂子们的视线，这才回过头看一眼瓦庄。他好像看见了小红，她正在自己家的院子里，站在高高的石头门槛上朝他张望。潘安就心满意足地冲着自己想象中的小红说，回家去吧，看什么呢，又不是没看过你老公，过年时我不就又回来了？到时，我给你带你要的那种红纱巾，你放心，我不会忘记的。他这样说了一通后，就大踏步地走了。

我这样写了后，你就会知道潘安大致是个什么样的人了，正如你所猜测的，潘安是个30过了40不到的男人。看他的名字你也不要笑，他姓潘，是“安”字辈，他父亲给他取名的时候，图省事，后面也没加个字，就成了潘安，倒不是一心要跟古代的那个叫潘安的美男子比试，瓦庄的人没那个雄心壮志。不过，潘安这个人，长得还真对得起这个名字，一个大男人，却皮肤白白的，太阳怎么晒也晒不黑。也可能因为这个原因，从小到大，潘安就被瓦庄人讥笑为小姑娘，潘安长大后就比别的男人看起来要害羞一些、文静一些。在瓦庄，人人都会唱黄梅戏《女驸马》里的一段唱词：我也曾打马御街前，我也曾赴过琼林宴，人人夸我潘安貌，谁料纱帽罩啊罩婵娟哪……人们一唱起这段，就会打趣瓦庄的潘安，潘安哪，怎么还不去赴琼林宴呢？所以，在瓦庄，大家一致认为，一个男人长得俊，不是一件好事。但到了罗城，潘安却因为相貌优势，让很多瓦庄人非常不爽，这家伙凭色相捞到了一个好差事。他们打工的那家工厂是个台湾人开办的，台湾佬好门面，那个厂长挑选保安时，一眼就看中了长得白白净净、周周正正的潘安，并很快让他当上了保安队队长。哈哈哈，厂长还牛气地说，潘安都来给我们厂当保安了。

而且，潘安的好运并不是到此为止。潘安穿着保安制服，样子像个公家人，双手还戴着白手套，走着站着都是笔挺挺的，厂里进进出出的女工们很快都认识这个潘安一样的潘安了。尽管没有人知道古时候的潘安长得什么样，但她们私底下都认为，要是这个潘安也生在古代，一定也有那些女人扔橘子什么的给他，追着他的马车跑。可惜，这个潘安没有车子，连自行车都没有一辆。不过这也没有关系，不影响女人们喜欢潘安。

潘安的工作职责有两条，一是在厂大门口站岗，二是在厂区巡逻。一个是站着不动，一个是走个不停。潘安硬是站有站相，走有走样。厂里的管理层发现,只要潘安站岗,进出大门的女工就格外多些。有的还不厌其烦地来来回回地走,有的老是上前向他打听一些事,什么厂里的热水怎么最近不热了,什么她的厂牌弄丢了,怎么补办啦,尽是这些无油盐的事,像一群麻雀鸟围着一株颗粒饱满的稻穗。这不利于厂里的管理,最后,厂保卫部决定,潘安作为保安队长,除了代班等特殊情况,平时都以在厂区巡逻为主。这一决定就给了小红机会。

小红的家就在离瓦庄不远的窑庄,和潘安也算是老乡了,有几年坐火车到罗城他们还在一节车厢里呢。小红在这个厂里食堂打杂,时间上比车间里的女工要自由多了,至少可以在潘安巡逻到职工食堂那里时,在窗边与他照个面,说上几句话。那时候他们都还年轻嘛,年轻人心里总是很快地有了内容。有一天,小红又在食堂窗口那里喊住了潘安,她说,潘安,我有个安全方面的事情要找你。

潘安说,安全方面的事你找我就对了。

小红说,抽空你到我们女工宿舍去查查看,我们那间宿舍每天晚上都有奇怪的响动,可是怎么查都查不出原因,害得我们都睡不好,我们都想是不是有鬼哟。

潘安知道小红住的女工宿舍在厂里的东北角,是顶头的一间,住了 8 个女工。窗子前有一棵大的香樟树,虽然房间暗了一点,但还是比别的房间凉快一些。会是什么东西天天晚上响呢?哪有什么鬼呢,是不是老鼠呢?他问小红。

小红说,不是的,没见到过有老鼠屎嘛。

潘安想了想说,那你现在有空吗?现在就去看看。

小红很快就从食堂里跑了出来,大概是跑步的原因,她的两腮红红的。到了女工宿舍,潘安看见走廊上晾晒了花花绿绿的衣服,特别是一个个大大小小、五颜六色的乳罩晃晃荡荡,晃得眼都花了。空气中浮着一种女人特有的气息,有一丝甜,有一丝腥,有一丝香。潘安忽然出了一身的汗,口干舌燥,要窒息一般,他艰难地迈着步子,跟着小红进了女工宿舍。

宿舍里有些暗，四张架子床占满了房子的空间，小红指着靠窗的一张床的下铺说，那就是我的床。

潘安看见那床上床单是粉红色的，像一片春天的桃林，叠得方方正正的被窝是青绿色的，像一片河滩上的草地。小红的声音仿佛是从地底下冒出来似的，她说，你查查看，到底是什么响动呢？

潘安木木地走到小红的床铺前，站在小红的身旁。小红顺手打开了绿被窝，大片的草地被摊开了，鲜绿鲜绿的草地，让人忍不住想在上面打个滚。

小红说，一到晚上，我们宿舍里的人都会听到像人走路的声音，就走在我们的被子上，可是明明被子上什么东西都没有。

在小红的鼓励下，潘安摸了摸小红的绿被窝，他感觉到有一种毛茸茸的东西在手掌心里轻轻地动弹，那东西凉凉的、软软的，可他瞪大眼睛看看，确实什么也没有。

小红说，要不，你贴在被窝上听听，白天有时候也听得到那声音呢。

潘安听话地趴下身，耳朵贴在绿被窝上，闭了眼去听，果真有嗒嗒的声音从被窝里往外响。潘安刚要说什么，就有个东西盖在他头上，他愣了一会儿，才发现是小红的长头发。接下来，是小红的声音在他的耳朵边响起，小红说，是不是狐精呢？我这房间里有没有狐精啊？

潘安不知道自己是怎么回答的，他只知道，后来，小红的嘴唇从他的耳朵边移到他的鼻子下面去了。潘安就在那间有狐精的女工宿舍里完成了他人生的第一次热吻。潘安睁开眼睛时，他看见小红宿舍的天花板上有一处水渍，那水渍的形状真的像一只美丽的狐精，大眼，尖脸，凸胸，翘屁股。这时，窗外传来一阵哗哗哗的声音，潘安对小红说，我知道了，一定是风吹树叶的声音让你们害怕了，回头我请示领导，将那根树丫砍掉吧。

后来，潘安果然砍掉了那棵树靠近宿舍方向的一根大枝丫。潘安对领导说，那根树丫伸到女工宿舍窗子旁，要是有坏人坏心思，就可以沿着那棵树爬到女工宿舍，所以还是砍掉为好。领导表扬了他，并让他立即砍掉。

潘安本来还想对小红说说天花板上那个女狐精，后来，不知为什么，他终于没有说,他觉得那个女狐精很可爱。

潘安和小红便经常在那只狐精的注视下,躺在小红的粉红床单上绿色被窝里,做了年轻人都喜欢做的事。

故事说到这里,你会以为我要讲的就是一个工厂年轻保安和一个年轻女工的恋爱故事,其实,我说的不是一个恋爱故事,我要说的是另一个故事。另一个故事就要发生,你会发现,这是一个完全不同的故事。

潘安和小红在罗城打工的第二年,小红怀孕了,两个人就结了婚。儿子生下来后,小红就不能来罗城打工了。因为要是一家人都在罗城,生活费太贵了,而作为一个新的家庭,他们要做的事情可太多了,比如,要盖新房子,要准备儿子上学。所以,和瓦庄大多数人家一样,潘安还是在罗城当他的保安,小红则留在瓦庄家里,带带儿子,管理家里的几亩茶园、几亩水田。我在前面说过了,潘安是个恋家的男人,他大多每年回家两次,上半年一次,下半年一次,下半年一次要待上 10 天,上半年的春节甚至要待上半个月。他舍不得离开家,离开小红。每次要离开小红的那个夜晚,他几乎整夜不睡觉,一次次地和小红在被窝里翻滚。

等两个人消停下来后,小红问他,你在罗城,有别的女工要骚你,你怎么办?

潘安急切地表态说,怎么会,我只会跟你一个人的。

小红说,那你一个大男人,那么长时间不碰女人,你不难受?我听说瓦庄不少男人都在外面和别的女人临时搭伙住在一起了,你怎么不试试呢?

潘安说,我不试,我难受时我就想你啊。

这样说着,潘安就又凑过去,骑在了小红的身上,小红就鼓励似的给予很好的配合。

这些年基本都是这样过来的,谁也没有听说过潘安在罗城和哪个女工有什么瓜葛,潘安觉得这很好。问题是,在这个春节,潘安发现有些不对劲。

这个春节,潘安照往常一样,调好了班,腊月二十四就回到了瓦庄,他计划要到初十才离开家去罗城。他在回家的火车上就想象着,在这半个月里,他要好好地享受享受和小红在一起的夜晚，这半年，可把他憋坏了。可是，和往年不一样的是，小红在床上一点儿也不热情，甚至不让他近身，好像潘安成了一堆烂牛屎。在潘安的不断要求下，他和小红总算有了一次，可小红从头到尾像根木头，还是根死木头，潘安分明看见小红厌恶的眼神。

潘安觉得很奇怪，他想不通小红为什么会这样，他并没有做错什么呀？他想了好久，后来他想，也许是女人到了一定的年龄，是不是没兴趣了？

潘安在罗城听同事们说起过一种药，那种药女人吃了就会对男人特别好。而潘安在这个春节是多么需要小红对他特别好啊！他需要小红和以前一样对他好，然后，他才有劲头在罗城熬上大半年没有女人的日子。于是，他就借口买年货去了县城，在一家门脸小小的店里面买到了那种药。晚上的时候，他趁小红不注意，就将那药粉倒在小红喝水的杯子里。谁知道，小红喝了一口就觉得味道不对，随后，她又在床底下找到了那包药的包装袋。

小红把一杯催情水呼啦一下全倒在了潘安的脸上，你还是个人吗？你是个畜生！小红恶狠狠地骂着，抱着被子，一个人跑到沙发上去睡了。

潘安看过许多电视剧，电视剧里的男人和女人吵架后，最后都是其中一个抱着被子去睡沙发。他没想到，这个剧情也会在他家上演。潘安抹了抹脸上的水，他说，为什么？到底为什么？

小红就是不理他。潘安看见小红的身子在被窝底下线条起伏，像极了那年在罗城的那间女工宿舍里，他看见的那个天花板上的狐精。

潘安这个春节过得特别沮丧，特别凄惨，他想不明白小红为什么会这样对他。到了正月初四，潘安闷头睡了一觉后，他和自己赌气，更是和小红赌气，他初四就要去罗城。当他像往年一样夹着大号蛇皮袋走出门时，他看了一眼小红。小红并没有挽留他，只是冷冷地看了他一眼，就像没有他这个人一样。

潘安伤心地出了门，他满心埋怨着小红，他想，就算我出了昏招，去买了那药给你吃，我还不是想让你对我好一点儿吗？难道你就不能对我好一点儿？

就如我开头对你说的那样，潘安破天荒在正月初四就离开了家，低着头，穿过瓦庄，爬上了去罗城的火车。即便是正月初四，火车上还是坐满了人，而且还有瓦庄的人。他们有的和潘安一样是到罗城去的，有的是去别的城市，做的事也乱七八糟，做泥瓦工的，蒸包子馒头的，修电器的，跑传销的，渔船上捕鱼的。也有什么事也不干的，就在城市里晃荡晃荡的，像是去城里走亲戚，走了一年又回家，第二年再去，就这样一年又一年，一直到老了，走不动了，最终回到瓦庄自己家的老房子里。反正，凡是能走的男人都绝不会待在瓦庄的。

瓦庄的人在火车上看到潘安，都惊奇地叫起来，潘安，你怎么也这么早走？还有一个人挤着眼睛说，潘安，你应该在家好好种地啊，你就放心小红那块肥地啊，别让别人犁翻了。

瓦庄人哈哈大笑着，全然不顾潘安白了又红红了又白的脸。他呆呆地坐在车厢过道里，垫着那个大蛇皮袋，一动不动地望着窗外，从天亮望到天黑。

天彻底黑下来时，火车也停靠在一个小站。站台上亮着昏黄的灯光，有几个小贩子推着小推车，车上的玉米棒、肉粽子、茶叶蛋冒着腾腾热气。潘安夹着他那个大蛇皮袋下了车，他的脸隐在那一团热气中。等到火车开走了，那一团热气消散了，瓦庄人发现，潘安不在车上了。这狗日的怕是没赶上车，他们说。

潘安是没上车，他转身又坐长途客车回到了瓦庄。这么多年来，第一次，他没有顶着一大蛇皮袋东西出现在瓦庄的村口。他也没有直接回到家里。

潘安在镇里的集市上买了几包榨菜、一袋馒头，还有两瓶矿泉水，他背着这些在晚上回到了瓦庄。这时候的瓦庄一片安静，潘安回村没有惊起一声响动，连狗都没有吠一声。他走到家门前，愣了一会儿，然后走到横在房子左边的偏厦里。偏厦是由土砖搭成的，是摆放农具杂物的地方，他知道偏厦的门锁完全是个摆设，坏了好多年了，轻轻一拉，锁就开了。他钻了进去，爬到一堆稻草上。正月里,没有农活可干,基本上是不会有人进到偏厦来的。潘安就在偏厦的草堆上睡了一晚,虽然冻得瑟瑟发抖,他还是忍着,把整个身子裹在那个大蛇皮袋里,却把两只眼睛露在了外面,像一只猫头鹰般警觉。

潘安做了三天猫头鹰,三天里,他瞪大着眼睛,盯着自己家的大门。他看见小红几乎没出过家门,倒是念小学的儿子天天在外面玩耍,也没见他在家做作业。潘安心想,这小子原来还骗老子说天天在家写日记、做数学题呢。第四天早上,潘安准备还是安心地起身到罗城去。可就在这大早上,吃过了早饭后,他看见小红打发儿子到他姑姑家去玩了,自己收拾收拾,穿上了新衣服,还戴上了一条红纱巾,正是潘安上一年从罗城给她带回来的那一条纱巾,然后锁好了门,摇摇摆摆地出了门。

等到小红走了一段路,估计不会看见自己了,潘安才脱身从蛇皮袋里钻了出来,跳下了草堆,猫着腰,远远地跟在小红身后。小红丝毫也没有察觉,潘安看见她用手机打了一次电话,然后往镇上方向走去。

潘安一双眼睛睁得比猫头鹰还大,他看见小红走到通往镇上的那座大桥上时停住了,像是在等什么人。潘安加快了脚步,努力让小红的行动落在他的视线范围内。过了一会儿,他看见一个男人,骑着一辆摩托车到了小红的面前,车子陡地刹停,然后又漂亮地转了一个弯,屁股对着瓦庄,车头对着镇里,小红就踮起屁股坐在了车后座上,而且一只手还似乎抓住了那个男人的裤腰带。距离有点远,潘安没看清楚那男人的面孔。摩托车轰的一声,喷出一股黑烟走了。

潘安觉得自己的脸也被那一股黑烟笼罩着,黑烟变成了墨汁,在他的脸上横一道竖一道地刷着。

潘安愣怔了片刻,他猛地跑了起来,小红,你停下,小红,你停下。他一边追着那摩托车,一边喊着,可是摩托车开得飞快,根本听不见他的呼喊。潘安一气撵了两里路,心口里怦怦地直打鼓,几天里吃的榨菜、馒头一齐涌上了喉咙口,他哇地一下吐了出来,两条腿也软得像棉花条。

故事说到这里,你可能更加失望了,搞半天,不就是一个男人被戴绿帽子的故事嘛,这种事多了去呢。可是,我请你耐心点,我觉得这个故事和别的故事不一样的地方就在后面,也就是它的结尾部分。我争取能给你一个好看的结尾。

好了,我还是接着说吧。

潘安那天拖着两条腿回到了瓦庄自己的家中,他都不知道自己是怎么回家的。回到家后,潘安也不喝也不吃也不睡,他就坐在堂前像一尊土地庙里的土地公。一直等到夜里 11 点左右,小红才回到家。

小红看到潘安在家里,也没有吃惊,好像潘安根本没有离开家一样,她摘下脖子上的红纱巾,转身要去厨房喝水。潘安噌地弹跳了起来,他大喊着,小红,小红,你给我说清楚,那个骑摩托车带你的人是哪一个?你跟他做什么去了?

小红冷冷地看了一眼潘安,她说,原来,你是在监视我,我告诉你,那个人是接我去打麻将的。

那你说那个人到底是哪一个?

小红说,我不知道,我不知道他的名字。

你还说不知道?潘安的脸气得变了形,他冲到小红面前,去搜小红的口袋,那你把手机给我看看,我来打那个狗男人的电话。

小红死死地扯住自己的衣服口袋,不让潘安拿走手机。潘安拉扯了几下,忽然,他一巴掌打在了小红的脸上,把小红推倒在地上。他转过身把桌上的茶杯、果盒、水瓶,拿起一件砸一件,哐哐当当。他每砸一下就骂一下,死去吧,死去吧。砸了半天,小红躺在地上不起来,耸着肩膀在抽泣。潘安停止了砸东西,他呆立在堂前,灯光在摇晃,四周突然特别寂静,静得能听到很远的田野里的一只蚯蚓的蠕动。

潘安也一下子瘫倒在地上哭了起来,这是为什么呢?这是为什么呢?

小红的一张脸被潘安打肿起来了,她带着怨恨跑到了窑庄她的娘家去了,家里剩下潘安一个人。潘安在第二天早上醒来,看着满地的碎片,他也不去打扫,他像个疯子一样在村子里走动,一家家地去打听。他问村子里的那些大嫂子老太太，小红在家的时候到底是和谁在一起，那个开摩托车的人到底是哪一个。

瓦庄的人怎么会告诉潘安具体的人呢，莫说不知道，就是知道了也不会说的。反而是，这样一来，整个村子里的人都知道小红在外面有了人了。

潘安闹到正月十五还没有闹出个头绪，小红那边却放出话来，她要和潘安离婚。小红有个亲戚是做律师的，很快就帮小红到法院递交了离婚申请，还带着小红到医院做了伤害鉴定。律师说这是人身伤害，潘安不仅要和小红解除婚姻，还要赔钱。

潘安听到小红放出这样的话，他更生气了，他说，她有什么资格要离婚呢？要离也是老子要离！

可是，法院真的将开庭通知送来了。真的到了离婚这一步，潘安又觉得不舍得。他心里想，也可能小红真是去打麻将的？在瓦庄，打麻将也是一件正常不过的事。也许自己是真的冤枉了小红？

法院民庭的办案法官看出潘安的心事，就对他说，你想开点，去求求你老婆，看在儿子的面子上，别离婚。这样，到时候我们争取帮你调解，两口子照样过日子。

潘安想了想说，好，我同意。

到了开庭那天，办案的法官反复调解，小红终于同意只要潘安不再打她，为了孩子可以暂时不离婚。

潘安站在小红的对面，却突然变卦了，血涨红了脸，他说，小红，当着法官的面，你给我说清楚，那个男人到底是谁？

小红说，我早就告诉你，我不知道，你要再追个不休，我们就离婚。

潘安犟着脖子，咬着牙说，离婚。

潘安离婚后，瓦庄有好心的人才告诉他说，那个人是个卖豆腐的，三天两头来瓦庄卖豆腐，后来就缠上了小红。不过，除了小红，那个人在瓦庄还有好几个相好的呢，也就是你潘安，非要搞什么跟踪，这下好了吧，人家都没事，就你搞了个鸡飞蛋打，这个事又是个多大的事呢？忍忍不就过了？你要不舒服,你在罗城也可以找一个嘛。

潘安离了婚后,人虽然还是怏怏的,但日子还得过,过了几天,他又到罗城厂里上班去了。

有好长时间,潘安还不适应自己是个离了婚的人,他心里有时还把小红当作自己的老婆。特别是晚上一个人睡觉,总会想到女人,一想到女人,他脑子里就只会出现小红的身体,只有小红的身体他才熟悉啊!以前,要是想小红了,他就会闭着眼,在脑子里还原和小红在一起时的情景,一边还原,一边用手给自己解决,这样,他就得到了满足,一点儿也不耽误第二天上班。可是,现在,只是一想到女人,一想到小红,还没有还原到一半情景,就会听到小红尖利的拒绝的嗓音。连在想象里,小红也不愿意和他在一起了,潘安立即就软了下去。可是,软了下去的潘安,心里还是不可抑止地要去想女人,想着想着,他就一个人呜咽着哭了起来。

你可能要为潘安着急,或者说,为这个故事着急,难道,这就是你说的那个精彩的结尾?别急,你还是不要急,结尾马上就来了。

潘安再怎么想女人,也还是和从前一样,他从不去那些洗头房去解决一下,也不和那些丈夫不在身边的女工们搭伙过在一起,虽然有不少女工对他有这个意思。没有了解决的路径,正值壮年的潘安就越是想,越想又越没有办法。

有一天,潘安又在厂区巡逻,他走到女工宿舍前,忽然就想起了他和小红当年在一起第一次亲嘴的情形。现在,女工宿舍早就扩建了,由原先的8个人一间房改成了4个人一间房,那棵大树也早就砍掉了,那块地上也建成了房子。不过,当年小红住过的那间宿舍还在,只不过重新粉刷了一下。潘安看着那间宿舍,不由自主地就往上走。因为厂区里的人都认识这个老保安队长,所以,即便是在女工宿舍,也没有人拦住他问什么。

潘安一直走到了当年小红住过的那一层楼,他看见走廊上和以前一样晾晒了花花绿绿的衣服,特别是一个个大大小小、五颜六色的乳罩晃晃荡荡,晃得眼都花了。空气中浮着一种女人特有的气息,有一丝甜,有一丝腥,有一丝香。潘安忽然出了一身的汗，口干舌燥，要窒息一般，他艰难地迈着步子，然后，他走进了当年小红住过的宿舍里。

宿舍里还是有些暗，两张架子床一边一个，他看见靠窗的一张床的下铺，床上床单是粉红色的，像一片春天的桃林，叠得方方正正的被窝是青绿色的，像一片河滩上的草地，鲜绿鲜绿的草地，让人忍不住想在上面打个滚。这和当年的情形一模一样啊，潘安有点儿惊讶。

潘安抬眼望了望天花板，让他更惊奇的是，那只天花板上的狐精竟然还在，那只美丽的狐精，大眼，尖脸，凸胸，翘屁股。

就在潘安使劲望着那只狐精的时候，狐精仿佛活了过来，身体一扭一扭，就从天花板上扭了下来，她扭到了床前，就变成了小红，和小红一个样子，小红的声音仿佛是从地底冒出来似的，她说，你过来呀。

潘安就走到小红的床铺前，站在小红的身旁。小红顺手打开了绿被窝，大片的草地被摊开了。小红说，一到晚上，我们宿舍里的人都会听到像人走路的声音，就走在我们的被子上，可是明明被子上什么东西都没有。

在小红的鼓励下，潘安摸了摸小红的绿被窝，他感觉到有一种毛绒绒的东西在手掌心里轻轻地动弹，那东西凉凉的、软软的，可他瞪大眼睛看看，确实什么也没有。

小红说，要不，你贴在被窝上听听，白天有时候也听得到那声音呢。

潘安听话地趴下身，耳朵贴在绿被窝上，闭了眼去听，果真有嗒嗒的声音从被窝里往外响。潘安刚要说什么，就有个东西盖在他头上，他愣了一会儿，才发现是小红的长头发。接下来，小红的嘴唇从他的耳朵边移到他的鼻子下面去了。潘安就在那间女工宿舍里完成了他离婚后的第一次热吻。随后，潘安被小红一样的狐精拉到了被子底下，把问题给解决了，解决得酣畅淋漓。

潘安是被一阵下工的铃声惊醒的，他睁开眼，那只狐精又回到了天花板上，小红也离开了床，只有打开的被窝提醒他，他刚才和小红一样的狐精在一起，他又找回了和小红在一起时的快活。

潘安是在正月和小红离了婚后来到罗城的，这一年，他一次也没有回瓦庄，回瓦庄他也见不到小红了。而在罗城，他隔三岔五地就会来到女工宿舍，和那只小红一样的狐精见面。那只狐精长得是那样漂亮，更怪的是，她并不固定在哪一个宿舍里，潘安推开哪个宿舍的门，她就会到哪个宿舍里去，而且，慢慢地，她也会和潘安说话了。潘安一般是到了一个女工宿舍，找一个被窝(那被窝的颜色要么是嫩绿色的，要么是粉红色的)，然后，慢慢躺下来，他就会说，小红，我来了，你快过来啊。小红一样的狐精就来了，她喊着潘安的名字，他们说着亲热的话，然后搂抱在一起。

按道理，故事到这里就应该结束了，顶多加上一句：从此，潘安和狐精过上了快乐幸福的生活。

但事实上，后来发生的故事可能让你有点儿失望，故事的结尾有点儿变化。

实际情况是，一年以后的一天，潘安又想去见他的小红一样的狐精了。他像往常一样，走到一间女工宿舍里去，找到靠窗的一张床躺了下来，他闭了眼睛，嘴里在呼唤着狐精的名字，小红，小红。很快，小红应声而来，小红把她柔软的身体放在潘安的怀抱里。就在他们快乐的时候，女工宿舍原先锁好的门突然被打开了，进来了一群保安，他们猛地掀开了盖在潘安和小红身上的被子。

潘安听到“小红”一声尖叫，从他怀里跑了出去，只剩下他一个人傻傻地躺在床上。他抬起眼，望见狐精在天花板上，潘安笑了一下，他对她眨眨眼说，我不会说的。

保安的身后跟着一群女工，她们说，原来是他，还是保安队长呢，竟然干这样的事！

潘安听不见她们说什么，他微笑着，他一直微笑着。

好了，这个故事现在是真正到了该结束的时候了。我不知道有没有意思，如果让你失望了，我真的很抱歉。

(原载《山花》2013 年第 11 期)

暖　坑

1

当管着丧事一应程序的老胡给自己套上丈二长的白麻孝布，又递过岳父李忠实的亡灵牌位，由一群人前引后跟地走出门时，陈海深知道，自己终于还是成了为岳父最后暖坑的人。

“暖坑”是瓦庄这一带的风俗，就是长辈过世下葬时，要由下一辈一位男丁提前一夜睡在即将安放棺材的墓地里，这样子，亡灵就不会在阴间受寒受冷了。暖坑的人选，有儿子的当然是儿子，没儿子的就由女婿代替，具体是哪个儿子或哪个女婿就由家里人商量了。但说是这样说，其实，还是由下辈男丁中最有福气的那一个去暖坑。据说，有福气的去暖坑，也能给亡人找个有福气的人家转世投胎。本来，陈海深从打工的海城赶回来奔赴岳父的丧事时，他没有想到自己会为岳父暖坑，因为，他自认为不是一个有福气的人。李忠实有两个女儿，老大李翠兰，老小李翠红，陈海深从排行上说，是小女婿，在他上面的是大女婿侯伍一。排行大小倒不是主要原因，重要的是，侯伍一在城里搞建筑包工程，家里三层洋楼盖起好几年了，去年又买了一辆小轿车，在城里还买了一套商品房，算是一个成功人士。相比起来，陈海深就要寒碜得多，这位以前瓦庄手艺最好的木匠现在海城做室内装潢工，家里还是三间平房，更不要说在城里有房有车了。所以，这个事几乎没有商量的，就是由侯伍一去暖坑了。侯伍一也满口答应下来了，在城里的他打电话回来说，准备在傍晚时开车赶到瓦庄。可是到了晚上 8 点了，他还没到。这边李翠兰一遍遍打电话去催，侯伍一开始不接电话，最后突然回复说，回来不了啦，工地上有事离不开。

听说侯伍一临时回不来，李翠兰和李翠红这两姐妹一下子脸都绿了。陈海深知道她们为什么有这副表情。李翠兰是气愤自己丈夫关键时刻不给她面子，他说工地有事离不开，十有八九是谎话，主要的是不愿吃那苦。11 月的天气，一个人在坟地里露宿一晚上也实在是够呛的，侯伍一已经多少年没吃过这样的苦了，想必是临时打了退堂鼓。而李翠红呢，却是担心陈海深不会接下这个任务。她一听说姐夫侯伍一临时变卦，就立即把目光转向了在灵堂另一边默然坐着的陈海深，迅速向他这边走来。

毕竟是多年的夫妻，陈海深知道李翠红要说什么，他站起来挪了几步，挪到了门外一个偏僻的角落。

李翠红说，求你了，就最后求你这一回。

陈海深摇摇头。

李翠红惊讶而愤懑地说，陈海深，你就这样狠心？

陈海深摇着头说，不是，不是你求我，你不用求我，既然侯伍一不来，我是肯定会给我师傅暖坑的。陈海深特意强调“师傅”这两个字，一来他确实是这样想的，他回来就是冲着师傅回来的；二来也是提醒李翠红，他现在已经不是她的丈夫了。

李翠红愣了一下，然后小声说，好，我跟胡叔说去。

陈海深看着李翠红把老胡拉到一边说话，不由得又看了一眼灵堂下安睡着的师傅李忠实。师傅的脸上盖上一沓黄表纸，已经看不到他脸上的表情了，只是一双手还露在外面。陈海深看着那双手，那是双老木匠师傅的手啊！他在心里说，师傅，你会不会不乐意我这个没出息的徒弟来给你暖坑啊？

2

暖坑之前要“安魂”。老胡让响器班子响了一阵,《目连救母》中的调子,像哭喊也像叹气,响器一响,来吊丧和看热闹的亲戚、邻居们都噤声了。

老胡郑重地再把陈海深身上的孝布拉拉整齐,又把李忠实的牌位正了正,燃了一炷香,对着李忠实的遗体拜了三拜,把香插在香炉上,随后一脚踢翻了一直点在李忠实睡着的板床下的那盏油灯,喊了声,安魂喽!走了起!

李翠兰姐妹俩走在前,一人打着一只白灯笼,陈海深捧着灵牌紧跟在后,响器班子分开两边,吹的吹唢呐,敲的敲小锣,这回的曲子却是《丹凤朝阳》,有点欢快。最后跟着的其他亲朋,也有打灯笼的,也有打手电筒的,也有用手机晃出点亮光的,反正现在也改革了,是那么个意思吧,大家一齐往村路上走。

一走上村路口,没了村庄人家的灯光,天地之间突然黑了起来,风一阵阵地吹,把面前的两只白灯笼吹得火苗一抖一抖,陈海深忽然觉得心里非常凄惶。

老胡在喊,安魂了哦——安魂了哦——魂归南山了——

老胡是在为亡人喊魂,亡人安葬之前,要到亡人常走的地方把他失落的魂魄安放好,由为他暖坑的人带到墓地里去,这样他到了阴间才不会失魂落魄。师傅的魂魄就要由自己带回去了,陈海深这样想着,脸上紧了又紧。他低了头,躬着腰,两手把师傅的灵牌越发抱得紧紧的,仿佛这样子,师傅的魂魄就容易归附了上来似的。

转了村路,转了池塘,又绕着村子走了一圈,最后又走到了家门口,响器班子停了响,人群一下子松散开来,他们在等着主家今晚的最后一个议程:请在场的人吃夜宵点心。老胡赶去厨房里打招呼说,赶快把甜酒煮茶蛋上到桌子上,每人一碗盛上来。一般这个时候是丧事中最热闹的,有些人家要请戏班子唱戏,请放电影的放几部片子,可是李忠实家就单请了一个响器班子,这让大家有些失望。老李家又不是请不起啊,侯伍一怎么这么小气?他们议论着。

陈海深知道,这倒错怪了侯伍一了,这肯定是师傅临走的时候交代的,不要请什么戏班子。师傅其实是个好热闹的人,之所以不请戏班子,是因为他看了几次别人家办丧事时请的戏班子表演队,就老叮嘱,他殁了的时候绝对不请这样的戏班子。他有一次和陈海深扯闲篇时说,现在这些戏班子几乎不唱戏了,全是唱流行歌曲,唱唱也就算了,大多是年轻的小姑娘露胳膊露大腿露肚脐露后背。有一次,隔壁窑庄的一个人家请了个戏班子,那些女的唱着唱着竟然脱得一丝不挂。陈海深知道这也是常有的事,他问过戏班子的老板,老板说他们也没办法,唱那样的老戏根本就没有人看,不露点,唱死了都没人来看。热闹嘛,办丧事的人家不就是要热闹嘛,要来人多多的嘛,所以只能这样了。

说到底,师傅是个要脸面的人。陈海深不想吃东西,他就披麻戴孝呆呆地坐在院子前的角落里。有人来问他要不要吃一碗,他摇摇头,也不说话。

几个常和师傅来往的老人见了陈海深说,咦,这个女婿还真像李忠实呢,你看,形象就像全了。

立即有人围了过来,打量着陈海深说,还真是像,动作神情都像,李忠实有福了,魂归其位了啊。

有一个老汉上来拍着陈海深的肩膀说,伢啊,你岳父临走前一天我还去看他的,他就说了,他别的什么也不想,他就要一个贴心的人给他暖坑,安了魂,入土为安啊。

陈海深点点头,嗓子里却像塞了一个东西说不出话来。他只好又点点头,他看见自己点头的影子在墙上被放大摇晃着。

等到吊丧的和帮忙的人都走了,也已经到了 10 点多了,陈海深站起来,拿了一只白灯笼,就往后山墓地走。

走到院门口时,李翠红叫了一声,哎,带上这个。她说着,挟了一捆稻草撵过来。现在在瓦庄找一捆稻草都不容易了,因为没有养牛的了,田里收割后的稻草多是就地烧掉了事。李翠红能拿来这个显然是早就准备好了的，她是怕陈海深晚上受凉。

陈海深把稻草捆接了过来，挟在胳肢窝下，他望了望李翠红，动了动嘴唇，还是什么也没说。他越过李翠红的头顶，又望了一眼堂前安睡着的师傅，转过身，走了，把李翠红丢在背后的黑影子里。

灯笼一晃一晃的，稻草捆在胳肢窝下吱吱地响。一离开院子，走到野外，凉气突然就袭上来。晚上看来还是有点儿冷，陈海深挟紧了稻草捆子，稻草捆子暖暖的，有点像以前李翠红暖暖的身子。

3

陈海深和李翠红是在 3 个月前离婚的。他们离婚时，李忠实就被查出了肺癌，医生说他过不了半年了，他们就商量着不把离婚的事告诉家里人。他们俩都知道，要是李忠实知道他们俩离了婚，说不定半个月都挨不了。

陈海深从没有想过自己有一天会和李翠红离婚，估计李翠红也没有想到。陈海深初中毕业才 15 岁就到了李忠实家跟着学徒，一跟就是 3 年。陈海深学手艺时，一切还基本按着旧的规制来。3 年里，徒弟几乎吃住全在师傅家，师傅家的事就是徒弟的事，遇到不上工的日子，陈海深就给师傅家挖茶棵，挖菜地，砍柴火。师傅的小女儿李翠红比他小 3 岁，一直喊他哥哥，做这些农活时，两人总是一前一后相伴着。

挖茶棵时，有时会从茶树底下蹿出一条斑斓的蛇，吐着长长的蛇信子游走，李翠红会吓得尖叫起来，陈海深总会准时出现，把长虫赶走。而吓软了的李翠红再也不敢一个人单独做事，就和陈海深合挖一垄，他俩一个挖这边一个挖那边。

一边挖，李翠红就一边考问陈海深，什么无腿走天下？

陈海深说，风呀。

什么出生笑哈哈？

陈海深说，太阳啊。

什么睡觉不瞌眼？

陈海深说，天上的星星呀。

什么张口不说话？

陈海深明知道答案，可他看着李翠红的样子，就装着想不出来。李翠红得意地说，笨啊，天上的月牙子啊。

就这样，到陈海深学徒期满时，15岁的李翠红眼里已经完全容不下别的男人了，心中只有这个哥哥。陈海深办了谢师酒要回到自己的村子里当自己的小木匠时，她一个人跑到后山上哭了一上午。

几年后的一天，陈海深在外做手艺经过瓦庄，遇见了李翠红。李翠红见了他立时脸红了，也不像以前那样喊他哥哥，而是转过头去，靠在一棵树上把树皮抓出一道道伤痕，肩膀一耸一耸，脸上满是泪水。

陈海深知道自己该做什么了。这年冬天，就有媒婆受陈海深父母的委托到李忠实家提亲了。第二年春天，陈海深和李翠红就结了婚。

陈海深现在还能记起结婚那天的情景。结婚那天，师傅特意送了他们一张吃饭的小桌子，木材是山里的好檫木，红殷殷的，闻得到木头的香味。做工更没得说了，全是用榫头卯起来的，没有一个铁钉子，桌子面刨得光滑滑，上了清漆，能照得出人影。李翠红对他说，这是我爸花了一个月的时间慢慢打出来的，花了心思的。师傅倒是没说什么，他亲手把桌子搬到来运嫁妆的拖拉机上，像是对陈海深说，又像是自言自语，夫妻凑在一张桌子上，就好好过日子，好好吃饭。

那张桌子还在，可是师傅不在了，自己也不和李翠红在一张桌子上吃饭了。陈海深把胳肢窝下的稻草捆又挟紧了些。走着走着，抬头看，墓地到了。

4

墓地离村庄不远，就在后山上，可以看得见村庄里的隐隐的几豆灯火。

陈海深在白天来过墓地，他陪着负责看风水的地理先生架了罗盘，由地理先生划了一块地方，就和请来帮忙的村里人一起挖出了坑穴。那个时候，还计划着是侯伍一来暖坑，陈海深特意将坑挖得深一些，又往坑里多扯了些芝麻秆垫了进去。这也是有讲究的，说是芝麻开花节节高，本来意思一下就可以了，但他多垫了些芝麻秆，也是怕侯伍一晚上会冷。

陈海深把灯笼挂在坑穴上方的一棵树枝上，又把稻草均匀地撒在芝麻秆上，做好这一切后，他轻身跳到了坑穴里，轻轻地躺了下去。稻草与芝麻秆吱吱地叫了一阵后就不再作声了。

还好，坑穴挖得深，又垫了厚稻草，并不十分冷。陈海深想，师傅以后就睡在这里了，而且要长久地睡在这里了，他应该睡得惯吧！想到这里，他才意识到自己是做什么来的，他是来为师傅暖坑的呀，师傅以后长长的年月在地底下过得好不好都靠他这一晚上了。这样想着，他觉得自己责任重大，脸上又紧了紧。虽然看不清自己这时脸上的表情，但他能想象得出来，因为他在师傅的脸上曾看到过这种神情。

那一年夏天，30 里外的一个村子突降暴雨，山上起了蛟（这里人把泥石流暴发称作“起蛟”），半山腰猛地冲出一股洪水，带着泥沙、石头、树木，把山脚下一户人家连窝端掉了，住在屋子里的 3 个人被埋在泥石流下。这家唯一幸存的儿子请师傅去做棺材。天气炎热，急需棺材，又一下子要三口，东家急，师傅也急，但师傅安慰着东家说，不急，不急，两天后全部给你打出来，不耽误亡人入土为安。师傅硬是带着他两天两夜没合眼，锯、刨、钉、拼，时间那样紧急，他还不允许有一丝一毫马虎的地方。那时，陈海深基本出师了，也能独立承揽活了，他就和师傅俩一人打一口。等他完工了，师傅用手从头到尾摸着棺材的内壁，摸着摸着，师傅的脸就黑了，说还有好几处毛糙，有木刺，赶紧地用砂纸打平了。陈海深说，我怕时间来不及，那一点点毛刺就算了吧。师傅剜了他一眼，不说话，自己噌地一下钻到棺材里，拿着砂纸去打磨刮擦起来。陈海深见状赶紧也拿着砂纸跟了去。一切完工后，交了货，东家千恩万谢，师傅脸上却始终是一种平静的表情。那种平静又不像是往常的平静，而是像大冬天里，大雪覆盖了整个山山岭岭，只一个人在雪地里、北风中慢慢走的那种平静。

离开东家时，师傅郑重地在亡人遗体前烧了一炷香，磕了三个响头，这才领着陈海深回家。回家的路上，陈海深困得厉害，走路都在打瞌睡，可是师傅的脸上还是那样平静而又肃穆，好像对某种东西特别敬重，但这敬重又只能放在心里不能说出来，他只是一步步稳扎扎地走在山路上。那天晚上，陈海深别的都记不清楚了，他就记得师傅脸上的那种神情，当时，他很奇怪平时温和的师傅为什么会有那样一种神情？

现在，他觉得，自己脸上就是和师傅当年一样的神情。

5

后半夜了，天上没有月亮，只有几颗星星，在云层里一会儿亮一会儿暗。四下里好静，陈海深睡不着，他侧耳倾听着墓穴外的动静。

墓地周围有些老坟，有些暖坑的害怕一个人在荒野里睡一晚上，就会叫些人坐在墓地边上陪着。据说，上次还有个暖坑的人，请了三个人陪他，结果四个人在墓地里无聊，就凑到一起打了一夜“掼蛋”。李翠红先前也问过陈海深要不要请几个人去墓地陪他，他很生气地摇头说，陪着做什么？一堆人闹哄哄的那还叫暖坑？

陈海深不怕黑夜，早些年和师傅一起出去做工，走夜路是常有的事。每天做完活计，吃完晚饭，师徒二人就上路了。师傅手提着一把短斧走在前头，陈海深挑着一担子锯、刨、尺等木匠家伙跟在后面。陈海深曾让师傅把斧头也放在他挑的行李担中，师傅笑笑说，那不行，这是规矩，你懂不懂？

师傅告诉陈海深，木匠的斧头上有神灵。

那是个有月亮的晚上，师傅说着，亮起那把短斧，指着斧头前端。月光下，斧头亮光闪闪，真像一个活物。师傅说，斧头神是木匠们的神，会保佑木匠，走夜路时，鬼怪见到斧头神就会自动让路。木匠们如果遇上不吉祥的事情，斧头神也会提前预告。

怎么预告呢？它又不会说话啊。陈海深问。

师傅用手指头做了个指栗子，轻轻地磕了一下陈海深的头，怎么能对斧头神不敬呢？我爹对我说过，有一次他到一个东家家里做活，东家要嫁女儿，让去给打嫁妆。我爹架了木工凳，钉牢了第一块木板，抡起斧子准备砍第一斧时，斧子突然飞了出去，飞到院子外。我爹捡了斧子，对东家说身体不舒服，改天再来。过不了两天，那户人家的女儿得暴病死了，你说灵不灵？斧头怎么不会说话呢？世界上什么东西都会说话，只不过你听不懂罢了。

师傅说到这里，猛地停下，陈海深吓了一跳，紧张地看看四周。师傅却轻声笑着，说，方便一下吧。他就背过身，一边尿尿，一边嘴里念念有词，过路生灵，过路神仙，在下有所打扰，实属无奈，敬请谅解。师傅像念戏文一样，好玩极了，陈海深也便转过身，学着师傅念个不停，对着路边的草木嗞嗞地尿一大泡。

这样想着时，陈海深好像听到了嗞嗞的声音。他警觉起来，仔细听听，嗞嗞啦啦的声音越来越响，就在他的头顶上方似的。他坐起来，四下看看，却看见原来是灯笼里的煤油烧完了，灯芯正在做最后的燃烧，火花扑闪了几下，终于灭了。

他重又躺了下来，心里头有些怦怦地跳。要是有把斧头就好了，可是现在，作为一个木匠，他已经好多年没有拿过斧头了，现在的木匠已经用不上斧头了。不仅是斧头，过去木匠用的墨斗、刨子、手拉锯，全都用不上了。师傅的手艺后来在村子里再也用不上了，家具都是从家具店里买，就是自己打家具，木板都是买好的木工板，木匠只要把它放在电锯下锯一锯，用钉子钉一钉，用胶水粘一粘，再贴上各种木纹纸，刷上漆，就成了。

村子里用不上木匠手艺时，陈海深才到城里去做起装潢的。刚到城里时，他并不适应做一个新木匠，现在的木匠几乎不需要手艺，过去在师傅那里学的刨工、锯工、榫工，现在全用不上。后来，慢慢适应了，他几乎都要忘记师傅教他的那些手艺了。

有一年,他在城里接了好几家活,忙不过来,师傅听了后主动来给他帮忙。可是师傅搭了车来到县城,到了现场,看着陈海深啪啪啪用汽钉枪打钉子,只几下就钉好了一块面板,他就不敢动了。师傅像是一个犯了错误被罚站的小孩子,左转右转,转了好一会儿,他暗自摇摇头,默不作声,当天下午一个人又回到瓦庄。对了,那次师傅是背了一套木匠工具去的,手里还拎了那把短斧的。那也许是师傅最后一次拎他的短斧吧,后来他再也没有见到过师傅拎着斧头削、劈、砍各种木板的样子了。

师傅的那把短斧还在不在?陈海深想,等下葬时,一定要把那把短斧找到了,放在师傅的身边。斧头上的神是木匠们的神,做了一辈子木匠的师傅怎么可能临了却没有木匠神护佑着呢?

6

山里的岚气在升腾。陈海深觉得岚气就像一只长脚猫,悄无声息地从山谷里往山腰爬,到了天亮时,它就会爬到山脖子上,等着太阳出来后才慢慢走开。

满山的岚气中,陈海深有了困意,他想安安心心地睡一会儿,把师傅的这一块睡觉的地方焐得暖暖和和的,口袋里却忽然一阵阵振动,是手机,李翠红发来一条短信:冷不冷?要不要送件厚衣服给你?

陈海深想了想,回了四个字:不冷,不用。随后,他就关了手机,他不想再有任何人来打扰他,打扰他和师傅的最后的这个夜晚。可是,这一振动却把他的睡意撵走了,他有点责怪李翠红,虽然李翠红是一番好意。

我是和李翠红离婚的人了,还有没有资格为师傅暖坑?师傅在地底下要是知道了会不会怪我?陈海深后悔自己太急了一点儿,要是等到师傅安葬好后再去办离婚手续就好了。

离婚是陈海深坚持要离的,李翠红其实是不想离的,可她又放弃不了她做的那事,她只有选择离婚。

陈海深到城里做装潢时,李翠红也就跟着他出去打工。他做大工,她做小工,虽然辛苦,但小日子也很和美。问题出在侯伍一发财了后,李翠红像突然从一场睡梦中醒来,她认识到世界上原来有两种人,一种叫穷人,一种叫富人,穷人遇到富人,她的心理就十分不平。她在心底里原是十分看不起这个姐夫的,又没读过书,又长得像个胖蛤蟆,却偏偏在村里盖起了洋楼,买起了小车。李翠红想不明白这到底是因为什么。后来,有一年过春节,姐妹俩回到李忠实身边,李翠红的姐夫侯伍一在喝了酒后,吹着大气,在酒桌子上教训李翠红夫妻俩说,像你陈海深这样做工,一辈子也没有翻身的机会,致富从来不是靠自己的勤劳,而是要靠别人的勤劳,让别人为你赚钱。比如,我侯伍一现在手下有30号人,每人每天给我挣20块钱,我就得了600块钱。而凭你一个人做,做死了也没有600块啊。

侯伍一说了这番话后,李忠实当时就黑了脸,但大正月里他也不好说什么,他就和陈海深喝酒,把侯伍一撇在一边再也不理他。

但李翠红却好像突然开窍了,她明白了侯伍一的这一道理之后,就一心要当老板,当老板才能让别人为你赚钱哪。她拿着和陈海深几年下来省吃俭用的积蓄,先开了一家小饭店,没人去吃饭,饭店亏了,又开了一间服装店,撑了三个月又关门了,她再接再厉,又开了一家水果店,结果水果烂了一筐又一筐,陈海深天天晚上吃苹果当饭,后来看到苹果就要吐。陈海深以为她这下子可以歇手了,没想到,她又找到了一条路子。

邻村的人在海城开洗头房,一个个全发了。李翠红去考察了几天,回来就要去开洗头房。那个来钱太快了,招1个小姐一年就能赚3万,招4个小姐一年轻松赚十几万,她这样对陈海深说。

陈海深吃惊地问她,你知道那些小姐是做什么的?

李翠红说,不就是做那个事的吗?又不是我做,你紧张什么?

陈海深就一句话,不行,赚再多的钱也不开那个店。

李翠红急了,不开店怎么盖得起楼买得起车?

陈海深说,非得要盖楼买车?没有楼房小车就不能过日子了?

李翠红一副恨铁不成钢的神情，她说，没见过像你这样的男人，人家都在想方设法赚钱，就你天天甘心做小工。

陈海深摇头说，不行，我说不行就不行。

李翠红没搭理陈海深，她偷偷找姐夫侯伍一借了钱，也在海城开了一家洗头房，第一个月就挣了一万多块，她高兴地打电话让陈海深去店里看看。

陈海深就抽空到了海城，按李翠红给的地址到了她的店里。那店开在洗头房一条街上，一色逼仄的小房子，都半开着蒙上了粉红色玻璃纸的玻璃门，几个女人露着光腿，斜着眼睛看着街上来往的行人。浓重的香水味里，陈海深看见李翠红正收着一个男人递过去的钱，嘴里说着，慢走慢走，下次再来啊，下次有更漂亮的妹子呢。他还看见，那些光腿女人们面前摆放着一张小桌子，正是多年前他和李翠红结婚时，师傅打给李翠红做嫁妆的。后来他们搬新房有了新家具，这个桌子就收起来不用了，没想到李翠红把它带到了海城来，带到这里来派上了用场。

陈海深在店门口站住了，他大叫一声，李翠红，你出来！

李翠红出来后说，陈海深，你以为这是瓦庄田畈上啊，大喊大叫的，一点素质都没有。

陈海深挥挥手说，你马上给我关了这个店。

李翠红说，什么，关店？你疯了，这么赚钱的事到哪里找去，你今天是吃错药了吧？

陈海深说，关店，关店，马上给我关店。

李翠红说，你说关店就关店？不关，不关。

陈海深说，你关不关？我再问一遍，你关不关？

李翠红说，我说了，不关，不关就是不关。

陈海深跺跺脚甩下一句话，不关店就离婚。他说完就走了，连夜坐火车回去了，他心里惦记着第二天还有一户人家要打鞋柜呢。

就这样，两个人闹了半年，谁也不服谁，陈海深坚决要求离婚。3 个月前两个人就把红本子换成了绿本子。

离婚3个月了,陈海深经常忘记自己已经和李翠红离婚了,他以为她还是他老婆,有好几次,他在城里看见有卖丝巾的小摊,他掏出手机就要给李翠红打电话,问她要不要买一条。因为以前李翠红最喜欢围丝巾,陈海深在城里给她带一条丝巾回去她会高兴好多天。临到拨最后一个号码时,他才想起来,他们已经不是一家人了,不在一个桌子上吃饭了,而那张小桌子在海城,也被另外的人用着。

师傅要是知道我们离婚了,他会说什么呢?陈海深对着夜空长吹了一口气。这时,他隐约听到有鸡叫的声音在村庄里浮动,鸡鸣三更了,他摸摸身底下,稻草秆被焐得有一些温热了。

7

起来,起来了,你还真睡得安稳啊!

陈海深听见有人叫喊这才睁开眼,早晨的阳光打在他的脸上,也金水一样镀在墓穴上方那个人的身上。他这一觉睡得真沉,他爬起来摇摇头,像是要把一脸的阳光摇下去,他看清喊他的是地理先生。

地理先生是隔壁庄子上的,和师傅是老交情,陈海深当徒弟时就认得他了,他喊了一声,叔,你来这么早做什么?

地理先生愣了愣说,海深啊,是你昨天晚上暖坑的?

陈海深点点头说,是啊,是我。

地理先生拍拍自己的大腿,那我可真害了你了,不是说是侯伍一暖坑的吗?

陈海深说,他临时工地上有事来不了,我昨晚上就来了,怎么了,叔?

地理先生咧着嘴笑着说,嗨,我这是做了错事了,昨天我以为是侯伍一暖坑,你知道不,你岳父其实最想你给他暖坑,我知道他的心思,他在春节的时候还对我说,他把侯伍一送给他的烟酒全部退了回去,侯伍一以为有钱就可以不要恭敬心了,那样的酒再好,喝起来也不香。可让你来暖坑这个事我又不能明说，昨天听说是侯伍一暖坑，我就故意把墓穴方向取歪了一点，这不算数，今天晚上还要再重新暖坑，我知道他侯伍一顶多只会在这里待一晚上，他一走那就只有你暖了，这还不是为了遂了你岳父的愿嘛。

陈海深说，那我今天晚上还要重新暖一晚上？

地理先生说，是啊，你不愿意？

陈海深说，愿意，叔，我愿意的。

地理先生说，好，帮我重摆个罗盘，我要给这个老家伙找个好地方睡觉。

陈海深爬上墓穴，阳光照在身上很暖和，他看见天边的朝霞很好看，朝霞下的村庄也很好看。从村庄边走来一个女人，她带着丝巾，陈海深觉得那个女人的样子也很好看，他决定等她来到他身边时，要对她笑一笑。

（原载《边疆文学》2014 年第 8 期）

另外的那个西湖以及小青

我所说的西湖是另外一个西湖,它不是杭州的那个著名的西湖,但它确实就叫西湖,它也确实就在我们这个城市的西边,而且比较大,据说面积是杭州西湖的两倍大。本城的人叫它西湖叫了很多年了,叫久了就没有感觉了,也很少把它与杭州那个著名的湖联系起来。这就好比邻居家的女儿叫刘晓庆的,你从小看着她长大,一直叫她刘晓庆,所以你嘴里喊着晓庆晓庆的,你心里一般很少会想起另外那个著名的女演员刘晓庆来的。小青呢,当然也就不是在杭州西湖上陪着白娘子与许仙好合,与和尚法海斗法的那个小青了。

我在本城工作、生活了近20年,但我以前并没有怎么关注过这个西湖,只是在菜市场买菜时,有卖鱼的会推荐自己的鱼,说这是真正的西湖的鱼,西湖的鱼好吃呀。这个时候我才会想起,本城的西边有一个大大的湖泊。其余的时候,西湖的水再浪打浪也打不到一滴水到我的身上来。

不过从4年前开始,情形发生了改变,西湖越来越成为本城电视、报纸等媒体的一个热频词。因为新来的市长主政思路是要拉开城市框架,经营好城市土地。他做了一个大胆的决定,修了一条宽阔的大马路,将西湖一分为二。路西边真正成了面积与杭州西湖一样大的湖了,路东边的湖全被填土造城,在原先的湖面上建起了别墅区、花园洋房、高档酒店,原先湖上养鱼的人家全都拆迁到安置房小区了。修了路,通了公交,原来显得较远的西湖一下子与市区拉近了距离。新建的小区绿化搞得不错，从乡下山区运来了不少高大乔木，桂花树、香樟树、乌柏树，碗口粗的、脸盘粗的，甚至还有两人合抱粗的大树。"湖在你的家门前"，房地产开发商是这样打广告的。一时间，住在西湖边成了本城人有钱、有身份、有品位的象征。

我本来没敢奢望我也能在西湖边拥有一套房子的。我这人出生于农村，不大敢做梦，用我老婆的话说，我总是觉得凡是好东西总是离我很远。但这一次我居然赶了一次本城的时尚，我的一位神通广大的朋友替我弄了个购房名额，竟然每平方米比市场价便宜600元。在他的鼓动下，以及被鼓动起来的自己的虚荣心的驱使下，我们最终卖掉了原来的住房，加上公积金贷款，终于与本城名流们住进了同一个小区。

我在西湖小区的房子位于19楼。自从住进了新房子，我喜欢坐在阳台上，看落日下那残剩下来一半的西湖，虽然只有原来面积的1/2大，但整个湖面看上去还是烟波浩渺，只是并不一平如镜。因为在高处看来，湖面上有芦苇荡，有荷塘，有小湖埂，甚至还有点点滴滴的小孤岛。看着这大湖，我忽然动了心思，我想起了我车子的后备厢里闲置的一套钓鱼设备，钓鱼竿、捞兜、马扎、阳伞，一应俱全，这是前年我花了3000多元钱配备的。不知怎么了，自从当上了科长后，我就开始失眠，我先暗自以为可能是兴奋的原因。我在我们这个60多人的单位熬了近20年，从科员到副科长再到科长，不容易啊！但后来失眠就像胎记一样，粘在我的夜晚，再也不肯离开。我深受失眠之苦，却不能对同事说，去到医院里，开了很多药吃了也不见好，有个朋友就告诉我一个方法，说是钓鱼有助于改善睡眠。我于是兴冲冲地买了全套工具，钻研了钓鱼技巧，却只钓了一次就没再坚持。因为，朋友带我去的是一处家养鱼塘，我这个从没有钓过鱼的人，竿子一伸下去，就有鱼儿来咬钩，一个小时就钓了10多条，全都是两三斤重的。这样钓鱼还有什么意思啊，晚上回家照例是睡不着。这几年，失眠症还一直忠实地跟随着我，让我整天病恹恹的。现在，我觉得我完全可以再试试野钓，在这个大大的湖面上，一个人，哪怕是吹吹湖风也是好的，或许真的对失眠有好处呢。

到了双休日，我重又拿出渔具包，去渔具店买了作为鱼饵的蚯蚓，然后带上干粮，背上包，沿着我头天傍晚在楼上观察后预设的线路往湖中心走去。及至到了湖边，我才发现我的预设根本没用，在湖边，所有的小路都长得相似，我想，索性就乱走吧，走到哪里是哪里。

正是9月，天气不冷不热，湖面上蒸腾着淡淡的水汽，芦苇开花了，顶着白絮在风中摇摆。我穿着件长袖衬衫，随意地沿着塘埂往湖中心走去。这些塘埂是过去养鱼人修建的，后来为了给西湖小区增加景观，不允许在西湖养鱼了，原有住户几乎都搬迁走了。我走得出了点微汗，正要歇一会儿，忽然看见前面有一个较大的土墩，形似小岛，四周围长了一圈杨柳，隐约可见有灰白的墙壁，难道这里还住着人？我快步向前走去。

穿过枝叶纷披的柳条，是一线小土路，土路末梢有三间瓦屋。瓦屋以前大概是刷过白石灰的，但现在已经脱落大半，成了灰白色。屋檐下挂着竹篮子，摆放着锄头，斜靠着一辆自行车。而简陋的房门上还张贴着对联，从对联的褪色程度看，应该是上个春节贴上去的，看这样子估计还真住着人。

我喊了一声，有人吗？声音在四周的杨柳树枝中穿行，没有回应。我又大了嗓门喊了一声，有人吗？依旧没有响动。

我慢慢走近房屋，房门没锁，是半掩着的，透过敞开的缝隙，看见正厅里有一张小桌子、几把竹椅子，竹椅子呈锈红色，想必已经用过很多年了，再就是几口半人高的大缸，这我知道，渔民们过去喜欢腌菜，湖上的菱角菜腌渍起来终年不坏，是本城人冬天烧火锅时不可缺少的辅料。我再走到旁边两个房间，从小小的玻璃窗朝屋里望去，一间是厨房，有一个小巧的灶台，虽简陋却也干净，另一间是卧室，竟然还有窗帘，窗帘拉起了一半，一张床上齐整地铺着粉红色的被单、被条，阳光照在床上，散发着好闻的香皂的味道。渔民们在生活上一般都是不太讲究的，但这一家却显得特别干净，这让我特别有安全感。我便放下渔具包，拿了钓具，就在一棵稍大的柳树下选了块地方，安好马扎，撒了鱼食，穿上蚯蚓，点起一支烟，甩了钓竿，钓了起来。

这真是个钓鱼的好地方，四下里非常安静，水面上，八角爬虫划着八只脚表演着溜冰术，天空上，不时有几只水鸟振翅飞起，不远处的泥滩上，一只长腿鹭鸶鸟单腿独立，它已经站立了好久，却始终没有动弹，像一只白色的高跟鞋。

浮子动了一下，又动了一下，接着猛地往下一栽，这是鱼来咬食了，而且从咬食的过程看，是条青鱼。我猛地往上一提钓竿，真是一条青鱼，有筷子长，闪着青幽幽的光泽。青鱼可是西湖最好吃的鱼，它鱼肉细腻，味道鲜美，一般很难钓到。我高兴地用捞兜去捞鱼，却听见身后传来一阵狗吠，汪汪汪，汪汪汪。我手一抖，那条小青鱼在空中划了个优美的弧线，一摆尾巴，钻入水中缓缓游走了。我仿佛看见它在水中还得意地朝我眨眨眼睛。

我懊恼地回过头，去看那条多事的狗。是一条黄毛的土狗，它不叫了，冲我不停地皱皱狗鼻子，而它身后站着一个女孩，却冲我微微笑着。女孩大概 20 岁，瓜子脸，细长身，唇红齿白，腰间系着一条蓝花围裙，正挎着一篮子蔬菜。这样子像极了一幅油画，或者说，这女孩就像是从画中走出来的一样。真想不到，在这湖中，这样偏僻的地方，还有这样美丽的女孩子。

她冲我笑笑说，不好意思，我的狗惊走了你钓的鱼。

我说，不怪它，不怪它，怪我没提好渔竿。

女孩对黄狗喊了一声，大黄，去玩去。

那黄狗很听话地摇摇尾巴，偷偷地瞪了我一眼，就走到一边晒太阳去了。女孩抱歉地对我说，大黄不会再打扰你了，你接着钓吧。她说着，迈着轻盈的步子，到左边的一处湖水边洗菜去了。

我重新抛了鱼食，上了鱼饵，甩渔竿钓鱼，但这回我的注意力却怎么也不能集中了。我不时地扭头去看那个女孩子，她蹲在水边的样子很好看，洗菜时划动着湖水的声音也变得非常好听。我强迫自己静下来，过了约半小时，终于钓上了一条汪丫鱼。这鱼可比小青鱼丑陋多了，它咕呱咕呱地叫着，在捞兜里蹦跳造反。这时，女孩洗好菜，转身拿过屋檐下挂着的那把大锄头往屋后走。我再也无法静下来了，我说，哎，姑娘，你是去锄地种菜？

女孩说，也种菜也种花。

种花？我觉得这女孩真是和别的渔民不一样。我说，我帮你挖地吧，你看我钓到现在只钓到一条小汪丫，坐了半天我想活动活动筋骨了。

这个理由我自己听起来都有点牵强，女孩却没有拒绝，她大大方方地说，好啊，那好啊。

我喜欢女孩这种毫无戒备的样子，我要收起钓鱼竿跟她走，她说，你别收竿嘛，就这么放着，或许等会有鱼自动上钩呢。

我笑着说，还有鱼自动上钩啊，行，上钩了就算你的。

到了屋后，我惊呆了，这是一段废弃的沿湖的湖埂，埂上是一畦畦整齐的蔬菜，扁豆、萝卜菜、红辣椒、紫茄子，每一畦蔬菜边都栽有各种各样的花，月季、菊花、木槿、玻璃翠，菜园加花园，满眼锦绣。我愣了半天后对女孩说，这些都是你种的？

女孩已经在摘红辣椒了，她半蹲在辣椒棵边，边摘边回答我说，是的呀，是我一个人种的呀，有什么不对吗？

我连声赞叹着，对她说，你说，要挖哪一畦地？

女孩指着辣椒地边的一块苋菜地说，这些苋菜老了，你把它们翻过来，用土沤一下，过几天好种上小白菜。

她说话的语气亲切自然，好像是对一个非常熟悉、非常信赖的人说的一样。我也放开了手脚，立即抡起锄头，一锄一锄挖了下去。

湖埂上土质松软，挖起来不费力气，新翻的泥土中，拱动着蚯蚓，斩断的苋菜根流出植物的汁液，和着新泥散发出让我久违的乡间气息。我越挖越欢，额头上冒出了细汗，脊背上也冒出了细汗，身体中的一些杂质似乎也全卸了下来。一畦挖到头了，全身通泰。哎呀，爽快，爽快！我连连叫道。

女孩摘满了一篮子辣椒，她微笑地看着我说，谢谢你，中午在我家吃饭吧。

我说，你自己做饭烧菜？

女孩点点头说，是呀，你认为我不会烧？

我说，那太好了，不过我不能白吃你的，那我再挖一畦吧。

女孩就不客气地又指了另一畦稍长点的空地让我去挖，她自己则先回去做饭去了。

等我挖好地，女孩也已经利落地做好了饭菜，喊我上桌。坐到饭桌前一看，一个红椒炒鸡蛋，辣椒通红，鸡蛋金黄；一个素炒莲花白，菜皮紫色，菜心乳白色；一个青椒炒青虾，青绿的辣椒，暗红的虾子；然后是一个八担柴菇子汤，我知道这个“八担柴”多长在湖边的老杨柳树上，不过很难煮烂，十分费柴，所以渔民都称它为“八担柴”，然而味道异常鲜美。这几个菜，不仅颜色搭配得好，味道更是香鲜，特别让我佩服的是，她怎么在这么短的时间里，就整出了这好几个菜。女孩为我端来了米饭，是柴锅灶煮的，弥散着草木的清香。我顾不上形象了，吃了两大碗米饭，吃得无比畅快。印象中，这该是我近 10 年来吃得最香的一顿饭了。

直到吃完了饭，喝着女孩为我泡的茶水，我才问起女孩的姓名和她的家庭情况来。女孩告诉我，她叫小青。

小青？湖里小青鱼的小青？我笑着问。

她笑着说，是啊，我就是小青鱼变的，以后，你可不能吃小青鱼哦。

小青这样幽默，把我惹笑了，我说，怪不得你长得这么美了，小青鱼是美人鱼嘛。

小青告诉我，她父母以前就是湖上的渔民，以养鱼为生。后来，有一年破了圩，鱼塘围埂都垮塌了，父母借款买来的十几万元的鱼苗全跑掉了，他们只好外出打工，已经好多年都没有回来了。他们说是要凑够了给我买房子的钱才回来。唉！小青说到这里叹了一口气。

我问她，那你为什么不出去打工呢？

小青说，我出去过，我在南方待了一年，我不喜欢那里，我喜欢这里，这里多好啊，是不是？其实，我真的不要父母给我买什么房子，这里不就是我最好的家嘛，可他们就是不听我的话。

小青好像有些忧郁，她怔怔地望着远方水天交接的地方，一动不动。

对不起！我说，我不该勾起你的这些回忆。

没关系！小青说，我还有个奶奶，我奶奶很疼我很疼我，我小时候爱吃糖，她老人家到现在只要上街就给我买糖吃。她说着，又开心地笑起来，这真是一个内心充满阳光的女孩。

那你奶奶呢？我问。

小青指着远处的湖面说，她在老家呢，过一段时间就会来看我一次。

喝着茶，说着话，太阳渐渐西沉，我走到先前下钓鱼竿的地方说，回家了。我说着，提起钓鱼竿，却感觉到钓鱼竿下钩着东西，莫非真钓着鱼了？我慢慢提起钓鱼竿，竟然真的钓着了一条鱼，是一条两三斤重的大鳊鱼。这真是运气，钓竿这么空放着，还能钓上这么大的鱼！我高兴地喊叫着。

小青也高兴地说，怎么样？我说的吧，说不定就会钓上鱼嘛。

我要把鱼留给小青，她执意不肯，她说，我不吃鱼，算着你今天挖地的酬劳吧。

我也就不再推辞，用柳条穿了鱼鳃，拎着大鱼，迎着夕阳，背着挎包，走回家了。我一边走，一边回望着小青的家，很快，小青家那小小的孤岛就隐没在芦苇荡、秋荷塘和一片水色中了，不用心去找是很难找到的。我暗暗记住了它的位置。

回到家中，我的收获让我很长脸。不知是什么心理，我没有对老婆说关于女孩小青的一切，我只是说找到了一处好鱼窝，所以才钓到了大鱼。

这一晚，我洗漱好后上了床，脑子里又出现了烟波浩渺中小青那一方花园和菜园，小青轻盈地在花间穿行……我不知道我是什么时候入睡的，我只知道，我竟然一觉睡到了早上7点，这是这些年来我第一次睡着了，而且睡得那么踏实。起床时我就决定了，下周，还去小青那里钓鱼。

接下来的日子里，不管什么样重要的聚会、应酬，只要是在双休日我就一律谢绝。甚至有一次，我们的局长让秘书打电话给我，让我周六中午去参加一个饭局，我知道那天中午的主角是省厅的一位处长，而那位处长是比我高一届的校友，我们曾经都是校篮球队的队员，在校时关系不错，所以，他到市里来后就点名要见我。我斗争了一会儿，还是撒了个谎说有事参加不了。局长非常不高兴，后来一个多月里见了我，脸都拉得像马脸。

我不管局长的脸色，我也不管老天的脸色，不管刮风下雨，我每个双休日都去西湖，去小青那个渔舍。去了后，有时钓鱼，有时挖地，有时栽菜，有时种藕，我还帮她修缮过房屋。小青说屋顶上有一处漏雨，我就从建材商店买了油毛毡，上了屋顶，揭开黑瓦，再铺上毛毡。我觉得在这个小岛上做一切都是舒心的。比如这加毛毡吧，人蹲在屋顶上，摆弄着鳞片般的小黑瓦，想象着江南的雨季，雨丝如牛毛，屋瓦生细烟，再抬头看看周边的湖水，感觉这小屋就是一艘小船，湖水潋滟，心里也有小小的水波流动，就想哼一个随便什么曲子，“小河弯弯向东流”也可以，“洪湖水啊浪呀么浪打浪啊”也可以。我一哼歌，那只叫大黄的狗也在柳树底下奔跑和吠叫，载歌载舞似的，菜园地里的小青在喊，大黄，大黄，你叫什么呀？大黄咬着自己的尾巴旋转着舞步到小青的面前，仿佛向她报告，有个人在屋顶上唱歌，唱的尽是些荒腔野调。小青听懂了大黄的话，她朝我摆摆手，我也朝她摆摆手，然后又低头各干各的活。

每次在小青那里，干完了活，她总是邀请我吃午饭，我也从不推辞。吃过饭，她去做她的农事，我一个人喝着茶，或是坐在小竹椅上看看闲书，或是在塘埂上四下走走，发发呆，直到日落时分才走回家。非常奇怪的一件事是，我每次都是将钓鱼竿随便地甩到湖水中，甚至不用穿鱼饵，却每次照例都能钓上一条两三斤重的鳊鱼或鲢鱼或胖头鱼。小青笑着说，这是因为这里的鱼笨，见到钩就咬，所以你才能每次都不空手。

自从有了小青这个渔舍，我的失眠症不治而愈，两鬓过早斑白了的头发又慢慢黑了起来，更重要的是，我的精神状态发生了很大变化。以前我很怕，怕同事会拱掉我这个科长的位置，更怕局长，这是一位强势的局长，骂下属就如同骂龟孙子一般。有一次，在全局科级干部会议上，局长对着我破口大骂，骂的内容直指我的祖宗们的生殖器官，对此，以前我只有低头听骂的份，可那次，我却面容平静地站起来，我对局长一字一句地说，胡大友同志，请你尊重我的人格，我是你的下属、同事，而不是你的龟孙子。所有开会的人都大吃一惊，局长愣愣地看着我，半天说不出话来。我则心平气和地坐下来，继续听会。会后，我又心安理得地回到办公室，该做什么做什么。我一点儿也不惊慌，我的心里坦然极了。

这样，到了第二年春天，小青的渔舍更美了，花也红，柳也绿，水也青，鱼也欢，特别是菜园边的一株桃树，桃花开得十分秾艳。小青说，这是桃花开得最多的一年，估计今年的桃子会结得特别多。我计划着，再在篱笆边种点豆类瓜类，丝瓜、黄瓜、冬瓜、南瓜、菜瓜、黄豆、绿豆、刀豆、豇豆，都在清明下种。对了，一定要有葫芦，开白花的葫芦，吊在高高的架子上，等葫芦老了，掏空中心，做一个酒葫芦，悬挂在门檐下，那该多美气啊！

就在我买了这些瓜豆的种子，准备下一周双休日去小青那儿时，我听到了一个不好的消息，说是市里准备再次填湖造城，将现有的西湖再一分为二。这样一来，小青的渔舍肯定要搬迁。得知这一消息的那一晚，我的失眠症又犯了。我一夜未睡，在床上翻来覆去，到天亮时，我在心里想，不行，我一定要阻止市里的这次行动。

我知道我不自量力，我一个小小的科级干部，怎么能阻止得了市里的决策？我想了好长时间，决定剑走偏锋。我分析了一下形势，像这种情况只有挑动起民意才有可能与政府对话，而首先入住西湖小区的居民起码是不欢迎政府再建一个西湖小区的：一是，再建一个，现在的这个就没有唯一性了，西湖小区的品质、身份、地位的唯一高档性就不能凸现，这让现在西湖小区的居民肯定不爽；二是，再建小区，势必弄得小区周围尘土飞扬，生活不便；其三，更重要的是，当初政府与开发商一起诱导人们购买西湖小区时，说的是“湖在家门口”“在家门前观湖”，现在又要填了湖，所有的观景房都成了“观房”房了，这无形中就大大降低了房子的价值。另外，我还查了一下资料，像西湖这样的湖，其实在地理概念上就是“城市湿地”，是城市的肺，起着清洁、调节城市空气的作用，大的城市都在保护湿地，像杭州就有一个很大的西溪湿地，所以，西湖不仅是西湖小区现有居民的西湖，更是全市所有市民的西湖。我依照这些材料和理由，花了几个晚上的时间，写了一篇《请保护城市湿地》的网文，张贴在众多网站论坛上。为了防止被删，我让我的读大学计算机专业的侄子在别的省份广为发帖。

但这则网文并没有引起多大反响，在本市论坛上的帖子很快就被删除，像一条小鱼游进了西湖，没有激起丝毫波浪。我急了，我打印这份文章，开始在小区里游说居民，一户户寻求签名反对填湖造城。我这个举动引起了老婆的反对。她说，你还是个国家公务员哪，市长要是知道你在捣乱，会有你好果子吃？再说，景观毁了就毁了，别人不出头你出个什么头？我真奇怪，以前你根本不会管这些事的，现在怎么一下子充满了革命斗志？我无法向她解释，我其实并不是为了什么景观，而是为了保住小青的渔舍。我不管她的冷嘲热讽，继续在小区里活动。果然，过了几天，局长把我叫到办公室，教训我说，一个国家干部要有大局意识，要有是非观念，该怎么做你自己想去吧。

我把这个困境说给我的侄子听，他说，叔啊，你最好配个照片，现在人们都愿意看图，读图时代嘛。我说这个容易，我去一个就是了。

转天我就起了个大早，我觉得早晨的西湖很美，湖上有晨雾，早起的水鸟吃鱼去，湖滩上的芦苇啊蓼草啊也凝结了一颗颗露珠，远景、近景、特写等等，我用相机镜头一个个拍下来，晚上一起发给了侄儿，让他挑选几张。侄儿半夜打电话给我说，叔啊，别的相片都不要了，就要那张水妖的，你这个创意不错啊。水妖？我很奇怪，哪有什么水妖？侄儿随后回发给我一张照片，我一看，真的，湖中浮游着一个类似传说中美人鱼模样的东西，它像鱼又非鱼，像人又非人，但我拍照片时，真没有发现啊。侄儿非常兴奋，他说，想不到，叔啊，想不到你炒作起来很有脑子嘛。你放心，有了这张照片，我再来给你改一下标题，保证立马全国人民都知道了。

侄子先是抛出了我的那张照片，照片题目为“西湖发现水妖？”。这张图片被几家门户网站的编辑放在了首页，一下子在网上引爆了。紧接着，他又将我先前的网文标题改为：“地方政府要填西湖造新城　居民呼吁保护西湖”，也许是“西湖”这个名字起了作用，也许是之前的铺垫起了作用。总之，西湖成了一个网民关心的地方，网民们自然力挺保护西湖、反对填湖造城，各路媒体扎堆来到市里采访。很奇怪的是，那一段时间，只要有大的媒体来采访，到了湖边，记者们拿着相机一路拍去，回去后发现相机里总会出现一张模糊的水妖的照片，这更引发了媒体的热情。市政府一看捂不住这件事了，便出面“辟谣”说，并没有出台相关填湖造城的规划。

这样一来，填湖造城的计划也就暂且搁置了。但据说市长十分恼火，他还在努力谋划着如何将这个项目实施下去。听说市长已经从省里请了专家，专家论证说，西湖水质不好，含有大量携带血吸虫虫卵的钉螺，为保护市民不受血吸虫感染，阻断感染源，保障市民身体健康，应该立即实施填湖工程。

这一说法让我再次不安，好在不久，那位造城市长调离了本城，从省城又调来了一位市长。这位市长是从环保厅下派的，他对前任市长的做法不太认同，恰值全国调控房价，土地一时不再好卖，新市长灵机一动，顺应民意，高调宣布：现有西湖作为城市湿地严格保护，不允许开发经营。新市长的这一举措受到西湖小区居民的热烈欢迎，他在接受记者采访时说，经营城市首先要经营绿色，绿色也是生产力。这些精辟的话语一段时间里频频走上市里、省里的报纸、电视的重要版面和节目。只是，再有人去湖边拍摄时，再也拍不到水妖的照片了。但那已经不是我所关心的了。

我这才彻底安心下来，至少，近5年内，西湖不会被城市吞食了，小青的渔舍不会被拆迁了。当然，这一切，我都没有告诉小青，小青好像也从不知道外界关于西湖还有这样一些争斗。她只是在我每次去的时候告诉我，黄瓜开花了，葫芦牵藤了，南瓜结了一个小小的瓜蒂了。

6月到了，天气渐渐热起来，江南的梅雨季节也到了。

早在春天的时候，我就从报上看到报道，说是今年南方雨水多，长江中下游地区有可能发生洪涝灾害。果然，端午节前，连下了几场大雨。这个周末前的一天，更是大雨倾盆，雨水扯天扯地。我立在阳台前看着西湖，水位不断上涨，我不禁担忧起小青的渔舍来，湖水会不会淹没她的小屋啊？可是小青那里没有电话，她也不用手机，我无法与她联系。我忧心忡忡地看着湖水，不时地刷新微博，查看气象部门关于这场大雨的相关信息。我在心里祈祷着，千万不要淹了小青的渔舍啊。

第二天一早，天竟放晴了，我顾不得吃早饭，穿了高帮胶靴，仍背了钓具包，去往小青的渔舍。到了湖边，我的心里才稍稍宽慰，看那水位，一夜之间退了不少，原先的路面都露了出来，虽然泥泞，但仍可以通行。

这一路跟往常比走得很艰难，走了比平时多一倍的时间才到了小青的那个小土墩子。当我穿过纷披的杨柳树枝走向小屋时，眼前的景象让我吃了一惊。这似乎是另一个小屋，小屋以前虽然朴素简单，却干净美丽，而眼前这个小屋，灰尘堆积，破败不堪，隐隐有股腐烂的臭味。菜地里呢，也没有那些花，菜也种得东倒西歪。我怀疑我走错了，可是，柳树、篱笆、塘埂、屋门上的对联、檐下的锄头、竹篮，又实实在在地告诉我，这就是小青的渔舍啊。我再走近屋子，屋里的陈设零乱破旧，厨房里的锅灶上苍蝇乱飞，这在以前是从没有过的，这是怎么了？怎么才一周时间，就像变了人间？

我大声喊着，小青，小青！

过了好一会儿，从远处的塘埂边走来一个人。小青，小青，我喊着，迎了上去。

不用近看，我就知道那不是小青，小青走路的姿势永远是那样轻盈，而这一个呢，却是拖泥带水步履沉重。

是个老妇人，她挎着一个腰箩，箩里装着新鲜的菱角菜，水珠不停地从腰箩里往下滴落。她疑惑地看着我，你找哪一个？你是来搞拆迁的吧？

我说，拆迁？不是的，我来找小青啊。小青呢？你是小青的奶奶吧？

老妇人眼里露出惊奇的眼神，咦，你认识我家小青？我是她奶奶啊，你是什么时候见过她的？

我说，我认识小青啊，上个星期我还见过她啊。

上个星期？老妇人的脸一沉，上个星期你见过她？你也太会说谎了吧。

我一愣，这怎么回事。我连忙说，是啊，上星期我真见过她，就在这个屋子前，我没有说谎啊。

老妇人说，上星期你在这里？我怎么没看见你？

你上星期在这里？我说，奇怪了，我怎么没看见你？

老妇人见我这样反问她，气呼呼地说，你真会开玩笑，你骗我一个老奶奶做什么？

我蒙住了，看老妇人这样子似乎并没有说谎，难道是我记错了，可我明明记得我上星期是来了呀，我还和大黄玩了一会儿呢。我扔出一只玉米棒，大黄高高跃起一口就叼住了，我不停地扔，它不停变换着姿势去叼咬，怎么会记错呢？我对老妇人说，大黄呢？大黄可以做证我上星期来过的。

老妇人再次上上下下地打量我，大黄？你还认识大黄？她的脸色缓和了些，她摇摇头说，小青走了后，大黄第二年就死了。

小青走了后，大黄第二年就死了？我猜测着老妇人话里的意思，难道，小青已经走了很多年？

老妇人说，以前，我们家在这里养鱼，后来，破圩了，鱼养不成了，小青她爸妈就到外地打工，她爸爸在矿上得了肺病死了，她妈就重新跟了人，再也没有回来过，小青就只好也外出打工去了。她都3年没回来了，也是啊，你想想，她一个女娃子，回来了，这样的房子她怎么住？可是，3年了，她人不回来，怎么一封信也没有寄给我啊？

3年没回来了？我顿时恍惚起来，小青3年前就走了？那你一直在这里？

老妇人说，是啊，我一直在这里，我要守着这个地方。对了，你是城里公家人吧，我想问你一件事。

什么事？

老早就说这个湖要填起来造房子，湖上的住户就可以拆迁换一套城里的房子，怎么到现在还没有来拆迁呢？

你想拆迁？

是啊，我这老骨头在这里要饭一样地活着，还不就是想守着这几间房子，给我孙女换一套城里房子啊。我老了，挣不到钱了，可我一定要给我孙女守一套城里的房子。老妇人说着，咳嗽起来，她不停地咳着，仿佛肺里有另外一个自己。她咳了好一阵才止住，再一次睁大着混浊的双眼问我，你说这湖到底什么时候填呢？

我一时语塞，支吾着说，哦，哦，可能快了吧。

老妇人眼里放出光，快了？快了就好，快了就好哇。她说着，推开屋门，进了屋子里。我也跟着她进了屋，我看见墙壁上有一个相框，这是我以前没有看见过的，相框里摆满了照片，从照片上我一眼认出来，都是小青，就是小青，从小到大的小青，最后一张是小青在一个南方城市拍的，照片里的她，穿着裙子，右手做出一个"V"字，她的身后是城市的摩天大楼。

我默默地走出屋子，我不甘心就这样回去，我仍旧拿出钓鱼竿，像以前一样，摆放在那棵柳树下的水塘里。然后，我就在屋前屋后四处走，我想找到一点小青上一星期留在这里的印迹。可是，真像是被大水洗过一样，已经找不出一点小青的气息了。

到了中午，我去提钓鱼竿，竿子很轻，一片鱼鳞也没有。小青，小青，我嘴里念叨着。我忽然想起，除了第一次我钓起过一条美丽的青鱼外，那以后，我钓起过很多鱼，可就再也没有钓到过一条小青鱼。我叹口气，收起了钓鱼竿。

老妇人又走出来，看着我说，你怎么到这里钓鱼？这里根本就钓不到鱼。

我没有和老妇人争辩，我点点头说，也许吧，这里是钓不到鱼。

我失落地回到家中，我老婆和儿子看着我两手空空，就一起嘲笑我，好歹你也钓一条虾子回来嘛。

我说，不就是这一次没钓到嘛，以前钓到的大鱼都喂熊吃了？

他们俩哂笑起来，以前？以前你钓过大鱼回来？你这不是第一次钓鱼吗？没钓着鱼也犯不着吹这么大牛皮啊。

我有点烦闷，和他们说不通，我丢下饭碗，又一个人站到阳台上，看着远处的湖水。天黑透了，我定定地看着黑漆漆的湖面，忽然，我看见湖中心有一豆昏黄的亮光，闪烁着，风吹不灭。凭着那方位，我猜想，那一定是小青的渔舍中发出的灯光。

小青该是回来了吧。

（原载《安徽文学》2014 年第 6 期）

回见，您哪

李文俊觉得有什么地方不对劲，他想了好一会儿，才明白应该是时间不对，他绝对没想到自己最终会选择在这样一个炎热的天气里离开北京。

自从动了逃离北京回到老家老实生活的念头，李文俊就无数次想象过自己离开北京时的情景。很奇怪的是，在他的想象里，他离开时的背景不是一场瓢泼大雨，就是一场弥天暴雪，最不济，也得是沙尘暴的天气黄沙漫漫啊。总之，是天地动情日月无光，而不是像他现在这样，在一个毫无悲伤气氛、让人恹恹欲睡的夏日里，波澜不惊地离开北京城，这真是没想到。他摸了摸口袋里的动车票，用手指在票面上滑过，似乎都能摸得出来印在上面的一行字：12:37。也就是说，明天中午 12:37 之后，他就将彻底离开这个他待了 5 年的祖国的心脏了。

李文俊摇摇头，像是对这样的选择不太满意。喝一杯，喝一杯，他举起啤酒杯对陈思思说。

陈思思很配合地喝了一大口，然后去数李文俊椅子底下的啤酒瓶，1、2、3、4、5……我们已经喝了 12 瓶了。她说。

李文俊说，12 瓶？我怎么还没醉呢？

陈思思撇撇嘴，这是她的招牌动作，一般她撇撇嘴的时候，就是她即将发表重要的具有启示性、总结性意义的讲话的时候。撇嘴这个动作相当于一个跳高的助跑、一座跨江大桥的引桥、一首乐曲的前奏。她又撇了一次，说明这次她要跳得标杆相当高，要跨的江相当长，要唱的歌相当值得期待。陈思思说，醉了怎么样？不醉又怎么样？嗯？

陈思思的话语简洁有力，果然具有启示性和总结性，一锤定音，与她撇嘴的动作十分般配。

李文俊愣住了，是呀，都这样了，醉与不醉都是那么回事，醉了怎么样？不醉又怎么样？嗯？他答不上来，于是又喝了一大口啤酒。这次，陈思思没配合他，没有端杯子，只是看着他。

算起来，陈思思是李文俊在北京的第5个女友了。1、2、3、4、5，刚好凑齐一巴掌，如果按时间先后排，陈思思就是他爱情手掌上的最末一个小手指儿。他们相处的时间也最短，6个月前，他们在公司的一次季度营销例会上认识，后来就上了几次床，而现在，6个月后，他们就在这个小饭馆里分手道别了。对于这次分别两人都没有什么好说的，李文俊认为，即便自己不离开北京回到安徽老家九华山下那个地级市，他们也绝对成不了正果。在相识之初，第一次上床后，他们躺在床上翻看手机，相互交换了朋友圈中一则微信语录：在北京这个地方，要想让爱情开花结果，最低限度是得失去理智。但是现在他们彼此可以毫无保留地证明，双方都没有做到：陈思思要傍上一个职业经理，李文俊要离开北京，这都是够理智的选择。

我们该庆幸自己都还有理智，不是吗？陈思思说。

是的，您哪！李文俊用一口夸张的北京话回应陈思思。

请问二位还需要些什么吗？一个女服务员走过来问他们。女服务员边说边轻微地皱着眉头看着一地的啤酒瓶。

李文俊看看四周，天色不知什么时候全黑了，这个缩在胡同深处的小饭馆估计也到了打烊的时间了，女服务员的用意其实是在催促他们快点离开。

您应该这样说：还需要些什么吗，您哪？您不是北京人吧，在北京就应该这么说话，您哪！知道吗？您哪！李文俊斜着眼看那女服务员。

女服务员端着身子说，好的，还需要些什么吗，您哪？

女服务员学得挺像，李文俊又看了她一眼，她穿了一件碎花连衣裙，头发扎了一个马尾巴，还戴了一副眼镜。您是大学生吗？他问。

嗯哪，女服务员说，您可真会猜，一猜就中。

没找到工作？

这不就是工作？

念了几年大学就为了在这端盘子？

那还能怎么着呢，您哪？

眼镜女服务员有些调侃李文俊了，李文俊说，怎么着？怎么着？我说您哪……

李文俊想告诉眼前的这位大学生女服务员，“您哪”可真不是一件小事。这是他在北京上的第一堂职场课，他公司的部门经理是个福建人，可经理本人却有个习惯，那就是员工必须得说北京话，特别是在与客户说话时不能出现“你”字，而要称“您”。您好，来了；您哪，这个合同请看一看；您哪，这一杯是敬您的，我喝下去了；您哪……李文俊老是记不住这个，他习惯老家那里的问候语，你好，你好……有一次，经理请客户吃饭，李文俊一不留神，对客户说，你好！被经理当场痛骂一顿。哎，这可真不是一件小事，您哪！

没等李文俊传授这个职场经验呢，陈思思看着手机站起来说，这么晚了，我要先走了。

李文俊说，还早着呢，您哪！

12 点了，还早着呀？你明天可是回了，过你的小城故事多的幸福生活了，我呢，我可还要继续生活在水深火热之中啊！陈思思说。她说着，用手机照照自己的脸，抿了抿嘴唇。

不就是要见那个什么老男人职业经理嘛，说不定也是个“您哪”狂。李文俊说着，又喝了一口。

陈思思迟疑了一下，并没有生气。她斜过身，把李文俊的握酒杯的手拉了一拉，拍了一拍，乖，我走了，记得以后不许想我哟。

陈思思就这样消失了，像一滴水消失在大海里。虽然李文俊心里感到一阵轻松，因为他们没浪费什么感情就完成了告别仪式，但他还是为陈思思这样断然离去有点儿恼火。看来,放弃自己的首都之梦真是明智之举,这已经无须证明了,这一点是肯定的。不,不,不,这一点不能肯定,李文俊又在否定自己,之前好几个同事就是从北京逃离的,过了半年,又一个个逃回来了。北京呀北京!

挂在墙上的摇头电风扇已经停止了转动,是那个女服务员关掉的。你不能再喝了。她说着,又立即改口说,哦,不对,我应该说,您不能再喝了。

李文俊说,好,我不喝了。真的,喝醉和不喝醉又能怎么样呢?您说是不是?不过,请把风扇再开一下,总得让我吹凉快了再走吧,您哪!这可是我在北京待的最后一夜了啊。

女服务员看来并不讨厌李文俊再待一会儿,她又拉了一下电风扇的线头开关,风扇又摇动起来。

李文俊说,您以为我伤心了吗?其实我并不在乎,没什么大不了的。这样的事在北京多了去了,每天该有多少人在结合,每天又该有多少人在分手?每天该有多少人来到北京,每天又该有多少人离开北京?我算个什么鸟呢?多我一个不多,少我一个不少。李文俊说着,觉得自己脸上痒痒的,用手摸了一下,湿乎乎的。妈妈的,我没有伤心啊,怎么会流泪呢?李文俊觉得好奇怪。

女服务员说,那可能是您体内储存的液体太多了。

李文俊说,对,对,对,就是这么回事。我跟您说,陈思思这人啊,属于干眼症人群,她的泪腺里不储存水分,就是她亲妈死了,我估计她也淌不出一滴泪水来。李文俊说着哈哈大笑,笑得两只肩膀一耸一耸的。

女服务员说,还有那么回事啊。她一边干活,一边抬头看了看他,目光锐利。李文俊想,这个女大学生肯定觉得他无可救药了,拿人家眼泪说事儿。为了显示自己在某些领域有着足够的发言权,他赶紧说道,我对眼睛有一点研究,我问您一个问题,你知道马的眼睛能看到多大范围吗?

女服务员咬着手指说,180 度?

不——对——李文俊拖长了声有点得意地摇头否定。

250 度?

不——对——

300,300 度?

告诉你,是 320 度,马的视力观察范围是 320 度左右。

哇,那么宽啊。

您想想,马的眼睛是长在头的两侧的啊,除了身后一点点它看不见,其他四面八方的动静都逃不过它的眼睛。而这也是所有食草动物的特征,食草动物经常要逃跑啊,所以它得时时注意着周边的动静,一有危险就要逃跑。而像老虎、狮子这类食肉动物就和人一样,眼睛长在一个平面上,为什么?是为了准确地测量距离而追捕猎物。可以做个试验,您把一双筷子放在眼前,如果蒙了一只眼睛,你就无法将两根筷子的头部凑到一起。不信,您试试就知道啦。

李文俊说着,非得要女服务员试验一下。女服务员就拿来一双筷子试了一下,咦,她乐不可支,还真对不上呢。

看着女服务员笑呵呵的样子,李文俊觉得自己和她变得亲近起来。在北京城的这最后一个夜晚,他原本已经不可能再和任何人有亲近感了,这使得他的心情有所改善。在最近的日子里,尤其是陈思思告诉他,她选择了那个职业经理,准备嫁给那个老男人,让他在北京的局面变得越发难以控制后,他要想让自己欢快起来,真是太不容易了。而现在,他竟然找到了一丝快乐,这特别难得。他要结账埋单,女服务员说,您前面的那位已经付过了。

李文俊觉得自己已经没有任何理由再待在这里了。女服务员向留守在店里的另一位服务员打了声招呼,便和李文俊一起出了门。

走到大街上,女服务员说,我可累坏了,我今天站了一天,还好,明天上午可以休息一上午。

李文俊摸摸口袋,这附近有快捷酒店吗?他问,我找个地方随便住一晚,反正明天我就得滚蛋了。李文俊说着把钱包翻开来,瞧,我买完车票后还剩 200 多元钱,可以最后贡献给伟大的首都。

如果您愿意，可以睡在我房间另一张床上。女服务员毫不含糊地提出了这个建议，然后仰脸看着他。

似乎是午夜大街上相对清新的空气加强了酒精的作用，李文俊的思维比在小饭馆里还混浊，他自己都能意识到这一点，他不知道自己说了句什么。

女服务员说，您像我认识的一个人，他也在北京待了几年后又回到老家去了。

李文俊发觉自己嘴巴里吐不出来词了，他像一个木偶人，被一根莫名的提线提着，跟在女服务员的身后走着。午夜的北京北五环的大街上空无一人，晚安，您哪！李文俊想，要是碰见一个人，他应该这样向他打招呼。

也不知道走了多长时间，当女服务员摁亮房间里的灯光时，李文俊觉得自己走进了一个梦境。他脑子里模模糊糊地闪过一个念头：跟这个女服务员、留京的女大学生上床，反正是最后一夜了，反正就当做了一场梦。但这个念头立即熄灭，因为他不想再碰钉子，而且涌上全身的困倦感远比上床这个念头来得更强烈。

刚好我们店里才辞职走了一位服务员，那张床这两天空着，也许明天就会有人来住了。女服务员指指旁边的一张窄小的行军床。

这大概是间地下室，李文俊猜。他像只蹲在陌生枝头的傻鸟一样，东望望西看看。他看着看着，嘿嘿地笑起来，这和我住的那个房型一模一样嘛，连这两张床的摆法也一样。

只能将就着对付一晚了，这床不是很舒服。她有点抱歉地说。

我肯定睡过比这更差的床。

李文俊看着女服务员，她做了个手势，意思是请他自便。

李文俊觉得自己脑子是清醒的，他装模作样地开始脱衣服，脱下衬衫后，他意识到不对，又慢慢穿上。我还是习惯穿着衣服睡觉。他说着，躺了下去。行军床发出了惨烈的叫声。

女服务员到一旁的卫生间里洗漱去了，流水声听起来挺悦耳，过了一会儿，一切停滞了，灯关了，周围一片漆黑。李文俊能感觉到女服务员摸索着，光着脚板走过地面，睡上了对面的一张较大一点的床。

女服务员大约在脱衣服，啪，啪，两团衣服从床上扔到一边的椅子上，你睡着了吗？她问。

睡着了。

睡着了还能说话？她嘻嘻笑着，晚安。

晚安，您哪！他有点骄傲于自己这时仍能清晰地吐出这句北京话。

房间里霎时安静下来。李文俊伸展开四肢躺着，他觉得自己是浮在一只小船上，心里非常平静。他好像已经彻底忘掉了陈思思，也忘掉了北京，他问自己今后该怎么办，回到老家那个小城后，他大概要先在父母家住着，等候考当地的公务员，然后再找个女人结婚？他这样想着，没想一会儿，他就不知不觉睡着了。

等到李文俊被一阵粗重的敲门声吵醒时，一开始他还以为自己还是睡在自己之前的租住房里，他仔细回忆了一下，才隐约想起昨天晚上的事来，他看看手机，已经是早上 8 点半了。

谁在敲门？李文俊看看对面床上的女服务员，她毫无反应。会不会是她男朋友？如果真是那样，那还真有些麻烦了。敲门声更加响了起来，显然敲门的人越来越不耐烦了。他爬起来，一个箭步跳到女服务员身边，摇摇她，轻声说，喂，有人敲门。

女服务员睁开眼睛看了看李文俊，一转头又把整个身子缩在被子底下，背对着他嘟囔着说，你去开门吧，我好困，我都忘了，是我昨天约着电工来修电表的，那电表老是走字快。她说着用手指了一下卫生间，又接着睡了，才一秒钟的时间，她似乎又进入梦乡了。李文俊听见她吧嗒嘴的声音，像是在梦中吃着什么美食。

李文俊只好整了整衣服，清了清嗓子，开门之前他还皱皱鼻子，嗅了嗅屋子里的空气。虽然他们昨天晚上并没有睡在同一张床上完成人类男女之间的古老原始而又永不厌烦的动作，但空气中似乎仍然飘荡着某种雌雄动物交配过后的特殊气味。这是地下室，无窗子可打，他挥挥手，只好就这样打开房门。

进来的男人像所有的电工一样，背着军绿色的帆布电工包。我还以为没人在家呢，昨天都约好了的。他说着，四处打量，然后说，电表在哪？

李文俊想起刚才女服务员手指的方向，综合自己在租住房里居住的经验，他知道电表应该在什么地方，便带着电工往卫生间走去。他做出从睡眼惺忪中立即苏醒过来的样子，电表在卫生间里，他说。

李文俊说，唔，这电表老是走字快。他说着站在电工身后，跟着他挤在了窄小的卫生间里。

电工把电工包放在洗脸池上，拿出了一支电笔，然后仰头望着上方的天花板。李文俊的身高优势这时体现了出来，他踮起脚，猛地一拉天花板上一个吊着的小扣板，果然，小扣板围成的小盒子里露出了一个老旧的电表。线路都老化了。他说，好像自己为这里的用电问题经常烦恼似的。

电工看了看说，看来只能更换电表了，这种老电表已经无法修理了。他说着，拉过一旁的一个小木方凳，站在上面关了电闸，开始拆旧电表。原先的旧电表是用膨胀螺丝固定在墙壁上的，他用起子转了半天也没有撬动分毫。只有用榔头了。电工指了指自己的电工包，示意李文俊把榔头递给他。

李文俊一边找铁榔头，一边轻声地关上了卫生间的门。他动作轻巧，对电工也轻声笑着说，她还睡着没醒。他打了一个呵欠，好像是他特意要求女服务员继续睡着似的。她昨天上夜班。他继续解释道。

电工点点头，举起榔头准确地敲打掉旧电表的四个角，声音在天花板上炸雷一样，并随之哗啦啦下了一阵粉尘雨。

李文俊眯着眼睛，当心点哦，您哪！

电工终于将旧电表敲了下来，递给了李文俊说，没事，你看，这电表都老掉牙了。

哦。李文俊拿起旧电表在手上端详了一番，这个满被灰尘包裹着的东西此时停止了它总是超速的转动，像一个衰老的老妇人。带了新电表来了吗,您哪?他问电工。

电工点点头说,听口音你是北京人?

李文俊不假思索地答,是啊,我可是正宗的老北京啊,我们家是镶黄旗。

电工在检查电线,让李文俊从他工具包里掏出新电表递给他,他顺手搁在天花板上,然后用电夹钳使劲夹出电线里的铜丝。老北京好啊,那你们家在城里应该有房子吧?电工问。

李文俊觉得自己反应快极了,是啊,是啊,平安里那块儿,正赶上拆迁呢。我告诉您啊,我是为了和她在一起才搬到这儿来住的。他说着,不管那个电工看见看不见,朝着外间的女服务员努着嘴。

电工原也是个贫嘴的,他笑着说,你这是不爱江山爱美人啊,媳妇是外地的?

嗯,四川的。

四川的好啊!电工已经顺利地夹出了电线里的铜丝,正将新的电表外壳拆卸开来,将铜丝伸进电表内部的接线卡子上。他一边用起子拧着螺丝,一边感叹,四川女人好,皮肤好,人又温柔。

呵,挺了解四川女人的嘛。您哪,是不是也处了个川妹子?李文俊轻声地吹了一下口哨。

那倒没有。电工说,不过我一个好朋友谈了个四川妹子,那女人啊可把他宠得不得了,给他今天买新衣明天买新鞋子。你要是怠慢她男人一点儿,她会和你拼命。

是的,李文俊说,是那样的。他又吹一声口哨,连他自己都觉得这口哨声很是轻佻。

跟她在一起很久了吗?电工接上了线头,将新电表的外壳罩上去。

6 个月了。李文俊说。他心里很高兴把和陈思思在一起的那段时间给替换掉了。他心里想,怎么这么容易就替换掉了呢?半年了。他又补了一句。他感觉到心里像一片宽阔的湖泊,爱情的波浪一波波地冲刷着他。

不过,听说川妹子也容易吃醋哦,她看管得紧吧?电工转换话题的同时也在转换手里的动作——又开始抡着榔头敲打固定螺丝。

李文俊又眯上眼看着上方的电工。李文俊说，她挺好的，少量吃点醋有益于健康嘛，您说是吧？他说着，手心里都有了汗。但电工没有丝毫怀疑，他停止了敲打，用电笔测量着电表的电压。李文俊听见从天花板上的空洞里传来了他走了样的声音，嘿，兄弟，好炉费炭，好女费汉，你可要注意身体哟。

这个玩笑虽然有那么一点儿过，但从中透露出的那么一股子微微的妒忌意味，让李文俊不禁高兴地哧哧笑出声来，而且他觉得他这时只有笑那么一笑才能缓解他的紧张。哈哧哧，哈哧哧，他笑得乐不可支。

电工却突然问他，是不是经常跳闸？

李文俊煞有介事地点点头。

你们最好再安装一个漏电保护器，这样比较安全一点儿，我今天没带，你要是需要可以打电话给我。电工合上电，摁了一下电灯开关，灯亮了，再看看电表，然后跳下木凳。好了，你看。他说着又摁了一下开关，灯又灭了。他开始收拾自己的行头，起子、钳子、胶带什么的。

李文俊好像觉得他们的谈话不会就这么结束，前面的话题还没有完呢，他想接着那个话题往下说，我身体好着呢，费不了，我是跑销售的，我经常出差，每次出差回来，她都要炖乳鸽给我吃呢。哎，我可告诉您，炖乳鸽绝对比红烧乳鸽味道好了去了。他吧嗒着嘴，想引起电工的注意。

但不管是身体费不了也好，炖乳鸽的味道也好，电工好像都没有多大兴趣了，大概是大功告成，他急着要走，所以顾不上说话了。他毛毛躁躁地把工具归拢好，冲到水龙头前洗手洗脸，然后看看手机，说出了费用：210。

210。李文俊重复了一下，心里有点沮丧，他们的话题还没有结束呢。而且他心里在犹豫着，210，这可是他兜里几乎全部的现金啊，怎么办呢？刚才跟这个多嘴的电工说了那么多愉快的谎言，现在怎么好把女服务员叫起来说付费的事呢，还能怎么办？他装着十分镇定并理所当然地从裤子口袋里掏出钱包，侧过身，不让电工看清楚他钱包的干瘪。付了钱，他心里想，这笔本来要在北京过完最后一夜的钱最终还是消费在北京,这就是这几张钞票的命运。

电工穿过他们睡觉的卧室往外走了,女服务员还没有醒过来,对这一切浑然不觉,电工经过时似乎特意朝床上看了一眼。李文俊说,慢走,您哪!他心情又好了起来,多亏了这个电工,使他在北京的最后时刻获得了幸福,获得了“爱情”,要是没有这个电工,他在北京的最后时刻还有什么幸福可言呢?他希望这个贫嘴的电工这个时候能和他再贫几句,再侃侃有关四川女孩的话题,虽然他到现在还不知道这个女服务员是不是四川人,可这又有什么关系呢?

电工却没有停步,甚至连一声再见也没说,就背着他军绿色的电工包走了。

李文俊的在北京的幸福生活的唯一的见证者、知情者、合谋者,可能也是唯一的妒忌者,就这么走了。李文俊靠在门边,歪侧着头,听着电工的脚步声响在楼道里,从重到轻,最后归于沉寂。之后,过了好一会儿,他还保持着侧耳倾听的姿势不动,他觉得有一种深深的孤寂在他耳中轰鸣,他已经很久没有这样了。我得走了,他回过头来看了一眼女服务员,他想,要是和她告别的话,就要把她叫醒,那就要叫她的名字,但他到现在才发现,他竟然连她的名字都不知道。她有没有向自己介绍过?他想不起来了,也许昨天晚上她已经告诉过他了,可是他昨晚喝多了酒并没有记住。

李文俊迟迟疑疑地走到女服务员床前,他看见她这会子换了一个睡姿,两手高举过头,两脚交叉叠起,身体呈现一个很美的曲线。她身上原先盖着薄薄的床单只裹住了她一半体积,露出来的部分,有手臂、腰肢、小腿、脚背。她的皮肤很白,甚至能看见手臂上的血管的涌动。李文俊盯着她看,看着看着,她好像成了一尾人鱼,在床单的波涛里自由而灵活地游动,甚至一个鱼跃,将水花泼溅到他身上来,随后她哈哈大笑起来。李文俊抖了抖身子,像是要抖落一身水花,可是女服务员仍旧睡得很熟,李文俊希望这时候能发生点什么事,让她醒过来,同时又感到深深的遗憾。为了可能发生,又没有发生，而以后再也不会发生的一切，因为跟那个电工说话时他已经拥有了这一切。

等我回到老家，也许，我会有足够的时间思考在北京的所有的事情，包括现在这件事。他想，而现在，我要走了。李文俊看看手机时间显示，要在12:37之前从北京的北五环赶到北京南站坐上火车，时间已经不宽裕了。

回见，您哪！他轻声对依然熟睡着的女服务员说，他轻轻地带上了房门，站在门前他又转身说了一句，回见，您哪！

（原载《山花》2015年第8期）

第七十日

出租车司机疑惑地又问了一句,确定就在这下?他看了看杨方,又补了一句,没关系的,开到你家门口也没关系,反正车子跑分分钟的事。

杨方拒绝了司机的好意,她掏出钱递给他说,就在这下,我想走走。

司机似乎一下子明白了,连忙踩死刹车,靠边停了。

杨方下了车,从后备厢里拖出拉杆箱,有点茫然地看着出租车红着尾灯跑远了,好一会儿才认定了村口的方向,转身往村里走。

离村口还有一里多路的样子,走在村村通水泥路上,杨方发现,隔着这么远距离看去,村里人家的灯火和想象中的一样,昏黄,微弱。虽然已经有4年没回老家了,但杨方知道,早在几年前,瓦庄几乎家家都建起了小洋楼,装修也都在向城里靠拢,照明灯不再是以前的昏黄的小灯泡了,都选的是日光灯管,照得堂前白亮亮的。为什么会出现这样的想象?她又突然想起小时候妈妈常说的一句话,影子上墙,孩子找娘。指的应该就是这个时辰,天黑得差不多了,家家点亮了油灯,把屋里人的影子高高低低地投射在墙上。杨方心里疑惑,现如今,家家那么亮的日光灯下,还有没有可能出现那种油灯下幢幢的影子?她一时拿不准,想从物理学中找出答案,可自己这个都毕业好几年的文科研究生早就忘了中学时学的那点物理知识了。嗨!她摇摇头,为自己的这些想法好笑。

村路两边是水田,插满了晚稻秧,黑暗照出了水田中的水色,看上去一大片一大片的白，也有虫鸣，也有蛙叫。杨方抬头看看天空，天上也确实有想象中的星星，似乎就是比罗城要亮很多，一切符合想象。那么，我真的能在瓦庄待一个月，然后，能找出那个解决方案？

她在村路上虚虚地飘浮着，像是在风浪里乘着一叶即将倾覆的小船。触礁了，拉杆箱的滑轮碰到了一块凸起的石头，咯噔震动了一下。杨方顿了一下脚步，她甚至摸摸肚子，是不是他或者她在动？她再一次笑自己，不过一个多月而已，她从网上查过了，此时，他或者她只是囊胚细胞，刚长出了一个小蝌蚪尾巴一样的钻头，还没有小指甲盖大，能闹出什么动静来？她继续走，摸到了小背包里的手机，是的，刚才是它在振动，微信，老陈的。老陈问她：到家了吗？杨方犹豫了一下，没有回复。因为她抬头看看，眼前亮了些，村口到了。

像所有的村庄一样，村口总有一个小卖部，瓦庄也不例外。村口有一间矮小的小屋，屋前搭着一个凉棚，棚子顶上吊着一根节能日光灯，一群蚊虫围着它跳钢管舞，很热闹。灯下聚集着一群人，也很热闹，是一个麻将摊，看的人比打的人多。杨方想快速地穿越过小卖部，虽然这个小卖部就是她爸和她妈开的，她还是想一个人静悄悄地回到家中去。但偏偏有人不放过她，她妈第一个就不放过她。她妈大着嗓门说，咦，方，你怎么回来了？也不打个电话回来说一声！她随即冲着小店里间整理啤酒瓶的人喊一声，有德，她爸，方回来了！

她妈这一喊，围观麻将的人都冲着她看，杨方只好笑着和他们打招呼，并说明自己回来的原因，这理由是她早就想好了的。她说，她这回请了一个月假，回来复习准备考单位公派出国。立即有人说，出国上班哪，厉害！挣美元吧！另一个人立即跟上说，你不懂，欧元更值钱，电视里说的！

杨方嘴里应付着，对爸妈说，那你们在这忙吧，我先回家去。

妈妈对爸爸大声说，有德，你早点关门吧，我先陪方回家。

乡亲们还是识趣的，推了麻将，都说，散了，散了！

杨方只好等着爸妈收拾好门前的杂货，关了门，熄了灯，提前中止了蚊虫们的钢管舞会，归置好了，三个人往村中的家里走。

回了家，坐在堂前八仙桌边，偌大的家里显得空空荡荡的。杨方的哥嫂都在上海打工，小侄子也带在身边，家里除了爸妈还有爷爷，三个老人常年在家，而爸妈平时也以小卖部为主，家里人气不足也是自然的。杨方从拉杆箱里往外掏礼物，给爸爸妈妈的各是一套保暖内衣、一双保暖鞋，给爷爷的则是两条烟、一个不锈钢水杯、一件羽绒服。瓦庄冬天阴冷，虽然现在是夏天，杨方还是给他们买了冬天的用品。

掏完这些礼物，杨方才问，爷爷呢？

爸爸和妈妈对望了一眼，无奈地说，你爷爷啊，住到后山菜地里去了！

杨方说，啊，住在那里了？为什么？

爸爸不作声，妈妈气恼地说，做什么？种菜啊，留菜种子啊！现在野猪多，老鼠多，不费力看着，那些菜一晚上就没了。你爷爷他是入了魔了，每年的那些菜种子卖不了几个钱，晓得的知道他喜欢做这事，不晓得的还以为我和你爸多么刻薄他呢，让他一大把年纪还要那么辛苦。可我们怎么说他就是改不了！

后山离家至少有3里路，山洼洼里的一块菜地是她家的。杨方说，那我去看看爷爷？

妈妈说，夜路不好走，你就别去了，明天早上他不就回来吃早饭了嘛。你还没吃晚饭吧，想吃什么？

杨方说，炒饭吧，菜炒饭。

妈妈说，那就豇豆炒饭，正好有你爷爷早上摘回来的新鲜的老豇豆米。

杨方说，好，回来路上还想着这道菜呢。

杨方这样说着，眼前就浮现出菜园里老豇豆的样子。豇豆架上，一根根豇豆悬挂下来，像挂面一样，长约两尺，如小指头粗，紫皮的、白皮的，剥开，一粒粒豇豆红润、饱满，宝石一样。小的时候，她真的用针线串起这些晶莹的小豆豆，挂在颈脖上做项链臭美。而用这样的豆子炒饭吃，又香又糯，那种特殊的香味和糯性，在外面任何一个地方，是再也吃不到的，因为，这菜是由她爷爷种出来的。有一回，杨方这样对老陈说，老陈不以为然，你爷爷种出来的菜就那么好吃？恐怕是经过你的记忆美化夸大了吧。杨方不和他争辩，因为她知道，她做出的那个评语，真的不是凭感情说话，而是瓦庄人所共知的事实。

杨方早上起床后，还是没见到爷爷。

妈妈告诉她，你爷爷啊，一大早又到街上卖菜种子去了。她妈说着又嘟囔了一句，卖什么呀，还不够费鞋钱的。

昨晚她吃过晚饭后，避开爸妈急切的探询的眼光，她低了眉眼说，赶了一天车，累了，我早点睡了。

妈妈到底没忍住，还是追问她，真的回来复习考出国？现在的单位不是还好吗？

杨方知道她接下去还要问她有没有谈朋友，她赶紧打断她，故作轻松地说，考了出国名额，工作就更好了，一年能有几十万。你放心，我有数的。她说着，逃难似的迅速地跑到楼上房间里了。

躺倒在床上，她一直没怎么睡着，快10点钟的时候，老陈又来了一条微信：小鸽子，怎么不回我信？难为老陈了，还在问号后面加了一个萌萌兔的表情图像。

老陈今年50了，比杨方大了整整20岁。杨方先前怎么也不会想到自己竟然会和老陈这样的老男人有瓜葛，不仅藤藤蔓蔓牵扯到一起，还结出了一只瓜。当然，目前，这只瓜还处在授粉刚刚成功的前花苞阶段。

杨方研究生毕业后，在罗城始终没找到合适的工作，考公务员考了几次，却回回都在面试阶段被刷了，浮萍一样漂漂荡荡了两年，也没找到生根的地方。本来，她读研时就有一个男友的，叫张小强，他是他们学校文学院研究现当代文学方向的研究生，张口就是鲁迅、张爱玲、萧红什么的，什么人生是一袭华美的袍子，每个人的心里都有一朵红玫瑰和一朵白玫瑰，人性的枷锁，等等。他能说会道，而且长得帅气，没费什么周折，就俘虏了杨方。研究生毕业后，他们一起在罗城郊区租了间房，开始了在罗城的寻找工作之旅。

有为青年张小强奔波了半年，在一家广告公司干了一阵子，每天给楼盘写广告：绝美湖景，湖山别墅，给你360度的幸福人生；40平方米精装公寓，让你的青春不再输在起跑线上；等等。结果三个月下来，公司关门，他却只拿到了一个月工资。那段时间，张小强比较沉默，回到出租屋，他就靠在窗前闷头抽烟，抽完了，把烟蒂恶作剧般地弹向楼下。杨方提醒他，别弄出了火灾。他恶狠狠地说，烧了才好，烧了这世界全他妈的都一样了！

张小强萎靡了一阵后，又抖擞精神出去找工作。他每天出门必打扮得楚楚动人，对，就是楚楚动人，女人一样精致。杨方承认，张小强这样子简直就是一块超级爽口小鲜肉。于是，有一天，张小强没有回来，第二天也没有回来，第三天、第四天，以后，他一直没有回到出租屋来。他失踪了。罗城那么大，他能玩消失。在打了很多次电话都被告知是空号后，杨方也狠狠地删除了张小强的号码。

她记得删除他号码的那个晚上，午夜，日光灯管发出呜呜的呻吟，屋外的风从窗隙钻进来，放大了这种哭喊的声效，好像有一万个巫婆在嘲笑她。她扔了手机，怔怔地看着地面。这时，一只蟑螂，传说中暗黄色的小强，不知从哪里钻了出来，它全身油光水亮，机警而又迟疑地看着她，触须抖动，像是在不停地说着什么。杨方抬起脚，停在空中，猛一脚踩下去。她踩偏了，临落地的瞬间，她改变了方向。小强愣了一下，迅即跑走了。

后来有一天，杨方的同学告诉她，说是在一家银行看见了张小强，他正和一位银行客户部经理谈婚论嫁呢，那个客户部经理30多了……那个同学说了很多，杨方大多没记住，她眼前老是出现那只出租屋里跑走的小强。

小强走了，杨方的命运却出现了转机。

那天是导师的生日，留在罗城的几位同学张罗着给导师庆生。杨方在同学们的死拉硬扯下，出席了庆生晚宴。酒喝了一半，开始切蛋糕、唱生日歌的时候,包厢门推开了,进来了一个中年大叔,他身材高挑,头发有点白,服饰精致,没有大肚腩,笑容可亲,但骨子里的高傲四处流淌,一副标配版的成功人士模本。他显然和导师很熟,端着酒杯,仰脖就干了一大杯。导师向他们介绍说,这位就是大名鼎鼎的陈教授,研究宏观经济的,经常给市领导上课。

陈教授果然能说,他坐了下来,一边喝酒,一边大侃各种时政、经济、明星八卦,气氛热闹起来,导师也高兴起来,怂恿师姐师妹们挨个向陈教授敬酒。陈教授似乎也很享受这种珠环翠绕的场面,来者不拒,说得越发慷慨激昂。只是到了杨方这里,好像一块冰夹在一团火中间,她努力想让自己显得兴兴头头的,但她知道,自己敬酒时的表情比一尊雕塑还要僵硬。陈教授看着她,愣了一下,喝了酒后,话突然变少了。他开始有意无意地看着餐桌一角有些落寞的杨方。

那天晚上晚宴结束时,陈教授特意和杨方互留了手机号码,他交代她,有事可以找他。杨方在手机存了他的名字:陈教授。但她没有找他。

没想到,过了一周后,陈教授来找她了,问了她的情况,问她愿不愿意去一家外资公司上班。那可是一家有名的外企,杨方之前想都不敢想。她抱着试试看的心情,按照陈教授给的联系方式去了那家公司,真的被录用了。

工资卡上第一个月工资一到,杨方就请陈教授吃饭。两个人。那天,杨方特意把自己好好地收拾了一番,她不知道自己为什么要那么郑重其事。那天晚上陈教授又恢复了侃侃而谈的风格,从头到尾几乎都是他一个人在说话。在杨方看来,他的话语密集如强攻的子弹,其实是在掩护着另一支部队侧面包抄。杨方不想被包抄,她突然问,谢谢您!可是,为什么要帮助我?

教授停顿了一下,然后说,我承认,那天是你的格格不入的安静打动了我。

杨方说,那接下来的剧情呢?

教授一愣,然后笑着说,接下来,听你的。

杨方举杯对教授说,谢谢您!

教授喝干了酒,笑了笑,没再说什么。

这场以感恩为名义的宴请结束后,杨方与教授各自回去。几个星期过去了,教授果然没有和她联系。杨方内心里既觉得安心,又隐隐有些失望。

直到一个多月后的一天,她下了班,听到有人在单位门口喊她,一看,是教授,他装着随意地说,这次听我的,一起吃饭去好不?

杨方自己都不明白自己怎么会突然兴兴头头起来,他们一起吃饭,喝了红酒。这回,教授不说话了,换成她在说,她不停地说,说张小强以及那只叫小强的蟑螂,说一辈子种菜的爷爷。她说着说着,泪水就呼啦啦地冲刷着脸庞。教授一把抱住她,撩开她的头发,亲她的眼睛,像是要堵住她汹涌的泪水。

那天以后,杨方手机的里"陈教授"换成了"老陈"。

"陈教授"成为"老陈"已经两年多了。

老陈为她租了房子,高档小区里的一居室小公寓,干净整洁,生活方便。老陈还帮助她在公司里从文员提升成部门副主管。老陈每天给她微信、电话,每周至少见她一次。老陈会养生,身体好,有耐心更有技巧,比起那个小强,老陈让她身体更愉悦。老陈成了她生活里的毒品,明知有毒,但已经上瘾,很难戒除了。

杨方拿着手机,走到窗前,看着瓦庄的田野,远处的稻田一片深绿,她给老陈发了张照片,说:刚起来呢,这是我家门前的水田。她没有回答昨晚没给他回复微信的原因。

老陈的回复很积极、很文艺:好美的乡村风光,想着好美的你。

杨方吃过早饭,爸爸妈妈准备去小卖部了,为了让他们安心,杨方拿出厚厚的英语词典和英文书,装模作样地翻看着。等他们一走,她就扔了书,躺在堂前老式的竹摇椅上,看着门外的天空。

天空上有云朵。

云朵的形状在变幻,杨方怎么看,都觉得视线中的云在故意提醒她身体中的那个存在，因为它总是变幻成一个小人儿的样子，而且就是那种没有完全成形的婴孩样子。她摸了摸肚子，其实是根本不可能摸到的，以她有限的临时从网上扒来的生理知识，她都不知道那只小小的蝌蚪到底在她身体的哪一个部位。她只记住了时间，现在是第 42 天了，离她做出最后的决定，或者说，找出最后的解决方案还有 28 天。她记得网上介绍说，最后终止妊娠的时间最好不要迟于第 70 日，否则将可能给身体带来较大的伤害。

半上午的时候，她听到院外响起一阵熟悉的脚步声，爷爷，她爬起来，往门外迎。

爷爷戴着草帽，背上背着一个布袋子，手里拎着一个塑料袋，袋子里装着几个包子。他笑着看看杨方，把包子递上来，吃，老黄家的牛肉包子。

杨方接过包子，问爷爷，菜种子卖掉了？

爷爷有点惭愧地摇摇头，今天赶集的人不多，唉！这么好的种子，没人要。他说着，把背上的布袋子卸在地上的竹篮里。

杨方打开布袋子，里面有好几个小袋子，再打开小袋子，是一粒粒褐红的菜种子。杨方抓一把在手中，它们好像长了脚会爬，在手中游走，弄得她掌心痒痒的。

杨方说，这都是什么种子啊？

爷爷说，白菜种子啊，再过一个多月就可以种小白菜了。

杨方说，怎么有好几个小袋子呢？

爷爷说，是不同的白菜种子，有上海青，有四月白，有兔子腿，有高秆白。

杨方说，你每个上面都不写名字，你能认得清啊？

爷爷笑了一下说，天天摸的，那还能认不清？

杨方把菜种子放进袋子里，学着爷爷的样子，把袋口扎紧实了，妥妥地堆在竹篮里。

爷爷用他的大茶杯灌满了水，转过身对杨方说，你快点吃啊，牛肉包子冷了就不好吃了。

杨方说，爷爷，你也吃，我早上吃饱了，吃不下。她说着打开塑料袋，把里面的四个包子取出了两个，剩下的两个递给爷爷。

爷爷接过包子，看看，笑着，咬了一口说，不错，牛肉还是新鲜的。什么东西，新鲜的才好吃，跟蔬菜一样。他三句话离不开蔬菜。

爷爷三口两口吃完了包子，又要出门。

杨方问，外面这会子日头正大呢，你到哪里去？

爷爷说，我去菜地看看。

杨方说，后山的菜地？

爷爷说，嗯。

杨方说，这么大毒日头……

爷爷说，日头毒点才好，刚好拔了的野草一晒就活不成了。

爷爷走出门口时问，你中午想吃点什么新鲜菜？茄子、辣椒、苋菜、蓬蒿、黄瓜、番茄、土豆、黄豆？

爷爷这一说，杨方兴趣来了，她说，那我跟你去菜地，我去摘菜。

爷爷高兴地说，也好，想吃什么摘什么。

杨方自从上了高中后，已经10多年没有来过菜地了，但一走近，瞬时，她的记忆系统就被激活了。

小的时候，她几乎天天跟着爷爷到菜地里来。一到菜地，爷爷就给她摘几片菜叶，找一个阴凉的地方，铺一个小窝窝，让她乖乖地坐在上面，他自己则一头扎进菜地里，拔草，摸岔，捉虫，挖沟。他戴着草帽，赤着上身，蹲在那些菜中间。她记得菜花开的时候，白菜花白，茼蒿花艳，油菜花黄，菜花的香气黏稠的、甜甜的，像能舀起来做成糖，蜜蜂和蝴蝶嗡嗡地在花丛里飞来飞去，爷爷不动的时候，像极了一个竖在那里吓唬鸟雀的稻草人。看着这些，杨方哪能坐得住呢？她总是不一会儿就从小窝窝里爬起来，踮起小脚，到爷爷的身边，趁他不注意，用小手探一探南瓜花那深长的硕大的花蕊。爷爷种的菜品种多，家里的菜总也断不了，在别人家换季菜断档的时节，她家却从不缺新鲜蔬菜吃。邻居没菜吃，就会对爷爷说，陈爹，到你家地里讨点菜吃。

爷爷就笑着说，那有么子，随便讨。可是，杨方小小年纪就发现，爷爷种了那么多的菜，在家里却并不讨好。妈妈一天到晚在爸爸身边嘀咕，种菜，种菜，人光吃菜就活得下去了？爸爸总是无奈地说，那怎么搞，他只会种菜嘛。

到了再长大一点，杨方才知道爷爷的一些事。原来爷爷是倒插门过来的，爸爸并不是他亲生的，而是奶奶与前头的丈夫生的，爸爸的爸爸生病去世了，爷爷就过来了。爷爷是湖区人，在那里原来是以打鱼为生的，到了瓦庄这个丘陵地，他不会插秧，不会犁田，只会种菜，当爸爸妈妈和奶奶（那时候奶奶还没去世）在田里做事的时候，爷爷就到地里种菜。

杨方本来以为，这就是她家里的全部秘密了，可是，有一次，她听到了一个更大的秘密。

那是她读小学五年级的时候，那天，她邀请同学黄小慧到菜地里去摘菜瓜吃。爷爷种的菜瓜真香，她们在地里摘了几条大的，用手擦擦，就啃了起来，啃得满嘴都水滋滋香喷喷。可是到了第二天，黄小慧严肃地对她说，我不会再去吃你家的菜瓜了。杨方问，为什么？不好吃吗？黄小慧说，我妈说了，你爷爷的菜地为什么种菜好，因为里面埋了死人，你家的菜是吸了死人的血长大的。黄小慧边说边做出恶心要吐的表情。

杨方是哭着跑回家的，她问正在吃午饭的爷爷，爷爷，爷爷，我家的菜地里埋了死人？

她这一问，爸爸妈妈的脸色全变了。爸爸一个指栗子敲在她头顶心，立即起了一个大包块，她哇地一下哭了起来。妈妈骂她，你这个蠢丫头，你是听哪个嚼蛆听来的？

倒是爷爷默默地把她抱在怀里，拍着她的后背心，半天不说话。

后来，杨方才知道，爷爷和奶奶曾经生了一对龙凤双胞胎，可惜都没养活，一岁大的时候，两个小孩子一夜间一起死掉了，爷爷把两个孩子用篼筦提到菜地里埋了。再不久，奶奶死了，爷爷再也没有机会生养一个自己的孩子了。

说也奇怪，知道了爷爷的故事后，杨方不但不害怕那块菜地，反而更喜欢到菜地里来。她常常揣测，到底哪一块菜地下埋着她曾经的姑姑和叔叔呢？她觉得每一个地方都像，南瓜花开得大时，她认为是南瓜地，黄瓜花开得大时，她又认为是黄瓜地，而红苋菜枝枝叶叶都泛着血一样的紫红色时，她又认为一定是苋菜地。她有时也观察爷爷，看他侍弄菜地时神情有什么不一样。但爷爷只要在菜地里，看哪一棵菜都是一样的神情，仿佛所有的菜都是他的宝宝。

爷爷一到菜地就像鱼游进了水，周身活泛，很快消失在菜们中间，只看到一顶草帽在一片绿色上飘浮。

杨方不急着摘菜，她慢慢在菜地里走着，看着。

菜地里菜的种类真多。

山芋停止了长藤，正在拼命地充实它们的块茎。它们很努力，有的竟然把地面拱出了一个裂缝，可以隐约见到它们红红的身子。

白茄，圆滚滚的，这是瓦庄一带独有的品种，有很多年杨方都没有见过它们了。如今城里超市卖的多是长的紫茄，而这白茄像一只小瓜，用这种茄子蒸在饭锅上，掏烂，搅上蒜末姜末，淋上麻油，再配一点米汤，香到家了！

辣椒，也是瓦庄的本地品种，大拇指长，那种辣，是一下子辣到味蕾上恰到好处的辣，辣味持久而芳香。不像小尖椒，只一味地辣，没有回味，也不像城里菜市上一年四季都常见的菜椒，吃在嘴里像吃一块橡皮。它是脆的、香的、辣的、鲜的，是浑然的，这才配叫辣椒！

……

杨方准备下手摘菜了，爷爷在那边喊，摘东头的菜，西头的都留着做种子。

杨方应答着，再看看东西两头的菜地，确实看出区别来了。乍一看看不出来，仔细一比较，这差距就有了，就像国家体育队的一队和二队的队员。都是国家队队员，但一队的身手哪是二队能比的呢？杨方早就在电话里听妈妈唠叨过，说是爷爷年纪越大越作怪，现在菜好卖，挑到集上去，很快就被人抢光了,都说爷爷种的菜好吃,可是他偏不卖菜,他种菜主要是为了收成种子,最好的菜都留了种子,隔三岔五地去集上卖种子。可是现在村子里年轻人都出去了,没有多少人种菜了,老头老太也买菜吃了。就是有几个种菜的,也到农技站去买种子。农技站的种子都是杂交的,高产,农技站还专门育菜秧,辣椒秧、茄子秧,买回来直接种到菜地里,省事。所以,到头来,他的种子大部分只能白送给左右邻居。

杨方走到西头的种子基地,爷爷正在黄瓜架下忙着。几根粗大的黄瓜,可真是黄瓜,全身上下是佛黄的黄,它们稳重而庄严地悬挂在架上,像披着袈裟的高僧在打坐说法。

杨方问,爷爷,是因为要留种子你才天天住在菜地边看守啊?

爷爷说,是啊,我这些可都是好种子哦!你看,这边的黄瓜,那边的南瓜,还有冬瓜,这一阵子是最关键的,大部分菜种都要在这个把月时间留出来。

杨方问,个把月时间?30天?

爷爷望望天,好像天上有答案似的,他嘴里默念计算着,然后说,嗯,30天前后,差也差不了一两天。

杨方的心里咯噔了一下,这和自己预算的那个最后期限的时间是多么一致啊。她忽然又感觉到,那些菜种子在她手心里爬痒痒,这一缕痒咝咝地蹿到她的身体,蹿到她隐秘的地方。她觉得那个小蝌蚪又钻了她一下。杨方急切地说,爷爷,28天,28天能不能把这些菜种子都留完?

爷爷说,28天?他看着杨方,也不问为什么,想了想说,你想要28天那就28天。

杨方松了一口气说,那太好了,爷爷。

爷爷又低头在菜地里拔草,松土,摸岔。风从山谷里吹过来,吹动菜叶、蔬果、菜花。杨方看着它们微微地颤动,有一种感觉在她身体里穿行,仿佛要打喷嚏时大脑里的既虚空又充实、既畅快又凝滞、既悲伤又欣喜的感觉。

她拿出手机,从几个不同的角度将黄瓜拍了个遍,然后发了微信,并注上了一行文字:28 天后,它们将成为种子。

这条微信很快在朋友圈里引起反响,数小时间,便有几十个同事、朋友点赞、询问、评论,有个家伙更搞笑,他说,长姿势了,原来,黄瓜老了这样黄!

不过,老陈并没有说什么,但杨方知道,他一定会说些什么的,教授嘛,公知嘛,不说会憋死他。果然,晚上,老陈的电话来了。他大概刚从一场酒宴中出来,声音里有一种灯火迷离的腔调。

什么意思嘛,小羊羔子,他总喜欢叫她小羊、小鸟、小猪、小马驹等等,好像他是动物园园长。他说,到底为什么瞒着我请那么长时间假?真的要当隐士?我可等不了那么多天!他顿了顿又强调说,小狐狸,我想你了!能不能提前回来呀!

杨方警惕地看着房门,害怕爸妈会偷听到他们对话的内容,她压低声音对老陈说,知道,还有 28 天,到时呀,我会告诉你答案的。

杨方说着挂了机。她能想象出来老陈此时的样子。她忽然想起一句西方谚语:做爱后,一切动物都伤感。她觉得老陈这时候就是一副做爱后的伤感样子。

那天,当她在医院测试出了准确结果,她并没有立即告诉老陈。那天晚上,老陈又来了。他们像往常一样,在床上缠绵着。风暴过后,杨方一直犹豫着,要不要告诉老陈那个消息。她小兽样地(这是老陈最喜欢的姿势)蜷缩在老陈尚且状硕的胸前,摩挲着老陈的耳垂(那也是老陈最喜欢的方式)。杨方在想,这件事只有两个大的选项:A,告诉老陈,然后,做掉或留下来;B,不告诉老陈,然后,做掉或留下来。当然,后面还有很多小选项,比如,留下来后,由她一个人作为单身妈妈抚养,或她和老陈结婚,由他们两人抚养。这事最后的纠结点在于,老陈会因此而离婚吗?那么,问题又来了,老陈是真的爱她吗?如果老陈不爱她,她有必要为他留着肚子里的那个小东西吗?

和老陈在一起的日子,杨方之前很少去想这些问题。她不愿意去想,爱或不爱,管他呢。可是,现在,似乎不理会这个问题不行了。其实,照别人看来，这也不算个什么事，做掉就是，像摘掉一只花苞一样，事如春梦了无痕。做掉以后，老陈还是老陈，她还是她，他们还可以继续在一起，也可以各自分开，挥一挥手，不带走一片云彩。

杨方的脑子里乱成一个春运时期的火车站，有一瞬间，她突然决定，还是告诉老陈，她张口试着用一种戏谑的语气喊了一声，教授。却发现老陈睡着了，打起了小呼噜，梦中似乎还在发表演讲，嘴角一扯一扯的。杨方看着老陈近在毫厘的脸，猛然发现老陈变得那样陌生。他像转瞬之间，偷偷地换了一张脸，鼻子、嘴巴、额头，哪哪都不像了。这种巨大的陌生感让杨方吓了一跳，她坐起来，离开了老陈，看着他。就在那一刻，她决定，先不告诉老陈这一切，她计算着日期，先请一个月假，回到瓦庄去，过完那个预算中的第70天，再来做最终的决定。

杨方不管爸妈怀疑的眼光，天天上午跟着爷爷泡在菜地里。

这是一个留种季，看着爷爷操作和介绍，杨方这才知道，原来留菜种是这样的一个漫长而艰辛的过程。

这一段时间主要是留瓜菜种。留瓜种有讲究。比如黄瓜，留哪个部位的瓜？黄瓜藤上不同部位所留的种瓜，对后代瓜成熟的早晚有很大影响。用第一个瓜作种成熟较早，用第二个瓜和第三个瓜作种成熟较晚。但结第一个瓜时气温低，往往授粉不好，所结的种子数量少、体积小，这就要进行人工授粉来提高种子的数量和质量。第二个瓜和第三个瓜作种，种子饱满，数量较多。因此，如果想使黄瓜早熟，最好选第一个瓜，实行人工授粉，培育留种。再比如丝瓜，和黄瓜不同，它留种应留根瓜。根瓜结果早，种子饱满，后代瓜成熟早。长形丝瓜留种，应留刚上棚的丝瓜，因为种瓜过长，留根瓜拖在地面上会发生腐烂。还有冬瓜，早熟品种和中晚熟品种也不一样，早熟品种留第一个瓜作种，可保持它早熟。中晚熟品种留第二个瓜，每棵只留一个，每棵上的雌花和幼果要全部摘除。

有杨方这样的忠实听众，在家里一向沉默寡言的爷爷在菜地里说个不停。他告诉杨方，他留的种子抗病力强，肯长，长出的瓜呀菜呀，一个个好看得不得了，又好吃得不得了。

杨方一直想问爷爷，留那么多种子卖又卖不掉，为什么不直接卖菜呢？可是，她一直没有问。

杨方和爷爷一样，天天观察着种瓜们的细微变化。隔几天，黄瓜的黄色就会更深一层，变为黄褐色了，掐掉旁边的花、叶、茎后，它停止了往大里长，但瓜蒂和瓜藤相连的地方，绷得紧紧的，它像是在全身用劲，把所有的养分都输送到它身体深处的那些籽粒中去。杨方看着它们，恨不得自己为它们使劲。瓜熟蒂落，原来就是这样。

杨方每天观察着它们，给它们拍照，上传到微信，围观的人还真不少，连老陈都承认：有点意思，小狗狗，你可以写一本《留种记》了，像法布尔的《昆虫记》。

第63天。

菜地的上空，蓝白，素净，平滑地布满着光的细纹，边缘则是红晕，像一粒豇豆的侧面。

爷爷不再说话，低头钻到黄瓜架下，用手指按脉一样，轻轻捏了捏黄瓜的表皮，弹了弹，听听它的响声，点点头，果断地掐断了瓜蒂上的藤。爷爷掐的动作很轻。杨方看着，心里又是咯噔一下，她觉得自己身体里那只小蝌蚪越来越大了，它的活动范围也越来越大了。

一篮子黄瓜掐了下来，回到家中，一一剖开。很难想象，那个黄褐色的表皮下，瓜肉却是那样纯白，瓜子呢，粉白中带着略微的黄，水润润的，鲜嫩嫩的，一种生命的气息弥漫开来。爷爷把它们放在竹箩里，让它们在太阳底下晒着。然后，他再用田泥搅拌一小堆草木灰，像发面粉一样，他不断地试探着灰泥的硬度。

约莫过了一个时辰，灰泥拌好了，那些太阳下晒着的瓜子也褪去了第一层细膜，变得干爽了。爷爷将它们拌匀在灰泥中，像是给它们做一个温暖的小窝，团成一个饼状，啪地一下，贴在偏厦的土墙上。它们和灰泥一起就粘在了土墙上，这样，它们就能安全地度过冬天，在春天，它们会走下土墙，又走到地里，发芽，生根，开花，结瓜，开始生命的又一个轮回。

1、2、3、4、5、6、7、8、9，爷爷做了9个饼，在墙上摆了一个九饼阵。

“第63天，第一批种子就这样上墙了。”杨方在微信上发布完图片后这样注明着。

黄瓜子上墙了，丝瓜子上墙了，冬瓜子上墙了，墙上的灰泥饼数量已经达到了31个，几乎占领了整面墙。

第70天，最后，该南瓜子上场了。

这天，是这个秋天阳光最炽烈的一天，阳光如南瓜一样金黄，偏厦的土墙下，一切都变得明晃晃的，晃得人眼睛都睁不开来。

南瓜被爷爷打开，它仿佛要向爷爷证明自己的忠贞，瓜子全都集合在瓜的中心部位，集结成一个心的形状。爷爷似乎犹豫了一下，轻轻地，摘下了它们。

杨方上前摸了摸南瓜子，它们带着母体的体温。她忽然好奇，这么小小的东西，怎么会开出那一串串金子般的花来？怎么会长成那么硕大的瓜来。

爷爷又在团灰泥饼了，他又在为它们安家了。

阳光太热烈了，南瓜太热烈了，种子们太热烈了。杨方眯起了眼睛，如果睁大了眼睛，她会被这种热烈刺激得流泪的。

一片朦胧中，她看见爷爷站起来，将最后一个灰泥饼啪地贴在了土墙上。她看见爷爷似乎对她笑了笑，然后便身子一顿，瘫倒在地上了。

杨方冲上前，摇着爷爷，喊着，爷爷，爷爷。

爷爷好像又冲她笑了笑，神色安详，像一只完全成熟了的种瓜。

杨方看见爷爷的手心里还留着一粒没有被拌进灰泥的南瓜子，它看着她。

杨方也看着它。

她又听到了咯噔一声，来自她的身体深处。她能感觉到，这些天小蝌蚪的尾巴越来越长了。对了，她一下子记起来了，今天是第70日，是她给出自己期限的最后一天了。

咯噔，手机微信响了，一定是老陈。

杨方忽然找到了答案，她知道自己该怎么办了。她跪在爷爷的身边，捧起那粒遗漏的瓜子，她对自己说出了自己最后的决定。

（原载《长江文艺》2016年第1期）

鼻　子

刘——亮——全？哦，你说的是“刘德华”吧，我们都喊他刘德华的。警官，你算来对了时间，再迟几分钟，我就要出去了。我在速递公司工作，每天都要骑着电动车跑遍罗城的大街小巷。到时，我要是一出去了，你到哪里去找我呢？你就是找到我我也一时回不来啊。

我知道你是来问刘德华的事的。你等一下，我给我们主管发个短信请个假。

好了，怎么说呢，我，还有“周星驰”，哦，周星驰就是周盛，我啊，我姓王，他们俩作为回报，叫我“王宝强”。我们三人都是从罗城理工大学同一年毕业的，三撞两撞，我们三个不是一个系的人却撞到了同一个出租房里，一起在罗城找工作。我是第一个来这租房的，后来，周星驰来了，接着刘德华来了，我们三个在这个出租屋里可合住了一年多了。哎呀！谁会想到刘德华就那样了呢。

其实刘德华一开始是很自信的，他最自信的就是他的鼻子。他到我们出租屋时，我和周星驰都已经在罗城跑了一个多月了，一直没找到工作，正灰心丧气呢。刘德华因为这一个月回了一趟老家，他老家在安徽北方吧，他带着一副大学生的派头回了趟老家，然后，用他自己的话说，就是到罗城就职来了，好像罗城的位置多得像饭店里的席位，就等着他来了后上菜了。我不禁冷笑着对他说，现在，他妈的，街上三条腿的青蛙难找，两条腿的大学生却满大街苍蝇一样多，找个工作难啊。刘德华歪倒在床上不以为然，他说，你们看看我这鼻子！

我和周星驰把他的鼻子研究了一番，没有发现他的鼻子上有什么闪光点。刘德华用手指轻轻揉了揉鼻子，像女人们对付自己娇嫩的脸蛋一样，他说，算命的说了，就凭我这个鼻子，我吃穿不愁工作不愁，一生无忧！他看着我和周星驰疑惑的眼神，又用手摸摸自己的鼻子，你们看看，我这鼻子是不是像刘德华的鼻子？大而挺！这才是好鼻子！你们不信？我告诉你们，原先我也不信，可是自从考上了罗城理工大学我就信了。我念高中时，成绩并不好，根本考不上大学，我爸要把我送去学手艺，我们村里的算命老章就说了，这孩子，靠这鼻子就是个上大学的料。果不其然，我到高二时，成绩一下子变好了，头一年就顺利考上了大学。你看，这鼻子的事不能不信啊。

他这样一说，我和周星驰发觉，这小子的鼻子是有那么点门道，鼻梁高耸，鼻翼宽阔，鼻孔匀称，从鼻根到鼻头光洁圆润，真个是大而挺，像名人刘德华了。我摸摸自己的鼻子，又小又瘦，一看就是倒霉鬼。再看周星驰，他也正在摸自己的鼻子，他的鼻子大是大，却是瘪塌塌的，像两瓣小蒜，也不是什么富贵相。从那天以后，我们就叫他刘德华了。

刘德华很爱惜自己的鼻子，天天要用洗面乳清洗，用手掌轻摸，再照上几十次镜子。每天早上出门，在一丝不苟地做完以上的程序后，他会满意地挺起鼻子说，今天好运！然后，他夹着一沓个人简历、人才超市招聘广告等信心百倍地出了出租屋。等晚上回到房间里，虽然依然没有找到合适的工作，他还是挺乐观的，在给他的女朋友林红打完电话后，就坐在床上，给我们说起鼻子经来。

真是鼻子经，刘德华说的鼻子足可以出一本书。他说，你们说，人脸上最重要的是什么？眼睛？嘴巴？告诉你们，都不是！其实，鼻子才是人脸上最重要的部位。你们听说过一个词吗？鼻祖。鼻是祖宗啊，祖宗是能得罪的？刘德华然后就会从鼻子的鼻根、鼻头、鼻孔、鼻梁、鼻翼乃至鼻毛等等方面，将鼻子说了一个透。他越说越有信心，越说越有豪情。你看看我这鼻子，比真刘德华的还要好，你们就等着看吧。他说。

每当刘德华滔滔不绝说着鼻子时，我和周星驰这两个鼻相不好的人便很惭愧，躺在床上或者是在卫生间洗脸洗澡时，便也格外关心起自己的鼻子来。我还偷偷地在电脑上搜索了一番关于鼻子的相术来，照着上面的图画、说明，努力从自己的鼻子上找到一点优点。最后，我查出来，说是鼻头上有痣的人，中年后会有钱财，而我的鼻头上恰好有那么一颗小痣，这多少让我对前途增加一点信心。

但我们的工作找得并不顺利，周星驰一心想进国企，他对国企无比热爱，国企却似乎并不爱他，在连着考了 14 场多家国企的招聘考试落榜后，周星驰只好暂时断了念想。因为他口袋里已经没有钱供他天天去送简历、交考试报名费了，他只好先找了一家卖汽车的公司当起了汽车销售导购员。他说，如今买车的都是女的，但花钱的都是女人背后的男人，男人们喜欢年轻的女导购员，因此，他的成交量一直很低，老板的脸色已经非常不好看了，这份工作看来也搞不长久。周星驰愁眉苦脸地揉着鼻子对我和刘德华说着这些话，似乎也要把自己的鼻子揉得挺拔起来。

我呢，我是学汉语言文学的，我爸妈想让我回老家去考个公务员，我在网上看看报名人数，一个顶没劲的县档案局的职位就有 58 人参考，而且还有 3 个硕士生，我就不想再蹚那浑水了。再加上，我还是从心底里喜欢罗城的，我辛辛苦苦在这城里读了 4 年大学，可不想再回到老家那过气的小县城里去，活在罗城是我的目标。就像某人说的，宁肯坐在宝马车里哭，也不要在自行车后座上笑，我呢，我就是要饭也在罗城要下去，这是我的理想哟。你笑什么呀，警官？我可是说的真心话，不光是我这样想的，周星驰、刘德华都是这样想的。好，好，接着说。我没去考公务员，我把目标定在罗城，我先是应聘过报社、学校这些单位，我觉得能在这些楼里面出出入入，也是挺风光的一件事，但用刘德华的话讲，我鼻子不好，我也始终没能应聘上。后来，我就退而求其次，去文化公司打工，果真有一家公司聘用了我，我的工作是做什么呢，就是写广告。比如，有家医院要出专刊，是男性专科，公司接了这单活,就让我连夜炮制一些病人,现身说法,宣传医院医术是多么高明,设备是多么先进。于是,我一晚上写了 5 个病人,年龄从 20 岁一直到 60 岁,20 岁的那个包皮过长,30 岁的那个阳痿不举,40 岁的那个整天疲软……哦,不讲这个,好,就不讲,你也知道的,干这个是顶没意思的。我也干得不好,老板老说我写得不刺激、不生动,别人看了没感觉、没兴趣。他看我的眼神就像是怀疑我是不是一个性无能者,我没办法,就跑起了速递。

嗯,我知道,我是该说说刘德华了。刘德华也许真有鼻子相助,他的运气就是比我们好。他在校学的专业是法律实务嘛,他来了两个星期就在一家蛮有名的进出口企业法务部谋到了一份工作,在罗城一幢高楼里的某一层某一间某一个格子里,有了他一个固定的位置了。他就像一只辛勤的工蜂,在罗城这个巨大的蜂窝里酿着甜蜜的生活了。这真让我们羡慕不已。由此,我也对鼻子经更关注起来,在心里暗暗地对父母责怪起来,把我生在农村也就罢了,输在人生的起跑线上也就罢了,可至少也让我有一个好看的鼻子吧?总的来说,那一段日子应该是刘德华在罗城最快乐的日子。他天天挺着一只好看的鼻子上班下班,周末的时候,他的女朋友林红就会赶过来,在他的房间里两个人卿卿我我,惹得我和周星驰眼里冒火,便有些恶作剧地敲他的房门,一会儿向他借个笔,一会儿找他拿张纸。他知道我们的意思,只好掏出钱,请我和周星驰去楼下小区的排档里吃一顿。

刘德华工作了半年后,碰上了金融危机,他所在的那家进出口公司,本来生意是做得很大的,也不得已缩小规模裁减人员,不幸,这次刘德华的鼻子没有显灵,他也被裁下来了。刚被裁的时候,刘德华并不着急,他指指鼻子,它在呢,还愁找不到好工作?但这下子怪了,他还就是再没找到合适的工作。过了 3 个月,刘德华的笑容越来越少了,与此相应的是,林红也来得越来越少了,最后几乎是见不到身影了。刘德华虽然还是每天照常地爱惜着自己的鼻子,每天对着鼻子做出信心满满的样子,但我发现,他其实也有点撑不住了。

我有什么发现?我告诉你啊,有天,我们一起去楼下快餐店吃晚饭,吃好后，我去散步，他先回出租房。过了不到一会儿，我忽然接到他的电话，他说，王宝强，你快回来。我说，什么事呢？他焦急地说，我的钥匙开不了门了，怎么也开不了门啦，真是怪事。我只好返回到出租屋去。楼道里一片昏暗，回荡着我的脚步声，我看见我们的房间门口立着一个黑乎乎的影子，我说，刘德华，怎么了？

刘德华的嗓音比往日低沉了许多，他木木地说，我怎么也开不了这个门，钥匙就是这个钥匙啊。

我拿出我的钥匙捅进了门锁里，一拧，门就开了。进门后，刘德华再拿过他自己的钥匙开门，却一下就捅开了。他又试了几次，每次都顺利地打开了门。他不解地说，真是怪事，我刚才试了好多次，都打不开这门，怎么现在又能开了呢？那刚才又是怎么一回事呢？刘德华不断地问自己，我向他看去，我看见了他眼里的焦虑和恐慌。

在刘德华天天去挤人才市场时，我和周星驰的工作也依然没有起色。我们三个人像一个巢里的三只鸟，一早飞出去觅食，晚上了，不管吃饱没吃饱也都得飞回来。有天，我和周星驰回来得早，晚上8点多吧，我们俩就一人泡了一碗方便面，吸溜着吃起来，小小的客厅里弥漫着一股浓烈的、可疑的香料的味道。就在我们埋头喝汤时，门开了，刘德华进来了。

他没有像往日一样，先去镜子前照照他的鼻子，而是双手捂着脸，一言不发用身子撞开自己的房门，走了进去，半天没有声音。

我和周星驰很奇怪，周星驰走到他房门前，敲敲门说，刘德华，刘德华，你他妈的怎么了，不说一句话？

刘德华在里面虚弱地应道，没什么，没什么，我累了，头有点晕，想歇会儿。

我们就没管他了。各自洗了，上床睡去。到了半夜，忽然听到一声凄厉的号叫，那声音像是一头受伤的狼在深夜里，把鼻吻贴着地面传来似的。这叫声把我吓醒了，我侧耳一听，明白这声音就发自我们屋里，我赶紧起床，跑到房间外面，周星驰反应快，也出来了，他拉亮灯，我们看见，刘德华正坐在破沙发上，号叫着，抖索着，泪水大颗大颗地从他的脸上流下来。怎么了？怎么了？我和周星驰问他。他止住了哭，用手指指自己的鼻子，你看，你看，我这鼻子！我们仔细看去，他的鼻子变红了。我说，没什么呀，有点红，是不是感冒了？他一个劲地摇头，不是有点红，是很红，很红！他叫道，我骑车撞到罗城的一堵墙壁上去了，什么地方都没碰到，就是碰到了鼻子，你看我这鼻子，只怕是要毁了呢！

我和周星驰不禁要笑，真的，警官，我们可没有幸灾乐祸的意思，只是觉得刘德华小题大做嘛，不就是鼻子碰了下壁嘛。我们稍稍安慰了一下他，便又上床睡了。我们不知道，那天晚上刘德华是怎么度过的。我只知道，我离开他时，他还是捂着鼻子，脸上是一副非常痛苦的表情。

此后的几天里，他没有再出去找工作，他只是捂着鼻子说，痛，痛，这下我完了，我的鼻子完了！只要我们在，他就会无数次地拉着我们观察他的鼻子，你看看，是不是红了、肿了、瘪了？这弄得我和周星驰烦不胜烦，你想，就是一位绝世美女，天天让你看她的鼻子，你也会烦的，何况一个爷们儿？您说是不？不过，好在，痛苦了一个星期后，大约看出我和周星驰不再理他了，他终于自己想了办法，他让我给他买了一盒创可贴，用创可贴贴在了鼻子上，然后戴了墨镜出去了。

我们以为他是出去找工作去了，后来，我们才知道他是去了医院，他去整容去了，整他那只金贵的鼻子去了。他那天从医院回来后，显得非常高兴，晚上拉着我和周星驰去楼下的快餐店里，很奢侈地叫了一个火锅，点了一件啤酒，他边喝着啤酒边对我们说，那医生开始还不肯为我做呢，他说我鼻子没问题，我的鼻子很好，很美观，根本不需要手术。我给他上了一课，我说鼻子问题是小问题吗？你懂不懂鼻子？那医生起先还很轻蔑地看着我说，我读了5年医学院，难道不懂鼻子？我一下子站了起来，我让他看着我的鼻子，仰头看我的鼻子，我说，你知道中国有个成语叫仰人鼻息吗？他被我弄得没办法，乖乖地为我做了美鼻手术。跟你们说，过不了几天，我的鼻子又可以重见天日了，我的好运气又会来了，你们等着看吧。

刘德华整容后揭开鼻子上创可贴的那一天，我们就像是举行一场国王的加冕仪式一样，从卤菜店里买了好几个菜，又搬了好几瓶啤酒，准备好好地庆祝一下。那天，好久没出现的林红也来了，刘德华打电话对她说，你一定要来啊，我要你相信我，我的好运气就要重新到来了。到了傍晚，我们陆续回到了出租屋，围着桌子坐了下来。菜上了，酒倒了，刘德华坐了下来，他用手轻轻地撕去贴在鼻子上的创可贴。刘德华的表情神圣而庄严，那一刻我们都压低了呼吸，只听到创可贴缓缓离开他鼻子时的沙沙声。终于，像一场大戏的帷幕拉开，刘德华的有很长时间没有抛头露面的鼻子重见天日。很好，我们说，像以前一样，光润，挺拔，很刘德华。刘德华冲到镜子前，左看右看，然后回到了桌子前。接下来，我们喝酒，聊天，说些校园里的往事，才毕业一年不到，我们就觉得老了很多很多。我们不知道怎么的，还说起了一个可笑的字眼，可能是酒喝得有点多的缘故，那就是生活。我说生活啊，就是生下来活下去。周星驰说，生活生活，就要生猛地活，我们现在活得是多么温吞水啊。刘德华虽然恢复了鼻子的容貌，但好像并没有多开心，他不时摸着鼻子，他有些感伤地说，生活，生活就像他妈的一个烂鼻子！由于那天晚上我们喝多了，我们谁都没听出来他话里是什么意思，我们只知道，林红在中途突然要走，她说她有事，要提前走。从没有发过脾气的刘德华拍着桌子对林红吼道，你走，你走得越远越好，我才不愿意再见到你呢！那个时候，我和周星驰已醉倒在桌子上，想劝解他们，也说不出一句完整的话来了。我只记得，脑海里响着一阵噔噔噔的下楼声，随后，我眼前一黑，万籁俱寂。

哦，什么，警官，我说得很文艺？呵，您别笑话我，我大学毕竟学了4年中文嘛，这就是大学给我这个城市速递工留下的最后一点儿痕迹。好，我接着说刘德华，我喝口水。

自从将鼻子整容后，我们发现刘德华照镜子或者说照鼻子的时间与频次越来越长、越来越多了。他像小女生一样，整天镜子不离身，一会儿拿出来照一下，一会儿又照一下，甚至镜子都不入口袋了，直接放在手上，每隔几秒钟就照一下。与此同时，他照镜子再也不是像以前一样，照一次就得意一次，现在，他照一次脸色就阴暗一次，仿佛他的鼻子是一支蘸着阴郁色调的油画笔，照一次就在他的脸上涂上一层，最后越涂越厚，厚得都能从脸上敲下一层层的阴暗来。这让我和周星驰疑惑不解，我们问他，他也总是摇头不语，像谁欠了他钱似的，这德性让我和周星驰很不爽，谁欠谁啊这年头，我们俩就再也不管他了。

可是，刘德华的脸色越来越暗，暗成了灰色。有一天，我下班回来，看见他一个人静坐在椅子上，也不开灯，昏暗的光线中，他瘦小的身子一动不动，两只空洞无光的眼睛一动不动，真像一具刚出土的木乃伊。我吓了一跳，问他，今天没出去？

他没说话。我又问了一句，他仍然没说话。我凑到他跟前，准备看看他是不是睡着了，突然，他撕心裂肺地大叫一声，完了，我完了！

我手一抖，差点抖掉了手中刚带回家准备当作晚餐的一碗凉皮。怎么了？我问他。

刘德华抬起了一只手，这时，我看见他手上夹了一支香烟，这个原来不抽烟的人竟然抽起了烟，点燃的烟头在黑暗中像一只小红爬虫，爬上黑暗的枝蔓。刘德华举起了烟，猛地把烟头往自己的鼻子上烫去，我听到一阵吱吱的声音，一股肉被烤焦的味道迅速飘散。我赶紧丢了凉皮，扑上去，拉着刘德华的手，我说，你疯了，刘德华！

刘德华犟了一会儿，终于被我拉下了。一经拉下，他好像整个人都被抽去了筋骨，立时瘫倒在椅子上，他耸着肩膀哭泣着说，完了，我完了。

怎么了？

完了，完了。他不断地重复，我的鼻子完了。你看看，他忽然放开先前一直捂着的鼻子，指着鼻子说，你看，你看，我的鼻子完了。

我看着他的鼻子，除了刚才被自己烫了一个大大的水泡之外，他的鼻子并无什么特别的地方。我说，怎么完了，我没看见呀！

完了。他大声说，就是整容坏了。他挥舞着双手说，整容以后，我就觉得不对劲，又红又肿又痛又痒，完了，器官衰竭了，鼻子毁了，我的人生也毁了。我为什么一直没找到工作？为什么林红不理我了？都是鼻子不好了呀！

我看看他的鼻子说，那你没找过那家医院？

早找过了，他们说没问题，他们就是不承认有问题！

刘德华开始还是小声啜泣，后来是彻底止不住了，他放声大哭起来，边哭边扭扯着自己的鼻子。

这天晚上，我和后回来的周星驰花了两个多小时才劝住了刘德华。周星驰想出了一个办法。他说，他有个表哥，是医学博士，就在罗城市最牛逼的第一人民医院当医师，他明天带刘德华去检查，如果真是整容医院的责任，咱哥们几个一起去找医院要说法去，说什么也要恢复刘德华的鼻子，让他的鼻子像以前一样挺拔，像以前一样漂亮，从而刘德华也就会像以前一样有好运。这样说着，刘德华虽然还是摇着头说，没得救了，鼻子毁了就没得救了，但终究还是小了声，听从了我们的劝告，答应明天一早去医院看看再说。

第二天一早，我和周星驰分别请了假，陪着刘德华去了市第一人民医院。由于事先打了电话，我们很快就在周星驰表哥的带领下，找到了耳鼻喉科的主治医师。这医师很负责，也是周星驰表哥的好朋友，当他缓缓撕开刘德华鼻上创可贴，用各种仪器看了又看测了又测后，他说，器官没毛病，不存在衰竭问题，只是表面烫伤，两天就会好的，而且是表层烫伤，也不会留下永久性疤痕，我以个人人格担保，绝对没有问题。

陪着刘德华出了医院的大门，我们就分开了，我和周星驰赶去上班，刘德华捂着鼻子，对我们说他要回出租屋去休息休息。

我们没想到，刘德华这一休息就永远休息了。我们以为，经过权威医生的鉴定，刘德华应该彻底放下包袱，重新找回对自己鼻子的信心了。但出乎意料，刘德华的鼻子从此永久性贴上了创可贴了，以前他引以为自豪的鼻子再也不露出真面目来了。他们都在骗我，都在骗我！刘德华再也不走出房门半步，他躲在屋子里再也不见人，只是天天在咒骂整容的医生、复检的医生，最后他又咒骂自己的鼻子，为什么上帝给我一个好鼻子，却又让它半途离我而去？

这样约有一个月时间，刘德华已经弹尽粮绝了，他连手机费都交不起了。我和周星驰也没有办法帮助他，你说我们有什么好办法呢？这样就到了昨天，昨天一早，收房租的来了，刘德华哪里有钱交房租呢，我和周星驰两人各为他付了一半，刘德华捂着鼻子对我们说，谢谢你们，兄弟，下辈子我会报答你们的。唉，谁让我们太粗心了，我们也没仔细琢磨他这句话的意思。

昨天，我和周星驰交了房租，就拉开门准备出去上班了。刘德华忽然喊住我们，像要说什么，我们一起停下来看着他，他忽然少有地冲我们笑笑，真的，已经有很长时间我们没有见到这家伙笑了。他笑了一下，又挥挥手说，再见！装什么洋腔，我和周星驰骂了他一句，就拉上了房门，嗒嗒嗒下楼了。

接下来发生的事就不要我说了吧。什么？还要说说，警官，我今天肯定要被扣工资了，你看，我的主管打电话来了，今天我们东城区人手紧张，我要去送快件了。什么？你付我工资，呵呵，这多么不好意思，那我就继续说吧，说说后面的事。

后来嘛，就是我接到电话了嘛，是林红的电话，林红在电话里带着哭腔呵对我说，王宝强，求你了，你快去，刘德华要出事了！按着林红说的地址，我骑着电动车连闯了五六个红灯赶到了出事的地点，也就是刘德华做鼻子美容的那家医院。我到时，周星驰也赶到了。我们看见医院的13层楼楼顶上，刘德华一手拿刀，一手抓住楼顶的护栏，他站在护栏边，只要一松手、一抬脚，就会从13层楼上飞下来，像一片树叶一样飘飞下来。

13层，说高不高，说低也不低啊，我们看见刘德华拿的刀不是像别人那样指着自己的脖子，他是贴着自己的鼻子，一旁有警察在和他对话。刘德华有好长时间都没有出房门了，这一个多月里，他吃饭买东西都是我和周星驰为他代劳的。这一下，他站在楼顶上，脸上显得无比苍白，整个人又瘦小伶仃，像一株秋天的芦苇在风中摇摆。警察似乎在劝说着他，他始终不言不语，只是在嘴里喃喃着，说的什么我就不知道了。后来，我想，他一定是在念叨着林红。果然,不一会儿,在警察的带领下,林红爬上了楼顶。刘德华猛地激动起来,他喊叫着,林红,我不怪你,你离开我,我不怪你,要怪只能怪我的鼻子,我的鼻子毁了,器官衰竭了,我的人也毁了,我的好运也没有了,我不能给你买房买车,我不能给你幸福,我还在罗城做什么呢?我还活着做什么呢?我只是想再见你一面,你别吓着了,林红,我、我能再牵着你的手吗?

我看见林红泪流满面,她慢慢地走过去,把自己的手递过去。那一下,我真佩服林红,那时候,把自己的手递过去是多么危险啊!只要刘德华把手一拉,脚下一滑,林红就会随着他一起跌下13楼。林红伸着手快要走到刘德华身边了,两只手快要牵到一起了。这个时候,刘德华却脚下一滑,从楼上飞了下来,真的是一种飞翔的姿势,衣服鼓荡着,我甚至看见他那贴着创可贴的挺拔的鼻子在空中,像鸟喙一样啄开气流。哦,什么,是一个警察怕林红受到伤害,猛地拉回了她而惊动了刘德华?嗨!我敢保证,要是他们牵了手,刘德华肯定不会害死林红的,他也不见得会跳下楼去。

我看见刘德华从13层楼飞下时,是面朝地下的,但他跌倒在地时,却是面朝上的。尽管他的身底下流了一摊殷红的血,但我看见他的脸上干干净净,他的鼻子高高挺挺,他的鼻子仍然是漂亮的。你们后来检查过他的鼻子了吗?检查过了,功能良好?这真是怪了。闹了半天,鼻子真是好的,这个刘德华,为什么就不能相信自己的鼻子呢?

我所知道的关于刘德华的,就是这些了。什么?还要在记录上签字啊,好,好,我签字,警官。

(原载《长江文艺》2012年第1期)

白雪乌鸦

我刚在乡政府门前的早点摊上买好了大饼包油条，没来得及把第一口食物咽下去，所长老马就站在派出所二层楼顶上喊，杜宇，杜宇，瓦庄有情况，快跟我去。

我是一个月前从警察学校分派到白雪乡派出所当实习生的。白雪乡是个偏僻的山乡，一个派出所才3个人，年龄都在50岁以上，所长老马说是三杆老枪四间瓦房，却要管上街头草狗连筋，下街头光棍爬墙，一年到头忙得裤裆里尿都撒不干净。所以我一来，虽是个生手，但多少临时充实了力量，老马一有事就喜欢招呼我，因为相比那两位我这个新兵蛋子毕竟要听话多了。

等我跑步到派出所门口时，老马已经骑出了那辆警用三轮摩托，我一跨腿上了车肚里，三口两口吃下早点，哽着干渴的嗓子问他，所长，什么情况这么紧急？不会是命案吧？

作为一名快要成为正式警察的年轻人，我很希望能在实习期间破上一起命案，最好是迷雾重重、案情复杂的凶杀案。但白雪乡这个地方总人口才7000来人，而且年轻人大多在外打工，常住人口不到3000人，一年到头见不到两个外地人，已经多少年没有发生什么大案了。我到这里一个月时间，接到的最大的一桩案子就是有个养殖户两头肉牛被盗。说它大，是因为这两头肉牛价值6000多元，而盗牛贼也太笨了，连偷牛时的脚迹都不知道掩盖，失主本人循着牛足迹就找到了他，在盗牛贼家的院子里看见了自己家的牛，于是跑来派出所报案。就是这么一起案子，老马还让我写了一份简报报到了县局，标题是：白雪派出所有案必破，两小时神速抓获盗牛贼。我心里有些看不上老马，同时也对我的警察生涯感到了一丝迷茫，当警察这个事并不如我原来想象中的那般美好，如果我将来就工作在这样的地方，那我在学校学的那些刑侦学、刑事心理学等等，都有个屁用啊。正是因为这样，一听说有案件我立马浑身是劲，期盼着小乡有大案。

你小子一天到晚就想出事是不是？老马说，这回有了，是一场大规模的群殴事件。

群殴事件？我有点不相信，白雪乡是全县最偏僻的地方，瓦庄又是白雪乡最偏僻的村庄，一个村子长年在家的只有百十来个人，老的老小的小，能打起什么群架来呢？

老马说，是村主任操金狗打电话来的，那个家伙怕是酒又喝多了，嘴里哆嗦了半天也没说清楚，好像说是一只乌鸦引起的。奶奶的，去看了再说。

一只乌鸦引起的？这倒是一桩怪事，也多少引起了我的兴趣。我打眼望着前面的山路，再转两个山口就会到瓦庄了。

瓦庄虽偏，但在白雪乡乃至全县都还蛮有名气，主要原因是瓦庄比较富裕，而瓦庄的富裕的来源却有点让镇政府领导难以大加宣扬——这个村子里的人大多在南方的海城开洗头房。据说起先是瓦庄一个外出打工的小伙子去洗头房消遣，后来发现这生意有做头，海城是个加工制造业集中的地方，打工的男人不少，这些男人一年到头难得回家两次，身上的骚劲没地方去，而廉价的洗头房就满足了他们的需求。洗头房里服务品种丰富，从10元钱到300元钱的都有，10元钱可以干洗一次头发，半个小时，有香喷喷的妹子给你揉搓头发，当然，这是洗头房的妹子们最不欢迎的业务，但作为洗头房这是必备项目，因为有些男人先要借着这洗头来考察一下别的项目。别的项目呢，有50元钱的“敲花背”，就是在洗头房里面的一隔一隔的小帘子里面，由妹子按摩，说是按摩其实更多的是反过来，被服务的对象在妹子们身上上下其手，100 元的项目就是彻底解决男人们的那种饥渴了，最贵的 300 块钱的呢，可以挑一个妹子陪着出去过一整夜。这小伙子摸清了门道，开起了洗头房，经过一番打拼（这其中也有艰辛哦，比如怎么和当地管治安的搞好关系，怎么打败了同行的湖南帮，怎么应对街上的小混混），慢慢地，小伙子赚钱了，连着开了好几个分店。于是，村子里和他一起去打工的都改行做起这个，兄弟姐妹表哥表嫂都带起来了，十来年经营下来，瓦庄的人在那里开了洗头一条街。瓦庄人家的土砖房子纷纷推倒了，一色的上下三层小洋楼，有不少人还买了小车，过年回来，小车停在镇街上一长溜，很是威风，把别的村子里的人眼红死了。他们又不平又羡慕地说，瓦庄的人是找到了钱窠了，钱是有窠的，找到钱窠，挣钱就是捡钱。

关于瓦庄的这些事我都是从老马嘴里听说的，老马在白雪乡派出所待了有七八年了，虽然年年他都向县局申请换防，但一直没有挪动位置，所以对各个村的情况还是很熟悉的。

老马脸色阴沉，在山路上把三轮摩托开得飞快。我估计他有点情绪，今天是周五，他要回城里的家去。他女儿在读高三，老婆在城里租房陪读，一到周末下午他就打包回城，而周五出了事，他就有可能回不去了。

不一会儿，就到了瓦庄村口。瓦庄是一个漂亮的村庄，村口是一条小河，河边有一丛风水林，七八棵合抱粗的树伸张开树冠。过了河，几十幢贴了瓷砖、安上了铝合金门窗的小洋楼在阳光下散发着金光。

操金狗早在村口大树下等着，老马停下摩托说，老操啊，是什么鸡巴事啊？我早上连一口水都没喝得。

操金狗说，所长，要是我能镇得住我还劳你大驾啊，实在是镇不住了。看操金狗的脸色还真不像喝了酒的样子，他简短地向我们介绍了一下情况。

事情就是这么个事情，操金狗说，今年春节过后，王翠花也到海城打工去了，她也想开个洗头店，她家是村子里唯一没有开洗头店的。可是不晓得怎么搞的，她在海城失踪了。她老公陈大毛就去找她，结果，一个月过后，陈大毛回来了，跟着他回来的还有一只乌鸦。陈大毛说那只乌鸦就是他老婆王翠花，他天天把那只黑乌鸦搂在被窝里睡觉，出出进进的，那只乌鸦都陪着他。他家的大小事情以前都是王翠花做主，现在，陈大毛还事事都听那只乌鸦的。

我问操金狗，怎么听那只乌鸦的，难道那只乌鸦会说话？

操金狗说，坏就坏在那只乌鸦会说话上，它除了一天到晚在瓦庄的天上发出苦哇苦哇的叫声外，就叫着“开洗头房丧天良！开洗头房丧天良！”这句话，瓦庄人能不气吗？他们认为这只乌鸦是只妖怪，一定要除了它，可是陈大毛咬死了它是他老婆王翠花。那只乌鸦也是狡猾，瓦庄人怎么害它，张网、下毒、弹弓，都搞不死它。昨天晚上，乌鸦又在天空上说怪话，把操金钟的爹给气坏了。

老马插话说，操金钟是不是带头在海城开洗头房的那个人？

操金狗说，是的，就是的。操金钟的爹就约了一班人，今天早上一早就聚集在陈大毛家门口，拿的拿扬叉，举的举渔网，他们对陈大毛说，不交出那只黑乌鸦，你陈大毛也别想出门。陈大毛平时是个软货色，可不晓得怎么的，就是被这只乌鸦迷住了，他死活不听油盐不进，拿出大砍刀站在门口说，谁要动他的乌鸦一根羽毛，他就砍他全家。操金钟的爹说，那大家比着砍，看哪个砍得过哪个。到现在，双方还在门口举着刀哦，我怕搞不好，真砍起来可不得了啊。

老马一脚蹬响了摩托，骂道，老操啊，这事你怎么不早说呢？如今事情闹大了才叫我来救火，你这是硬生生把我往火坑里推啊。还不赶快去现场啊。

操金狗急急爬上摩托车解释说，我哪知道会这样呢？一只鸟的事，我哪知道会这样呢？

老马说，小杜啊，这会子恐怕有人人头落地了，你说我这个所长还当个鸟啊。

我们赶到陈大毛家门前时，双方还在对峙着。

30多个老头老太手持各式武器气呼呼地责骂着陈大毛，村要败，出妖怪。陈大毛，你养着妖怪也活不长了！

陈大毛呢，他一手拿着大砍刀，一手扶着儿子陈细毛，他倒是不说话，就是站在大门口盯着面前气愤的人群。

我一看眼前这个架势，心下就放松下来。陈大毛40来岁，身强力壮，这30多个老头老太一个个上了年纪，真要来硬的，也不一定是对手，而且对峙了这么长时间，看得出他们已经力不从心，一个个汗流浃背，气喘吁吁。所以，他们虽人多势众，但也不敢真动手，嘴上骂得凶罢了。我再看看陈大毛家的房子，是个砖混毛坯房，而且只做到一层，也没有装修，门窗还是用塑料纸蒙着，在周围气派的小洋楼的对比下，显得非常寒酸。

大家一见村主任着派出所的来了，刚好就势解除了对峙，一起向老马控诉起陈大毛来。更有人问老马，有没有带枪，有枪的话一粒子弹结果了那个妖怪。

在吵嚷声中，陈大毛的背后门楣上嗖地飞出了一只乌鸦，它在人群头上盘旋，大声叫着，苦哇，苦哇，开洗头房丧尽天良！开洗头房丧尽天良！苦哇，苦哇，我害了小芳！

气得发抖的操金钟的爹捡起一块石头往天上砸去，石头没扔多远，差点掉下来打破他自己的头。他一下子跪倒在老马的面前，领导，领导，你要给我们瓦庄为民除害啊！

老马慌忙扶起操金钟的爹，他说，我们会弄清情况的，你放心。现在，大家都散了啊，相信我们会依法办事的，都散了啊！

听到老马这么一说，加上操金钟的爹这副样子，其余的人也就慢慢散了。

那只乌鸦仍旧在天空上盘旋，苦哇，苦哇，我要上访，我要上访！

老马抬头望天，上访？你可不能上访啊，你一上访，我还不要被搞死啊。

见群体性事件被消除了，老马也松了一口气，他决定还是先回到县城去，这边他给我交代任务，这两天就在瓦庄住下来，尽快查清这只乌鸦到底是怎么回事,等周一上班时给他一份书面调查报告。

老马骑着摩托挟着一股灰尘回县城去了,我心事重重地跟在操金狗后面。我在想,这事到现在这个地步,操金狗应该还有情况没有向我们介绍。

瓦庄没有旅店,我就住在操金狗家。他家也是三层洋楼,卫生间,餐厅,卧室,太阳能热水器、空调、冰箱一应俱全,都和城里人家单元房一样。我说,操主任,你家里也有人在外开店?我没有说开洗头房,我怕他尴尬。但老操不忌讳地说,是的,儿子媳妇都在海城开店,洗头房这个生意还是做得的,我要不是年纪大了,我也去海城开一个。你看我们瓦庄的这些房子,多么气派啊,这些盖房子的钱都是从海城漂来的啊。所以我讲啊,我们瓦庄的功臣是哪一个?就是带着瓦庄人在海城做生意的操金钟。他虽然是我堂弟,按道理不能夸自己家里人,可我碰到哪一个我都这样说。

我问操金狗,村主任,这件事还真有点怪呢,这个王翠花到底是什么时候失踪的?

操金狗看了我一眼,说,我知道你在调查呢,没事,我说你记,我把我知道的都告诉你。

我于是就拿出本子记录下操金狗介绍的情况:

王翠花是于2013年春节过后走的,具体说就是正月初七的上午,因为那天是我的生日,所以我记得很清楚,那天上午,王翠花是和操金钟一起到海城打工的。王翠花的爷爷是操金钟的姑姑的婆家舅子,所以说起来是有点亲戚关系的,是王翠花自己主动要求去的。王翠花家条件不大好,她老公陈大毛是招亲入赘的上门女婿,一条腿又有点跛,两个人一直没有外出打工。村子里别的人家都盖起了洋楼,就她家还是土砖房,王翠花觉得丢不起这个人,她做事很卖力,一年到头钻泥挖缝却没挣上两个钱,好不容易盖了一层毛坯房,第二层就没钱盖了。这样一来,王翠花就觉得还是要出去打工,她在这之前也征询过我的意见,我觉得也可以,陈大毛带着儿子陈细毛在家苦就苦点,等挣了钱盖了房,一家的日子也就好过了。

到了海城是个什么情况呢？我从其他人那里了解到了一点儿，不一定全面，回头你也可以再补充了解。王翠花让操金钟带着她去海城，她本来就是想开洗头房的，她没出过门嘛，就有点大惊小怪的。操金钟是开着自己的小车回来的，到海城也开着小车去，王翠花就跟着操金钟的小车，这不是挺好的嘛。到了市里，操金钟没急着走，他开着车到火车站去转了转，后来，他看中了一个女的，那个女伢十八九岁的样子，带着一大包行李，一看就是出去打工的。

操金钟就对王翠花说，姐，我等会儿叫了那个女伢来，你就说我们在海城开饭店，急需要招一名服务员，她要做的话，3000 块一个月还包吃住。

王翠花还想说什么，操金钟说，姐，出门在外，你就听我的好了，没得错，不会让你吃亏的。王翠花想想也是，自己这是跟在人家后头讨食呢，想许多做什么，就点点头说好。

操金钟就在那里和那个女伢搭话，过了一会儿，果然那个女伢走到车子跟前了，王翠花就把操金钟教她说的话照葫芦画瓢地说了一遍。那女伢子看了看车子和王翠花，对王翠花说，姨，你不会骗我吧？

这一声“姨”喊得王翠花好高兴，她用一口瓦庄话说，你看我像个坏人？我骗你做么事嘛。那女伢就把行李交给了操金钟放在后备厢里，人也就坐到车子里，他们三人一辆车到了海城。一路上，操金钟对那个叫小芳的女伢都挺好的，给她买吃买喝的，对她说海城有哪些好玩的地方，小芳对操金钟非常感激，叫操金钟大哥。操金钟又问小芳的身份证有没有带，小芳说带了，操金钟说，身份证在城里顶顶重要了，到哪里都需要，没有身份证，连坐个火车都坐不上，可千万不能搞丢了。海城别的都好，就是小偷太多了，要不这样吧，你把身份证交给我吧，我帮你保管，这样就万无一失了。操金钟这样一说，小芳就把自己的身份证交给了操金钟。

其实，操金钟招那个女伢子不是做饭店服务员，而是到他店里做妹子。那女伢到了店里看了那情形就不愿意干了，可这个时候哪里走得了呢？这也怪不得操金钟，随着洗头店增多，妹子的资源也越来越缺，招一个好的妹子可不容易，有的店里只要你帮着招一个妹子，他当场就给你 5000 块钱现金。事情就是这么个事情，女伢忸怩了几天，后来也就做下来了，业务量还是前几名。偏偏问题出在王翠花死脑筋这里，她到了海城一看洗头房的情形，就说自己做不了，她在街上找了两天，最后她倒是找了一家饭店做服务员去了。

出事是在两个月后，那天晚上，小芳遇到了一单大生意，有个男的包了她一晚，恰好带着她到了王翠花打工的那家饭店吃饭。吃着吃着，不知怎么的，那个男的和小芳吵了起来，可能是为了付小费的事，男的当场就发飙了，啪啪啪地连打了小芳几个耳光，只把小芳打得瘫在地上起不来。王翠花赶紧上前去阻拦，这才看清了是小芳，王翠花在瓦庄也是个惹不起的厉害人，她转身去厨房拿起一把菜刀，哇哇叫着抡起刀向那个男的砍去。那个男的一看这女人不要命，也夙了，抬脚就跑走了。王翠花去扶起小芳，哪知道小芳不仅没有感谢她，还大哭大骂起来，都是你这个骗子，骗我到了洗头房，你毁了我一生，你这个大骗子!

王翠花被骂得哑口无言，当时和操金钟到了海城，知道了洗头房是怎么回事后，她就对操金钟说，可不要骗了小芳，让小芳自己找工作去，操金钟满口答应下来，没想到，自己成了骗小芳的同案犯。

小芳骂够了，也就扯扯衣衫走了，照旧回到了操金钟的店里，丢下王翠花在那里还回不过神来。本来这事也就过去了，可王翠花是个一根筋的人，一根筋的人就是麻烦，她就去找操金钟，要他放了小芳。操金钟哪里会放呢？一个小芳一年要给他挣好几万块钱呢。另外，就是小芳自己也不愿走了，离了这个店，到哪里一个月挣那么多钱。操金钟这个店是海城生意最好、人气最旺的，每天的伙食也很好，出来打工不就是挣钱嘛，何苦要离开呢？王翠花就是不依不饶，她认为小芳不走，是因为操金钟威胁的。她跑了几次后，操金钟就烦了，换了哪个都烦，换了你也烦，是不是？操金钟再也不理她，这一下，王翠花神经发了，她也不晓得从哪里知道的，竟然到公安局去报了警。公安也去查了一下，回来对王翠花说，人家是正规营业，小芳也是自愿从业，不存在扣押人和强迫人的问题。

王翠花那一张嘴真像乌鸦一样，在海城乱嚷嚷，从那以后，在海城的瓦庄人都不理她。你想想，她那样一张乌鸦嘴哪个愿意搭理她？

据说，王翠花从那以后就脑子不清楚了，慢慢就疯了，后来就失踪了。事情就是这么个事情，我可原原本本地报告给你了。不过，杜警官，我有一个要求，那只乌鸦真是不吉利的东西，最好组织捕鸟的给捕了。要是它真的到处上访，会败坏我们全村全乡甚至全县的名誉啊。你想想，一只乌鸦去上访，这不是出大丑吗？也不利于社会稳定啊，稳定是当前压倒一切的政治任务啊，是不是？还有，你看我们瓦庄，家家房子做得漂亮，村里道路干净整齐，村民活动中心也有了，正准备申报全县的文明村，上面基本同意了，就等着验收了，可千万不能让一只鸟坏了大事啊，是不是？你把这个也记下来了吧？你一定要记下来哦。

介绍完这些后，操金狗便拉着我去村口一户人家吃中饭，他压低了嗓音神秘地对我说，我特意打了招呼，今天中午弄了个野味，平时所长来都吃不到的哟。我吃了一惊，问是什么野味。他又装着若无其事地说，没什么，野鸡，一只野鸡，哈哈。经他这样一说，我就知道了，一定是一种叫中华白颈雉的鸟，是省一级保护鸟类。这种鸟非常漂亮，颈子雪白，冠子鲜红，尾羽却五颜六色，一根尾羽都要卖好几块钱。白雪乡是全省中华白颈雉重点保护区域，而瓦庄又是重点保护中的重点。果然，我坐下来尝了一碗那“野鸡”汤，味道十分鲜美。于是喝酒，操金狗喊来村里的文书、治保主任、妇女主任等五六个人作陪，不一会儿，我就喝得东倒西歪，都不知怎么到的操金狗家。

一觉醒来，已经是黄昏了，操金狗不知到哪里去了。我爬起来，到厨房倒了杯开水喝了，恍惚间，我仿佛又听到乌鸦在叫：“苦哇，苦哇，开洗头房丧尽天良！苦哇，苦哇，我害了小芳！”那声音似乎很远，又似乎很近，我想起我的任务来了，便拿起公文包走到陈大毛家。

冬天就要来了，陈大毛家的门窗还是用塑料纸蒙着，风吹着，那些塑料片发出唰唰的落叶般的声音。昏黄的灯光里，陈大毛正在灶台上炒菜，他的儿子陈细毛趴在灶门口往土灶里塞柴火。我四处瞄瞄，那只乌鸦呢，它在哪里呢？陈大毛知道我在找什么，他用手指指上方的房梁，那只乌鸦正一块黑铁似的稳稳地立着，它睁大着黑眼睛一动不动地、凛凛然地看着我。我有点结巴起来，我说，陈大毛，你、你，就、就、就把你怎么把它带回来的情况说一说吧，说一说吧。

陈大毛抬头看看乌鸦，那乌鸦点点头好似批准了，陈大毛就说，好。

陈大毛是这样说的（他说的过程中，不时地抬头望望高高在上的那只乌鸦）：

它就是我老婆王翠花，我老婆王翠花是正月初七跟着操金钟去海城打工的，为什么记得这样清楚呢？是因为那天是村主任操金狗的生日，五十大寿，我家还送了寿礼，一条烟、两瓶酒哦。我本来是不大想让她去的，可她偏要去，她说挣够了盖房子的钱就回来。

开头 3 个月，王翠花一个星期就要打一次电话回来，说说她在海城的事。她先是帮人家饭店里洗盘子，后来洗菜，再后来，可以配菜了，相当于半个厨师，工资也涨了，从 1500 涨到了 2000。她还说她再不到瓦庄人开的洗头房里去，她还说，以后不准儿子细毛到海城去，海城一点儿也不好。我说不好你怎么还不回家来，她说，不好归不好，就是有一点儿好，找事好找，钱也好挣些，等挣了钱盖了房，就再也不出去了，哪里也不去了。

大概是 4 个月后，王翠花的电话就慢慢少了，也不是突然少的，是慢慢少的，半个月只有一个电话。她说，她对不起小芳，她要帮助小芳。我搞不清她说些什么，我只听到她在电话里好像有气无力的。我就问她，你有没有生病哦？你要生病了做不动了就回到瓦庄算了。她说没有，就是天天有点头痛。她还说了句没头没脑的话，说那洗头房真不能开，开洗头房丧天良啊！反正她半个月才打一次电话，一打电话就说这些桌子不粘板凳的话，我也听不懂（说到这里，房梁上的乌鸦从喉咙里发出了一串咕咕噜噜的声音。陈大毛说，本来就是嘛，你又不说清楚，我哪知道你在海城搞什么呢）。

就这样，到了9月，王翠花的电话突然就没有了。9月过去了，10月过去了，硬是一个电话都没有，我想不通她为什么不打电话回来，她不可能不打电话回来的，我着急死了，就托人打电话去问那些在海城开洗头房的人。我先问了操金钟，操金钟说他有两个月都没有见到王翠花了。再问其他的人，有的说，王翠花前几个月天天在大街上跑，后来就失踪了。我没去过海城，我想象着，海城难道就跟电视里的大海一样，王翠花就是一根小针，掉到大海里去了？

11月的时候，王翠花还是没有消息，我急啊，我决定去大海里捞针，我把细毛交给他姑，我去海城找王翠花。

我在海城找到操金钟他们，他们一个个冷冰冰地对我，问到王翠花的时候，他们都是一句话，王翠花失踪了！我再多问一句，他们都懒得理我，就好像我是问一堵墙壁一样。我又找到公安局，公安局的人问了问情况，就记在本子上说，他们目前没有发现什么可疑的，如果发现了，会随时联系我。我又到处贴寻人启事，贴在海城的大街小巷，贴了半个月。我好苦哦，带去的钱都花光了，也没找到王翠花。

有天晚上，我又去贴寻人启事，因为白天的时候，海城的人不让我贴，我只有晚上偷着张贴。我在一个公园的墙壁上贴到第234张时，实在太累了，我就蹲下去背靠着墙，想歇一歇。

就在我蹲在那里看着公园里的大树的时候，我突然看见了王翠花。她还是火暴脾气，她跳起来一把揪住我的耳朵，你个狗日的，你不在家带细毛，跑到海城这个鬼地方做什么？

我说，我不是来找你呀？你好几个月了，一句话一个字都没有，我哪里放得下心呢？

她又骂我，哪个叫你来找了，我不晓得自己回去？我在这里是有事没办好，办好了我就回瓦庄去！

她的大嗓门把我的头都吵痛了，她骂着又揪我的耳朵，把我揪得生痛，我猛地一挣，王翠花却不见了。我睁开眼，看见一把把的阳光打在身上，天已经亮了，我竟然在公园墙角下睡了一觉。还好，海城的冬天不冷，要不然我恐怕都冻僵了。我慢慢地坐起来，摇摇头，扒了扒眼屎，看着公园墙外的城市，忽然我好像真听到了王翠花哇里哇啦的声音，难道我还是在做梦？我用手掐了掐自己的脚，哎哟，痛哦，不是梦啊。我把头向上方望去，墙头上，一只黑色的乌鸦正哇哇哇地叫着，原来，是这个晦气的东西（房梁上的乌鸦听到这里嘴里又咕咕起来，像是不满。陈大毛说，我这不是对警察说吗，当时我是怎么想的就要怎么说，是不是的警察），我捡起一块破瓦片，嗖地一下扔过去，那只乌鸦显然没有防备，它哇的一声大叫，飞上了天。但它并不飞远，它绕着我愤怒地叫着，声音一会儿大，一会儿小，像是和我说着一件事。

我又扔过去一片更大的瓦片，我也生气了，连乌鸦也来欺负我了，我瞄准了乌鸦的双脚，黑乌鸦更愤怒了，它扑扇着翅膀，有好几下扇在了我的脸上，并且加快了鸣叫的速度，哇哇哇，哇哇哇。我越听越觉得这个鸟儿叫的腔调像全了王翠花？像是一遍遍地说“陈大毛，陈大毛”，我愣在那里，乌鸦又落在墙头上，声音小了些，一张嘴动个不停，叽叽呱呱，叽叽呱呱，像是在埋怨着我。就像以往在瓦庄，我做错了事后，王翠花总是站在院子里，一手叉腰，一手上下挥动，上下嘴唇一碰一碰地半天不休，骂得我灰头灰脸。

你怎么连老娘都识不得了，你以为你到海城找我就了不得了，尾巴翘上了天了？你还装着识不得老娘，我可识得出你，你看看你那个狗熊样，脸就像个没烧净就出窑的黑炭头。陈大毛，也就是我王翠花瞎了眼嫁给了你，你还不理我，你还敢打我……

我站起来，轻轻地走近那只黑鸟，我看见它的眼睛也像全了王翠花，生气的时候转个不停，一眨一眨的。我轻轻地摸了摸它的黑羽毛，我一摸，它就不叫了，像有些委屈，在嗓子眼里咕咕两下，尾巴翘了翘，扭着头看着我。

你真是王翠花？我问它。可你怎么成了乌鸦了呢？

王翠花叽里呱啦说了一大堆，那时候她刚刚成为乌鸦，许多话还说不太清楚，不过我还是听明白了。她说在海城时，后来瓦庄人都骂她是乌鸦嘴，她就说，就是做乌鸦也要叫。后来，有一天她又去海城公安局上访，出来后，突然人事不知了,等自己醒来后,她就成了一只乌鸦。哇——哇——说到这里,王翠花不耐烦了,用爪子刨着墙头上土灰,哇的一声,飞到高空,又俯冲下来,又飞到高空,她这样做了三次,我才明白,她是叫我快点起身上路。我说我没钱了,我们就只有走回去了。

她就用她的大嗓门说,走哇,走哇,我要回去告诉瓦庄的人,开洗头房丧天良!

我捡起破塑料布,上路了。王翠花在前头飞着,我看了看方向,没错,是往北,往北走就会走到瓦庄的。

我看着王翠花,她扇动着翅膀,飞得不高不低,像一个领路人。王翠花,你等等我,我的腿坏了,你不知道啊。我叫喊着,拖着腿一瘸一拐地追了上去。

和王翠花一起走,我不用考虑方向,只顾闷着头往前走就是了。但吃的东西越来越紧张了,开始时,我们在田里随便摸点就能填饱肚子,可眼下已是秋收后,眼前的田野一片荒凉,吃的东西越来越少了。

这天,我们已经一天没吃什么东西了,饿得肚子里像住进了一窝小乌鸦。王翠花也急起来,她甚至想要飞到一个村庄人家里,去叼一个馒头来。但村庄里的人远远见到一只乌鸦,嘴里呸呸地骂着晦气晦气,手里早就拿好了家伙要对付它,它根本进不了村庄。

好在王翠花视力很好,她很快发现了一个好地方,她在上空侦察了一遍,兴奋地领着我往那里走去。那是一片大棚蔬菜,大棚里长着红通通的寿桃样的西红柿、细长长的嫩黄瓜,都是解饥的好东西。我看着她说,那里面都有人守着的,他们能给我吃吗?王翠花咕咕地说着,胆小鬼,我看清楚了,有个大棚子里没有人,他在旁边的大棚子里打麻将呢。我饿得受不了啦,就壮了胆子往大棚里摸去,轻轻地开了门,果真没人,我摘了黄瓜、西红柿,擦也没擦就往嘴里填,咯吱咯吱,咯吱咯吱,吃得一嘴红红绿绿。等到肚子里的乌没叫了,我才想起要摘一些留着,我把衣服兜着,狠狠地摘了一堆,然后往大棚外走去。

你也吃一点吧。我指着怀里对王翠花说,你也吃一点吧。王翠花飞了过来,准备也尝一尝时,忽然,我眼前一黑,心里绞痛,嘴角往外喷白沫,我心里清楚,我这是中毒了,这菜刚打了农药。王翠花也一下子明白了,你这是中毒了,你这是中毒了!它焦急地哇哇叫着,飞了起来,在空中旋转了一周,随后便一头撞在一旁的另一个大棚,死命地用翅膀撞着大棚上的塑料薄膜,使大棚发出哐哐哐的声音,终于惊起了大棚里的人。他们跑出来一看,一个人正瘫倒在地上吐白沫,再一看怀里的黄瓜西红柿,就什么都明白了。让他们不明白的是那只乌鸦,悲叫着在那人头顶上飞,叫声悲惨。几个菜农相互望了望,就动起了手,对这事他们有经验,就弄肥皂水,捏着我的鼻子往我嘴里灌,我的嘴里随后吐出了一摊摊的红红绿绿的东西,随着吐出了苦水,吐到再也没什么吐了,我的眼睛不再胀大了,白沫子也消了,慢慢恢复了正常。

大棚里的人给我端来了三个大馒头和一碟咸菜,我含着眼泪水吃完了,又上路了。王翠花不停声地骂着我,你怎么那么笨呢?吃之前就不晓得要闻闻有没有农药味道?你比一头猪还笨!

我不想惹它生气,只好小声地嘀咕着,不是你带我去的吗,你怎么做了乌鸦还那么凶呢?

就这样,上个月底,我们终于回到了瓦庄。我们回来的那天,下了第一场冬雪。那天的雪落得很大,把瓦庄落成了一床棉花絮,所以瓦庄的人看得很清楚,我的头顶上飞着一只黑鸟,它径直往我家的院子里飞去。

我叫开门,儿子细毛高兴地叫了一声,爹,你回来了,娘呢?

我搂住细毛说,你娘也回来了。我指着身后,背后的墙头上,挂着一排锄头的地方,站着变成乌鸦的王翠花,我对细毛说,这是你娘。

细毛惊讶地说,它是我娘?

王翠花扑到了细毛的身上,上上下下亲热地啄弄着细毛的衣服,嘴里咕咕噜噜地说着什么。成为乌鸦的王翠花,眼睛里闪着温柔的光,并且慢慢地流下了一滴滴泪水。

陈大毛说到这里,眼圈也红了,他低了头,再也不说话了。房梁上的乌鸦急躁地拍起了翅膀，它箭头般冲了出去，在瓦庄上空又大声叫了起来：苦哇，苦哇，开洗头房丧天良！我对不起小芳！我要上访！

陈大毛哽咽了一会儿，接着对我说，你看，它就觉得自己对不起那个小芳。警察兄弟，我求求你，你可千万不要伤害我老婆啊，它成了乌鸦也还是我老婆啊！她、她虽然脾气不好，可她是个好人哪！我求求你了，我求求你了！

那两天时间里，虽然每天都被操金狗用白酒灌得头晕晕的，但我还是坚持走访了瓦庄其他一些证人，包括操金钟的爹。他们的说法大多和操金狗一致，操金钟的爹还补充了一个细节，他愤怒地告诉我，王翠花不是什么好东西，老爱告状，是个惹事的主，就是在瓦庄也是一张乌鸦嘴乱嚷嚷。她失踪也好，真变成乌鸦也好，跟操金钟没有一丝关系，跟瓦庄的其他人也没有一丝关系，要怪只能怪她自己。

我利用一个晚上时间写了一份调查报告，把以操金狗为代表的一方的意见以及陈大毛的意见一并写了出来，报告的最后部分我向所长老马建议：派人去海城了解一下，王翠花到底有没有失踪，再和那个小芳谈一谈，弄清事实了再处理乌鸦问题不迟。

周一的时候，我把这份报告递给了所长老马，老马皱着眉头看了半天，嘴里噗噗地往外吹气，好像要把什么东西吹走似的。最后他说，把建议这些删掉吧，你想想，我们能到海城问出个鸡巴毛来？

我有点不服地说，这是必需的啊，所长，毕竟案发地在海城呀。

老马丝毫不听我的，一只鸟的事，值得跑那么远？这事你就别管了！

我很生气老马的态度，这里面肯定有案子可挖，老马这个土老帽真是猪脑子。我决定独自去瓦庄再去找一找那只乌鸦，然后有可能的话我再去一次海城，说不定，我能挖出一个大案子来。

当天天将黑时分，我到了瓦庄。天气预报说有雪，这时候果真飘起了雪，不一会儿，瓦庄白了。我在雪地里往陈大毛家走，片片雪花中，那只乌鸦飞来了,它还是大声叫着:“苦哇,苦哇,开洗头房丧天良!我对不起小芳!我要上访!”

在一片白雪中,那只乌鸦显得特别黑,我对着它喊:“王翠花!王翠花!我要找你再了解些情况!”

她在空中回答:“好哇!好哇!”

就在这时,我的身后响起摩托声,所长老马和另一位警员来了。我说,老马,你到底还是来了。

老马说,我来接你回去,你们学校来电话,有急事让你赶快回去!这里的事你放心吧,我会来仔细调查的。老马下了车,不由分说,和那个警员一起把我架到了摩托上,突突突地开走了。

我回头看天空,那只白雪中的乌鸦振翅盘旋着,一路紧跟着我们,嘴里还高声喊叫着:“不能走哇!不能走哇!”

可我还是走了。到了学校以后,才发现只不过叫我填写一份无关紧要的表格。

后来,我再也没回到白雪乡了,瓦庄的乌鸦事件最后到底怎么处理的我也不清楚。我给老马打了几次电话,他似乎都不愿意提起。一只鸟的事嘛,他打着哈哈说,哈哈哈,哈哈哈。

(《小说选刊》2013 年第 11 期短篇头条选载,原载《文学港》)

打黄黄

“打黄黄”是流传于我县瓦庄一带古老的民间祭祀、驱邪活动。表演时由村人抬着祖宗神像在前巡游全村，其后若干村民扮成将士，佩戴刀剑，驱赶另一个全身着黄帽、黄衣、黄裤的“黄黄”，几经交战，直至将“黄黄”杀死。整个过程充满古老的仪式感，表演人员头戴面具，兼唱兼舞，仪式感很强，现已被列入全省首批非物质文化遗产。

——摘自《瓦县县志·戏曲卷》

1. 王保长

镇长，现在总该轮到我了吧，我都等了一个多小时了。王自建把脸故意弄成苦瓜形状，他站在街道办事处主任李志军门前急慌慌地说。

李志军皱着眉头说，我不是镇长，你这个王保长还真当自己是保长啊？

王自建看李志军接了话茬，便趁势挤进了李志军的办公室里。好，我错了，应该是李主任，其实不都一回事嘛，换汤不换药，官位都是一样的。

李志军说，你天天烦我咧，我今天就让你烦个够，你把那门关上。

王自建返身把李志军办公室的门关上了。他看见办公室外还站了好几个人，人人都拿了纸条子瞪大了眼睛看着他，有几个认得他的，便叫，王保长你快点,我们还有事向主任汇报呢。

王自建冲他们说,先来后到嘛,先来的喝汤,后来的喝尿。

李志军说,王保长,你可注意点,这可是政府机关,你满嘴吐脏字,被记者捉到了,咱们俩都一把撸,撸得跟桑树条子似的你就好过了。

王自建说,镇长,哦,不,主任,我这个保长是不想干了,你把我撸掉了最好。

李志军说,你别跟我扯这个没用的,你说说,到底什么事,大清早跑来堵我办公室的门?

王自建摸摸头说,主任,快到年关了,这个年怕是不好过了,闹鬼啊!我们瓦庄村天天晚上闹鬼啊。

李志军说,你怎么老是说错话呢,现在没有瓦庄村了!

瓦庄村处在县城城乡接合部,去年因为要建设沿河工业园,要征迁瓦庄的土地。这个工业园是县长拎在手里亲自抓住不放的重点项目。于是,很快,县里就把瓦庄村整体搬迁到了清溪街道办事处管辖的城西,在那里新建了一个小区,名字叫幸福花园。小区的房子是专为瓦庄村的人盖的,瓦庄就像一棵大树被连根拔起,移栽到了幸福花园。从此,瓦庄的人按照街道办事处的人的话说就是:一步从村民变成市民。现在,他们的称呼应该是瓦县清溪街道幸福花园小区居民。

王自建说,习惯嘛,说习惯了。

这个习惯不好,李志军说,要改。

好的,我改。王自建说,主任,我们幸福花园他妈的,搬进去后天天闹鬼啊。

李志军说,闹鬼?恐怕是你们心里有鬼吧。

王自建急了,他大了声说,真的是闹鬼!领导,那地方不闹鬼才不正常呢!

王自建这个话一说,李志军脸上立即就紧了。

幸福花园小区建得还不错,可是问题在于它紧挨着坟堆。小区的东边是一座小山，山上是几十年前就形成的公墓区，坟包一个挤着一个，像一个青春期男孩子脸上旺盛的疙瘩痘，满山的石碑也像麻将牌一样竖立着，从人口数量上来说，在地下住的恐怕要比幸福花园里住的多得多。这情况，成为当时搬迁最大的阻力，原瓦庄村的人对村主任王自建说，这下我们倒省事了，住在幸福花园可以直接就去了黄土公社，不用人抬了，可真是幸福到家了。这事情最后的解决办法是，李志军承诺，3 年之内完成对公墓区的迁移，并给按时搬迁的每户增加 2 万元，坚持不搬的或迟搬的一律没有这笔费用。生拉硬拽之下，好歹总算把瓦庄村 99 户 400 多口人移到了幸福花园。但是，移过来半年多了，小区门口的泥地上都长草了，政府答应的迁坟工作八字不见一撇，王自建被原瓦庄人骂得要死。王自建虽然被瓦庄人封为保长，但他知道他这保长和过去的保长不一样，过去瓦庄有句话，“生了儿子是国民党的，生了女儿是保长的”，现在呢，是他这个保长恨不得给村里人当儿子做孙子了。所以，每次王自建见到李志军就要打探迁坟的事。

可是，迁坟哪是一句话的事呢？再说，三年之期不是还没有到吗？李志军猜想王自建栀子花茉莉花地说一通，又是来问迁坟的事情了。他从鼻孔里哼一声，像是鼻子里藏着一只虫。

王自建装着没看见李志军脸上的黑云滚滚，他说，主任，真的是闹鬼了，怪事呀。

李志军说，你说说看，闹什么鬼，要我做什么？我是去请道士来捉鬼呢，还是请公安去打鬼？

王自建没理会李志军话里的讥讽，他反倒顺杆子爬，说，道士和公安怕都捉不住，因为鬼多呀，鬼天天晚上开大会呢。

李志军再也忍不住了，他一拍桌子说，王自建，你这是什么话，这是你一个村干部说的话？

王自建笑嘻嘻地说，别急，别急，镇长，你听我说完嘛。

王自建咽了一下喉咙，眼睛在李志军桌子上扫，李志军就把面前的一瓶矿泉水扔给他说，你说，我就听你说完，我看你还有什么花花肠子。

2. 王翠花

王翠花是在半个月前发现有鬼的。

从瓦庄搬到幸福花园，王翠花心里暗暗地高兴。她就是喜欢城里，一下子从村民变为市民，这不是从糠箩里跳到米箩里了嘛，以后，不用管那一亩三分地了，不用和泥巴打交道了。她是从湖区嫁到瓦庄村的，从小在船上长大的，开始过来的那几个月，下到泥巴田里种稻种菜，面朝黄土背朝天，她可真是不习惯。现在好了，天天穿袜子穿鞋，大热天里摇着扇子逛大街，像戏上的公子小姐一样，几多滋味呀。所以王翠花搬迁特别积极，除了干部外，她是第一个进楼的。她上楼住下来的时候，她那个楼道里只她一户，她带着小孙女秀秀站在新楼房里，看着四面八方，对秀秀说，幸福啊，幸福啊，秀秀，我们是城里人了。

秀秀甩开王翠花的手，跑到窗子前，前后都是楼房，她家的窗子正对着别家的窗子。对面住着哪一家呢？她问。

王翠花说，不晓得，都住进来了就晓得了。

秀秀又指指楼上楼下说，楼上住着谁呀？楼下住着谁呀？

房子是通过抓阄分的，王翠花抓到了四楼。她听在北京打工的儿子说，四楼是最好的楼层。其实王翠花自己最中意的还是一楼，一楼可以搭个小披厦，烧开水，放杂物，四楼就不行了。楼一共五层，楼上楼下的她早搞清楚了，楼上是胡芋藤家，楼下是高长杰家。

高长杰一家随后不久也搬进来了，胡芋藤家却一直没有搬进来，他儿子开着小车子从街道办拿了房子钥匙就走了，一刻也没停留。这也很正常，瓦庄这样的人家也多，有不少人一大家子都在外打工，大人小孩一窝端，几年都不回来一趟。听说胡芋藤的儿子胡世友在外面开了一个大饭店，做生意赚了不少钱，都在大城市买了房子了。也有人说，胡世友不是做生意，是做传销的头子，还说他是黑社会混事的，做的生意不是正当生意，整天把脑袋瓜别在裤腰带上，随时都有可能被人摘下来。传说不少，反正，钱是赚了不老少。王翠花已经有好几年没见到胡芋藤一家人了。王翠花见胡芋藤一家没人回来，她就把不用的一些杂物堆在五楼楼梯口上，反正楼上也没有人走动。王翠花为占这个便宜感到骄傲，她家也不是放不下那些堆在楼梯口的火桶啊、板凳啊，她就是想欺负一下胡芋藤家。同是一个庄子里的，这么多年，胡芋藤家的日子都比她家过得好，就连打工，他们家也打出了名堂挣出了钱，可是自己儿子媳妇呢，一年寄不了几个碎钱回家。这一下子好了，他们两家分的房子一样大，她家的房子还是最好的楼层，她还能占用一下他家的楼梯口，王翠花很高兴。

王翠花高兴归高兴，但就一个不满意，那就是小区紧挨着公墓区，这不是和鬼做邻居嘛。但一想着有钱的胡芋藤、当干部的王保长都在这里住，他们住得了，她未必就住不得。为人不做亏心事，半夜不怕鬼敲门，她仔细检索了一下自己有没有做过坏事，一路想下来，基本都被她自己否定了。比如，前年她丈夫走了，请响器班子只请了4个人的而不是8个人的，那也不能怪她，还不是为了省点钱？儿子挣点钱也不容易，能为他们省一点就省一点，这算不得没良心吧。还有，她在路上捡到过一双女式皮鞋，她试试脚，自己穿着刚好，就带回家。后来听说王保长老婆丢了一双新皮鞋，她也没还，主要是王保长老婆认为是有人偷了她的鞋，在村庄前跳手跳脚地骂，这样子，她王翠花还敢去还？再说，这些年，那双鞋她可一直没敢穿过，放在箱子里，还是像新的一样，这不能怪她王翠花吧。就拿把杂物堆放在胡芋藤家新房过道上这件事吧，她也没把人家门堵死，只是占用一点人家现在用不到的地方。这样一想，王翠花就安心地住了下来。

半个月前，王翠花下班回来（她现在是县城一家餐馆里的洗碗工）有点晚，已经9点多了，腊月里的天黑得早，她不会骑自行车，搭了公交车到站牌下了。这里离幸福花园小区还有几百米路，路上一个人都没有，也没有月光，王翠花走着走着心就慌起来。她抬头看见小区东边的公墓，再黑的夜里，那些石碑都还能透过黑显出白来，满山白晃晃的一片，像一排排大牙齿。

王翠花小跑起来,她好像听见她身后有东西在追她。她边跑边在心里喊,鬼啊鬼,你莫追,过年的时候我多烧香纸,你莫吓唬我,我是好人啊。一路跑到家里,她心里还咚咚地打了半天鼓。就在这天晚上,她半夜里听到了鬼说话的声音,那鬼声音模糊不清,就像响在她头顶上一样,而且,这鬼把她家楼上地板踩得响了好几下。楼上胡芋藤家没有人住,一直都没有响动,连老鼠跑的声音都很少听到,为什么偏偏这个晚上响了?

王翠花天一亮就去小店里买了香纸在公墓前烧了,又叩了头,看到那满山的坟包,她心里有点嘀咕,这么多鬼,僧多粥少,他们会不会抢得打架?又一想,人鬼一理,鬼也怕狠人呢,她脸一板,在香纸前大声说,纸钱我也烧了,好话我也说了,你们不要以为我王翠花是个弱角色,不要再欺负我了,逼我急了,哼!她说着,做了一个砍刀下劈的动作。

王翠花以为这下就太平了,可是接下来,一到半夜,楼上就会响起鬼说话走路的声音,虽然声响不大,但在半夜里还是听得人头皮发麻。王翠花把这事对楼下的高长杰说了,高长杰说,我也觉得有鬼呢,我估计是公墓里的鬼来了,鬼也好热闹嘛。还有,他对王翠花说,有天晚上我从外面喝酒回来,抬头一看,胡芋藤家的屋子里有亮光呢,暗暗的,鬼火一样。我先以为是胡芋藤家人回来了呢,第二天,我特意去敲了门,根本就没有人,这不是鬼是什么?

到了第六天头上,王翠花再也忍不住了,她披头散发地闯到王自建家,王保长,不好了,鬼进了我们楼了,要出事了!

3. 秀秀

秀秀一个人趴在房间客厅里,看一群蚂蚁搬一粒米饭。米饭是她故意丢下的。她家搬进来后没有装修,地是水泥地,墙是毛坯墙。奶奶王翠花对秀秀说,等你娘老子挣到钱回来了再装修吧,装得像金銮殿一样我也不管,现在我是没钱。秀秀知道奶奶是嫉妒楼下高长杰家装修的楼房,她想到高长杰家去看看,高长杰老婆竟然拿了一双拖鞋让她换上,奶奶王翠花当场脸就青红紫绿了。还嫌弃我呢,她愤愤地对秀秀说,八抬大轿请我去看我也不稀罕看。

秀秀其实更喜欢现在这样,进屋就换鞋她也不习惯,她可以把画片随意贴在墙上,把水泼在地上画小人玩。要是装修了,这也不行那也不行,连看个蚂蚁都要跑到楼下空地里去了。

秀秀正看得出神,门却开了。秀秀。奶奶王翠花看着她趴在地上,大喊了一声。秀秀赶紧爬了起来,举起双手,飞快地仰躺在沙发上。一般情况下,王翠花紧随而来的动作是狠狠地打她屁股一巴掌,她得把屁股放在沙发上保护起来。她知道王翠花不会打她正面的任何部位的,因为那样会打坏她的,王翠花可不敢打坏她。

可是王翠花这次并没有打她,反而对她笑着说,秀秀,我们家来客人了,来了个叔叔,快喊叔叔呀。

叔叔?秀秀抬眼一看,王翠花的身后跟着王保长和另外一个陌生人。那个陌生人,长得有点丑,像个什么呢?就像个马铃薯,还是个小眯缝眼,他好像是要对秀秀笑一笑,可是秀秀发现他笑起来比哭还难看。秀秀白了他一眼,懒洋洋地叫了一声,叔叔。

那个马铃薯叔叔嘿嘿地又难看地笑了一声。

王保长说,那就这么的了,王翠花你把我们请来的客人招待好啊,事情结束了到会计那里去报账,接待费什么的不会亏了你。他转身又对那个陌生人说,今天就先休息休息,明天开始排练,到时我来叫你。

那人点点头,又嘿嘿地笑了一笑,目送着王保长下楼。

秀秀发现这个马铃薯叔叔虽然看着像个傻瓜,可是那小眯缝眼里却不时左右滴溜溜地转动。秀秀忽然猜到了这个人是来做什么的。她说,哦,我知道了,你是来演黄黄的,对不对?

马铃薯收了笑容,他嗯了一声,看起来越发像一个马铃薯了。他无所事事地喝着王翠花端给他的水,在屋子里前前后后地看。

秀秀正闷得慌，在家里没人陪她玩，现在好不容易来了个人，而且这个人又和她一样无聊，她觉得他们可以做游戏了，她追到窗子前拉着那人的手说，喂，叔叔，我们玩老鹰抓小鸡？

抓小鸡？马铃薯叔叔摇摇头，我不会。

真笨！秀秀说。她想了想，锤子剪刀布？

嗯，不会。

跳房子？

也不会。

秀秀一甩手，走开了。她觉得这个人真没劲，她知道他不是不会，明明就是不想和她玩。她边往回走边说，哼，你这个鬼黄黄，你知道吗？你演了黄黄就活不过3年！

这句话被正在厨房里做饭的王翠花听到了，她大声骂着秀秀，你这个死小孩子，你怎么和叔叔说话的？

秀秀说，本来就是的，演了黄黄的3年就要死！

瓦庄打黄黄的演出中，有个规定，这个演黄黄的必须是外乡人，而且有个说法，黄黄在演出中被将士杀死，在现实中，演黄黄的那个人不出3年也会死掉。这个传说秀秀很早就听大人说过了。

王翠花冲出来，啪地打了秀秀一个巴掌，当然是打在秀秀的屁股上，这一下秀秀没来得及为她的屁股找到掩体。

秀秀一下子哭了起来，就是的，就是的。她边哭边说。

这个死孩子！王翠花作势又要打。

马铃薯叔叔冲过来拦住了王翠花。

王翠花说，你别听这小孩子乱说，其实，演黄黄是不会死人的。

马铃薯摇摇头说，不要紧，就是死我也是自愿的。

王翠花说，那都是以前，以前是这么传的，说是演了黄黄的人，都是过不了3年。其实啊，我猜啊，以前人缺少穿的嘛，演黄黄的时间又都在寒冬腊月，在屋外折腾个一天，没得衣穿，一感冒，还不就冻死病死了？现在不一样了，穿得厚厚的，哪里会有事？

王翠花还要絮絮叨叨地解释着，马铃薯无所谓地摇摇头说，没事，没事，要是怕死我也不会来了。

马铃薯说着，他又冲秀秀笑一笑，来，叔叔带你躲猫猫好不好？

秀秀立即停了哭泣，她说，好，在哪躲？

马铃薯向四周望望，然后他朝王翠花笑笑说，我们去外面躲吧，在家里躲一会儿就找到了，没意思。他这话是对秀秀说的，却主要是征求王翠花的意见。

秀秀说，好，去外面，去外面。

王翠花点点头说，去吧，来了个人就要疯，疯丫头。

到了楼道外，秀秀先跑开了，她跑到楼下高长杰家的楼梯口躲藏起来，她一声不吭，想着马铃薯叔叔会不会找到她。不一会儿，马铃薯叔叔果然下楼来了，他上上下下地看，却并不注意到楼梯口，他就站在高长杰的门前，看门牌号码，好像秀秀会躲在高长杰家似的。真是笨！秀秀想，她都替这个笨叔叔着急，可是他却一点不急，竟然又往下一层走去。秀秀忍不住了，她在背后嗨了一声，蹦了起来，我在这里，嘀嘀当，你没找到我吧，你输了，你输了！

马铃薯叔叔只好认输，他说，现在该轮到我躲了，你闭上眼睛。他说着就走了，可秀秀听得到声音，凭声音，她知道他往五楼上跑去了。

秀秀过了一会儿上去，一下子就把马铃薯叔叔找到了，他正傻瓜样地站在五楼胡芋藤家的大门前，他都不知道躲在奶奶王翠花放着的火桶边，一个字：笨。两个字：笨蛋！

秀秀抓着他说，笨蛋，笨蛋！

马铃薯叔叔只好被她抓着下了楼，他问，这个楼上没住人？

秀秀说，没有呢。她说着，对他招招手，示意他低下身子来，对着他耳朵边说，这个屋子里没有住人，可是有鬼呢。

有鬼？马铃薯叔叔也对着她耳朵眼轻声说，你怎么知道有鬼？

他说话的声息吹得她耳朵眼里痒痒的，像爬进一个小爬虫。秀秀笑了起来，真的，我奶奶说的，我们这里住的是鬼窠嘛，有鬼是很正常的，所以要演打黄黄呀。我奶奶说都十几年没演过打黄黄了，这回住到这个鬼地方，不打是不行了。

马铃薯叔叔哦了一声，他回头看看胡芋藤家的房门，像是也害怕了，他对秀秀说，走，那我们到楼底下玩去。

4. 王保长

王自建对于找来演黄黄的这个人挺满意。

那天找街道办主任李志军说了半天，李志军突然想到了这么一出，他说，你们村不是有那个打黄黄的传统嘛，都好多年没演了，这次我街道办出钱，让你们演一场。你们不是说闹鬼吗，就让你们搞一次声势浩大的打鬼行动，这总行了吧？

王自建当时没明白过来李志军怎么会出这么一招，按说，政府是不管这个事的，以前演打黄黄都是老百姓一家一户凑钱，这次一向把算盘顶在头脑心打的李志军竟然答应一次性拨给 2 万块钱给他们，莫非，莫非，他也怕鬼？晚上，王自建一个人在床上默想了半天，才弄明白李志军的账是怎么算的。第一，年关了，他也怕原瓦庄的人闹事，因为一个闹鬼的问题而去上访，不是丢他政府的脸嘛；第二，李志军还邀请了好多报纸、电视台的记者到时来看打黄黄，还让王自建准备几条宣传标语横幅，说这是传承民间文化，丰富市民生活。靠，这个李志军可真是会扯，说不定，他搞这个还能找上面要个什么项目补助呢？政府的事情现在也说不清。到头来，自己还是让李志军给利用了，还用得毫无脾气。王自建这样想了后，决定改天再找李志军追加点演出经费。

一开始，王自建担心找不到适合演黄黄的人，这样的外地人不好找，因为在年关边上，附近的外乡人都知道演黄黄不是个好差事，谁也不想触那个霉头，给再多的钱人家也不干。还有，现在好多年轻人都不回来过年，回来过年的都忙着这几天到周边串门走亲戚、相对象，哪里理会演这个倒霉的黄黄嘛。

为找演黄黄的人，王自建除了在县城菜市场前贴广告，还让街道办的文书写了告示放到网上去。没想到，结果顺利得很，这个小眯缝眼自动上门和他联系了，对价钱也不挑。王自建在告示上写的是 2000，其实他也留了一手，要是真不行，对方提出 3000 他也准备付，可是小眯缝眼根本没提涨价的事。

一早，王自建就在楼下喊王翠花，让演黄黄的这个小伙子下来，他们一起去小区活动室排一下演出。

小眯缝眼很快下楼来了，跟着王自建到了小区里的老年活动中心。已经来了几个人，王自建一看，全是老头子，他骂着说，怎么净是黄土盖了半截的人来了？老方，你儿子不是说好今天来的吗？

老方说，没办法，本来他是来的，可是他急着去讨债去了。不是搬迁发了搬迁费了嘛，10 万块钱全给他借出去放高利贷了，到头来，息钱不讲了，本钱也没一个，昨天他找到债主了，连夜包了车子去找去了。

王自建说，听说放高利贷的还不少，我说你们都是想钱想疯了，贷是那么好放的？屁话不说了，练起来吧。

几个老头子以前都演过，熟门熟路，只有新来的眯缝眼呆呆地看着，王自建说，他们练他们的，演黄黄的要重点练一下。

王自建看见眯缝眼有点发呆，怕他反悔，忙解释说，你的动作最简单，第一个动作是弯着腿，垂着脑袋，慢慢地走，手不停地抖，但身体不要晃。第二个动作是前面的天兵天将回头，朝你举起钢叉和刀剑时，你身体要往后仰，吐着舌头，装成很害怕的样子。

王自建让眯缝眼在空地上走了两圈，他发现这个小伙子还是蛮灵活的，一教就会了。对，就是这个样子，简单吧？

王自建接着开始纠正老头子们的动作，他骂着他们，你们走路的姿势要威风，配合手脚上的铜环响声，走出节奏来。长杰叔，你拿出年轻时见到小姑娘时的骚劲来嘛。

高长杰骂他，王保长，你这个骚牯子，我看要拿张草纸擦擦你的臭嘴，我们老头子能来就不错了，你还挑三拣四的。

王自建说，我听我父亲说，他那时演打黄黄，一进腊月就绑着沙袋练，所以每次脚后跟跳起来都踢着自己的屁股，你再看看你，脚才到哪儿……

老方说，过去？现在能跟过去比？过去打黄黄是在村庄里跑，是在田埂上跑，现在呢，就在这个光水泥地上跑，跑得花一样有什么用？

老方一直反对搬迁到幸福花园来，加上搬迁费又被儿子弄掉了，他一直气鼓鼓的，看什么都不顺眼。

王自建只好装着没听到。他看见眯缝眼练得很认真，鼻尖上都冒出点小细汗了，他想起来，还没问这个人姓什么呢，昨天在县城接到这个人后，就觉得他闷闷的，不喜欢说话。他问，你姓什么啊？

眯缝眼没有停下练那个一探一探抖着手走路的动作，姓黄，他瓮声。

姓黄？王自建觉得好笑，这个演黄黄的刚好姓黄。他说，哦，小黄，到时在跑的时候，你要跳得高一些，突然跳高，又突然低伏下去，就像这个样子。王自建说着，做了一个示范动作。

小黄也就照着他的样子跳了一下，啪的一声，有个东西从他裤子口袋里掉了出来，他赶紧捡了起来。

虽然用皮套子套着，但王自建还是看见了，那是把小匕首。

小黄迅速把匕首塞进了裤子里，他对王自建说，水果刀，一个人，防身用的。

王自建点点头说，好，今天主要练走步和跳，明天再练配合，没有时间了，后天腊月二十七刚好开演，你就辛苦点啊。

5.“黄黄”

“黄黄”伸开四肢，让高长杰为他套上服装，挂上假胡子、假发，他看看自己身上，黄衣、黄裤、黄发、黄胡，连鞋子都被涂成黄色，接着高长杰又从大布口袋里掏出一个面具来，也是黄色的，黄面黄牙，实在是丑陋万分。

“黄黄”皱皱眉头，这里没有镜子，他想象自己戴了这个面具后会是怎么样的“黄黄”，怎么样被这个村子里的人驱赶着杀死。他从之前的排练中得知，他这个“黄黄”到时是要被众将士用刀砍、用铁叉戳死的，会死得很难看。想到这里，他仿佛看到了血流一地，本来还平静的心里猛地急剧跳动起来，一下比一下激烈，似乎要跳出胸腔，他大声喘着气，走到了一边。

高长杰说，小黄，还没好呢。

“黄黄”摆摆手说，我喝口水。他说着，喝了口水，用手暗暗摸了摸屁股后的匕首，这铁器好像要蹦出他的裤子口袋。

高长杰一把拉过他来说，没有时间了，你听，喇叭响了，过一会儿就要上场了。听说今天来了很多省里的领导呢，还有电视台采访。

“黄黄”索性把面具戴上，又伸开四肢任由高长杰摆弄。室外的喇叭里响着音乐，像是唱《潇洒走一回》，“红尘啊滚滚，痴痴啊今生……”外面大概起了风，风把那歌声吹得飘飘忽忽的，听起来支离破碎，一点也不潇洒。

高长杰把四把刀插到了“黄黄”裸露的胳膊和小腿上。刀是钢刀，明晃晃的，只是刀刃被切了个月牙，用细绳绑在胳膊腿上，猛一看，像是砍进肉里的。

老方在杀一只鸡，一只花公鸡，他扭过公鸡的脖子，钳了毛，一刀割下去，鸡血嗞嗞地喷了出来，老方用一只破碗接住了鸡血，接了小半碗。公鸡挣扎了两下，想叫一声却叫不出来，最终伸直了腿，一动不动了。“黄黄”看到这真的猩红的血，心里便又硬了起来，他走到那只死公鸡身边，一脚把它踢到一边。老方用毛笔蘸了鸡血往他绑钢刀的地方抹，好像那些血是从他身上流出来的。

“别动，好，就待在那儿，这光线太好了……”他听到噼里啪啦的声音，那声音悦耳又刺耳。不知什么时候，屋内屋外，已经挤满了端照相机的人，一个个镜头像长枪短炮对着屋里猛拍。

"黄黄"闭上了眼。他面色煞白,双腿抖个不停,似乎大股的血正从他胳膊和大腿上往外冒。

王自建进屋来招呼,开始了啊,打黄黄开始了啊,今天有大领导在这里看,你们演好点,到时发奖金。

高长杰说,我看这真是糊鬼,那个李志军糊我们,迁坟的事八字不见一撇,搞出这么一出来,现在又让我们来糊上面的领导。王保长,你先说好,有多少奖金?

王自建说,200,每人200。

老方说,我还当有多少呢。

正说着,响器班子响了,锣鼓、唢呐、二胡、笛子,骤然响起。高长杰和老方也都套起了服装,和别的人一起往外走。

第一个"游野"仪式开始,以前这个表演是要在村庄田野上举行的,现在没有田地了,就象征性地在小区里走上几圈。十几个人举着二尺长的柳树棍,不停地尖叫着。前面是鸣锣开道的"衙役",手持旗牌、伞扇、金瓜、钱斧等全套仪仗。后面是踩高跷、骑竹马、舞龙、舞狮、跑驴和把自己打扮得五颜六色的前瓦庄村民,村民们簇拥着一个祖宗神像。高长杰和老方演的是"将",他们像戏中的大将,又像是传说中的阎王,黑脸,黑胡,黑衣裤,手中绑着铜铃、拿着铁索链,走两步就在空中哗哗地抖着,丁零零地响。他们后面是一排"兵",个个一手拿令牌,一手拿折扇,脚向后不停地踢跳。小区里挤满了人,相机闪光灯闪个不停。

这样游了一会儿,就进行第二个环节,也就是高潮部分——打黄黄。"黄黄"知道自己将被斩首示众了。两个"将"押着他在前,后面的队伍浩浩荡荡,他被押到哪里,哪里就会掀起高潮,人们嘴里叫着,打黄黄,打黄黄!

"黄黄"忽然觉得自己真的就是那个叫黄黄的鬼了,人群推推搡搡,不时会碰到那几把沾满了鸡血的刀。刀受力一动,绑刀的细绳就会勒着他钻心地疼。他全身出汗,北风一吹,就像一块铁一样地凉。他抬头看看天上,太阳一点没有温度,他侧头去看看王翠花家的那幢楼,他不知道王翠花这时是不是在看他。

“将”和“兵”追赶着“黄黄”，他们就在小区打转转，走了快一个小时，回到了活动室中间休息。“黄黄”脸上木木的，有人给他拿来一个茶鸡蛋，他拒绝了，有人给他倒来一杯酒，让他喝了暖暖身子，他拒绝了。有人点了支烟给他递过来，他也拒绝了。他已经失去了知觉，不冷也不累，不饿也不渴。

扛着摄像机的电视台的记者进了屋子里。那个叫李志军的领导在接受采访，他侃侃而谈，瓦庄的打黄黄是省级首批非物质文化遗产，正在申报国家级，它已经存在1600多年，其规模之巨大、气势之雄浑、内容之丰富、历史文化意蕴之深厚以及群众参与的狂热程度，实为全国所罕见……

休息快结束时，“黄黄”身上又被加了件让他意想不到的道具。

他们端出一碗鸡肠子，用布兜了些，直接绑到了他的腰上，鸡肠贴着他肚皮，滑溜溜的。似乎用什么东西泡过，鸡肠散发着某种极其难闻的味道。

“黄黄”又重新回到挤满了陌生而无情的面孔的幸福花园小区。鞭炮声、锣鼓声、呐喊声，他再度处于各种杂乱声响的围困中。他低着头，弯着腰，令人恶心的味道不断往上涌。他想要抬起头来，也一通乱喊，像火山里的岩浆一样，把自己的委屈和压抑全都喷射出来。不演了！拨开人群往南跑，跑到村外的大路再往西跑，便能到国道，便能拦辆车回家。

回家？可是自己还能回家吗？

他的身体被完全控制着，身后的两个人抓着他的肩，推他，他就往前走，拉他，他就朝后退。

欢腾的队伍向小区外走去，走到公墓边的一处空地上，人群包围过来，响器包围过来，镜头包围过来。“黄黄”闭了眼，任由“将”和“兵”拉扯着，他好像真的被将士从胸腔里拉出了五脏六腑。

一阵激烈的锣鼓声，“将”和“兵”吃了摇头丸一样，摇摆个不停，“将”的眼珠儿用核桃壳磨光着色而成，金光闪耀，摄人心魄。“黄黄”被推倒跪在地上，听“将”声嘶力竭地喊着台词：“劝世人父母莫欺，休忘了生尔根基，倘若是忤逆不孝，十殿君难饶与你。来呀，把黄黄带下去扒皮抽肠！”

随着一声宣判，轰的一声响，由"麸皮、锯末、白酒、硝粉"制成的烟瓶已经点燃。"黄黄"被笼罩在刺鼻的翻滚的烟雾里。鼓点更加急促，"兵"们绕着他前后左右急速游走，各路兵器，刀啊、枪啊、剑啊、叉啊，在他眼前晃动，他知道他被"扒皮抽肠"了。他突然觉得特别放松，他们解开他身上的黄坎肩，把兜在里面的散发着怪味的鸡肠子抓了出来，抛向天空。村民们在旁边欢呼雀跃，他们胜利了。

"黄黄"自己也奇怪地轻松起来，他知道自己的任务已经彻底完成了。哦，哦，哦，他跟着那些"兵"们一起长声啸叫着，一只手摸向了黄裤子里面的裤子，在屁股口袋里，有那把小匕首，虽小巧却锋利。他知道，是时候了。

6. 王翠花

王翠花背着秀秀，终于在幸福花园小区门口成功堵截住王保长。王自建本来是准备脚底抹油一溜了之的，但王翠花眼明手快，她几乎没有移动双脚，而是两手前伸，一下子扑倒在王保长的身上。如果王自建闪开的话，王翠花以及她背上的秀秀肯定就一头栽倒在水泥地上，这样不要命的玩法吓得王自建一动也不敢动。老姑奶奶，你这是做什么？

王翠花说，我不管，反正我是不住我那栋房了，你要不给我解决，我就回到瓦庄住去。我到瓦庄住牛栏也比住在这鬼屋里好！

王自建扶着王翠花说，不要不要，这不正在解决嘛，我正在找政府呢。

王翠花这个年过得太糟心了。

本来，打黄黄结束后，她心里还是挺高兴的，楼上天花板上果然听不见鬼的响动了。那个"黄黄"在她家住了两天，王保长给她报了 200 元钱，这等于是捡来的钱嘛。所以，尽管儿子媳妇这个年还是在外没有回来，王翠花心里是爽朗的，她甚至高兴地给秀秀买了一大盒鞭炮烟花。那几天，她看着秀秀在楼房里朝外射出一串串烟花，她也跟着秀秀喊，开花，开花，天上开花！

正月初四，立春，天气徒然热了起来，幸福花园泥地上的野草疯长，王翠花忽然闻到了楼道里有一种难闻的气味在膨胀。没等她搜索这气味的来源,下午的时候,来了一群警察,封锁了楼道,打开了她家楼上胡芋藤家的房门。哎呀,一股更浓烈的腐臭味扑出来,一个人仰面倒在客厅里,苍蝇绕着他跳舞,干透了的血在四周散开,变成了一种暗红色,仿佛这个人是一支漏水的红墨水笔。王翠花没能够走到楼梯口,她只听到随着警察上去的王保长惊叫了一声:胡世友!

王翠花当天就带着秀秀借住在高长杰家了。她也顾不得高长杰的老婆拉长了的脸了,她呆呆地坐在高长杰家的客厅里看电视,当晚的本县电视新闻了播放了两条新闻,都与幸福花园小区有关,一条是原瓦庄村春节前打黄黄演出成功,引起上级重视,县里准备设立打黄黄传习所,教小孩子们演出打黄黄;一条是幸福花园小区发生一起命案,目前死者身份已经查明,案件正在侦破中。

王翠花听幸福花园的人说,胡世友是被人用刀杀死的,至于他为什么被杀,是被谁杀的,说法不一。有的说,胡世友搞了一个大老板的女人,被人家跟踪追杀了;有的说,胡世友是逃债的,被债主杀了,而杀死胡世友的竟然是那个不起眼的"黄黄",据说他一直在跟踪他,他就是在演"黄黄"的那天晚上将胡世友杀死了的。

当然这些都是王翠花听幸福花园里的人说的。王翠花带着秀秀在高长杰家打了三天地铺,她再也不回她的楼房住了。她将她家的东西收拾在一起,堆放在幸福花园小区的大门口,她天天找王保长,她对他说,我不管,反正我是不住我那栋房了,你要不给我解决,我就回到瓦庄住去。我到瓦庄住牛栏也比住在这鬼屋里好!

(原载《红豆》2015年第12期)

柴门闻犬吠

1

先是有一口风，一小口的风，不知从什么地方吹过来，像一个走夜路的小偷那样轻手轻脚，但还是被我感觉到了。

我眼睛里始终有一层雾，医生说我过不了5年时间，等我到13岁的时候，我的眼睛就会完全看不见了。可是，我会听，我听得清楚极了，我听见那口风鬼鬼祟祟地掠过了晒场。我睁开了眼睛，看头上的老天。果然，先前响晴的老天突然就黑暗了下来，像被罩进了黑铁锅里。与此同时，另外的风来了。

一群风来了。它们从各个方向奔来，这些没有腿的家伙，它们跑得比四条腿的两块瓦还快。它们一边跑一边抽打着瓦庄的一切，它们把大树踩得东倒西歪，把大树梳头发一样扯来扯去，把墙头上摊晒的酱钵子竹箕子掀翻了，把地上的草秆树叶浮尘扔到高高的天上。我家的柴门被它们推来搡去，吱扭吱扭地响，我担心，柴门要被它们推散架了。

没等我看清风的模样，紧接着，雨来了，大朵大朵铜钱大的雨，打得屋瓦刚刚地响，有几朵打在我头上，生痛。然后，雷也来了，雷不知道从什么地方来的，它一会儿在天上亮出了响锤，一会儿又钻到地底下打起了大鼓。再后来，老天扯了一个闪，老天这时黑透了，这个闪拉开了老天，透出了一线亮。这个闪很长很长，从天边一直扯到了瓦庄前边的河里，我听见河里的水滚开了一样，被那闪电刺得无处躲逃。

等我再睁开眼睛时，就看到了马得良、王翠花，还有两块瓦，他们浑身湿淋淋地站在屋檐下，沉默着，看着屋外的大风大雨大雷大闪。在那些大东西面前，我发现，我们都变小了。

王翠花轻轻叹息了一声，摸着我的头说，你这个憨伢子，落这么大的雨，都不晓得送个伞给我们？

我把头偏离了王翠花的手掌，她的手掌里有一股牛粪味，估计刚才是到田里散牛粪去了。我低头看院里的地面，地上积起了一条条的小河。我的眼睛闪了一下，我好像看见一张纸鳖，被雨水从柴火堆里找出来了。我找它找了好长时间都没有找到，原来，它躲到那里去了。它已经被水泡得软乎乎的了，再也拍不起来了。我也学着王翠花叹息了一声。

马得良突然离开我们，急急地往屋里走，然后拿出了一杆秤。他把秤挂在了屋檐下一根伸出来的木橛子上，他认为这样风再大，也吹不倒屋子啦。

王翠花在鼻孔里哼了一下，我知道，她这是对马得良这个举动表示轻蔑，她认为马得良是胆小鬼，她经常骂我，你看你这个㞞样，就跟你大大马得良一个鸟样子！

两块瓦端坐在地上，两眼直直地看着屋外落个不停的雨，雨落成了帘子，它像个见多识广的老头，不说话，也不动弹。我看见一只苍蝇落在了它的左边脸上，它也不去赶走。我不知道它在想什么，我看见它的耳朵突然竖了起来，竖成了一个粽子的形状，这显示它听见了什么。

这时，我也听见了。

吱扭叫着的柴门哗一下被推开，不是风，不是雨，而是人，五六个人，他们穿着军绿色的雨衣，手上拿着棍棒和步枪，他们动作像风雨一样快，他们的声音也像风雨雷电一样夹杂在一起。他们喊叫着冲了过来。

我的眼前都是雨幕。

我听见马得良低低地叫了一声，怎么这么快？

我听见王翠花对他们大叫了一声，李国林，你们还真要打狗啊？那么多人家为什么要从我们家开始？

我看见两块瓦冲进了雨幕中，没跑出两步，它就闷哼了一声，倒在了雨地里。我听见从它身体里发出来的破碎的声音，像一只装满了水的瓦罐被砸破了一样，它身体里的东西被砸得四分五裂。

我努力睁开眼。扯天扯地的雨中，他们用脚踢踢两块瓦。我看见两块瓦的四条腿在微微颤抖着，像停在花叶上的蝴蝶的两片翅膀。它的眼睛亮了一下，它看了我一眼，马上又闭上了。它不再颤动了，雨水落在它的身上，那么多的雨水，像是从它身上淌下来的，它像一个泉眼不断往外冒水。

他们中的一个拿出一截尼龙绳往两块瓦的脖子上套。

王翠花冲了上去，她叫道，不行，狗皮子我要留下来！

那个人迟疑着停了下来。

他们中有一个人说，不行，必须统一埋了，上面规定的！

王翠花说，李国林，你莫骗我，谁不晓得你是要吃狗肉扒狗皮？她上前去，要拉两块瓦。

王翠花，你说话要注意影响，你这是违反政策，红头文件规定的，所有的狗一律要掩埋，你懂吗？快，拉走！

那个人听了这话立即套了两块瓦拉着它往柴门外走。

他们挡在了王翠花身前，王翠花撵了一两步，看看这一群人，只好又退了回来，她对着他们背影骂道，你们这些刽子手，遭雷劈的！

她刚骂完，一阵巨大的雷声从地底下响起，一道血色的闪电从天上划过，哗啦啦，哗啦啦，吓得她立即闭了嘴。天空乌云密布，大雨继续扯落，我已经看不见两块瓦了，但我听见它被拖着走的声音。它已经像一块木板，擦过地面上的水凼、泥巴、石子和树根，溅起一阵阵泥水。

我这时才意识到了什么，我拉起王翠花的手喊，妈，妈，两块瓦，两块瓦！

我要往柴门外撵去，但王翠花紧紧拉住我，她忽然冷了声说，撵不回来了，我早就猜到了，他们第一个就要拿我们家的两块瓦开刀！

我哭了起来，两块瓦，两块瓦！

马得良走过来，他一把抱住我，狗伢，不哭！狗伢，不哭！

我的眼睛一哭就像有个小刀子在割我的眼皮，我只好闭了眼睛，抽咽着，歪倒在马得良的手臂弯里。雨一直下。我们家的房子像一只飘摇的小船，而马得良的手臂就是两只桨，沉默地划在一片黑暗里。

停电了，王翠花点了一支蜡烛在堂前，又端上了一碗煮山芋，她将那个粗瓷大碗砰的一声重重地蹾在桌子上。

马得良的手抖了一下，随后又轻轻地摇晃着我，他说，狗伢，狗伢，你吃不吃？吃个山芋吧，吃了就去睡觉。

我摇摇头，把身子更紧地埋到他的臂弯里。

马得良轻微地叹了一口气，轻得如一片树叶落到地上，但我听得见。马得良怕王翠花，其实不光是怕王翠花，他几乎怕村里所有的人，他总是轻声细语，见了人没说话脸就红了。我们家做房子时，他坚持选在这个远离村庄中心的山脚下，和村子里别的人家隔了好远一段路，就像一群鸡中不合群的一只鸭。王翠花就不一样了，她永远大着嗓子，叉着腰，如果长了一个红冠子，她就是一只好斗的公鸡。

王翠花又叉着腰指着马得良骂，我就知道他们会拿我们家开刀，柿子拣软的捏啊，马得良，你能不能硬气一点？

马得良像往常一样嘟囔一句，那怎么办？谁叫我们是小户人家？

王翠花蹦了起来，小户人家就该是被欺负的？我倒要看看，他们这个打狗队到底是真打还是假打！要是只打了我们一家，我到时找他们拼命去！拼命去！她说着，顺手把墙上挂着的长柄镰刀唰地抽出来，狠狠地向地上一戳，刀光亮闪闪的。

马得良又惊得颤抖了一下，他低声说，肯定会打的，李国林不是说了吗？国家红头文件哪，疯狗病传染得厉害，也是没有法子嘛。

废话！王翠花更加生气，你，你，人家把你卖了，你还帮人家数钱！你说，我们家两块瓦是疯狗？是疯狗？我看见她的手指已经指到了马得良的鼻子上了，她的唾沫喷到了我的眼皮上了。马得良不再说话，又低下了头。

王翠花忽然一屁股坐到了地上，她像气不顺似的连着打了几个嗝，然后就打出一串哭声，她哭着说，欺负人啊！为什么要欺负老实人啊！

王翠花一哭，我又想起了两块瓦，我忍不住又要哭了，我的眼皮子又刀割一样痛。几颗大大的水珠落在我脸上，我知道，那肯定是从马得良的眼睛里落下来的。这时，又是一个长长的、亮亮的、血色的闪电伸到了我们的屋子里，这把长长的镰刀割走了蜡烛的火光，也割走了屋子里最后一点亮光。我们一下子都止住了声息，只听到大雨在屋外哗哗哗地落，我们一家像陷落在水底下的沉船。

2

我吸吸鼻子，又张了张耳郭，我知道，天晴了。

瓦庄的盛夏总是这样，大雨之后就是大晴。我知道，这会子，鼻涕虫正在充满腥味的泥土上蠕动，蚂蚁们又在树根下排兵布阵，知了在扯着嗓子叫“五一要死——五一要死——”，它们会一直从太阳出山叫到太阳落山，它们太讨人嫌了。

我翻身起床，走到院子里，我叫，两块瓦，两块瓦！我想让它在树下转几转，这样，那些知了就会停叫一会儿。两块瓦并没有像往常那样从柴火堆边冲过来。我又喊了一下，这才想起来，它昨天被打狗队的打死拖走了。

我怔怔地站在院子里。

马得良坐在院子东头的长板凳上编麻绳，他很会编绳，那些青麻在他的手里扭来扭去，就扭成了一根粗壮的麻绳。他已经编好了一捆，只要凑到10捆，就可以到镇上卖了。他编得很专注，他一编麻绳就好像听不见别的声音了，甚至王翠花从河里洗衣回来他也没听到。

王翠花神情有点奇怪，她进了院子里柴门后，往四周看了看，就猫一样溜到了马得良的身边。

两块瓦没死!

马得良仍然低头编绳。

两块瓦没死!

马得良抬起头,没死?

没死!王翠花说,两块瓦被他们那帮狗日的拖着,拖到村后的山边时,雨太大了,他们就在大树下躲雨,将两块瓦扔到一边。你晓得怎么了?两块瓦活了,它偷偷咬断了绳子,跑了!那帮家伙傻眼了,开了几枪也没打着两块瓦!

马得良笑了,我很少看见马得良笑,他笑得嘴咧到了耳朵背后,他说,狗是土命,只要挨到土,就会活过来!

王翠花也鸡一样咯咯咯地笑了,是呀,是呀,李国林真是个傻子。王翠花笑着笑着忽然不笑了,她说,不过,我听人说,这疯狗病真的传染来了,沙庄和窑庄有几条狗咬了人,狗疯了,人也疯了,人先是见到水就吐,见到光就难受,后来就见人咬人了。那些人现在都被抓起来,关在疯人院里,听说要不了几天就会死。

马得良说,关在疯人院里?

王翠花没有理会马得良,她突然跳了起来,冲到院子中央,一把揪住我的衣领,狗伢,从今天起你不能出门了,你眼睛不好,看不到疯狗,要是被咬了一口,你就要变成疯子,最后死翘翘,你听到没有!

我冲着王翠花拖泥带水地点了点头。我其实并没有听见她说什么,因为,我又听见了柴门外传来一阵可怕的风雨雷电声,我惊恐地扭头看向门外。

来的并不是风雨雷电,而是民兵营长李国林他们那一群打狗队员。他们依然手里或拿着长步枪,或提着粗木棒,他们是冲进来的,呼啸着,风一般在屋里四周一处处卷过。

马得良,李国林站在院子当中单手拎着步枪,嘴角努向马得良说,你们家的狗回来了吗？

马得良从一堆麻绳中抬起头，脸微微地红了，他站起来，惯于弓着腰，像看着庙里菩萨塑像那样看着李国林，他低了声说，没有呢，国林营长。

王翠花蹿到了李国林面前大声喊，李国林，我们家不就只有一头狗吗？昨天不是被你们打死带走了吗？你们怎么又来了？你们是要打狗呢，还是故意要来打人？

李国林皱着眉，往后退了半步，他看见打狗队的人搜了个遍也没搜出个狗毛出来，便不停地嘶着气，好像他的嘴里塞了一块火炭。我站在王翠花的身边，看着李国林，我能清楚地看见他的嘴角一扯一扯，带动着鼻孔里的毛也一抖一抖的，我忍不住笑起来，呵，呵，呵，呵呵呵。

王翠花瞪了我一眼，你这个痴子，笑什么呢？

李国林嘶着嘴，绕开王翠花，走到了马得良跟前，他招了一下手，那些打狗队的人便向他围过来。他们把马得良围在了中间，马得良的脸更红了。

马得良，你不是一直都想加入民兵组织吗？你不是想玩枪吗？李国林说着，右手把枪往空中一抛，又用左手接住，拉响了枪栓，退出了子弹匣，他把枪口对准了马得良，嗯？

马得良吓了一跳，他看着黑洞洞的枪口连连摆手，不，不，不。

打狗队员们全都笑了起来，马得良，你别尿裤子了吧。

李国林把枪塞到了马得良的手里，你玩玩。李国林说。

马得良眼睛一亮，他双手拿着枪，拿得很别扭，像是用双手在托着一件沉重的东西，汗水唰地从他脸上淌下来。

你把你们家的狗找到了，不管死的活的，我就让你参加民兵训练，到时候你就有枪了。李国林凑近马得良对他说。

马得良仍保持着那样一种别扭的姿势，双手托枪，枪支在他的手上摇晃，汗水已经湿透了他的衣裳。他看着李国林，然后猛地把枪往李国林怀里一塞，一屁股坐到了打麻绳的长凳上，低下了头，一句话也不说。

李国林说，怎么样？

马得良抬起了头，我看见他的脸涨得通红，他低声却又有力地说了声，好！

李国林吁了一口气，对嘛，这样就好。打狗是现在的重要任务，你没听见广播里天天都在讲这件事吗？哪个要是跟我们作对就是跟政府作对！5天，5天之内，你要是找到你们家的狗，你就能参加下半年的民兵训练了！

李国林说着，招了一下手，十几个人又风一样走远了，只有院子里柴门在吱扭吱扭地叫。

王翠花看着李国林他们走远的背影，又看看马得良。马得良又动手编起了麻绳，青麻在他的手下扭动着身体，扭得让人眼花缭乱。一旦编起了麻绳，马得良就恢复了平静，就像什么事也没发生一样。

王翠花没等到马得良说话的声音，她到底忍不住了，她说，哎，没想到两块瓦还给我们家做贡献了。

马得良没接她的话，依然沉默着，两手麻利地编着麻绳，成束的麻绳蛇一样从他的手底下往下哧溜。

王翠花扭了扭头，把靠在柴门边的竹扁担扯了过来，竖立着，垛在马得良的脚边，又一把拉起马得良，不编了！

马得良愣愣地看着她，喉咙里像是有河水在涌动，就是不流出来。

王翠花把竹扁担往他手上一靠，哎，快去找两块瓦啊！

马得良嘴里的河水消失到他的肚子里去了，他说，不要紧，他们找不到的，两块瓦不会有事的。

王翠花跺了一下脚，痴货！你这个痴货！我知道他们找不到，这就需要你去找啊！

马得良说，我去找做什么？我去找到了，那不就让两块瓦送死去吗？

王翠花说，哎，你没听懂还是怎么的？你必须要去找到两块瓦，交给李国林！

为什么？

加入民兵啊！

我不加了。

痴货,参加了民兵,我看那些人可还敢欺侮你!还敢看不起你!你一个大男人要像个男人的样子啊!你不能总让我一个女人天天在外罩着这个家吧,我是女的嘛,我……王翠花突然哭将起来,我命苦啊,我比黄连还苦啊!我大大妈妈为什么只生养我一个女儿嘛,我知道上门女婿小门独户就是让人看不起嘛,呜呜呜……

马得良一听见王翠花的哭声头就大了,他站起来,你哭什么嘛,我去,我去,我去就是了!

王翠花立即止住了哭,她说,你走村子里头走,要让人家看到你去找两块瓦去了。

马得良扛着汗红的竹扁担,一把拉开柴门,往门外走去。

我看了一眼王翠花,向马得良追去。王翠花没有阻拦我,我拉住了马得良的手。马得良低头看看我,捏捏我的手掌,走吧。他说。我听见他的喉咙里又有了河水涌动的声音。

我和马得良手牵着手走进瓦庄村中心。

走过村中的小卖部,一帮人在那里打纸牌,他们问,马得良你扛个竹扁担做什么?

马得良不说话,他咧咧嘴,喉咙里的河水咕咕响了就是不流出来。我对他们说,我们去找两块瓦!两块瓦被打死了又活过来了!

哦,马得良你是要打死你家的狗了?

马得良就是不开口。

你们看马得良低头扛扁担的鸟样子,就这样能找到狗?找到狗屎还差不多。他们说着,哈哈大笑起来。

马得良红着脸牵着我,迅速地穿过村巷,走到了后山上。

一山的知了都在叫,五一要死——五一要死——我听着听着,知了们换了叫声,两块瓦要死——两块瓦要死——它们故意要气马得良似的,越叫越起劲。

马得良一屁股坐在一棵大槠栗树下。他抱着扁担的样子，像我们语文课本上《守株待兔》课文里那个靠在树下等兔子的呆瓜。

阳光太烈了，我又闭了眼睛，竖起了耳朵，试图从满山的知了声中找到两块瓦的声音。但是知了的声音太繁密了，遮挡了别的所有声音。我对马得良说，我们不上山找吗？

马得良摇摇头，找不到的，两块瓦那么聪明，它一看我手里拿着扁担，早就跑到天边去了。马得良说着，脸上竟然还有了笑意。

我仍然闭了眼睛，仰头看天，阳光透过树叶落下来，把两块金色的亮片贴在我眼皮子上。

我知道了，你是不想找到两块瓦。我仰着头，对马得良说，好像他此时坐在天上。

马得良动了一下，他靠近我说，狗伢，难道你想找到两块瓦把它打死？

我摇摇头，眼皮上金色的亮片也摇了摇。

可是，你不想参加民兵了？

不参加了。马得良停了停又说，你可别告诉你妈。

我点点头，眼皮上金色的亮片也轻轻晃了晃。

满山的知了又叫回去了，五一要死——五一要死——

睡一会儿吧，马得良把扁担横了过来，做成枕头，躺了下去。我听见两片金色的亮片也贴在他的眼皮上了。

马得良一下子就打起呼噜。他打呼噜很有节奏，很快就和知了的叫声混在一起了，听起来也像是“五一要死——五一要死——”。

3

第五天了。

我和马得良每天早上扛着竹扁担出去，穿过瓦庄的村巷，在人们的嘲笑声中，走到后山，在那棵大槠栗树下做守株待兔的人，然后等太阳下山时，又扛着竹扁担回来。

王翠花很失望我们的一无所获。她在晚上临睡觉前,把院子的柴门打开,又放了一根肉骨头在柴火堆边。她想,也许两块瓦会在晚上偷偷回到家里,那样就有机会捉住它了。可是,那块骨头都臭了,两块瓦也没有回来。它真成了野狗了!王翠花骂道。

第五天早上,当马得良牵着我的手,扛着竹扁担再次出门时,王翠花跟在后面喊,马得良,你是不是没有真心去找两块瓦?不行,我今天得跟你一起去!

马得良说,一起去?

王翠花说,昨天李国林又来问了,他看样子急疯了,上面天天催他,不能让一条狗漏网。他说,我们家的两块瓦在上面挂了号了,是重点打死对象,只要我们把两块瓦找到打死,另外再奖励我们家3包化肥票。3包啊,够我们半年用的了,不用再为买不到化肥发愁了。他还说,被打死又活了的狗最容易疯了。他还说,有人发现两块瓦昨天在后山上,要是今天你再抓不到,他们明天就要增加人员,把几个村的民兵打狗队集中起来搜山。你想想,你要再抓不到两块瓦,让他们搜山搜到了,我们不就又落后了?

我听到马得良的心脏咚地跳了一下,他捏着我的手停住了步子。他想了想说,你就不用去了,我们今天尽力去找就是了,你在家里候着,也许它要跑回家呢?

王翠花看看马得良,又看看我,好吧,那我在家候着,你们上山找仔细些,3包化肥票啊。

我和马得良走出好远了,王翠花的目光还粘在我们背后。她看着我们走了一段路后,突然喊住我们,哎,马得良,你等一等!她说着,返身回到屋里,用板凳搭脚,把房梁上一直舍不得吃的腌猪脚解了一只下来,又拿了一截长麻绳,飞快地跑到我们面前,把腌猪脚和麻绳塞到马得良手里。

两块瓦最喜欢吃猪脚,你用这个诱诱它看看。她说着,又指着麻绳说,你要不想自己打死两块瓦,你就把它绑回来,交给李国林,啊?

马得良不说话，拿过猪脚和麻绳，一起挂在竹扁担头上，又牵着我往前走。

王翠花一直看着我们的背影。

我们穿过瓦庄村巷中心时，忽然听到背后一声枪响，我和马得良一下子吓得站住了。

回头一看，在巷口，一条黑狗仆倒在地上，一摊血流在青石板上。我知道那是葛贤友家的狗。

李国林带着一群打狗队员冲了过来。两个人拖了狗，而另外的人却绑了葛贤友往村外走。

葛贤友两手两脚地舞着跳着，我没有病，我没得疯狗病，你们凭什么绑我？

李国林说，你被狗咬了，就有嫌疑，必须把你送到医院去。

葛贤友急了，放你妈的屁，你妈才得了疯狗病！

李国林说，我看你是真疯了！他说着，一枪托打在葛贤友的腰上。

葛贤友疼得一声惨叫，顾不得骂人了，整个人往地下瘫倒，几个民兵把他架起来就走。

李国林冲着围观的人大声说，打狗是当前压倒一切的政治任务，谁要反对打狗，谁就是与人民政府作对，谁就没有好下场！

我想回过去看看，马得良一把扯住我，急急地把我往后山拉，我听见他的呼吸声粗重如牛。

我们到了山脚那大颗槠栗树下，马得良没有像前几天那样躺下来，而是围着树不停地转圈，把树周围的草都踏平了。他一边转圈，一边朝山上张望。

我数了数，马得良一共转了32圈才停了下来。他喘着粗气，又一屁股坐在了大槠栗树底下，怀抱着竹扁担，任由麻绳和猪脚在扁担头上晃荡。他坐下来后，眼睛直勾勾地看向前方。前方是进山的小路，小路上什么东西也没有。

我不知道马得良想做什么，我努力睁大了眼看着他，我看见阳光和知了的叫声混合在一起，团成了一粒粒黄豆，落雨一样落在他的身上。他一动不动。我只好也靠在树的另一面，我的眼皮上又贴上了金色的亮片，它们随着我眼皮的颤动而颤抖。

我以为这一天就会又这样过去了。但是到了半上午的时候，我眼皮上的金色亮片剧烈地跳动起来，我的耳朵也自己竖立起来。前方进山的小路上来了一群人，领头的正是民兵营长、打狗队队长李国林。

马得良看见李国林后立即站了起来，我听见汗水炸蚕豆一样从他的身上炸裂开来，与阳光、知了的叫声碰撞着，散落了一地。

4

天黑了，马得良仍然坐在山溪边的那块大石头上，他在向对面的树林里一遍遍地喊，两块瓦，两块瓦！

经过一天的搜索，打狗队发现两块瓦就在对面的林子里。它是出来在小溪边喝水被他们发现的，等他们要拿枪瞄准时，它嗖地一下就钻进了林子里，像一条鱼游进了大河里。李国林让马得良就坐在小溪边的大石头上诱惑两块瓦出来。他让马得良把那只腌猪脚扔在小溪边，而打狗队的人就埋伏在大石头四周，子弹上膛瞄准目标。

马得良还在向对面的树林里一遍遍地喊，两块瓦，两块瓦！他的嗓子都快喊哑了，可是两块瓦一直都没有出现。而在以往，只要马得良咳嗽一声，两块瓦就屁颠屁颠摇头摆尾地跑过来了。这家伙真是个狗精啊。

月亮升起来了，把山林照得一片瓦蓝。树林里还是没有动静，只有哼子鹰在高高的树上发出哼哼的叫声。我靠在马得良的身边，我感觉到他的身体月亮一样凉，他的嗓子已经哑了，喊不出声音了。他哑着嗓子问李国林，营长，算了吧，明天再来？

李国林压低了嗓子说，不行，领导下了死命令，今天必须完成任务，你们家的狗是最后一只没打死的。

忽然，李国林噤了声，头往下一低。

小溪那边，不知什么时候，冲出了一个黑影，它闪电一样冲出了树林。它并没有像人们猜测的那样，奔向那个香喷喷的腌猪脚，而是一个猛子扎进了马得良的怀抱。这完全打乱了打狗队事先的设计，两块瓦和马得良黏合在一起，他们无法开枪。

两块瓦咻咻地用鼻子嗅着马得良，它浑身精瘦，被树刺刮得一道道血痕，它看着马得良，眼泪汪汪的。

马得良摸着两块瓦的脖颈，像是为它理顺衣领。那里是它最喜欢别人抚摸的地方，它闭了眼，伸长了舌头，像是在享受着美味，我也凑上去抚摸着它的肚皮。

马得良一边抚摸着两块瓦，一边从身后拿起麻绳，他拉开麻绳，灵巧地用一只手挽成了一个活结，他举着绳子，准备往两块瓦的脖颈上套去。这个动作只要眨一下眼皮的时间就可以完成，可是马得良的手始终落不下去。我看见他的手颤抖着，越来越厉害地颤抖着，我听见大颗大颗的汗珠又炸蚕豆一样从他的身上炸裂开来，发出响亮的声音。

两块瓦显然也听到了这声音，它身上的毛霎时全都炸裂了，刺针一样张开。

李国林手持步枪从石头后往前一跳，步枪已上刺刀，只差一点就要刺到两块瓦了。

两块瓦发出了一声悠长的嚎叫，我从没有听它这么叫过，这声音像贴着地面在流淌。它张大嘴叫着，眼神既惊讶又怨恨，它一偏身躲过了李国林的刺刀，又撞向马得良拿绳的手腕，马得良手中的绳子应声落地。

接着，两块瓦像一颗子弹一样弹射进森林里，在它身后，好几支枪响了。枪弹和它比着速度，我清晰地听见其中有两颗子弹射进了它的身体里，一颗在颈脖子上，一颗在肚子上，血从它的颈脖子上流了出来，像是系了一条红领巾，血从它的肚子里流了出来，像是插上了一面小红旗。它挣扎着，跑了没两步就倒在地上，两块瓦倒地之前还绝望而又不解地看着愣在大石头上的马得良和我，好久才闭上了眼睛。

马得良拿绳的手始终举着。到李国林他们拉着两块瓦下山时，他还是那样举着。月光下，他像一个走夜路却丢了火把的人。

呀，你的手，淌血了！我看见一股黑色的血从马得良的右手腕往下滴落。是两块瓦咬的吗？

马得良这才放下手，看着手腕上的血流，它们已经在石头上流成了一条血河。马得良哑了嗓子对我说，回吧，别对别人说是两块瓦咬的，就说是跌倒了，石头刮擦破的。

我扛着竹扁担，准备将麻绳和腌猪脚再挂在扁担头上，马得良却走上来，将它们远远地扔在对面的山林里。他低了头，在小溪边洗了手，又在山地里找了一些草叶，放在嘴里嚼了嚼，贴在手腕的伤口上。

我们沿着小溪往瓦庄走。瓦蓝的月光下，我发现我的眼睛变得异常明亮起来，我看见马得良的脸上浮现出一种奇怪的神情，像哭又像笑，我还看见他手腕上的血管在剧烈地跳动，我甚至能看见溪水里一只黑壳螃蟹，它凸睁着惊恐的眼睛，八只脚拼命地扒拉着，往石头缝里钻。

我们走着走着，望见瓦庄的灯火了。马得良又一次对我说，记住了，狗伢，别对别人说我手腕上的伤口是两块瓦咬的，就说是跌倒了，石头刮擦破的。

马得良说得慎重极了，我点了点头，嗯哪。我说。

5

一夜过去，马得良的手腕竟然肿成了小牛腿。可是他不肯去镇上的医院，他在竹园里找到了一个麻漆漆的大蜂子窝，捣碎了敷在了手腕上。王翠花出去干活去了，马得良无法编麻绳了，一大早起来，他就坐在石门槛上听广播。

广播里仍然在说着狂犬病的事。马得良认真地歪侧着头听着，像一个遵守课堂纪律的小学生。我也跟着他听着，可是广播里播的还是老一套，无非是狂犬病的预防之类，什么被狗咬了后如果头昏、发烧、怕水、怕光，那可能就是传染狂犬病了，狂犬病的发病潜伏期有 21 天。如果见了狗的眼睛发红，尾巴紧紧地夹在屁股后，那就要注意了，说不定就是疯狗，坚决打一场歼狗战，保障人民生命健康！谁不打狗，我就打谁！广播里在喊口号，我也跟着喊起来：谁不打狗，我就打谁！

马得良狠狠地走到广播边，啪一下扯断了广播的接地线，广播哑了。马得良闪身进了屋，仰头看屋顶上的亮瓦。阳光透过亮瓦，形成了一道光柱，斜斜地撑在屋子里，但它没撑住马得良，他叹了一口气，仰身躺在竹凉床上。

马得良闭了眼睛像是在睡觉，但我知道他没有睡着，他在竹凉床上翻来覆去，弄得竹凉床咯吱咯吱地响。躺到半上午的时候，他突然伸出手挥舞着，喊我，狗伢，狗伢，你快点过来！

他挥舞的手臂落在光柱里，像是镶嵌在里面一样。

我走过去时，他把我的手按在他的额头上，狗伢，摸摸我的再摸摸你的，我是不是发烧了？

我感觉不到他是不是在发烧，我摸了他的又摸我的，马得良紧张地看着我，我先是摇摇头，接着又点点头。我不知道你有没有发烧。我说。

马得良伸出他的手，摸了我的额头，又在自己的额头上试试，他不停地摸着，像一只鸟不停地从这一个枝头飞到那一个枝头。最后，他坐了起来，整个身体镶在了光柱里，光柱转动着，有一下，我觉得他随着光柱在往上升腾。

马得良离开了光柱，他站了起来，他到院子里背上一捆麻绳，又在腰上别了一把大砍刀，然后他往院子外走。

你去哪儿？我问。

办事！

这可真奇怪，我记得马得良好像很少出门办事，办事的事大多是王翠花去做，马得良只管闷头做事。田地里做完了农活，他就编麻绳，连去卖麻绳都是王翠花承包了，马得良总是说自己办不好事。我也要去。我说。

马得良想了想，说，也好，走吧。

我以为马得良要去镇上卖麻绳，但是他并没有往镇上走，他走到了瓦庄的村中心小卖部那儿。

小卖部门前和往常一样挤着一堆人，有的在打纸牌，有的在看打牌。马得良犹豫了一下，走到了打纸牌的人堆里，他站在旁边看了一会儿。

打纸牌的人说，马得良，今天太阳从西边升起来了，你居然也来看打牌？你还不去编麻绳，当心王翠花晚上让你跪床板！

他们说着，哼子鹰一样哼哼哈哈地笑着。

马得良面无表情，他冲着打纸牌的曹扁发说，曹扁发，前年的腊月二十四你妈生病住院，你借了我20块钱，你要还给我。

曹扁发看着马得良，我没钱还。

你天天打纸牌不是有钱吗？

打纸牌的钱也是借的，要不，我们俩来赌一把？敢不敢，啊，敢不敢？曹扁发说着站了起来，马得良，要不我们赌一把？

其他的人在起哄，对啊，马得良，你编麻绳编那么多钱也舍不得赌钱，你还是个男人吗？你裤裆里有没有长卵子啊？

马得良看着曹扁发，我不跟你赌。他从曹扁发面前的台子上拿过他的钱，8块钱，这是8块钱，你还欠我12块钱，明天你必须还我。马得良低声说着话，把8块钱揣进了口袋里。

曹扁发瞪大了眼睛看着马得良，咦？马得良你胆子变大了啊，你竟然敢抢我的钱？曹扁发说着，挥舞着拳头向马得良砸过来。

马得良用没有受伤的左手一把抓住了曹扁发的手腕，曹扁发想抽出手来，可是马得良的手像铁链子一样捆住了他。曹扁发涨红了脸，马得良你放开！你小心我一把火烧了你家！

马得良低声说，你还欠我12块钱！他说着，松开了手，站着不动，看着曹扁发。

曹扁发抖着手腕，准备再挥拳冲上去，但他看着马得良的样子，就骂骂咧咧地坐了下去，妈的，不就是20块钱吗？搞得老子还不起似的！

我又一次猜错了，我以为马得良要拿着8块钱往回走了，但他还继续往村口走。他走到了王翠花的大舅奶家，这也是瓦庄王翠花的唯一的亲戚。

马得良从肩膀上取下那捆麻绳，放到大舅奶家的晒衣杆上。大舅奶，马得良说，那一年我和王翠花结婚时，你好心给了我们一捆麻绳捆嫁妆。今年我家麻绳多，我送你一捆，你自己用也可以，拿到镇上卖了也可以，听说今年麻绳涨价了。

这么一大捆啊！大舅奶说，得良，是翠花叫你拿来的吗？

是的呢！马得良说，是王翠花叫我送来的。

大舅奶摸着麻绳说，这个麻绳编得好，能卖个好价钱。她再抬眼的时候，马得良已经牵了我的手走远了。

马德良还不往回走，他带着我走到了村口的李国林家。李国林不在家，马得良对李国林的老婆说，麻烦你对李国林营长说一声，我来找他要化肥票，是和他先说好了的，我明天再来。

6

第二天，没等马得良去，李国林自己先来了我们家。

李国林一脚踹开了我家院子里的柴门，马得良，他大声喊，听说你到我家去找我要化肥票了？

马得良慢吞吞地从屋里走到院子里，他眼睛盯着李国林说，是的，我把我们家的狗打死了，我要那3包化肥票。

李国林从嘴角里哧了一声，是你打死的？马得良，打狗队那么多的人可都在，你不要睁着眼睛说瞎话，明明是我们用步枪打死的。

可是，我要是不引它出来，你们永远也找不到两块瓦。马得良说。

反正不是你打死的。李国林说,你别想要那3包化肥票。

马得良也从嘴角里哧了一声,我第一次听见马得良发出这样的声音,他竟然也能发出这样的声音。李国林大概也没料到马得良能对着他哧的一声,他看着马得良像是不认识马得良一样。

马得良说,李国林,你记不记得有一年打麻绳比赛,比到最后就我们俩,我硬是一天一夜没歇,最后两只手的手皮都烂掉了,麻绳成了血绳,我最后赢了你。

李国林说,那又怎么样?

马得良说,你要不把化肥票给我,我会天天去找你要的。我听广播里说了,上面规定的,只要积极帮助打狗队打死自己家的狗的都奖励化肥票,两块瓦死了,我就要得到化肥票。马得良不紧不慢地说着,他一边说,一边用左手盘弄着长板凳上的麻绳。

李国林愣了一下,我说了不给你了吗?马得良,该给你的不会少了你的,死了个狗你还像成了个英雄呢。李国林说着走了出去,他经过院子柴门的时候,被门边框挡了一下,差一点没站稳摔倒在地。他扶着门,狠狠地又踹了柴门一脚,柴门委屈地又吱扭吱扭地叫唤着。

看着李国林走远了,马得良又要出门了,这回他主动要求带上我,走,我带你去个地方。

马得良牵着我,走过瓦庄的田畈、河沟,来到了一片竹林。他站在竹林边,左看右看,最后,他站到了一棵竹子下,招手让我过去。你把这棵竹子记住。他说着,用砍刀在竹子上刮了一条痕迹,你记住了,我要是死了,你就让你妈把我葬在这里。这里安静,不像坟场上死人太多太吵了。

你要死了吗?我仰起头问马得良。

马得良没有说话,他忽然抱着那棵青翠的竹子低声哭泣着。

我有点害怕。你真的要死了?我也哭起来了。

马得良还是没有说话,摸摸我的头,他抱起我,一把把我架在了他的肩膀上。我都快8岁了,已经有好几年没有让马得良给我骑马肩了。我骑在马得良的脖颈子上,一下子看得好远,看到了远处的山峰、村庄人家的屋顶。马得良架着我,一路骑马肩把我驮回了家。

马得良回到家后,在大白天里却洗了个澡,换了身干净衣服。他拿出一捆麻绳,放在竹凉床边,然后躺了下去,他喊着我,狗伢,狗伢,你过来。

你把我绑起来。马得良对我说。

绑起来?

嗯,我怕是得了疯狗病了,我发烧了,你不想让我到处咬人吧?你也不想让我去疯人院吧?

我摇摇头。

那你就帮我把我绑起来,今天是第三天,一共21天,如果再过18天,我还没疯,你就放了我。我要是疯了、死了,你要记得告诉你妈,把我葬在那棵竹子下。来吧,绑结实点,打个死结,用力。

(原载《野草》2017年第3期)

两个宏伟

直到上了去合城的高铁,找到了自己的座位,陈宏伟的心才稍稍定了下来。不管怎么说,第一关总算顺利通过了。

陈宏伟开始还担心会过不了高铁站的安检,他拿着王宏伟的身份证和以王宏伟的身份证买的高铁票递给负责核对票面信息的检查人员时,一再提醒自己,不要紧张,不要紧张。他命令自己想办法挤出几丝放松的笑容来。但那个检查人员看了看他,又看了看票,一个多余的疑问也没有,手一抬就让他过去了。

陈宏伟真觉得奇怪,照自己看来,自己并不是很像王宏伟啊,明显一个圆脸一个瘦脸,一个大眼一个小眼,一个隆鼻一个塌鼻,为什么安检员一点疑问都没有?还有,王宏伟本人怎么就那么肯定自己能蒙混过关呢?早在一个小时前,王宏伟本人就拿着陈宏伟的身份证和以陈宏伟的身份证买的高铁车票去了艾城,按照他们的约定,王宏伟这时没打电话来,那就是也早就上了车,行进在通往艾城的路途上了。

(我说到这里,你们可能有点奇怪,觉得我是在讲一个绕口令似的,什么王宏伟、陈宏伟,合城、艾城的?对不起,这事是有点绕,但我接下来向你们说清楚了,你们就不觉得绕了,或许,还会觉得有那么点意思呢。)

整个故事的开始要上溯到这次的培训会。当然,这样的一个大系统内的所谓培训会多了去了,尤其是到了年底,各个系统的预算内经费花不完就要上交,于是都赶紧着开展各种各样的活动,培训会就是其中最好的一种开支。因为,既然是培训,参会人员可以宽泛一点,不像别的会议有许多要达到什么什么级别之类的限制。还有,既然是培训嘛,时间就要有保证,三五天是短训,十天半个月算是中训,再长一点,一个月两个月也不是不行,反正全由主办方视情安排。正因如此,参加这种培训会的人都有点心照不宣,反正,就那么回事吧。

所以呢,陈宏伟接到参会通知时,也就无可无不可。会议半个月时间,也就是两周,他向领导报告了一下,安排了一下科室里的事就订了票,在会议指定的报到日准时赶到了那个宾馆。

虽然现在上面规定,这种会议不得在风景名胜区内召开,但人们办会都办出经验来了,一切都做了精心安排,他们下榻的宾馆不在那个著名的风景区所在的县,却只与景区隔了一条河,而名义上却是另外一个县。这个情况,陈宏伟是在报到时才知道的。那时,他正在宾馆大堂报到处填写报到册,他刚写完名字,负责报到的那个小女孩看着报到册准备给他发材料,却叫道,你不是报到过了吗?陈宏伟说,没有啊,我刚到呢。小女孩说,不对啊,刚才明明是有人填了你这个名字嘛。小女孩说着还特意看了看陈宏伟一眼,像要从他脸上看出点破绽来。咦,刚才我看着是你呀。小女孩嘀咕着。陈宏伟说,怎么会,难道还有人冒充我不成?我又不是明星。小女孩翻翻报到册前面一页,仔细看了一眼,笑着说,对不起,搞错了,那个人叫王宏伟,哈哈,我以为是你。

陈宏伟领了材料说,那也是巧了,两个宏伟在一起。

这个时候呢,有一个人在陈宏伟身后说,那我们这次会议一定是一次团结的大会、胜利的大会,因为宏伟加宏伟嘛。

陈宏伟转身一看,一个人正冲着他笑,你好,王宏伟,合城分局的。

陈宏伟对他点点头,你好,我是艾城分局的。

陈宏伟看着王宏伟,心里说,虽然发型(板寸)、服装(休闲西装)、眼镜(黑框近视镜)、面貌(都挺大众的)、身材(微微发胖、微微的小肚子)有点像，但两个人站在一起终究并不是很像啊，为什么小姑娘竟然认为他们是一个人呢？难道仅仅是因为名字相同？陈宏伟觉得这个报到处的小女孩大概有点脸盲症。他笑着摇摇头，拿了房卡上房间去。

王宏伟很热情，跟着问，你哪个房间？

1598。

王宏伟说，嘿，巧了，我是1599，就在你隔壁。

哈，有事你招呼，敲敲墙壁就可以了。

好啊，重要的事敲三下。

好，说定了，我上去先休整休整。

陈宏伟进了房间，放下了行李，拉开窗帘。窗子前面是一个大草坪，初冬，草还没有全黄，努力呈现着最后的绿色。草坪边缘是一圈粗大的银杏树，扇形的叶片却早早黄了，落了一草坪。再往远望去，就是那个著名风景区的山峰，山上这里那里偶尔露出一块黄色，陈宏伟知道，那就是山上的寺庙了。据说那山上有100多座寺庙。深山藏古寺，景象很美，陈宏伟立即掏出手机，拍了一张远山近树的风景，在微信里给南小静发了过去。

房间里的暖气开得很足，陈宏伟放下手机，脱了外套，只穿了件加厚衬衫，躺倒在柔软的大床上。这时候，他有些想南小静了。

陈宏伟和南小静认识一年多了，准确点说，是一年前的春天。那天是双休日，春阳正好，陈宏伟闲着没事，在楼下早点摊吃过早点后，刷微信朋友圈，看见许多人在晒郊区的油菜花田的照片，他便也坐了公交车到了郊区。果然有不少人在花田的田埂上拍照，其中以女人居多，她们拿着自拍杆，一遍遍地换衣服、换丝巾、换姿势、换表情，自拍与互拍相结合，像一群花田里的忙碌的蜂子。陈宏伟不喜欢拍照，但不妨碍他看那些拍照的女人。他一边在花田里乱走，一边看花看人，暖风吹吹，小调哼哼，怪舒服的。就这样走到了田野尽头的一株桃花下，桃花开得正好，红灿灿地在枝头摇曳，陈宏伟坐到了树下，嗅着田野上的花香，听着蜜蜂嗡嗡的声音，有喊一嗓子的冲动。这时，突然从田埂的另一边闪出三个女人，她们也像三只蜜蜂一样，嗡嗡嗡地飞了过来。桃花，好看的桃花！她们喊叫着，哦，有个帅哥在这儿。她们哧哧地笑着。陈宏伟抬眼看她们，三个女人身材、肤色、容貌都很好，比他之前看到的那些拍照的女人都好，他不由得也冲她们笑笑。当中的一个年轻些的调皮地说，帅哥，能否把你那宝地让让，让我们拍拍照？陈宏伟说，可以，可以，你们在这是锦上添花，我在这是焚琴煮鹤呀。后来，在她们的要求下，陈宏伟就给她们三个人拍合影照。她们一会儿排成“一”字，一会儿排成“人”字，做出种种造型，把那一棵桃花树、一片油菜花田折腾了好一阵，才算罢休。当然，在这个过程中，陈宏伟也大体了解了她们三个人的基本情况。后来，又通过“扫一扫”，互相加了微信，陈宏伟就知道了，那个年轻点的女人叫南小静，是市医院的护士。这么着，就算认识了。南小静喜欢晒美照，陈宏伟每天打开微信就要追踪她的情况，点赞、评论。再到后来，他们就经常在微信上聊聊天说说话。

（说到这里，你们肯定以为，我要说的是一个关于婚外恋的故事。不是，不是，我要说的是另外的故事。陈宏伟与南小静确实是婚外恋，关于他们是如何发展的，或者说得俗一点，是如何上床的，就不需要我说了，因为这种事说也说不出什么新花样来，那么就此打住。）

过不了一会儿，陈宏伟的手机嘀嘀嘀响了三下，南小静来了回复：美景当前啊，有没有美人？春心荡漾了吧。

陈宏伟回复：美景只可与君看哪！你不在，春不来。

陈宏伟年轻时写过几年诗，读过北岛、舒婷什么的，所以，微信里说起来一套一套的，并偶有警句出现。南小静就笑他说，诗人，你不写诗太可惜了！

这时，隔壁墙上响了咯咯咯三下响，陈宏伟愣了一下，便翻身下床，走到门口，拉开房门，隔壁的那个王宏伟正冲着他笑，哈，陈科，吃饭还早，我们下去转转？

陈宏伟看了报到册，知道了王宏伟的基本情况，和他一样，他们都在一个岗位上任科长，手底下都管着那么两三个人，年龄也相仿。想着半个月时间里，有这样一位邻居也是件不错的事儿，因此，他很愉快地和王宏伟一起下了楼，在院子里散步。

散步的时候，南小静的微信又来了，嘀嘀嘀，陈宏伟看了一眼，碍于王宏伟在一旁，他匆匆回了个笑脸。期间，王宏伟的手机也响了，他也是匆匆看了一眼，点了一下，也把手机放口袋里了。

这地方不错。王宏伟说，山清水秀的，景区就在不远，过条河走几公里就到了。

是呀，你喜欢爬山吗？哪天我们过河去爬爬山，到庙里转转？

好啊，反正有的是时间。培训嘛，哈哈，也要劳逸结合啊，是不是？

两人在草坪上遥望着河对岸的青山古寺，好像已经走在那弯弯曲曲的石阶上似的。

接下来的几天里，王宏伟这个好邻居总是会不时敲响陈宏伟的墙壁，咯咯咯，三下，然后两人结伴散步、爬山、闲聊，到会议室接受培训，到食堂吃自助餐。他们交往越紧密，相互之间的了解也越来越多，当然，友情也在迅速升温。

大概是到了第四天吧，出了一个新情况，这一情况让他们的友情有了进一步升温的可能。

（不，不，你不要误会，我不是要讲一个关于男人之间友情的故事。什么，同志？基情？别开玩笑，一点儿也不是，我可以负责任地告诉你，两位宏伟的性取向都是异性恋。至于我要讲的是个什么故事呢？接着往下看吧。）

什么新情况呢？那天培训课结束，管事的负责人对与会人员说，不好意思，各位，因为最近抓得太紧了，我们得到一个消息，就是对于各类会议食宿标准要严格控制，不得超标，有一个随机抽样的检查组正在各地巡查，所以呢，原来安排一个人住一间标间的不得不按规定调整为两个人一间。请大家一定要谅解，大家自由组合配对吧，当然原则是同性组合啊。

底下参会的人起哄了一阵，表达了一定程度的不满。当然，毕竟是一个大系统内的，再加上举办方这样做也确是实属无奈，所以发了几句牢骚后，就各自相约配对。不用说，两个宏伟就到了一起，从邻居变成了“同房”，

1598 号房间暂时成了两个人共同的家。

有人常说，考察两个人能不能成为真正的朋友，让他们在一起旅行一次就行了。其实，更简单的办法就是让两人共处一室待那么几天，看看是否互相腻烦，互相猜忌，互相隔阂。你想想，在那样一个相对封闭的房间里，成天待在一起，还能有说有笑，还能互相欣赏，还能其乐融融，不是好朋友也是好朋友了。两个宏伟经受住了这种考验，两个人在一间房子里越处越融洽，越处越哥儿们了。

晚上，他们俩散完步，和别的房间的人两两配对打了会儿牌（自然是两个宏伟做对家），到了 10 点多钟，就回到 1598 号休息。洗漱好了，躺在床上，电视也没什么可看的，两个人就关了灯聊天，把前尘往事聊了个遍，有时候竟然能聊到半夜两三点。

这天晚上，王宏伟突然对陈宏伟说，老陈，你女朋友比你小几岁？

什么女朋友？

嗨，就你那个小情人呗，天天微信电话的那个。

那你天天微信电话的也是你的小三？

嗯哪，你看你还对我掖着藏着。我告诉你，现在像我们这样的，有个女朋友那不过是标准配置中的一个罢了，你紧张什么呀，嗯？

陈宏伟只好承认自己有女朋友。

我说嘛，王宏伟在床上翻了一个身说，我告诉你啊，我先开始也以为我这一辈子是不可能有女朋友的，后来才知道，这是必须得有的啊。大家都有啊，凭什么我不能有？你说说，你和你女朋友第一次拉手是什么情形？

陈宏伟说，你先说，你说得生动。

王宏伟说，好，我先说。我那女朋友啊，是市图书馆管理员，我偶然得到了她的 QQ 号，后来，慢慢聊天，聊着聊着，我们就好上了。至于第一次拉手嘛，是这样的，那时我们彼此都有点感觉了，电影也看过几场，茶也喝过几次，就是没有突破性的进展。你知道的，我们这种身份的人，多少还是有点矜持的，跟那些暴发户小土豪一上来就急吼吼地要上床是不一样的，总得有点那个情调嘛，对不对？有天，我约了她去一个地方玩，一同去的还有一对男女朋友，他们一个在前面开车，一个坐副驾驶位上，我和她呢，就坐在后排。山路一晃一晃的，我们不时就撞在一起，撞了约十几次后，又一个拐弯时，她又撞到了我身边，手臂也挨到了我，我一下子就抓住了她的手。她挣了一下，脸红了，便随我握着，握得我手掌心出汗。哈哈，那一次以后，就水到渠成了。

陈宏伟也跟着笑了起来，他边笑边说，怪事，怎么跟我的第一次握手情节一模一样？陈宏伟确实是这样觉得的，他记得自己第一次和南小静情感的突破就是在郊游中拉了手，他仿佛还能感觉到当时南小静光滑的小手肉肉的质感。他担心王宏伟会认为他这样说是耍赖，不想讲他的第一次。

可王宏伟丝毫没有这样认为，他反而说，嗯，我相信。

陈宏伟不相信了，怎么，你怎么就相信了？

王宏伟说，嗨，这还能不相信，很多事情是没有区别的，你自己认为自己与众不同，其实呀，大家都一样。就好比什么呢，好比那个通用标准器件，像那个机器上的螺丝和螺母，同一种型号可以在各种不同机械上通用。我们这一款呢，虽然处在不同的机器上，可我们的型号是一样的。

对于王宏伟的观点，陈宏伟有点不服气，人家还说呢，世界上没有两片相同的叶子呢，何况两个大活人呢？但要让他反驳王宏伟的观点，似乎又找不出有力的证据，这让陈宏伟挺沮丧的。

陈宏伟的人生轨迹波澜不惊，从小开始读书，小学、初中、高中，再考了大学，再分配工作，再办事员、科员、副科长、科长。与此相伴的是，谈对象、结婚、生子，一路过来，也无风雨也无晴。陈宏伟以前会经常绝望地想，这辈子平庸得连一点故事都没有，连一点秘密都没有，直到遇见了南小静，他没有想到，自己也会有一个情人。他一直认为这是他人生中最大的秘密、最精彩的故事。所以，每当走在大街上，看到行色匆匆的人，他就会产生一种优越感。这些人，大多数肯定和以前的自己一样，毫无故事与秘密，比一杯白开水还要乏味，他们的人生是多么可悲啊！一想到这里，陈宏伟的幸福值就会爆表。可是现在，王宏伟的话像一个大棒子，把他的幸福感和优越感全打跑了。那一个晚上，陈宏伟失眠了。第二天早上起来，他的两只眼睛红得像两个红灯笼。

接下来的晚上，又到了卧谈会时间，陈宏伟躺在床上，突然对王宏伟发难，他喊道，老王。

嗯？

那我们再深入探讨一下我们更私密的生活，看看我们是不是也一样的？

好啊，你点题。

这个，这个，就说说你的那个啪啪啪的能力吧，你，怎么样？

哈哈哈！王宏伟笑得床响，你这家伙，可真有你的！那你得问我是和谁啪啪啪了，如果是和我老婆，那说真的，一个月都用不了一次，没办法，到我们这个年龄，肾上腺素急剧下降，有想法都没办法，何况没想法呢。但是，也是奇了怪了，面对女朋友，不知怎么的，我还是挺厉害的。我告诉你，我会一次次把她送到高高的云端，让她成仙呢。怎么样，你老兄情况也差不离吧？

陈宏伟从鼻孔里哼了一声，还真是差不多。

老兄，我告诉你一个秘诀，可是一个老中医告诉我的，对你做那事可有帮助了，就是每次小便时，你都踮起脚尖，坚持半年，必有成效。

呵呵！陈宏伟说，我也有个秘诀，也是个古方，就是你每天坐公交车上班时，你做提肛运动，每次练 10 分钟，3 个月，包你功能强大一倍。

两个人说到这里都哈哈哈地笑起来。等到笑声停歇了，陈宏伟才意识到，自己已经不知不觉地完全认同了王宏伟的观点了。这可真够操蛋的！

陈宏伟虽然是个平凡人，可这不妨碍他成为一个喜欢思考人生问题的人，再加上他的拧巴性格，连日来和王宏伟的对话让他不禁对这个人生款式相似性问题进行更加深入地思考。但他把脑袋瓜子想成了两个还是想不出反驳王宏伟的意见。后来的每天晚上，陈宏伟就一直和王宏伟探讨这个问题，他不停地给王宏伟出题，让他说出他的最隐秘的人生经历。

那些题目很宽泛，从单位人事斗争，到岳父的臭棋篓子脾气，从个人癖好到酒场经历，这么说吧，从他们的文化生活、集体生活、政治生活、体育生活一直到性生活，林林总总，总是王宏伟说了个头，陈宏伟就悲哀地知道了尾，撇去极少数具体细节的不同，还真是绝大部分都是相像的。我靠，原以为自己投入演出的是一场独特的大戏，不料大家演出的是同一个剧情。

半个月说慢也慢，说快也快，临结束的前一天晚上，两个宏伟召开了最后一次卧谈会。

王宏伟说，老陈，明天就要分别了，今天晚上咱们就不要纠结了，咱说点别的？

别的，说什么呢？既然你说了，我们是同一个款式，还有什么可说的呢？

哈哈，你看你这个人，怎么就这么纠结呢？你就不能放下？

放下？我放不下。陈宏伟有点激动了，他呼啦一下从床上探出头来，老王，你不知道啊，我如果找不到反驳你的意见，我就找不到幸福感啊！幸福感对一个人来说有多重要，你知道吗？

可怎么办呢？现实就是这样啊？

我虽然无法反驳你，可是我心底里还是不能认同你说的那个理论，完了，看来，我这下辈子都要纠结于这个问题了。

王宏伟说，也就是说，你必须要弄清楚这个问题？

当然。

王宏伟也从被窝里爬了出来，那我有一个主意，这个办法可以让你彻底解开这个结。

你说，你说。

王宏伟咳了一声说，我们换过来。

什么叫我们换过来？

就是，我做你，你做我。

什么意思？你说明白点，老王。

王宏伟盯着对面床上陈宏伟的一团黑影说，我是说，这样，明天咱们不是分别了吗，各回各家了吗，我们哪，调换一下，你呢，回我的合城，我呢，回你的艾城，你就做原来的王宏伟，我就做原来的陈宏伟，我们看看，有没有人会发现。如果被人发现了，就说明我们还是不同的；但如果没有人发现，不就说明我们的的确确是一个型号的同一个款式的产品吗？

那，所有的生活都整体移交？

嗯，3个月为期怎么样？3个月后，我们又偷偷地换回来，这不就成了？

这、这、这能成吗？肯定还没进高铁站就被识破了。

识破了，就算我的观点不对！

看着王宏伟那铁定的神情，陈宏伟说，那好，换就换！

哎，换是换啊，别的可以动，可是我们在此期间都不要动对方的女人啊。

两个人隔床击掌，并就相关细节问题进行了商量，最终达成了一致意见。

（什么？我这是瞎扯淡？我也知道这事挺荒唐的，但是林子大了什么鸟都有，对吧，这世界上总有那么些人愿意做那么些荒唐的事。这事接下来会怎么样发展呢？您别急，接着往下看。）

陈宏伟和王宏伟互换了皮包、手机和身份证件等等，就匆匆上了高铁。

顺利地过了高铁站安检关，陈宏伟把这归结为运气好，正好那一时刻，负责检查的人员心不在焉，没有仔细对照证件就放行了。而接下来的合城生活才是真正的考验呢。这不，还没到合城，手机响了，当然是王宏伟的手机，现在归陈宏伟接听了。

一看号码，没有姓名，没有称号，就是一个裸号，陈宏伟就猜到了这是谁的来电了，一定是王宏伟的那个女朋友，名叫丁小丽的。怎么办？陈宏伟有点慌乱。今天早上和王宏伟分别时，后者对他说，放心大胆地做我，你以前在艾城是怎么做的就在合城照样怎么做，保准错不了。想到这里，他的心定了些。喂，小丽。他接了电话。

你到了吗？什么时候见我嘛？丁小丽说。

陈宏伟想了想说，嗯，当然想先见到你啊，越快越好，我11点到高铁南站，那我直接从南站到你单位附近等你吧，好不好？

丁小丽压低了嗓子说，嗯，真好！领导来了，先挂了。

以前每当陈宏伟出差时间较长，一回到艾城，南小静就会问他，是先回家呢还是先看她？答案当然是先看南小静了，女人的那点小心思原来都差不离，她们都很在乎这个先后顺序，看来，丁小丽也一样。接下来怎么做，陈宏伟决定就凭以往与南小静在一起的经验来应对。

到了南站后，陈宏伟打了出租车直奔市图书馆，他没有傻到去办公室找丁小丽。他看了看周围的地形，沿着周边街道走了走，后来，他选定了一家饭馆。这家饭馆距离丁小丽的单位只有500米左右，装修得很洋气，外观像童话城堡，提供中西简餐。特别是室内的情侣包厢，精致而富情调，私密性也好。选定位置后，陈宏伟给丁小丽发了个微信：到了，莴苣厅等你。

陈宏伟故意没有写餐馆的名字，他想看看丁小丽怎么回。

很快，丁小丽就回复：好的，马上到。

陈宏伟就知道，这地方一定是以前王宏伟和丁小丽常来的地方了。哈哈，真是宏伟所见略同啊。

10分钟后，包厢门开了，一个女人进来了。她一进门就歪着头对着陈宏伟笑，然后取下脖子上的围巾，拢拢头发，走了过来。

陈宏伟有些担心，丁小丽会不会认出他的本来面目？他硬着头皮，做出一副小别重逢的喜悦神情来，笑着，张开手。

丁小丽果然绕过卡座，扑在他的胸前，我闻闻，她埋下头在他的胸口拱了拱，抬起头说，嗯，没有染上别的女人的味道。她看着陈宏伟，忽然惊奇地说，咦？

陈宏伟心中一沉，糟糕，她还是发现了，本来嘛，这个不相同是那么好发现的，只要稍微认真看看就会发现的。陈宏伟此时是既盼丁小丽发现，又害怕她发现，不管怎么样，听天由命吧。怎么了？他心虚地问正盯着他看的丁小丽。

不对！丁小丽眼神严峻起来。

怎么不对了？

不对，不对！

陈宏伟准备坦白了，是的，是不对，不过，这可都是王宏伟的主意。他看着丁小丽，斟酌着怎么开口。

就是不对，有香水味。丁小丽说。

听到这个，陈宏伟松了一大口气，嗨，哪有嘛。他笑着说。

丁小丽也笑了，点着陈宏伟的额头说，你这个狡猾的家伙，怎么就诈不出来你呢？

革命人意志坚定嘛，拒腐蚀永不沾啊。陈宏伟又恢复了那种自如的状态。

丁小丽站起来，脱下了外套，露出里面的橘红色的线衫，也露出了她好看的起伏有致的腰身，然后，又坐在了陈宏伟的腿上。陈宏伟很自然地搂着丁小丽，脸贴着她白皙的脖子，吹着气，惹得丁小丽咯咯咯地笑着。在外面这么长时间真没干坏事吗？丁小丽仰着头问。

看着丁小丽红润的嘴唇，感受着她呼出的气息，陈宏伟一阵恍惚，以为自己抱着的就是南小静了，她们怎么也那么相像呢？难道她们也换过来了？否则，自己和丁小丽怎么会这样无缝对接？此时发生的一切，和他与南小静在一起的情景几无二样啊。他差点要低下头去吻丁小丽了，幸好服务员在外按门铃，让他清醒了过来，他坐正了身子，丁小丽也理理头发，坐到他对面去了。

这餐饭吃到丁小丽快上班了才结束，耗时 2 小时 15 分钟，丁小丽一直没有发现陈宏伟（说是王宏伟可能更合适些）有什么不对的地方。毕竟不是长期生活在一起，虽然是情人，还是不能认出真面目来，这可能也是正常的。陈宏伟想，那么，最大的考验估计还是要等到回家。陈宏伟犹豫了一下，时间还早，他决定先回到王宏伟的办公室，看看单位同事们的反应再说。

于是，在下午上班时间之前，陈宏伟来到了合城分局。办公楼静悄悄的，没有一个人，这有利于陈宏伟进入角色。他按照经验来推测自己要进入的办公室。他们（他和王宏伟）的这个科室，在单位说重要也重要，说不重要也不重要，全看领导重视不重视。一般这样的科室办公室会离单位领导办公室说远不远说近不近，所以，陈宏伟先是看到了局长办公室的指示牌，然后，走过五六个办公室，果然看到了科室名称，科室的门前悬挂着公示牌，牌子上写着——科长：王宏伟。陈宏伟掏出王宏伟给的钥匙，开门进去，和他想象的一样，他的办公桌靠着窗，窗台上有一盆绿植吊兰，离他办公桌两米远的地方，有两张办公桌相对摆放，这种办公桌布局与他在艾城竟然一模一样。他看看那两张桌子上摆放的服务牌，知道了两个科员的姓名，一个是男小吴，一个是女小何。他就坐在了办公桌前，打开了电脑，电脑里，王宏伟也下载了一款叫“斗地主”的游戏，这个他也会，他点开，玩了起来。在艾城，如果中午不回家，他就常这么干。正玩到关键处，积分一路看涨时，办公室门开了，是男小吴。

男小吴说，哟，王科，您回来了？也不休息休息就上班了？他说着，立即泡了一杯茶端了过来。

陈宏伟唔了一声，他抬头看了一眼男小吴，又故意埋下头去点电脑上的其他文件夹，装着办公的样子。他发现男小吴看了他一眼后，就规规矩矩地坐到办公桌前也打开了电脑。男人就是愚钝些，陈宏伟想，他就一点没发现自己不像王宏伟？

过了一会儿，女小何来上班了，她看到陈宏伟后，便走上前夸张地说，哎呀，王科，您可回来了。倒像他去了一趟月球似的。

陈宏伟像在艾城当科长一样地唔了一声。

王科，女小何站在他面前没走，手里递过一个文件夹，这是局长的批示件，我都整理好了，等您回来定夺呢。

陈宏伟又唔了一声，伸手接过文件夹，又看了一眼女小何。

女小何说，咦，王科，我发现您变了耶！

陈宏伟心里一紧，女人的眼光果真就是比男人毒啊，这么快就让自己暴露无遗了，他不知道怎么回答女小何的话。

女小何拍着手说，咦，王科，您这回培训肯定受益匪浅吧，我觉得您变得更有气质了！来，来，小吴，你来看看，我们的科长是不是有些不一样了？

男小吴和女小何满含崇拜的眼神把陈宏伟看了又看。

陈宏伟竭力表现得很镇静，他想，难道，他们的科长整个换了个人，他们看不出来吗？肯定是会看出来的，那就打个哈哈对他们说，这不过是你们王科开的一个玩笑罢了。

谁知道，这两个人竟然一点也没发现，男小吴也拍着手说，王科，真的，您这培训一番一镀金了，真是更有范了！

陈宏伟忽然胆子大了，他说，真的？难道，你们没有发现我别的变化？

别的变化？男小吴和女小何对了一个眼神，一齐摇头说，没有，没有。

真的没有？陈宏伟索性站了起来，对着他们俩说，比如，我的脸、我的身材，嗯，甚至我整个人跟以前比就像换了一个人？

换了一个人？哈哈，王科，只能说，您比以前更帅气更大气了，但是，您永远都是我们敬爱的王科啊！

陈宏伟一屁股坐了下去。

这一下午，陈宏伟串了6个办公室，向3位局长汇报了培训情况，甚至还到文印室一群女孩子那里转了转，奇怪的是，所有的人都没看出来，那个王宏伟已经被这个陈宏伟调包了。

下班后，陈宏伟谢绝了几个同事要给他接风设宴的邀请，他想赶紧回到王宏伟的家里，看看他的老婆能不能发现他这个假冒品。

王宏伟的老婆在合城一家大型商业流通企业的工会工作，工作一直很忙，陈宏伟回家时，她还没有回来。黄昏时分，陈宏伟坐在王宏伟家的沙发上，看着窗外的暮色，再看看家里的陈设，大屏幕彩电、落地窗帘、长条餐桌，隔断上放置的假古董，竟然一点没有陌生感，他便从手机里调出“老婆”号码，拨打过去。

喂！陈宏伟还没有想好怎么说，就在他停顿的时间里，电话那头的“老婆”说话了，她的语速很快。在开会呢，菜在冰箱里，你看着烧两个菜吧。说完就挂了。

陈宏伟立即站起来。他到了厨房，套了围裙，到冰箱里找了一块瘦肉、一打豆腐干、两个鸡蛋、一个大西红柿、半颗圆包菜、三个青菜椒，然后就熟练地忙活起来。他先用电饭煲煮饭，再烧菜，肉炒豆腐干，素炒圆包菜，西红柿蛋汤，两菜一汤，清清爽爽地摆放在台面上，等着女主人回家。

做好菜后，陈宏伟打开电视，搜索体育频道，正有一场足球赛直播。他坐下来，斜靠沙发，架起二郎腿，不时喝一口茶，传，快传，臭脚，哎呀，连单刀都踢飞了！他很快融入了近在对面却远在天边的绿茵场上。

正看得入神，门开了，一个女人走了进来。

陈宏伟便站了起来，钻进厨房，用微波炉热菜，拿碗筷。女人换鞋，洗手，坐到了餐桌前。他们的配合很精准，女人刚坐下，陈宏伟已经将饭菜都端上了桌。开吃。只听见勺子撞击汤碗的声音，客厅电视里直播球赛的声音。离开这么多天了，女人并没有向陈宏伟询问什么，吃饭吃到一半，女人才说了一句话，今天汤有点咸。咸了？陈宏伟喝了一口说，嗯，是有点。然后又是吃饭，喝汤。

饭吃好了，女人主动收拾碗筷、洗碗，陈宏伟又坐到沙发上，斜靠沙发，架起二郎腿，不时喝一口茶。传，快传，臭脚，哎呀，连单刀都踢飞了！他又很快融入了近在对面却远在天边的绿茵场上。

陈宏伟看完球赛后，女人夺走了遥控器，开始看韩剧，陈宏伟也跟着看了一会儿。他始终没有弄清楚剧情，只知道剧中的女人哭哭啼啼的，他就走到小书房，打开电脑，联网斗了一会儿地主，在此过程中，丁小丽给他发了一条微信：想你了！他就给丁小丽回复了9朵玫瑰花。然后，睡意上来，他就冲了个澡，上床睡觉了。在他上床前，他看见女人盯着电视看得入神，也就没有和她说什么。上了床后，很快就睡着了，半夜的时候，女人也上床了，女人推着他说，哎，哎！

陈宏伟醒了过来，有点紧张，完了，这女人是不是要求和他啪啪啪？正思考着对策，要不要装睡到底，女人却嗔怪地说，怎么跑到我床上来了？跟你说多少遍了，你打呼噜我睡不着！

陈宏伟赶紧爬起来，好，好，好，我回我的床上去。他抱着自己的衣服，到了小房间的另一张床上。原来，这王宏伟和他一样，也早和老婆分床睡了。

（你这说的什么故事嘛，不就是两个人互换了一下吗？这一点意思也没有，就这样一切顺利，波澜不惊？

嗯，对不起，我嘴笨嘛，说不好故事，大体上就是这样了。当然，最后还是发生了一点小意外，允许我把那个结尾说完好吗？）

陈宏伟在合城的第一天生活就这样开启了无缝对接的模式，一切都如王宏伟所说的那样，周围的人一点也没有看出陈宏伟的破绽。接下来的日子，陈宏伟完全成了王宏伟，他已经全面接管了王宏伟的合城生活，他作为王宏伟游刃有余，在单位里，在家里，在“老婆”与丁小丽之间，甚至有几次，他还应邀参加了王宏伟的同学会、老乡会，都是无一破绽被人发现。

越是将王宏伟做得成功，陈宏伟心里越沮丧。怎么就没有人发现他不是王宏伟呢？有次，他去参加王宏伟的大学同学毕业25周年聚会。在酒宴上，大家互相喝着酒，喝着喝着，喝得就有点高。有个同学站起来对陈宏伟说，王宏伟，你这家伙变化真大！陈宏伟趁着酒意说，是的，我连整个人都变了，我变成另外一个人了！他以为他这样一说，同学们会来追问他，可是他们像没听到一样，继续吃菜喝酒吹牛，没人理会他说的话。陈宏伟索性坦白了，我告诉你们，我现在不是王宏伟，我和王宏伟换了，你们看，我像王宏伟吗？我像吗？他这样一说，周围的同学们看着他哈哈大笑，喝高了，喝高了，王宏伟，你还想好事呢，你还想换个人？美得你！他们依旧笑着吃菜喝酒，开着当年的班花的玩笑，根本不理会陈宏伟的坦白。郁闷的陈宏伟最后只好真的把自己灌醉了。

3个月的约定快要到了，在此之前，两个宏伟之间很少通话，他们有信心把这一互换模式进行到约定期，只是，最后关头，出现了一个小小意外。

那天，陈宏伟下班回家，照例洗菜、做饭，却接到“老婆”电话。

不要做饭了，小云回来了，我们到饭店吃去。“老婆”说。

小云是王宏伟的女儿，在韩国留学，先前说的回来的时间是在陈宏伟回艾城以后。这一下怎么提前回来了？陈宏伟问“老婆”。

哎呀，还不是她那个男朋友嘛，他要小云和他一起回来，现在他们都坐上机场回城里的出租车了，你打电话在家附近订个饭店吧。

陈宏伟就坐在沙发上翻电话本，找饭店电话，订好了包厢。

刚订好，“老婆”又指示，再多订两个人的位置，咱爸咱妈也来参加。

晚上了，他们还赶过来？陈宏伟有点不放心，因为两位老人家都快70岁了，住在城东，到他们这个地方，坐公交要半个多小时呢。

他们急着要见小云嘛。“老婆”说，而且，小云也急着要见她的贝贝，这丫头！

贝贝是小云养的一头宠物狗，因为她出国留学了，就寄养在她外公外婆那里。小云对贝贝亲得不得了，经常和它视频，开展国际“交流”。这些情况，是王宏伟早就告诉陈宏伟的。这3个月来，他还没有见过贝贝呢。

晚上7点钟的时候，小云带着男朋友回家了，她拥抱了一下陈宏伟，又为他戴上她为他买的礼物——一条围巾。这么近距离地接触，小云也没有发现陈宏伟有什么不对的。她端详着陈宏伟脖子上的那条围巾，嗯，很有韩范，老爸！

过了会儿，小云的外公外婆也来了，他们带来了贝贝，这是只金毛犬，体态匀称漂亮，眼睛黑褐色，全身披满了丰厚的金色羽状饰毛。它被一根狗链拴着，进了房后，小云就喊着贝贝、贝贝，一头扑了上去，抱着它。

不料，贝贝撇开了小云，鼻孔紧张地翕动着，金毛耸立着，眼露凶光，喉咙里狺狺地吠着，四肢刨着地板，直奔陈宏伟而来。

陈宏伟一点也没有提防，他甚至来不及叫出一声。

（喂，喂，好了，你说什么嘛，说了半天就是一个狗咬人的故事？

不好意思，不好意思，我不能把这个故事说下去了，我眼下遇到了紧急情况，我被一条金毛犬缠上了，它朝我扑过来了！

啊！救命！）

（原载《文学港》2016年第8期）

老魏要来

刘浪觉得这个世界上，要是有一个人让他佩服的话，那肯定就是老魏。

刘浪到三院工作的第一天，就知道老魏这个人了。那天，他刚刚到院人事科报了到，就被领到了他们的科室，恰好也是三室。那天三室主任老徐和副主任老黄都不在，科员章节接待了他，领着他去了财务室、办公室、后勤处，将工作餐啊、办公用品啊都一一领了。刘浪是刚研究生毕业找到这份工作的，因此觉得一切都很新鲜。他坐在自己的那张办公桌上，望着隔断里一个个人头和背影，心里想，这就是工作了。他心里暗暗地想，以后一定要好好工作。到了快下班的时候，主任和副主任都不约而同地从外面回来了，听到章节的汇报，他们走到了刘浪面前，说欢迎欢迎，然后主任老徐就说："这样吧，晚上我们科室里的同志都去吃个饭，聚个餐，也算是欢迎新鲜的血液加入我们三室这个大家庭来。"这话说得温暖人心，刘浪差点热泪盈眶。

到了下午下了班，刘浪就在章节的带领下，去了附近的"一家人"酒楼。坐下不久，科室里的同事就都到了，刘浪看得出来，同事们关系还是不错的，女同事在一起说着发型、小孩、化妆品、宠物，男同事们在喝茶打牌，说着的是世界杯、股票、小三等等。等菜肴上齐了，同事们一起围坐在主任老徐和老黄的四周，喝起了酒。刘浪很少喝酒，但他知道这个场合不喝点是不行的，他就一一敬酒，不一会儿就喝得面色通红，渐渐嘴唇以上的部位都是木木的，两只耳朵红得像滴血。他强力支撑着坐在一边，这时，他听见主任老徐说了一句话:“老魏这家伙不在,要是他在,刘浪啊,你肯定会喝得更多的。”大家一齐点头说:“是啊,是啊,老魏在就好玩了。”

随后,他们像忘了刘浪,一个个说起老魏来。刘浪酒虽然喝高了,但脑子还是清醒的,所谓酒醉心明嘛。他在一边静静听着,多少听出了一点头绪。在同事们的叙述中,老魏的形象也慢慢浮现了出来:老魏,男,40多岁,有一个古怪机灵的正在上大学的女儿,有一个结发妻子,以前老魏就在本院本室工作,后来调到了艾城去了。老魏这个人豪爽、实在、诚恳,但表现出来的却是狡诈、无赖、抠门,总之,他骨子里是个好人,但表面上却表现出来像个坏蛋,不过大家都知道这点。那天晚上,老魏成了同事们共同的话题。

同事们说着老魏,大多是说着老魏的糗事。比如,章节就说:“老魏这个家伙,有次我们俩一起搞了个课题,不是在徐主任和黄主任的帮助下得了个奖嘛,奖金却少得可怜,只有800元钱,我去代领了来,老魏脑子一转说,一人只分到400,不如吃了算了。我一想也对,就约了你们,你们记得不?”在座的都说,记得记得。章节喝了茶继续说:“那天,我不就请了科室的同事们嘛。我们尽着800元钱点菜要酒,那家伙酒一喝就高了,后来不断地要上比尔比尔,他一说英语我就知道他完蛋了,他要的都是几十块钱一瓶的百威啊!这样,到了结账的时候,1440元,他老先生踉跄着站在收银处,想了想说,章节,不如再拿一条烟吧,我们一人半条,凑个整数两千块,显得我们请客也有档次嘛。要知道,那时候我们罗城消费水平还很低,2000元还是个钱呢。我一想,也对,也就信了他的话,当场付了20张百元钞,拿了一条烟,一人分了半条拿回了家,心里乐滋滋的,好像占了大便宜。第二天以及后来的一些天,我提醒老魏,那天的钱是我付的呀,他老先生却装糊涂了,是吗?是吗?我不记得了呀!喃,你看看,我就被他治了。听说,老魏那些天,见人就发那好烟,一包一包地发,并说,这是章节送我抽的。你们看看,这家伙!”

章节说到这里,大家一起呵呵地笑起来。副主任老黄也立即贡献了一个故事,他说:“这个老魏啊,有次晚饭后散步,不知怎么和我迎面碰上了,他主动提出要到我家去坐坐,我明知他没安什么好心思,可是又拒绝不得,便带他上了楼。进了房里，他一开始还装模作样地看了看我家的装修，然后就露出坏嘴脸了，说，有烟吗，没烟抽了。我只好拿了一包烟给他了，这家伙却不满足，两只大眼睛乱转。我对他说，别侦察了，我又不抽烟，这包烟是留着来人招待的，全都给你了。他点着了烟，思忖着，忽然叫过我儿子，说，小子，过来，你最聪明了是不？我那小儿子那时才10岁，就点点头，说我当然聪明。老魏就又说，那我问你，你能不能找到你爸爸藏烟的地方？我那小儿子屁颠屁颠地说，能找到，能找到。没等我阻挡，他就一溜烟跑到了书房，把我放在书架上的三包好烟拿了下来，送给了老魏。老魏得意地拿过烟说，哎，小子真厉害，比你爸聪明多了。你看看，这都是这家伙做的事！”

大家又是一阵笑。刘浪也咧了嘴笑了，他心里想，老魏真是了不起，他就是坏也坏得那样可爱。刘浪就这样上班第一天就知道了有老魏这个人。

刘浪工作的三院，说起来重要，做起来却是不那么重要，大部分时间都闲着，具体的工作少，平时大家就没什么来往。但主任有办法，过段时间就会把同事召集起来聚个餐。而一聚餐，他们就总会说到老魏，他们不光回忆老魏在院里的旧事，也说他现在的生活，说明他们是经常和老魏联系的。反正现在通讯发达，电话啊、QQ 啊、邮件啊，天涯处处可聊天啊。老魏成了科室聚餐最重要的话题，俨然老魏依然是三室里的一员。这真让刘浪佩服，他想，老魏走了那么多年（从同事们的口气看，最少也有七八年了），还有同事，而且是全体同事都那么惦记、想念他，可见他这个人的人格魅力了。三院与外界打交道不多，有数的几次，有外单位请本科室的人吃饭，因为双方不是太熟，就有些拘谨，这时，徐主任就会说起老魏。于是，座中气氛马上就不一样了，随着老魏的糗事、趣事一桩桩，大家也笑得一脸天真无邪。甚至喝酒的时候，一些酒令、酒规、酒笑话也都拿老魏说事，都是老魏说的。老魏说，宁可胃上烂个洞，不叫感情裂条缝；老魏说，酒是粮食精，越喝越年轻；老魏说，东风吹，战鼓擂，今天喝酒谁怕谁；老魏说，客人喝酒就得醉，要不主人多惭愧；老魏说，人在江湖走，哪能不喝酒；等等。刘浪还听过关于老魏的一个喝酒的笑话，说是老魏和几位兄弟一起喝酒，兴致到时，拼起了高度白酒，喝得大家都差不多魂飞魄散了。老魏不停地说，这是什么天啊，怎么这么热啊，真热，我得脱衣服！于是他就脱衣服，脱了一件又一件，脱光了。又过了一会儿，他又说，不行，还热，我还得脱衣服！于是又伸手脱衣服，大家告诉他说，你都脱光了，没衣服了，你还脱什么呀！他说不对，还是热，还得脱衣服！他两只手划拉来划拉去摸到了自己的肚脐眼儿，抠抠抠，抠了半天，突然怒道："赶紧给我帮个忙！这个扣子解不开了！"

有了老魏，或者说因为有了老魏，尽管他不在场，可是刘浪他们科室就有了很多的快乐，科室里一片和谐景象。年终考评时，他们三室总是获得三院的先进集体称号。刘浪也渐渐地在心底里把老魏当成他们科室的一员了，甚至认为老魏还在和他们一起上班呢，只不过出了一趟远差而已。虽然有时候，刘浪也有点小小的的疑惑，同事们所说的笑话、句子，有些好像似曾相识，好像在网上见到过，不过，他很快就想，也许就是老魏的原创呢，最后被传到了网络上。这也有可能，网络嘛，这些民间的段子谁愿传上去就传上去，有几个注明了原创者是张三还是李四呢？

过了 3 个多月，刘浪慢慢适应了工作，随着同事们对老魏描述得越来越深入，刘浪也越来越对老魏充满了好奇与景仰，他很想见见这个老魏。所以，当大家再一次在一起说到老魏时，他忽然说："老魏为什么不过来走走呢？你们邀请他来走走啊。艾城离这里也不算太远，双休日完全可以过来住个一晚上的。"

刘浪这么一说，在座的一时都张大了嘴愣住了，像夏天里那一树知了突然遇到了危险，集体噤声了。刘浪有些忐忑不安，他以为自己是不是说错了话，可是，好像自己并没有说错什么啊！好在，这时间并不长，主任老徐咳嗽了一声说："嗯，倒也是，这个家伙，天天在艾城也不来转转，我改天给他打个电话，狠狠地批评他一次，非把他喝倒不可。"于是，大家都嘘了一口气，连声说："是呀，是呀，看他喝醉了还唱不唱《山歌好比春江水》，就他那公鸭嗓子还好意思当麦霸呢。"气氛又活跃了起来，像一树夏天的知了又开始了鸣唱。刘浪也松了口气，他心里还有点得意，看看，自己这个提议多好。

到了下一次聚会，果然，主任老徐就说："老魏要来了。"大伙一阵欢呼。刘浪问："徐主任，老魏具体什么时候来呢？我到新站接他去，现在新站离市区远，他一个人来恐怕不方便。"

刘浪这一问，又出现了上次同样的情况，大家又冷场了约半分钟，这次是副主任老黄说了话，他说："这个嘛，我来问问。"他说着，掏出手机，按了一串号码，大家都有些紧张地看着老黄。老黄的手机里却是一个女人的声音："对不起，你所拨打的手机不在服务区。"老黄关上了手机说："这个老魏，又不晓得到哪里混去了，估计酒又喝多了。"章节接着说："可能是到他的干儿子那里去了。那里是大山区，不通信号的。"老黄说："是的是的，应该是的。"关于老魏和他的干儿子，也是有典故的，说是老魏为一个乡下孩子助学，别人一般捐点钱了事，可他却常去那儿，就有了感情，认了干儿子，一年要去个好几次，去了就买书呀笔呀本子呀。那地方偏僻得很，老魏总结了几句：交通基本靠走，保安基本靠狗，通讯基本靠吼，娱乐基本靠手。老黄说："回头我再问问他，是不是又在那里认了干女儿了，乐不思蜀了。不管怎么样，今年一定要让他来一趟。"

刘浪在三院三室工作，总体还是开心的，稍稍觉得不太适应的就是没有朋友。三室的人平时上班各忙各的（公事不多，但每个人都会有私事吧，所以没有公事时，大家就忙着私事），几乎没有什么交往。在办公室，也都紧了脸，坐在电脑前，不管是看八卦新闻、球赛直播，还是看股市大盘、穿越小说，脸面都一律地古井无纹不动声色。刘浪也能理解，不是上级有个什么效能建设小组管着嘛，上述行为都是严禁的，一旦发现就要通报批评，大家都嘻嘻哈哈的，不就全都露了馅了嘛，所以都要做出一副团结紧张的气氛来。而下班了呢，大家也都礼貌地点点头，一脸冷漠地各自离开。刘浪曾经想拉着章节等同事下班后在一起吹吹牛小坐坐，可是他们的反应让刘浪不解，他们都吃惊地看着刘浪，然后礼貌而决绝地拒绝了，那神情是一点也不通融的。刘浪想不通，他们在三室的全体聚会上，说起老魏来的时候，是多么幽默，多么热情，多么能吹牛皮啊。想不通也没办法，谁叫刘浪还是个新人呢，他也就格外想念起老魏来了——老魏要来了就好了。

这个当口上，发生了一件事，主任老徐和副主任老黄吵了一架。本来，在三室的历史上，或者说在主任老徐当政的历史上，三室一向是以和谐著称的，老徐和老黄之间，更是配合得不错。这次不知道为了什么，两人先是在办公室小声地吵，后来，声音越来越大，老黄甚至砸碎了老徐办公桌上的一个孔雀造型的玻璃烟灰缸（绿绿的孔雀头折断了，从桌子上蹦到了门边，睁着一双无辜的眼睛），然后，脸色铁青地走了出来，坐在自己的办公桌前一言不发。刘浪这些科员们当然不敢问，一个个虽然竖起了耳朵听动静，却一脸肃穆，各个看着面前的电脑屏幕。刘浪偷偷地看看章节，章节虽然极力掩饰，但还是看得出来，他在偷偷地乐着，嘴角撇着一缕意味深长的笑。

让刘浪想不到的是，那天下班了，主任老徐出来了，他平静地对老黄说："黄主任，晚上聚一下。"老黄也像没事人一样说："好的，好的。"他拍着巴掌说："大家都听到了吧，晚上聚一下。"大家好像从一场梦中集体苏醒过来，齐声应道："好，好，聚一下喽。"

在聚会上，下午的事好像全没发生，大家高高兴兴地又说起了老魏，主任老徐发布了一个消息说："老魏要来了，这家伙，下周就来了。"大家一阵欢呼。那天的聚会，刘浪喝了不少酒，他真高兴即将能见到老魏了。

在那一周里，刘浪天天兴味盎然地去上班，等候着老魏过来。可是，周一到周五，老魏没来，周六和周日呢，刘浪 24 小时开了手机，却没有接到一个电话。莫非老魏没来，或者是老魏来了，同事们没有叫上他？刘浪心里嘀咕着，终于忍不住了，他就去问章节，章节用一种奇怪的眼神看着他，好像刘浪是个外星人似的，然后摇摇头说："我也不知道。"刘浪失望地看看别的同事，他们也都是一脸的冷漠，好像彻底地忘了这事。

好在过了几天，终于又是聚会，主任老徐说了原委："上次老魏那家伙临时又有事，再三打电话给我解释，说下次一定来。"刘浪虽然有些失落，但毕竟老魏还是要来的，便又充满了期待。这其后，在他们三室陆续的几次聚会中，还是每次都说到了老魏，说到了老魏要来，可是老魏总是没能来成。一次说是铁定来了，头天晚上还说好了的，可是第二天，老魏的妻子生病了，没来成；一次呢，车票也买了，也上车了，可是车子在半途中出了车祸，老魏毫发无伤，但他忙着帮助抢救伤员，也没能来；还有一次呢，老魏都到了他们三院了，却被另一帮以前的朋友拉走了，老魏喝了一天的酒，住了一晚，感觉体力不支，第二天一早赶紧溜回了艾城。他再三解释说，一个月后，等身体好了，再来见三室的兄弟姐妹们。

刘浪在这样的希望与失望中，等了一次又一次，也没能等到老魏。他佩服三室同事们的淡定从容，这样的一次次的希望与失望的交替中，他们竟然没有表现出一丝失落。说到老魏要来时，他们欢欣鼓舞；说到老魏来不了时，他们一个个笑着骂着，仿佛本来就知道他来不了似的。可是刘浪不行，刘浪每次听到老魏又没来时，不由得深深地失望，怎么会这样？怎么会这样？他在心底里暗暗着急。终于，到了这年的年底，刘浪有了一个去艾城的机会，他的一个做生意的表哥恰好要去艾城办事，表哥是自己驾车去的，刘浪高兴坏了，便请了年休假，要跟表哥去一趟艾城。他心里想，老魏啊老魏，你来不了三室，那我就赶过去见见你。

刘浪便找同事要老魏的手机号码和其他联系方式。他先找章节要。章节听说他要去找老魏，很愕然，他赶紧摇摇头说："小伙子，你还是别去找他吧，手机号码？嗯，我换了个手机，真不巧，把以前的号码都丢了。"刘浪不知道章节为什么是那副神情，但他管不了那么多了，他已经为即将见到老魏这一事实兴奋不已了。他于是又去找另一个同事，这个同事号称"电脑"，他特别善于记电话号码，任什么号码只要说一遍，他就能准确无误地复述并且此后再也忘不了。不料，这个同事也和章节一般，吃惊过后，就劝刘浪："哎呀，你去找他做什么？你去了，人家老魏总要招待你吧，你让人家破费做什么？我劝你还是不要找他了。号码呀，真对不起，他后来的新号码我没记。"刘浪只有去打扰副主任老黄了，他知道老黄是经常与老魏通电话的，可是老黄也没给他号码，老黄沉吟了一下说："你看，还真巧呢，我正准备找人去打听老魏这家伙的新号码呢。这家伙不知吃错了什么药，这一年老是换号码，办公室的电话也不通了。这样吧，我建议啊，我弄到了新号码你再去看他吧。下次，我来帮你联系，让老魏请你吃艾城狗肉。艾城的狗肉还是不错的，特别是就着狗肉喝啤酒，怎么样?”刘浪看老黄一脸的诚恳，只好点点头，退出了老黄的办公室。

不过，假也请了，表哥的车子也准备好了，所以刘浪还是跟着表哥去了艾城。他回头想了想，艾城并不大，就是没有联系号码，他将老魏的个人信息综合了一下，也应该是能找得到的。这样一想，刘浪反而更有了兴趣，就像福尔摩斯似的，根据现有的线索去寻访一个人不也是挺愉快的一件事吗?

现有的线索大致有：姓魏，男性，45 岁左右，与刘浪是同一行业的，喜好喝酒，酒量甚大，个头在 1.75 米左右，副高职称。刘浪把这些线索罗列到一张纸片上，到了艾城，他就开始了寻访。刘浪他们这个行业在艾城也就只有四个院，刘浪于是一天一个院地跑，跑了 4 天，却没有找到老魏，倒是有两个姓魏的，可是一个已经退休了，一个是女同志，且是刚工作不久的，自然就排除在外了。刘浪还不甘心，他把这事对表哥说了，表哥神通广大（老板嘛，这年头老板的能耐可大了，听说有的老板一个电话打了，连市长都颠颠地跑来敬酒，刘浪怨自己没早想到这点），表哥说这是小意思，立即一个电话打到了公安局，让一位户籍警细细地查一下。过了一天，户籍警正正规规地送了一份文字材料过来，本城有姓魏的 1395 人，男性 955 人，中年人 215 人，这其中个头在 1.75 米左右的 58 人，副高职称的 8 人，就将这 8 人资料列了出来。刘浪一一对照，却仍然没有一个与他熟悉的那个老魏对上号。

这就没有办法了。

刘浪遗憾地回去了。在下一次的聚会上，他忍不住把自己的寻访结果告诉了同事们：“老魏是不是真的在艾城? 他是不是调走了?”他甚至说了句，“真有老魏这个人啊?”他这句话一说出口，大家都愣住了，脸色突变。虽然那变化只是那么一瞬，但还是被刘浪捕捉住了。同事们先是一愣，然后，一齐对他讥笑起来，他们指着他笑着说：“这小伙子，年纪不大，说起谎来倒像是真的一样呢。”“老魏不在艾城? 那老魏跑到月球上去了? 我昨天还跟他通了话呢。那家伙，说他下周要来，这回不是一个人来，是带一个朋友过来。”他们讥笑完刘浪，又继续说着老魏的旧境新事，像形成了一个决议，集体把刘浪晾在了一边，再也不看他一眼了，那情形是不容他申辩的。这让刘浪很难堪，他也恍惚起来，莫非自己是做了一场梦，自己是梦中去了艾城，并有了那么一场寻找？可是自己明明是去过的呀！他调出自己的手机，上面明明显示着他在艾城打的号码；他又打开钱包，里面明明卧着他在艾城超市消费的小票啊；他又掐掐自己，明明有痛感呀。刘浪真想哭一场了，老魏呀老魏。

那次聚会过后，有好长一段时间，刘浪感觉同事们明显地疏离了他，再次聚会时，再说起老魏来，所有人都不朝他看一眼，仿佛老魏已经不是他的老魏了，而是除他之外同事们的老魏了，他是没有资格说老魏了。这让刘浪非常痛苦，被边缘是现代人最大的痛苦啊，刘浪知道这都是那次寻找惹的祸。于是，他再也不提那事了，而且，只要说到老魏，他都很真诚地附和，并附上笑容。这样过了大半年，他才又慢慢地融入同事们中间，老魏又成了他和同事们共同的老魏了。

到了下一年，三室又来了一个新人，刚来报到那天，是刘浪领着他去财务室、办公室、后勤处的，到了下午下班后，照例又是欢迎的聚会，聚会上，照例又说起了老魏。刘浪对新来的年轻人说：“这个老魏啊，我去年到艾城去，摸到了他办公室，他硬是把我拖到了艾城最有名的一家狗肉馆，吃狗肉，喝啤酒。哎呀，多了，多了，我那天醉得一塌糊涂，嗨，这个老魏！”这时，老黄又说了：“老魏要来了！”

（《小说选刊》2011 年第 11 期选载，原载《滇池》2011 年第 9 期，入选中国作协年度短篇小说选本）

画火的人

这是一趟自北京西站开往罗城的慢火车，从傍晚发出，要到第二天的早晨才能到达目的地。因是非春运时段，旅客并不多，在车子快要开动前几分钟，我才上了车。

我是临时决定上这趟车的，两小时之前，我还在北京北三环的一间出租屋里与钟玲玲缠绵在一起。本来，我还想着和她在一起待完最后一晚，第二天再悄悄出溜，但女人天性敏感，在完事后，她一遍遍地追问我，是不是要和她分手？我不置一词，沉默其实就等于承认。我承认我是一个叛徒。我和钟玲玲在北京都属于屌丝，大学毕业后，我们一起在北京混了5年了，依然看不到前方有一个出口，我只好背着钟玲玲报考了老家的一个公务员岗位，并顺利地通过面试，明天，就是去报到的最后期限。钟玲玲大约猜到了我去意已决，便很平静地穿衣，起床，像往常一样，我们一起在她出租屋楼下的一间小餐馆里吃了最后一顿饭。明明知道她最讨厌大葱与羊肉，我偏偏点了一份葱爆羊肉，而且吃得非常凶猛，几乎将那一盘葱爆羊肉都吃完了。我要让她将对我最后的一点好感扼杀掉。我有一种近乎受虐的快感，吃完最后一块羊肉后，我在网上订到了这张票。

钟玲玲在地铁口哀怨地目送我远走，我们什么告别的话都没有说，但我们俩都清楚，也许，这一辈子我们再也见不着面了。

我对面的座位还空着。当火车快要开动时，急匆匆地走上来一个中年人，他手里抱着一块白板式的东西，像抱着一个身材宽大的舞伴。他长长的一绺头发不时滑下来，遮挡住眼镜，让他看座位号时显得有点狼狈。他终于停在了我的身边，冲我笑笑，舒了一口气，坐在我对面的座位上。他刚一坐下，车子就开动了。

我这才发现他手里抱着的是一幅油画。初夏的傍晚，天色黑得迟，借着窗外的暮色，我得以看见具体画面。整幅画没有装框，好像是创作不久，颜料才刚刚干透。画面上布满了一丛丛的大火，不得不承认，即便照我这个不懂美术的人看来，都看得出来这大火画得很形象生动、蓬勃、旺盛、猛烈，还有？对，邪恶。如果非得进一步描述的话，那简直就是一团复仇的火焰。而火的中间是一个模糊的暗影，暗影既像是一个人，又像是一头兽，也可以看成是一棵树、一堆土，但不管是什么东西，都被烈火烧得蜷曲而痛苦，都好像在尖着嘴脸发出最后的嚎叫。总之，整个画面非常诡异。

见我久久地盯着这幅画，这位中年人再次冲我笑笑，他说，你对这幅画感兴趣?

这时，天色更暗了一些，我想着这列火车将穿过华北平原，还有漫长的10来个小时的时间，而我心中沮丧的、不安的、愧疚的种种情绪挥之不去。这段时间不好打发，如果能找到一个人聊聊天倒也不错，于是，我振作起来，也友好地冲他笑笑说，是的，我觉得，你这画画得很好，但是……

是不是觉得有点怪异？他问。

我只好点点头说，我不会欣赏，但看着是有点起鸡皮疙瘩呢。对不起，我是乱说的，您别介意啊。

中年人摇摇头，没关系，如果你有兴趣，我可以对你说说这幅画的来历。

哦，那太好了！我说着，招呼一旁走过的列车服务员，要了两瓶小瓶的北京红星二锅头，递给中年人一瓶，又要了点花生米、卤鸭脖等速食，一一打开摆在小桌上。

中年人没有推辞，他旋转开瓶盖，和我隔空举瓶示意，喝了一小口，然后说，好，喝喝小酒，讲讲故事，挺好的。在讲故事之前，我先给你说篇作文吧。

作文？我有点莫名其妙，作文和这幅画有关系吗？

当然。中年人说，这是一篇写于1979年的作文，那时候我10岁，你恐怕还没有出生吧。

我点点头，心里计算着中年人的年龄。

中年人说，作文是我写的，题目叫：记一件有意义的事。

火车在提速，时间仿佛也在提速，忽地一下，窗外全暗下来了，车厢里亮起了灯。中年人将头扭向了窗外，似乎外面的黑暗中有他的1979年。他就这样扭着头，对着窗外的夜色讲完了那篇作文。我有点吃惊，隔着这么多年，他却将那篇作文口述得如同背诵下来一般。为了真实再现，我在这里如实地记录下整篇作文。

记一件有意义的事

放学后，我和朱奎、张兵一起打扫完教室，准备锁好教室的门回家去。因为我们三人是一个村子里的，所以我们天天一道走回家。

我们走到学校围墙边时，张兵忽然指着一个洞口对我们说："这里是个老鼠洞。"我和朱奎有点怀疑张兵说的话，张兵急了，他让我们对着那个洞口尿尿。于是，我们三个人每个人在洞口尿了一泡尿，然后蹲在洞口守候着。说也奇怪，不一会儿，洞口那里有响动了。朱奎将书包里的书掏空了，对着洞口张着。张兵不停地用脚跺着围墙。果真有一只肥大的老鼠冲了出来，朱奎一把将老鼠捂在了书包里。

我们三个哈哈大笑。老鼠在书包里钻过来钻过去，吱吱直叫，一会儿撞到这边，一会儿又撞到那边。怪不得大人们说男人的手臂上都有块老鼠肉了，手臂上的肌肉一鼓一鼓地还真像老鼠在跑。

张兵问我和朱奎："把这老鼠怎么办？"

我说："捂死它。"

朱奎想了想说："那多没意思，你看我的。"

朱奎说着从口袋里掏出一个墨水瓶和一个打火机，墨水瓶里装的不是墨水,他一打开,我就闻到了煤油味。煤油是个好东西,滴几滴放在打火机的棉芯里,一打火石,打火机就冒出火来,很好玩。我没有想到,朱奎还藏着这么好玩的东西。

我们三个人慢慢把老鼠挤到书包一个角落里,然后朱奎一把捏住了老鼠,一只手伸进书包里,活捉了老鼠。我真佩服朱奎的胆量,他捏着老鼠的颈子,像捏着一块会动的灰土块。老鼠尖着嘴叫着,露出一嘴细碎的白牙,两只绿豆大的眼睛不停地眨动,粉红的小脚抖颤着,它好像知道小命即将不保似的,拼命地挣扎着、哭喊着。朱奎不慌不忙,他让张兵朝老鼠身上倒煤油,然后,啪地一下,他打着了打火机,火苗一凑到老鼠身上,立即就燃烧了起来。

朱奎放下老鼠,着了火的老鼠像一只火球,在地上打着转,一声声惨叫着,这引得我们再次哈哈大笑。老鼠转了几圈后,火烧得越来越大,空气中散发出一股难闻的焦臭味。忽然,老鼠朝前方一个水沟跑去,它跳起来,往水沟里一栽。我们也跟着跑过去,一看,老鼠被烧得一团焦煳,背部露出了白骨头,尾巴烧成了焦豆子。它在水里转着圈,水里冒出了一股气泡,但那火还在水里燃烧着。过了一会儿,老鼠就不动了,当然,也看不出是一只老鼠了,更像是一小块黑木炭。

老鼠是“四害”之一,看着这只被烧死的老鼠,我们三个人高兴地拍着手,一起走回家了。这真是一件有意义的事。

说完了这篇作文,中年人好像深深陷入了对往事的回忆,他一动不动地看着窗外,过了好久才转头对我说,这篇作文我得了高分,老师专门在班上公开读了。

您的作文水平确实很高,写得那么活灵活现。我喝了一口酒对他说。

他有点惨淡地笑笑说,我为什么要先说这个作文呢?因为下面这个故事里,作文里的三个主人公都会出现。

哦,我应了一声问,难道这幅画里中间的黑黑的一团就是那只童年的老鼠吗?

他摇摇头说,并不完全是,接下来的故事是这样的。他喝了一口酒,似乎不过瘾,又咕了一大口。我发现,他光喝酒不吃菜。我听我父亲总结过,我父亲说,一般这样喝酒的人都有个特点,那就是酒量大,而且不管做什么事都稳、准、狠。可是看着面前这个中年人,他总是给人感觉有几分忧郁。

中年人说,我忘了告诉你了,我的名字叫王龙,我、朱奎、张兵,我们是同一个行政村里的,又是同班同学,我们一起上到了高中,一起考上了大学,虽然考的不是同一所大学,但读的都是师范大学。朱奎和张兵在师范还都选修了美术,我呢,我喜欢写作,我那时的理想是当个作家。可是,在大学期间,我们都没有成功地成为画家或作家。后来毕业了,我们三个人都分到了同一所乡镇中学教书。因为这种关系,我们三人成了好兄弟,大家一起吃饭,一起出去玩,你的就是我的,我的就是你的,就差共一个女人了。过了两年,朱奎忍受不了在乡镇中学教书的无聊和贫穷,辞职跑去了北京。临行前,他抱着我和张兵大哭了一场,并说,要是混出头了,就带我们俩去。

我递给中年人一个鸭翅,他拒绝了,仍然只喝着酒。

朱奎在北京混了很多年也没混出什么名堂,当然,我和张兵在乡镇中学里更是没混出什么花样来。朱奎回来过几次,每次,我们三人都在镇上的小酒馆喝得大醉。可是,前两年,朱奎突然发达了,开着100多万的豪车回来了,带着娇妻回来了,县里领导都请他吃饭了,还据说,他手头上有不少项目。我们再想三个人一起喝酒都很难了,因为朱奎总是很忙。而我跟张兵呢,越混越倒板子,我们俩想在市里买套房子,光凭我们的工资肯定不行,我就跟张兵想了个穷点子,就是在市里租了一个场地,他教美术,我教写作,搞了个小学生业余兴趣班,收入也还不错,不出意外的话,攒个五六年就可以实现在城里买房的目标了。可是,在一次省教育厅的暗访中,我们俩的办学点被查出来了,上面规定公立学校老师一律不得在外办各种培训班、辅导班,我和张兵不但赚的一点钱都交出来了,教师资格也被取消了。工作没有了,无奈之下,我们就跑到北京,投奔了朱奎。

哦，虽然丢了工作，但能到北京去发展应该也是不错的选择吧。我说。

王龙果然酒量很大，一瓶“小二”下去，他的脸色微红，鼻尖上沁出了几滴细汗。我又递给他一瓶，他也没客气，拧开了，喝了一口，他显然已经沉浸在自己的故事当中了，语气低沉却叙述流畅。

嗯，到了北京后，我们才发现朱奎发达的秘密，他是傍着一个大款，是上了胡润排行榜前列的那种大款。他在那个大款那里接了企业文化宣传之类的业务，比如，给大款写传记啦，出版大款语录啦，为大款的善举拍专题片啦，等等。朱奎靠着大款，我和张兵就靠着朱奎，老老实实在朱奎的公司里干着。朱奎给的待遇，比老家乡镇上当教书匠当然高了不少，我和张兵也挺满足的。

朱奎给我和张兵租了一个三居室，我和张兵一人一间，还有一间呢，朱奎计划作为他的画室。朱奎让他的司机给他买了很多画油画的工具，都是高档的画具，画架子是红木的，可上下升降、前后移动，画板、画布、颜料、画笔都是最好的国外品牌，画室里堆得满满的。我们都知道，朱奎一直认为自己没有成为著名的画家简直太可惜了，他经常在我们面前评说着当代红了的一些画家，对他们的作品嗤之以鼻。可是，他总是忙，一直没有时间过来画，也就任由那些画具闲置着。

后来，朱奎又从大款那里接了一个业务，就是编写大款的“商道”，主要是编写大款在多年的经商创业过程中，是如何凭借过人的智慧过五关斩六将的。因为大款要得很急，来不及外聘编写人员，朱奎就把这个任务交给了我和张兵，并许诺完成之后，除工资外，另奖给我们每人5万元。我和张兵也由此第一次借着采访的机会，接触了大款。经过几次深入采访和广泛地搜集相关资料，我和张兵投入了紧张的工作中去。因为有奖励，我们两人每天面对面，各抱着一台电脑，天天绞尽脑汁，将大款的每一个决策都编成故事，每一次行动都进行升华。

在编写的过程中，朱奎来过几次，表示一下慰问，同时也检查一下进度。有一天中午，他还特意留下来，陪我和张兵在附近的酒馆里喝酒。那天，也许是看我们工作很努力，朱奎很高兴，在我们来北京后第一次主动回忆起我们共有的乡村童年生活。

于是，你们回忆起了那场烧老鼠事件？我终于插上了一句话。

自称王龙的中年人点头说，是的，正是在朱奎的提醒下，我才慢慢回忆起那篇作文。不过，事件参与人之一的张兵却说他记不清有那么回事了，他说起了另一场焚烧活人事件。

还有一场焚烧活人事件？我问道。

王龙说，我们三家都属于一个大行政村的，可是，奇怪的是，张兵说的那桩事件，我和朱奎居然都不知道，一点印象都没有，可是张兵却说得有鼻子有眼的。

那是怎么样的一个事件呢？我有点迫不及待地想知道。

那件事挺残酷的，为了更好地还原当时的场景，王龙说，我就以张兵的口吻向你复述一遍吧。

那天的事我记得很清楚，应该是秋天，天气略微有点凉。中午的时候，阳光照得人身上正舒服。我正在堂前写作业，好像是写一篇作文，题目就是王龙你刚才说的那个“记一件有意义的事”，我脑袋想破了，也没想出有什么有意义的事来。我妈妈在屋外晾晒衣服，我父亲当时在公社上班，所以中午不在家。

这个时候，村里的屠夫老杨到我家来了。

老杨虽是个屠夫，但表面看起来一点不像摆弄杀猪刀的，倒像个拿笔杆子的。他身材瘦细，一身中山装穿得整整齐齐，领口上的风纪扣都扣得紧紧的，衣服上看不到一点肉油污迹，左边口袋里还插着一支英雄牌钢笔。老杨的性格也好，见人总是笑笑的，从没见过他和谁吵过架红过脸。老杨念过几年书，也许他心底里更认同自己是个文化人，所以，他视我父亲为知己，因为我父亲是这个村子里唯一读过高中的人。他经常到我家来，跟我父亲喝两杯酒，聊几句闲话。

可是，这天老杨不像是来找我父亲喝酒的。他手里提着一刀两三斤重的肋条肉，有肥有瘦有排骨，是刀好肉。他把肉递到我母亲手上，在我家堂前的八仙桌前坐定不动，眼神有点定定的。他看见我的作文题，嘴里轻声念道：记一件有意义的事。他好像也在思考这篇作文似的。我母亲忙叫我去村口小店里买酒来家，留老杨在我们家吃午饭。

等我打了酒回家，我母亲也烧好了几个菜，老杨便一个人自斟自饮，不一会儿，他脸上就红了。他喝得并不多，喝了几杯后就坚决不喝了。然后就吃饭，他一个劲地夸我母亲烧的菜好吃，我记得他吃了两大碗饭，吃得一脸幸福的样子。

吃好饭后，老杨就走了，走到门口时，他从上衣右边口袋里掏出一沓钱来，483.5 元，是今天卖肉的钱款，他将钱交给我母亲，说他晚上要参加另一个村子人家的喜宴，要喝喜酒，怕带了许多钱在身上容易搞丢掉，就让我母亲替他保管一下，他改天来拿。老杨走的时候还摸了一下我的头，他的手掌很大、很软，摸得我头皮痒痒地直想笑。

再接下来发生的事，都是后来我听别人说的了。据说，老杨从我家走后，没有回到他的肉案子上去卖肉，而是去了小店，买了一壶煤油。他拎了一壶煤油也没有回家，而是去了村里的大队长家。大队长正两手背在身后，嘴里叼着香烟，靠在他家门口的大树上大骂村里的两个外姓人，把那两个人骂得狗血喷头。

老杨就是在这时候走近大队长的，大队长刚意识到什么，大喊着你要干什么时，已经来不及了，老杨已经将煤油倒了他一身。大队长嘴上的香烟火立即点燃了他全身。大队长被火包围了，他哇哇喊叫着，在火中张牙舞爪，全身似乎烧出了八条腿，像一个深水里的大黑螃蟹，努力用八条腿将自己带出火海，可是他怎么在地上打滚，也滚不灭身上的火焰。

大队长家门前有个水塘，他喊叫着往池塘边跑去。这时，老杨将剩下的煤油倒在自己身上，他一把抱住了大队长，将他抵在了大树上。老杨也成了一团火，两团火烧成一团火。老杨在火中一动不动。大队长的叫声越来越小,最后就没有了声息。空气中满是焦煳味,还有阵阵爆裂的声音。有人说,那是人的骨头炸裂开来的声音。

等到村子里的人赶来灭火时,他俩已经烧成了两棵树桩模样。不过,仔细看,还是能发现两个人形的,其中一个努力要跑开,而另一个死死抱住不放,他们烧成了黑陶雕塑似的。

这就是我们那个村子里那一年发生的焚烧事件。至于老杨为什么不惜同归于尽也要烧死大队长,据说是因为大队长强奸了老杨的女儿,他欺负老杨是个老好人,老杨悄悄找上门来论理,他反倒把老杨辱骂了一顿,所以老杨才有了那样的举动。如此看来,老杨那天中午到我家吃饭,其实就是与我们告别了。

老杨的丧事办完后,他老婆到我家来取老杨丢下的那笔钱,他老婆说的一句话我到现在还记得清清楚楚,她对我母亲说:老杨这事办得好!

王龙转述完了张兵说的这个故事,又默默地喝了一口酒。这的确是个惨烈的事件,我不知道说什么好,便打开手机看看微信,钟玲玲没给我发信息,我想了想,索性把她的微信号、QQ 号、手机号等等联系方式都删掉了。

我觉得这个世界也已经删除了我一样,我深深地吸一口气,又长长地呼出了一口气。我问王龙,那后来是不是朱奎根据张兵这个故事就画了这幅画?

王龙摇头说,不,说来你也许不相信,这是一个从来没有画过油画的人画的,这个人就是我。

一个从来没有画过油画的人也能画出这样的画来?我略有点不相信。

王龙很肯定地点头说,嗯。现在我可以对你说清楚这幅画的创作过程了。

列车似乎又在提速,王龙低沉的嗓音显得格外沉郁,他看了我一眼,便继续说下去。说的过程中,他一直眼睛望着车窗外,看起来更像一个人自言自语,或者,他是说给车灯映照下的玻璃窗上自己的镜像听的。

那天中午,朱奎和我们一起吃过饭后,又陪同我们一起到了那间租来的三居室。他来到司机为他准备好的画室,摸摸画架,打开几盒颜料,他指着其中一管颜料对张兵说,张兵啊,你现在还能画画吗?

张兵迟疑了一下,摇摇头说,早就没摸过画笔了。

朱奎说,我这买的可是外国进口的温莎·牛顿牌子,一管要100多元呢。

我惊讶地说,那么贵啊,那这一盒颜料都要2000多块钱啊。

朱奎说,可不是吗! 唉,太忙了,哪天有时间一定要来画一画。张兵,我们俩一起画啊!

张兵笑笑说,我可不敢啊,这么贵的颜料,涂下去的可都是钱哪,不是我们穷人玩的。

朱奎又顺便催促我们快点干,然后走了。

待朱奎和司机走出门,张兵忽然变了脸色,他拿起一管颜料对我说,他妈的,他把我们都当他一样的傻逼呢。

我不知道他在骂谁,忙问他,你怎么了?

张兵说,他装逼,这管颜料多少钱我还不清楚? 我开画室培训班的时候经常批量进这些画具,这个颜料一管充其量20块钱!

虽然朱奎夸大了颜料的价格,但我想这也不至于让张兵生这么大的气啊。我对他说,朱奎还不是想在我们面前显摆显摆他有钱嘛。

张兵说,他光是显摆老子也就忍了,我才打听清楚,朱奎这小子不把我们当人,你知道他开给他的跟班司机多少月薪吗? 比我们俩多一倍!

我一听这话也吃了一惊,心里也挺不是滋味,我疑惑地说,这,恐怕不大可能吧。

张兵说,你呀,就是太容易相信人了,信不信由你。

我安慰张兵说,也许他已经意识到了呢,你看,这次派活不是完工之后还要给我们发奖金吗?

张兵说,那是他实在临时找不到人了,才让我们上的。而且给我们的价格也实在太低了,他狗日的账算得精着呢。

我还是息事宁人,劝说张兵道,算了,算了,在人家手底下干活,哪有那么好的事呢?先把手头上的活结束掉再说吧。

王龙一口气说到这里,又正了正摆放在他身边的那幅画。沿途不断地有人下车,这时,这一节车厢里已经没有几个人了。我再看看那幅画,那画面仿佛自己会长大一般,我看着那火焰已经燃烧得真能包住一个大活人似的。

王龙的脸色也火一样红,但他意识很清醒,他问我,你要不要休息了?

我说,不,我睡不着,我很想听听这幅画到底是怎么回事呢。

他笑笑说,好,马上就要揭晓最后的真相了。

我和张兵坐牢一样,在那间三居室里熬了一个多月,我的眼睛都熬坏了,每天靠滴眼药才能睁开眼,终于把20万字的编写任务完成了,也通过电子邮箱发给了朱奎。

然而,自那以后,朱奎本人一直没有露面。我和张兵惦记着那5万元钱,每次我们打电话给朱奎,他总是打着哈哈却从不主动提起奖励的事。

这次,不仅张兵生气了,我也挺生气的,他坐着100多万的豪车,用着自称100多元一管的油画颜料,却拖着我们的5万元钱迟迟不付,这也太不像话了。等了半个月后,我们决定主动提出来,撕下脸皮要钱了。张兵说,既然他不要脸皮了,我们也就跟他不客气了。于是,在一个午后,我们俩喝了几杯二锅头后,打通了朱奎的电话,我们先后对他说,我们急需这5万元钱,希望他能让财务快点打给我们。朱奎在电话里支支吾吾,他说近段时间公司财务状况不好,资金紧张,等等。最后,他说会尽快给我们打来款子的。

既然面子撕破了,讨债也就成了常态,我们每天午饭后就准时打电话给朱奎,朱奎有时接电话,有时不接,后来大概实在是被逼烦了,他就给我们一人打了2.5万元钱。他说,当时说的是两人一共奖励5万元,而不是每人5

万元。我和张兵傻眼了，因为我们当时也没有跟朱奎订什么合同，只是口头上这么说说，这样一来，就没法说清了。

吃了这哑巴亏后，我们俩每天在房间里互相痛骂着朱奎，并开始搜索朱奎自童年以来所做的恶心事。这一搜索不要紧，我们才发现，记忆里的朱奎竟然早就是一个十恶不赦的坏人了。

比如，那次火烧老鼠事件，虽然作文是我写的，但为了讨老师欢心，作文里的人物情绪是不真实的，真实情况是，当时，我和张兵是不忍心对老鼠下那么样的毒手的，只有朱奎才做得出来呀，他自小就心狠手辣啊！

再比如，那次屠夫火烧活人事件，我为什么不太记得？后来我才想起来，因为那一个学期我生了病，在另外一个镇上我的大姐家住着。而朱奎为什么不记得呢？他是不敢记得，或者说是不想记得，因为，屠夫老杨火烧大队长时，朱奎就在现场，当大队长被火烧着要跑到池塘里时，朱奎就喊叫着提示老杨说，他要跳到池塘里了，老杨，你快抱住他，你快抱住他。老杨这才上前死死抱住了大队长。朱奎还不罢休，说，你别让他跑了，抵在大树上，抵在大树上。老杨就听他的话，将大队长抵在了大树上。

一桩桩一件件搜罗起来，我和张兵都诧异自己，怎么这么多年都和这样一个禽兽不如的家伙做朋友了？我们在批判朱奎的同时，也陷入了深深的自责。

在北京的又一个黄昏来临了，我对张兵说，我们不能给他干事了，再干下去，他说不定哪一天把我们卖了我们还帮着他数钱呢。

张兵说，对，早就该不干了！

我们俩商量好了，第二天我们一起不辞而别，但愿从此在这世上再也见不到朱奎这个浑蛋了。

我们终于看清了一个人的真面目。张兵说着，在房间里打转，他忽然把朱奎画室里绷好的画布拿了一张出来，架在了那台昂贵的红木画架上，又拿起一块调色板，将一管管颜料挤在上面，接着又撕开各种包装，将调色油、画笔、刮刀一一摆开。

我问张兵，怎么，你想画画？

张兵恶狠狠地笑着说，狗日的，不是说他的颜料有多贵吗？来，画！

他说着，把调色板和画笔往我手上一塞。

我说，不行，我连素描都没画过，不要说画油画了，这不是乌龟吃大麦糟践皇粮嘛。

张兵说，就是这个意思，咱们就是要恶心恶心他。油画很好画，你就可了心地把颜料往上面涂就是了！只要胆子大，人人是画家！

张兵这话还真刺激了我，反正浪费的是朱奎这个浑蛋的，我怕什么？那，我画什么呢？我问张兵。

张兵说，你想画什么就画什么，画你此刻心中最想画的！

我有点悲壮地拿起画笔，看着窗外。窗外，北京的天空雾霾一片，立交桥上一辆接着一辆的车辆奔驰着，无数的车轮碾压着道路，发出潮水般的声音，振荡着耳鼓。我心中好像升起一股怒火，对，火焰炽热，大火冲天，我好像看见了火焰的形状、颜色、动态。

我用画笔蘸了一笔赭红，又蘸了一笔明黄，在画布上勾勒起来。勾勒出形状后，我又用粗大的画笔饱蘸着大朵大朵的颜料，在画布上点染起来。我的心里有一团火，这让我的手中也有一团火，我一刻不停地打鼓一样，用各种颜料击打着画布，我似乎要把自己也变成一团火燃烧在这画布上。

我这种画法，让一旁的张兵也大吃一惊，他连连赞叹，太好了！太好了！

我画出了火，画出了火中被燃烧的人或动物，我画着画着，忽然哈哈大笑起来，笑得不可抑止。张兵也大笑起来，我们俩互相看着，笑得眼泪都出来了，笑得脸孔都歪斜了，还是停不下来。我第一次发现，人在笑的时候，竟然也能那样面目狰狞。

王龙说到这里，再一次停顿下来，看着斜靠在一旁座位上的画。

我也顺着他眼光再一次仔细去看那画。忽然，我发现，那幅画有个手写体的落款，“zb/2014/0709”，我有些疑惑地看着王龙。

王龙冲我一笑，他说，现在到了故事的结尾部分了。

哦,这还不是结尾?

当然,王龙说,你不会想到,画完那幅画后,第二天,张兵并没有陪我一起走人,而是他一个人先走了,走到哪里也没有对我说,手机也换了,整个人就像失踪了。我看着那幅画,甚至想,他会不会跳进那大火里去了?我很为他担心,可是,始终没有他的任何消息。我等了张兵3天,估计他是再也不会回来了,便自己一个人走了,可是我刚出门就接到朱奎的电话。

朱奎口气十分着急,他对我说,你知道张兵在哪儿吗?你找到他,告诉他,只要他将那本书稿从歌创图书公司那里拿回来,其他一切都好说!

我问朱奎,什么书稿?你把我说糊涂了,到底怎么一回事?

朱奎说,张兵这小子把你们写的书稿卖给歌创公司了,卖了也就卖了,更可怕的是,为了增加卖点,他将不宜对外公布的那些内容也补充到那书里去了!朱奎的声音里带有哭腔。

我略略理了一下事情的前后过程,总算有点明白了。我们在深入采访那位大款时,也顺带知道了一些大款不愿为外人所知的秘密。比如,大款的年龄,他对外界公开的年龄比实际年龄小了5岁,还有,大款并没有和原配离婚,却同时和另一个女人住在一起,有了3个孩子,等等之类的八卦。张兵在准备离开之前,将这些内容重新整合进了书稿里,然后卖给素以炒作闻名的歌创图书公司。这部书要是出来了,朱奎还有的玩吗?朱奎的靠山没了,他什么都玩不转了。张兵够狠的!当然,我也够惨的。我不知道最后那件事是怎么处理的,反正,我再也没见到过张兵,那本书也没有印出来,朱奎是怎么摆平那件事的我也一概不知。我只是拿了这幅画。

夜更深了,车厢里仅有的几个旅客都低着头睡着了。王龙说完了他的故事后,扶着画框,打着盹。

我睡不着,扭头看着车窗外。窗外的树、房屋、灯光、可疑的影子,都一晃而过。列车又在加速,我感觉这辆深夜的列车在窥探我,在试探我,它观察我有没有睡着,趁我不注意,它就悄悄地驶离地面一会儿,见我有所警觉,又落到路面上来。最后,它大约知道了我对它毫无办法,便忽地一下,突然长出了一对翅膀,加速,扇动,它竟然开到了天上,飞翔了起来,飞到了深深的夜色里。

我终于在夜火车飞翔的晕眩中,迷糊了一会儿。等我醒来时,天色已亮了,对面的王龙却不见了,难道他提前下车了?我对着他的座位看了一眼,突然看见他的座位上好像遗失了一个东西,我捡起来一看,却是一张火车票,车票上的人名写着:张兵。

我捏着车票,脑子里却想着那幅画。那幅画上的火焰好像又烧了上来,它烧着了车票,车票慢慢卷曲起来,烫着了我的手指。我一抖,它掉了下去,它在座位下继续燃烧着,已经烧到了"张兵"这两个字上了。

这时,列车广播提醒,终点站到了,我便下了车。

(原载《广州文艺》2015 年第 9 期)

有诗为证

我35岁了，已经是个大叔了，可我这一辈子竟然从来没有捡到过一件财物，除了小学时捡到过同桌的半块橡皮擦，所以那天在公交车上捡到那本笔记本算是平淡人生中的一个意外。

那天夜晚，我刚刚从公司加完班回家，忙乎了一天，我很疲惫，上了公交车我就找了个位置，头仰着，闭了眼，一心想睡一觉。

欢迎您乘坐117路公交车，本次公交开往铝厂……

公交车提示器不厌其烦地播放着信息，这是我每天上下班都要乘坐的线路，我熟知它的每一个站点。5年了，我无数次在这条线路上来来回回，我能把公交播报背得一字不漏。

那天晚上夜不算深，才9点多，迷迷糊糊中，我感觉车上乘客上上下下，我的身边座位上也坐着一个人，我不知道是男是女，也不知道他或她是在哪一站下车的，我始终在闭目养神。但我一直没有如我期待的那样睡着。原因在于，我感觉我的生活出了点问题，我老婆小卷走了三天了，一直不接我的电话，也不回我的微信，这让我很烦。就在这种情绪里，我不知怎么了，就想起了老黄对我说过的那首诗和那次诗歌行动。

同事老黄是一位诗人，有次我们聊天，他得知我每天乘坐的是117路公交车时，便掩口而笑，然后报出一连串站点名称。我说，莫非你也每天乘坐117？他摇摇头说，几年前，他们有过一次117路诗歌行动。他告诉我，那天晚上，约莫11点，他们5个诗人吃完夜宵，在合肥宿松路南园新村站上了117路公交车，不知是受酒精影响，还是诗人们在那个秋天的夜晚渴望发生点什么，总之，一位诗人提议坐到底站再坐回来，然后各人写一首诗。

那天，那趟夜晚的公交车上发生了什么？我在想象，夜班车，诗人，酒精的气息，从市中心驶向城市边缘，会发生什么？诗歌？戏剧？童话？穿越？

事实上，当天的5个诗人中，似乎只有老黄如实完成了作业，他在诗歌《8月25日晚乘117》中写道：

接近最末一班夜车的时间
人影稀疏
情节暗暗从铺张引向诡秘
终于，摇摇晃晃的车子
载着五个人
（其中一个人已睡着了）
从烂熟的街灯
驶入一片昏灰的废墟
……
117从无悬念中原路返回
——杏林小区，双岗南，阜阳北路
在百花井
作为安慰
黎黑的树篱边
夜晚及时长出它的五个花瓣

因为经常加班，所以我也经常坐夜班公交车。有一次大约是最末一班，那辆车的车况很不好，一身老旧，摇晃在深夜里，仿佛纯粹是出来打酱油的。一开始还有三两个乘客，到了北二环外，就只剩下我一个人了。司机板着腰开着车，速度不慢不快，仿佛是匀速。我从后排看着他的背影，看着看着，疑心他是不是睡着了，或者他只是一个机器人，又或者，根本就没有司机，只是一套司机服装挂在驾驶座上，司机本人早金蝉脱壳了，是公交车自己在行驶，行驶在它命定的道路上。

就在我回味着那首诗以及那次诗歌行动时，车子猛地停了。我从迷糊中醒来，发现已经到了终点站铝厂，整个车子里只剩下我一个人了。我慌乱地下车，当我拿起我的背包时，却发现，背包下躺着一本黄色封皮的笔记本，像是有人故意埋在我的背包下似的。我犹豫着，仿佛看见那本笔记本变成了一个浑身黄色毛发的动物，它睁开眼睛，以一种无邪的眼光看着我。这时，司机催促着，快点快点，我还要赶回家呢！

我不知道自己出于什么想法，竟然一把擒住那本笔记本就下车了。我在昏黄的路灯下抱着那本笔记本，似乎听到它在喘气，我忍不住停下来，翻看着。我吃了一惊，在一页页格子纸上，不知是谁用钢笔工工整整地写了一首首诗歌，粗略估计下有上百首。

我首先看第一首：

不！那是一匹黑色马

我们在山上砍柴
风来了，雨来了
我们躲在大树底下
看对面的山崖
闪电来了，雷来了
王二小说，看，一头黑色的牛
它害怕了

它在山顶上跑
它跑下悬崖摔死了，不见了
不！我驳斥王二小，不！
那是一匹黑色马
它不是害怕，它是高兴
它喜欢在雷电里撒欢
它只是跑到乌云里
——那天晚上，村子里分给我家
一块牛肉
我没有吃，我孤独地站在屋外
在乌云里寻找那匹黑马
尽管我们村子里从没有人养过马
我也从来没有见过马
不！那是一匹黑色马

2016/8/30

这第一首的落款日期正是当天，我又朝后翻，我发现，每一首诗的结尾都标注了日期，但越往后，日期却越靠前，这也就是说，这个写诗的人是从后往前写的，而今天，是这一本本子写满的一天。我现在看的第一首，其实是最后一首。

回到家后，小卷仍然没有回来，再次拨打她的手机，她仍然不接听。我只好挂断，扔了手机，躺在沙发上，又把这本诗歌笔记本研究了一番，又特意把这最后一首读了好几遍。我不禁猜测着它的作者，从笔迹看，字体清秀，但字体并不大，很难辨别是男性还是女性，不过，从上面这首诗判断，好像是位男性。我不懂诗，可是，我却喜欢这首诗的标题："不！那是一匹黑色马"，这多么像我少年时的语气呀，那时，我就是喜欢说"不"。

不知道是不是"马"这个字眼的触动，我突然想到了少年时的一场马戏，我那天就说了“不”。

那是在6月，我在村小学读三年级，上午最后一节课快下课的时候，太阳正在起劲地发光发热，窗外大杨树上大概有几百只知了一齐起劲地在叫“热死了——热死了——”，叫得人头皮发麻。大家都在座位上起劲地扭动着屁股，盼望着下课铃声早点敲响。

就在这时，传来一阵大喇叭广播声，那声音很响亮，其间夹杂着喧闹的音乐，加上怪异的方言，所以根本听不清在说着什么，只是隐约听见猴子、狗熊什么的。大家的耳朵都竖立了起来，王二小（好像就是叫王二小，是不是每一个班上都有一个叫王二小的？）立即说，是玩杂要的来了，玩杂要的来了，我爸爸昨天说的，它还真就来了！

王二小的父亲是村里的文书，他的消息应该是准确的了。他这一发布，同学们立即骚动起来，比100只知了叫得还响亮还起劲。看着这失控的场面，语文老师只好说：“下课！”话音没落，大家已经蹿出了教室。我开始保持着领先逃窜的优势，但在跑出教室门时，被王二小从后面推了一下，我跌倒在地上，书包里的书散了一地，等我捡起书再爬起来时，同学们都跑远了。我仰着头望向远处，在村口的大树下，一辆大篷车停在了那里，巨大的广播声就是从那里发出的。王二小正带着一群人往那里狂奔，村路荡起了一股灰尘，在阳光照射下，蜃气颤动，那个临时表演场地远远看去像仙境一般缥缈。

我调整姿势准备再次奋勇奔跑时，却被语文老师从后面拎起了衣领：“刘志军，你别跑了，你把昨天的作业先订正好！10道题你错了6道，你还好意思？”对付一只知了明显比100只知了要容易得多，语文老师兴奋地将我重新领回了教室，下课还早呢，你先订正！他说着，坐在教室门口堵住了我的去路。

我怀着无比悲愤的心情趴在课桌上快速地订正，那些字写得哪吒闹海一样。就这样，我错过了最精彩的表演，等我飞一般地跑到村口时，整场节目已近尾声，还好，我看到了最后一个节目。表演的是一个戴着礼帽的男人，他将一堆花花绿绿的碎纸塞进嘴里，他的嘴很大，大得像一台碾米机的机斗，塞了很多碎纸，他还一直塞，塞得我都替他担心，会不会撑破了腮帮子。终于，他塞完了，接着，他用双手在他巨大的嘴巴里抠，抠出了一个彩色的线头，奇迹发生了，那些碎纸瞬间在他的嘴里搓成了彩条。他拉着彩条，越拉越长，越拉越快，像是总也拉不完似的。他一边拉一边骄傲地摇晃着大头，那些彩条在地上堆了一堆，他还在拉扯着！

虽然只看到了一个节目，但这最后一个节目还是让我心满意足。当表演结束，围观的人散去后，我慢慢走在回家的路上，脑子里全缠绕着那些彩虹般的彩条。下午到学校后，同学们还在热切地讨论着上午的表演，因为我没有看到别的节目，我只好一声不吭，只能从他们的描述中想象。但是，当王二小说到那个拉彩条的节目时，我觉得我有发言权了。王二小说，那个玩杂耍的拉彩条就跟拉屎一样，哈哈！哈哈！他觉得很好笑，自己率先笑得趴到课桌上。我不喜欢王二小这么说那个人，那是多么好看的彩条啊！那是多么神奇的表演啊！

不！我对王二小说，那不是玩杂耍的，那是一个魔术师！我不知道从哪里看到“魔术师”这个说法，我觉得那个人就是魔术师，一个神奇的魔术师。

王二小说，玩杂耍的，就是玩杂耍的，我爸说，那就是一群玩杂耍的！

不！我对王二小说，那是一个魔术师！

我发现，我那时的语气与现在这个诗作者的语气是多么相像啊。

我对魔术师的一种无来由的崇拜可能就是来自那次少年经历。以至于读大学时，我为了一个魔术师，跟别人干了一架。

那是我在读大三时，一个周末的夜晚，我和同学老魏一道上街去看艳舞，那个时期那是我们大学生涯中的一项重要娱乐活动。那天晚上的表演和我们平时看的不太一样，平时就是几个女演员，独舞、双人舞、群舞等轮换着来，其实也就是那几个人整场表演，服装换来换去，不时露一露三点。而那天呢，在一段舞蹈过后，就有一个戴着礼帽的男人上来表演一段魔术，观众们的兴趣哪在魔术表演上呢，所以，只要那个老男人一上来，台下就嘘声一片。在整场表演接近尾声时,那个老男人魔术师又上场了,他表演的竟然是我少年时看过的那个拉彩条。他用双手在他巨大的嘴巴里抠,抠出了一个彩色的线头,奇迹发生了,那些碎纸瞬间在他的嘴里搓成了彩条。他拉着彩条,越拉越长,越拉越快,像是总也拉不完似的。他一边拉一边骄傲地摇晃着大头,那些彩条在地上堆了一堆,他还在拉扯着!他无穷无尽地拉着,观众们除了嘘声之外,干脆喊了出来:“下去吧!下去吧!”我看见那个老男人愣了一下,他突然固执地回了一声,不!我就不下去!他更加起劲地拉扯着彩条,一边拉,一边绕着舞台转。我忽然对那个老魔术师充满了好感,对他的表演充满了兴趣。可是坐在我后排的一个小伙子却大声骂道:“你他妈的拉屎呀!快点滚下去!”

我回过头对小伙子说:“你他妈的闭嘴!”

就这样,我和那个小伙子干了一架,最后是老魏把鼻青脸肿的我拖回到学校寝室的。

想到这里,我又把那首诗读了一遍,我忽然有了个想法。我将那一页纸拍了张照片发在了微信朋友圈,说明了缘由,也希望能借助万能的朋友圈,让这本诗歌笔记本回到诗作者的手里。

发完以后,我就关了手机,上床睡了。

我只是一个普通的公司职员,我的微信朋友圈并不大,可是让我意外的是,第二天早上醒来,那条寻找诗歌笔记本主人的信息反响热烈,一些平时从没有在我的圈子里冒个泡的人都浮出了水面发言。大家十分关心这本笔记本,有的在做笔迹分析,有的具体分析诗歌内容,推理作者大致年龄、性别、爱好等等,有的建议联系媒体寻找,还有两个家伙居然说,这就是他丢失的,当然,他们没有骗过我,大家还一致要求再发上一首诗上来看看。我想了想,决定再发一首。我随便翻到了某一页,拍照上传。

因为我急着上班,部门经理一大早就打电话给我,让我早点去公司,有一个单子急着要敲定,我便没有仔细阅读翻拍上传的内容,胡乱洗漱了后立即打的去公司。

上了出租车,我才打开微信看我翻拍的那首诗,就是下面这首:

你们的车灯没关

老L停好车
走到车旁为我开门
我一下车
他就把我搂过去
紧紧抱着我
抱得我喘不过气
我还是小女孩的时候
曾偷偷地
把邻居家的洋娃娃玩具
紧紧抱着
等我放下她
那娃娃的眼睛掉了
并不愉快的记忆
我用双臂环住老L的轮胎腰
我不知道我放下时
轮胎会不会滚远
冷雨打在我的眼睛上
我拼命眨眼
考虑是继续还是解散
这时,一个男人跑过来
他怀里抱着一只小狗
他撑着一把黑夜那么大的伞
他朝我们喊——

嘿！你们的车灯没关！

2014/6/16

这一读，我觉得有点问题，从语气来看，这明明是个女性哪，好像说的是情感方面的事情，这会不会侵犯了别人的隐私？我忐忑着，准备将这张照片给删除了。可是我没有想到，这一条信息刚一推送到朋友圈，其反响之大竟然是前所未有。我说了我的顾忌，可是，所有圈子里的人都反对我删除。他们还拉来了一位律师来给我做分析，说这首诗本身写得就模糊，不可能从这首诗里找出对当事人不利的内容，因此也就谈不上隐私权被侵犯。于是我只好不删。朋友们开始在下面一个个跟帖，又做出各种分析、各种猜测，甚至演绎了很多那个老L与这个女诗人的情感故事。

这天我又加班到晚上才回到家，虽然很累，我还是拿出那本诗歌笔记本，重点把早上翻拍的那首诗仔细读了几遍。我没看懂这个作者到底要说什么，不过，我倒是抓住了两个关键词，“灯光”与“拥抱”。这两个词有点意思，它们再一次牵动了我的回忆。

我想起我读大一的时候，那一个夜晚的“灯光”了。

大一下学期，我喜欢上历史系的一位女生，她是我的老乡，我便以老乡情为突破口，一次次到她寝室去抒发老乡之情。时至今日，我还记得那个女生的模样，她穿着一件红裙子，胸前挂着一把巨大的宿舍钥匙，我对她着迷不已，在我心中，她简直就是天上的仙女。我这样一个凡人是不敢对仙女造次的，我每次去她寝室，除了说说乡情，没有说过任何别的男女情感方面的话题，我怕唐突了这位冰清玉洁的仙女。而她呢，总是静静地听着我一个人自说自话，她始终只是用双手抚弄着一本书，却并不看书，那书的作用相当于仙女手中的拂尘。

那天晚上，我在她寝室里坐了一个多小时便告辞出来，她刚好要外出办件事，我们便第一次一起且并排走在校园的林荫道上。她的红裙子飘逸着，她的大钥匙晃动着，昏暗的路灯下，她的影子和我的影子触碰着、重叠着，我整个人都要飞扬起来了，这一刻真是太美好了，我觉得身边的这个人就是世界上最最纯洁最最美丽的人。走出林荫道，道路拐了个弯，路灯的灯光变亮了，我走得晕晕乎乎的，突然，她拉了我一把，叫一声："一泡屎！注意，那里有一泡屎！"我循着她手指的方向望去，果然有一坨黑乎乎的螺旋形物体躺在前方的道路上。我吃惊地看着她。我不是吃惊她的发现，而是吃惊她说的话，我不敢相信，也不愿相信，从她那原本美妙的嘴唇里竟然吐出了"屎"这个字眼，难道她不是女神吗？女神也会说出这么脏而俗的字眼吗？而且，而且，她竟然还用她那美丽的纤纤玉指直指着那一堆丑陋恶臭的东西。这太让我失望了，她仙女的形象在我心中轰然倒塌，我匆匆地和她告别了，也匆匆地和我的人生的初恋告别了。

从那以后，我不再信奉"女人是水做的骨肉"那样的话了，也就是从那以后，我也和老魏一起去娱乐场所看艳舞表演了。而之前，他怎么喊我去我都坚持不去，我认为我是要和那个红裙子的仙女在一起的，怎么能接触那些恶俗的东西呢？

更要命的是，从那以后我也开始频繁地和女生谈恋爱了，可是都无果而终，匆匆见面，匆匆分手，我怎么也找不到初恋时的那种感觉了，找不到那样一个对象了。一晃到了 30 岁，我父母着急起来，他们一哭二闹三上吊，不惜以死相逼给我下达最后命令，必须一年之内带一个媳妇回家。

我只好开始相亲，这就碰到了小卷。第一次见面时，我们彼此都吃了一惊，你也还没有结婚？

对，小卷就是我当时的初恋对象，那个穿红裙子挂大钥匙的女生。这还有什么说的呢？没说的，我们顺利地确定了恋爱关系。这期间，小卷问我，当时怎么突然就撤退了？我对她说了缘由。她不相信，怎么会？她怀疑我对她说了谎，她说，你那是什么理由嘛，人家指给你不就是让你不要踩上"地雷"吗？那是爱护你啊。

我说，不行，我那时就是认为你不应该说出那个字眼。

小卷撇着嘴说，编吧，你就编吧，我知道你不肯对我说实话。

我无法和小卷说清楚，我就反问她，你这样一位美女，怎么到现在也没有结婚呢？有没有谈过呢？谈过几个呢？

小卷白了我一眼说，我知道你什么意思，你不就是问我还是不是处女，对吗？

我赶忙声明，不是，不是，我才不在乎呢。

我和小卷很快就结婚了。当然，新婚之前我们就住在了一起。当我第一次解除这个我心目中曾经的仙女的武装时，有一刹那，我好像又找到了初恋时的感觉。我闭了眼，小心翼翼地进入了她的深处，可是，我也算一个有经验的男人了，我一下子就从云端跌落到了凡间。

草草完事以后，我们俩都默默无言。小卷背过身去，她对着墙壁说，你要是不愿意，现在还来得及退出。

我看着头顶上的天花板，我说，我没什么不愿意的。

想到这里，我又给小卷打电话，她还是不接听，我给她留言：你到底要怎么样？

我放下手机，又看看这首诗的写作日期，2014/6/16，我倒吸了一口气，这个日期我记得很清楚啊。

我和小卷结婚后，住在我们共同出资按揭购买的一套小房子里，过着一种波澜不惊的生活。我们一直没有孩子，不是我们不要，而是我们要不了。小卷怀了三次，三次都是满月就流产了。去医院检查，医生的结论是，小卷以前流产时没注意，子宫受伤严重，在她的土壤里很难存活下生命的种子了。这让我们双方父母十分焦虑，小卷的妈妈四处为她寻药，并且她还蹲守在我们家亲自熬药，亲自监督小卷喝下去。有一段时间，我们家里天天充斥着中药的气味。那些药很诡异，比如地龙，其实就是蚯蚓，比如水蛭，就是水田里的蚂蟥，我实在弄不明白，那些软体腔肠动物与一个女人的子宫到底会发生什么联系。更要命的是，小卷的妈妈还每天监督我和小卷的床上活动，小卷生理安全期的时候，她就让小卷和她睡一床，坚决不让碰一碰，而小卷的排卵期到了，她就早早让小卷洗了上床，不停地暗示我晚上要努力耕耘。

当我和小卷进行着不懈的劳作时，我觉得我不是和一个女人做爱，而是和那些腔肠动物共处。而且，黑夜里，还有一个老女人在偷听着我们发出的吱呀声。这让我不能忍受，常常做到半途，我就翻身而下，冲到卫生间里干呕。一年以后，小卷的妈妈我的岳母带着一腔遗憾无功而返。

小卷虽然不再在胸前挂着一枚巨大的钥匙，也很少穿红裙子了，但她应该还算是一个美女。可是，我却再不能像当年那样了，坐在她面前，自顾自地说上半天话，她也不会手里抚摸着书，静静地听我说话了，我们互相之间似乎失去了语言，我们在家里连话都很少说。我有时突然很想她臭骂我一顿，哪怕她骂出那个最脏最臭的字眼，比如，你脑子装了屎！我现在已经对这个字眼有了免疫力了，我也不会说“不”了，我想我可能会微笑着承认，你说得没错，我脑子可能是装了屎！

到了 2014 年，我和小卷结婚三年了，这年的 5 月我被公司派到北京培训两个月。班上的学员来自全国各地，年龄参差不齐，老树与嫩苗共生，我在里面属于中不溜的。那段时间我烟瘾越来越大，在家里小卷看着我抽烟就皱眉头，我就尽量避着她，克制着不抽，到了北京，一下子放开了，一下课，我就迫不及待地冲到走廊里吞云吐雾。我发现，有个年轻的女人也和我一样，一副跟烟上辈子有仇的样子，抽得恶狠狠的，一点儿不像女人，更不像一个年轻的女人，虽然她抽的是那种细长的女士烟。我们就这样认识了，她的名字叫小烟，这可真是一个贴切的名字。

小烟会吐烟圈，她偶尔会表演给我看。她先是吐出一个圆圆的烟圈，那个烟圈圆得就如同用圆规画出来的，烟圈在离她一尺远的地方停住了，并慢慢地扩散长大，是一种整体性的扩散，圆形保持得很完整。接着，她吐出了第二个烟圈，这第二个比第一个稍小一些，穿过第一个烟圈后，也停下来慢慢扩散长大，与第一个保持着相同的扩散节奏。然后，她吐出的烟圈越来越小，也吐得越来越快。于是，她在自己的面前用烟组装了一个圆柱体，这个空心的圆柱袅袅娜娜，我都不忍心大声呼吸，生怕会吹散了它。但是，小烟却忽然睁大了双眼，吐出了最后一口烟，这烟却是一根直线，笔直地穿过圆柱中空部分,然后就消散了。过了一会儿,烟柱也消失了。

这真是太精彩了。表演完毕,小烟斜着眼孤傲地问我,大叔,看到这个画面你想到了什么?

我说,想到了什么?想到了……我斟酌着词语。

别想多了,就是你的第一个念头是什么?这让你想到了什么?小烟不给我思考的时间。

射击!情急之下,我回答说。

屁!小烟将烟头扔回烟灰缸,她冷笑着说,我猜,你第一感觉一定是想到了下半身的射击吧!

我一时语塞,虽然对她的刻薄与犀利也领教了一二,可是面对她这样说话,还是让我不太适应。不过她说得还真有点对,潜意识里,作为一个男人不那样想才怪呢。我脸上发烧,不知道怎么应对她,我只好装着有事,要回到教室去。

小烟在我身后说,哟,脸红了,大叔,你竟然脸红了。她轻声地笑起来。

这让我有点恼火。再到下课抽烟时,我有意识地离她远一点,她却一改往日作风,淑女一样地斜倚在栏杆上,静静地看着远方的天空,拗出的造型很古典很宋词。

几天后的傍晚,我去附近的公园散步,走到一条小路时,却冤家路窄,迎面碰到了小烟。她笑笑说,大叔,陪我散步吧。我只好和她并排走在一丛丛的树木间。走过一处杨树林,她指指不远处对我说,你看看那里的草坪。

我顺着她手指的方向看了看,并没有发现什么异常。她说,每周六上午10点到下午3点,那里是天体区,给人晒太阳的。

天体?就是为了晒太阳?我说,那别人看见了怎么办?这也太侵犯公共空间了吧。

瞧你大惊小怪的,她说,那当然有防护措施了,你总不能让人民不晒太阳吧。

那你晒过了?我决定主动出击。

当然。她歪着头对我说。

我没想到她会这样说,我愣愣地看着她。

不过,去过一次我就不去了。她说,那里的男人全都鸡巴丑陋。

她又冒粗口了。我不知道她是说那里的男人相貌丑陋呢还是专指下面的那玩意儿丑陋。她这一说,我又不敢说话了,对付这种小女人我真是一点招没有。她说完后,转身看着我。天色彻底黑下来了,公园里一片寂静,好像成了京城之外的另一个世界。她眼睛黑而亮,在夜色里。

她突然就抱住了我。没有什么过渡,没什么先兆,没什么前戏,她直接就抱住我,然后,就把头埋在我的胸前。

抱抱我,她说。

我感觉自己中年的水桶腰被有力地箍住了,我只好也用手环抱着她。按照程序,我应该吻她,应该上下其手,可是,我感觉我是一块木板,我发现小烟也像一块木板,她的胸贴着我的身体,两只小咪咪一点不柔软,像两粒核桃,硬而小,她的脸也不像白天看起来那么细腻光滑。我试着用手摸了摸,发现在小烟身上,我并没有可下手之处,更要命的是,我身体里毫无反应。我靠!我真是鸡巴丑陋!无论是上面还是下面。

毫无进展地勉强支撑了一会儿,我和小烟几乎是同时叹息了一声,我们同时离开了对方。

她低了头,在黑暗中点着了一根烟,又恢复了她那浑不懔的模样。她吐了一口烟,他妈的,今天是6月16日,我的生日,过了今天,我就22了。我答应过一个老男人,过了今天,我就完全是他的人了,再没有单独跟一个男人在一起的自由了!

我不知道她说的是真是假,我正在想着怎么去应对这个黑夜里的狐一样的小女人,突然,小路上出现了一束手电筒强光,扫射在我们的身上,一个老女人的声音响起:“你们看见一只狗了吗?白色的,哈士奇。”

没有。小烟说。

没有。我说。

那个女人将光束移向了别处，用哭腔喊着，大宝，大宝，你在哪里？

我和小烟忽然同时哈哈大笑起来。

他妈的！我也学着她骂了一句。

他妈的！小烟也笑着骂。

他妈的！我跟着她骂。

他妈的！我看着那首诗的日期，忍不住在心里又暗暗地模仿小烟的语气骂了一声。

我扔下笔记本，走到阳台上，点起一根烟，反正小卷又不在，我狠狠地吸一大口，又狠狠地吐在阳台上的那盆植物身上。

那盆植物长着一副怪异的面孔，枝干上满是疤痕似的，顶端举着几片阔大叶子，红色的叶子，叶脉里好像流着血，叶片半卷曲着，像一个个半闭合的头颅。这植物邪气得很！小卷端着它进屋的时候，我就这么说过。可是她轻蔑地说，你懂什么，这是从南美引进来的植物，豹纹竹芋。

我盯着竹芋看，忽然看见盆栽下边的地板砖上有一滴血迹，像是从竹芋上滴下来的。我心里一凛，赶紧用抹布去擦拭，我使劲地擦拭，直到再也看不出一点痕迹，又把四周地砖细细擦拭了一遍。

我擦出了一身汗，可是心里依然冷冰冰的。小卷的妈妈我的岳母的电话又来了，她问，小卷还没有回来吗？她到底去哪了？我说我不知道，电话是通的，她就是不接听。她说，我也打了，她怎么也不接听我的呢？会不会出什么问题？应该不会吧。我说着挂了电话。可是，我刚一撂下电话，她的电话又撵过来了。她说，我下午到派出所报了案了，他们说马上就展开调查。报案了？我问她。可这回是她先挂了电话。

其实，小卷以前并不养花，她养上这棵竹芋并倍加爱惜，只是因为这是那个从南美来的傻大个子送给她的。那天我看见她从一辆车上下来，她单位的那个南美来的同事随后也从车上下来，手里就端着这盆邪恶的植物。小卷接过这盆植物后，冲着那个南美傻大个子微笑，拥抱，告别。然后，她就小心翼翼地捧着它,捧到了我们家的阳台上。

你不准再在阳台上吸烟了,小卷就是在那天对我宣布她的新规的,你那么有害的东西会毒死它的。她指着那盆植物警告我。

现在,我再看看这盆长相诡异的植物,我很高兴,它终于翘辫子了。它并不是死于我的吸烟,而是我的咒语。这一周来,我每天对着它念咒语,它果然中招了,支撑不住了。它先是在叶子尖顶应验,变成了灰色,渐渐,整个叶面的红色流走了,并且往里收缩,越缩越小,现在,它们完全失去了血色,在花盆边缘耷拉着,像一个被砍头的人,绝无起死回生的可能了。这可真够刺激的。

一根烟还没有抽完,我扔在沙发上的手机又响了起来,话筒里传来老魏粗嘎的嗓音,魔术师,你搞什么幺蛾子,那笔记本上写的狗屁诗明明就是你的笔迹嘛!

老魏大学毕业后,回到老家镇上当了两年人民教师,后来实在受不了镇上孤寂的生活,就北漂去了,也不知道他做什么营生,反正时时一副有钱人的派头。他经常到合肥来出差,一到合肥,他就在酒店给我打电话,约我去陪他 K 歌,泡温泉,喝花酒,以及其他的外事活动。反正,我有限的一点关于富豪生活的经验都来自他。

你又到合肥来了?我问。

快点过来,魔术师大人,我看你是闲得蛋疼了,才整出那些酸文假醋来。老魏在电话里鸟一样咕咕地笑着,我看你心理有问题,性生活严重不和谐,过来,我给你找个妞诊疗一下。

老魏告诉我地点后挂了电话。我看了看笔记本,又看看阳台上的那盆挂了的诡异的植物,忽然手里痒痒,我找到了一支笔,在那本笔记本的一页空白处写了起来:

咒语

我告诉你一个秘密

我不是吸烟杀死了它
我是用咒语杀死它的
这棵邪恶的南美洲来的植物
它浑身是血，肥硕，高傲
它旺盛的荷尔蒙
在阳台上让我不安
我只好动用了我的咒语
我一天对它念三遍
五天之内它就死了
它再也举不起它的血色拳头了
我不再害怕它
我是一个厉害的男人，我对它说
至于我用了什么咒语
对不起，我不能
告诉你
请允许我有这最后的秘密

2016/9/2

写完上面这些，我比较了一下笔迹，还真的与笔记本上其他的诗歌有点像呢，难度它们真的都是我写的？我揣上它，出了门。

我站在街道上等候出租车时，老魏再次打电话催促我，你快点啊，魔术师，你不来，我一个人对付不了那俩姑娘！

出租车半天打不上，叫的滴滴车也来不了，我只好上了公交车。夜班公交车摇摇晃晃地往老魏住的那个酒店方向驶去。

一个多小时后，到了目的地，我下车时，瞄了一眼那本笔记本，我忽然做了一个决定，我将它平放在我坐过的座位上，像安放着一只黄色皮毛的小动物。

然后，我就下车了。

我刚一下车，就看见站台边冲上来几个人，一旁的警车顶灯不停地转动着。他们扭住了我。

我努力扭着脖子，朝着刚才那辆公交车望去，它已经离开站台了。我想起那本诗歌笔记本，嗨，我到底还是将它丢失了。

（原载《安徽文学》2017 年第 1 期）

过　　夜

老远地，就听到摩托车轰隆隆的声音，从村路上由远而近，一直响到院子大门口也不减弱，依旧轰隆隆地轰响到了院子里，还继续往前冲，好像要冲到屋子里了，在临近屋门的地方，才一个猛子刹住，嘎——停下来了。

摩托车是红色的，骑在车上的侄子蒋小峰穿着件红色的夹克衫，而坐在后面搂着小峰腰的那个妹伢子（瓦庄这里的人习惯把没结婚的女孩子叫作妹伢子），也穿着一件大红衣服，衣服上挂着毛领子，蓬蓬松松的，下身却像光着腿一样，只穿着高靴。这一车两人红艳艳的，像一堆大火，晃得蒋爱兰头有点发晕。蒋爱兰知道，那妹伢子就是小峰新谈的对象小杨了，具体叫什么名字她忘了，尽管小峰妈给她说过的，可她转过背就忘记了。现在妹伢子名字难记，不像他们那年代的女人，爱菊、巧珍、金凤、冬梅什么的，变来变去也就那么几个，记起来不难。现在妹伢子的名字花样多，她又不识得字，她就只记住了那妹伢子姓杨。

蒋小峰下了摩托车，支好撑架，拿出一塑料袋东西，喊了一声姑姑，说，这是切芝麻糖的糖饼，我妈让我带来的。他又指指身边的妹伢子说，这是小杨。妹伢子笑笑，张了张嘴，没发出声来。

蒋爱兰赶忙接过糖饼笑着说，来了？来了好！又转过身冲屋后头菜园子里喊，老头子！老头子！小峰来了！她接着补充说，小杨来了！快回家来！

蒋爱兰要老伴帮她捉鸡，她要捉一只老母鸡杀了。老母鸡汤下挂面给第一次上门的侄媳妇吃，是瓦庄的礼数。

其实，两年前，也是这样子的日子，腊月里，蒋爱兰已经为侄子小峰杀过一只老母鸡了。

那次小峰带来的妹伢子叫小叶，也是小峰在福建打工时认得谈上的。说真的，那一次，蒋爱兰还真有些舍不得杀那只鸡。那一年瓦庄发鸡瘟，家里母鸡今天死一只，明天死一只，死到最后只剩下一只鸡了。这只鸡蒋爱兰把它抱到房间床底下，在那里给它垫了个稻草窝，还真就抗过鸡瘟来了，不仅在她家就是在瓦庄也成了个独苗。家里就这一只鸡苗自然吃得好，鸡吃得羽毛油光水滑，一双脚杆子金黄黄的。这鸡长得漂亮，活也做得好看，是个神气的劳动模范，它一天下一个蛋，从没歇过一天，有的时候还下双黄蛋。那天，蒋爱兰把那劳动模范捉在手上，看它扑腾着翅膀，手捏在它翅膀底下，感觉到它身上暖暖的，微微颤抖着，她都差点要哭了。可是，最终她还是狠狠心杀了，炖了汤下了挂面给小叶吃了。

那次，侄子蒋小峰是上午带着小叶那个妹伢子来的，吃过中饭就走了。小峰说小叶是贵州人，他们认识半年了。蒋爱兰出过最远的门是100公里外的市里，贵州，她没怎么听说过，只是看电视知道有个贵州电视台，那应该很远很远吧。不过，看看小叶那个妹伢子，除了说话的口音不同，其他和瓦庄在外打工回来的妹伢子也差不多。看着小叶跟着小峰后面转来转去，她就放心了，觉得一只独苗鸡杀得值，谁叫她是小峰的姑姑呢？

也就在那年下半年，蒋爱兰又捉了一只鸡送到小峰家去了，用途是小叶生了孩子坐月子。蒋爱兰没有想到他们会那么快，连结婚证都没来得及扯，就先生了小娃娃。小叶在小峰家坐月子，因为是个男娃娃，一家人都高兴得笑歪了嘴。娃娃生下来过了一周，小峰仍去福建打工，小叶准备满月了也去打工，把娃娃丢给小峰父母带，村子里人家都是这样的，他们当然也不例外。可就在娃娃快满月时，出了个事。那天，村子里来了个小伙子，找到了小峰家，对小峰妈说，他是小叶的哥哥，听说小叶生了孩子就赶来看看妹妹。小峰妈赶紧烧锅杀鸡。小叶的哥哥住了一晚,第二天大清早趁着满天大雾,却不声不响地走了,还带走了小叶和那男娃娃。原来,小叶在贵州老家就结了婚,跟那男的结婚好几年也没生养,男人嫌弃她,小叶就自己出来打工,后来和小峰好上了。哪知道那个男人不晓得怎么听说小叶生养了,还是个带把的,就一路寻找,找到了小叶,让她跟着他回家了。这些都是后来小峰说的,因为小峰去贵州找过一次小叶,想把小叶和儿子要回来。但都没要回来,那男的凶,叫了一伙人在村口拦了小峰,差点把小峰打到阎王爷那去了。小峰只好算了,他在家吹吹口哨,转了几转又去到福建打工去了。

小峰的老婆儿子说没有就没有了,像冬天的风刮过树上仅有的两片叶子,树上荒凉了,小峰自己倒没觉得太难过,可他的妈妈也就是蒋爱兰的嫂子却是很想那个孙子。从生下来起,一个月里都是我一手带的,他认得我,那细伢子聪明,我一到跟前他就眼睛望着我。贵州太远了,听讲有几千里,坐火车也要几天几夜,怎么就那么远?要不,我一定要把我孙子找回来。小峰的妈妈想不通,天天想孙子把人想得生了病,人都瘦得脱了形。蒋爱兰就把她接到自己家住几天,想办法劝劝她。蒋爱兰对她说,嫂子,现在的日子,想不通的事太多了。在我们瓦庄东面的窑庄,有个姓赵的做挂面的人家,女儿在外打工嫁给了个台湾人,台湾人 50 多岁了,他们在上海生了个小男伢子,台湾人还疼爱得很,后来才发现台湾人在老家有老婆了,儿女一大堆。赵家女儿也不管,反正台湾老头给钱,年前她还把父母哥嫂都接到上海玩了好多天呢。在蒋爱兰家里,每天晚上吃过晚饭,蒋爱兰就陪嫂子坐在八仙桌边,看电视,说闲话。现在她们只看一个贵州电视台了,她们俩守在电视机前,蒋爱兰说,会不会有一天,电视里能放到小叶和小峰的儿子呢?嫂子摇摇头说,太远了,太远了,就是放到了恐怕也看不清楚。说是这样说,她还是睁大了眼睛。

现在,小峰终于又找到了一个对象,蒋爱兰心里很高兴。所以,这次杀鸡,她一点儿没犹豫,今年鸡不止一只,不过鸡价却比前几年翻了几番,但蒋爱兰杀得干脆。高兴嘛,一只鸡算得了什么?

老头子把鸡捉到了，杀了，这边蒋爱兰把水也烧开了，她和老伴两人忙着扯鸡毛，剖鸡肚。

院子里小峰和妹伢子小杨在长条凳子上坐着，各自从口袋里掏出手机来，像捉虫子一样，伸着手在上面捉来捉去，只听得不时嘀嘀嘀嘀的声音。

捉了一会儿，小杨把头搭在小峰的肩膀上，看小峰的手机，小峰缩回了手，啪地一下合上了手机盖。好啊，又在给哪个小姑娘发信息了？给我看看！小杨说着瞪着眼把手伸过去。

小峰说，这可不能给你看。

哼，肯定又是那个娟娟、娟娟的吧，不给我看可不行。小杨说着，就去小峰手上抢。

小峰往后左晃右晃地躲闪着，小杨哇哇地叫着，死命地攥着小峰的手不放，嘴里叫，给我！给我！

小峰叫，不给！不给！

呜——小杨忽然大叫起来，像是被蛇咬了。

吓了蒋爱兰一跳，她连忙回过头去。

小杨忽然又小了声，咯咯咯地笑了，原来，她的手被小峰钳住了不得动弹，她一声叫喊，作势要去咬小峰，小峰只好松开了手，让她拿去了手机。他腾出手却从背后圈住了小杨的胸，紧紧地箍着，箍得小杨软软地笑，边笑边把脸蹭在小峰脸上，两人嘴唇对嘴唇。

蒋爱兰看了一眼，赶紧把头扭了回来，心里想，现在的年轻人真是看不懂了。她想起小峰小时候经常到瓦庄来玩，有一次，她让自己儿子陪小峰到村小学里玩耍，玩了会儿，小峰要上厕所，他走得急，上错了厕所，跑到了女生厕所里，儿子羞他，流氓，流氓！小峰羞愧死了，他竟然哭着钻到了厕所旁的一堆稻草中，死不出来，她怎么劝，他都不出来。最后，还是几个大人用蛮力把他硬拉了出来。没想到，小峰现在胆子这样大了。蒋爱兰摇摇头，想起嫂子说的那句话，看不懂了，真看不懂了！

鸡收拾好了，生了炭火炉子，放在瓦罐里炖上了。蒋爱兰走到院子里拣芫荽菜，准备晚上用芫荽拌花生米，她记得小峰喜欢吃这道菜。她一边拣菜，那些刚才受到惊吓的鸡公鸡婆又慢慢聚拢来了，在她身边探头探脑啄食着菜叶。

小峰和小杨这会子各自从长条凳上站起来，坐到了摩托车上，背靠背坐着，小峰把两只脚架到车龙头上，小杨拿着手机打起电话。小杨的嗓门不小，边说话脸上还随着变化出不同的表情，像是在台上唱戏。小杨对着手机说，云子，死东西，你到家了？哦，跟兵子一道的？哦，过了年后还去不去那个厂了？嗯，你要不去我也不去了，换到顺发去吧，小峰说顺发比我们厂每月要多200。呵呵，什么呀，不习惯，还是厂里舒服，天天可以冲凉。这地方，没有卫生间，没有热水器，我对小峰说，你不改造个卫生间，不装个热水器，我可不嫁给你。咯咯咯咯，他呀，乖乖答应，这点要求都答应不了，我也太便宜他了，是不？嗯，嗯，小敏呢，吹了？换了个江西的？就那个黑鬼呀，真掉价，想不通。什么，什么，哎呀，你这个死东西，不害羞啊，不告诉你！好，好，不跟你聊了，我这可是长途加漫游，一分钟一块多。你给我报呀，真是，这里也没有网吧，不然可以Q聊了。好吧，好好过年啊，嗯，亲爱的，我也爱你，叭，拜拜！

小杨噘着嘴对着手机叭了一下，合上机盖。蒋爱兰在一边听得似懂非懂。小杨打手机的时候，她有点想儿子了。儿子在深圳鞋厂里做事，今年过年不回来，他打电话回来说，过年要是留守在那里，工资比平时高，回来又费钱费力，等过了年找机会再回来。儿子也还没结婚，也不晓得谈了没有，他要谈会不会也找个像小杨这样的？是福建的、贵州的还是四川的、湖南的？搞不懂，反正是搞不懂，她只晓得现在要想在前后方圆几十里的村子里找媳妇是不大可能了。那时候找媳妇，最远的也就几十上百里，妹伢子家里有几根锄头把子都一清二楚，现在娶个媳妇连亲家和亲家母是长脸短脸都不知道。蒋爱兰暗自又摇摇头，一只鸡婆看中了她手上翠绿的菜叶，趁她发愣，猛然上前啄了一口。她一挥手，骂了句，咦，你这个短命死的。骂完了，想想今天是腊月二十七，腊月里不兴骂不吉利的话，她赶紧缩回舌头，用手打打嘴。

腊月里日短夜长，没一会子天就黑了。昏暗中，厨房里的炭火炉子像一只红眼睛，瓦罐里的鸡香味渐渐弥漫开来。蒋爱兰在灶上舞着铲子炒菜，煮饭，下面。

晚饭上桌时，看着一桌子的菜，老伴从房里拿出来一瓶瓶装酒，兴致很高地和小峰喝起酒来。他们两个在桌子那边你一杯我一杯，这边，蒋爱兰就逼着小杨吃鸡肉挂面。一大海碗挂面，卧着鸡腿、鸡胸脯、鸡肫，小杨说，实在吃不了这么多。

蒋爱兰说，吃不了就剩嘛，一定要吃的。

小杨冲着小峰笑，再吃我又要长胖了。

蒋爱兰说，你这还叫胖啊？再瘦就没劲了，胖点好。

还胖点好呢，小杨指着小峰说，他就是嫌我胖呢。

蒋爱兰说，你们现在是不做庄稼活，要是以前做庄稼活，你这瘦瘦的，家里人还真担心呢。

那他肯定把我一脚踩到门外去了。小杨问小峰，是不是啊？

小峰喝一口酒，抹抹嘴说，那也有可能哦。

啊，还真有你这样子的啊。小杨把碗一推说，气死我了，不吃了。

蒋爱兰一看急了，赶忙说，小峰，你怎么说话呢？

她还没说完呢，小杨又拉回了碗，呵呵地笑着说，说着玩的，说着玩的，他想踩我也没那个胆子，再说谁踩谁还不一定呢。

蒋爱兰松了一口气，也跟着笑了两下。

老伴和小峰竟然把一瓶酒喝光了，两个人喝得像红脸关公，吃了剩下的挂面，打着饱嗝，就坐在桌子边看电视。蒋爱兰在厨房收拾好了，也坐过来。腊月里，寒风呼呼的，蒋爱兰在八仙桌子底下生了一大盆炭火，屋子里立时暖和起来。

小杨和小峰坐在一起，手在桌子底下交缠着，他们俩没有说话，一时间，屋子里陷入了寂静中。只听到村庄里道路上拖拉机突突突开过，小孩子们不时点着二踢脚，在空中啪啪作响，还有连夜从外地打工回到家的人隐隐的说话声。胡家的大儿子回来了，估计是，胡老爹从早上就到镇上去接了。老伴侧着耳听着，有点没话找话说。小峰和小杨没有接腔，小杨拿着遥控器，不断地调台，贵州、河南、山东、北京、安徽，电视里的图像也不断变着，皇帝、警察、狗熊、包公、大海，闪得蒋爱兰眼花缭乱。小杨忽然丢下遥控器，打了个呵欠说，前天回来坐火车好累，还没缓过劲来，我要睡了。小峰，我们睡哪儿？

她像是对着小峰说，眼睛却是望着蒋爱兰。蒋爱兰愣了一下，小峰带着小杨来，而且是下午来，她就准备着两个人在自己家里过夜的。下午，她还特意抱出了两床新被单换了旧的，家里刚好两张床，一张是他们老两口子平时睡的，另外一张床是儿子以前在家睡的，儿子没回来，刚好铺了给客人睡。瓦庄有个规矩，多少年就传下来的规矩，就是外姓男女不管结婚没结婚，都不能在主人家睡一张床，连女儿女婿回家都要分床睡。可是听刚才小杨这口气好像他们是要睡在一起的。蒋爱兰决定先挑明了这层，她咳了咳说，现在就睡啊，那也好，都准备好了，两张床都是换了新被单，暖和和的，小杨你跟我睡，小峰跟他姑父睡。

这回，小杨愣住了，她的脸一下子乌了下来，她不说话，扭身站起去开屋子的木门闩，小峰问，你做什么？

上厕所。小杨头也不回硬嘎嘎地答。

有电筒，打电筒。蒋爱兰急忙拿手电筒给小峰，让小峰送她去上厕所。

小峰拿着电筒，亮了光柱子，慌慌张张撵了出去。

屋子里老伴看着蒋爱兰说，小杨是不是生气了？

蒋爱兰说，规矩不能破。

可是你别把她得罪了，回头不光小峰怪你，你嫂子也要怪你。

蒋爱兰愁得脸成了苦瓜，长叹了口气。

过了一会儿，小峰搀着小杨回来了，看那神情，两人在屋外已经商量好了。小峰说，姑姑，小杨她从小就不习惯和别人睡，你这里要睡不下，那我们还是骑摩托车回去吧。

蒋爱兰腾地跳起来拦着说，不行，不行，你喝了酒，晚上山路又不好走，不能骑车。前不多久，窑庄的一个小伙子就是骑摩托车撞到树上，当场就死了，他那还是大白天呢，我说什么也不会要你晚上走的。

小杨拉着小峰的手，噘着嘴，一脸不乐意。小峰侧过脸看她，她把头转到一边，手底下却在暗暗用力掐着小峰的手，把小峰掐得生痛，嘴角一扯一扯的。

两下一起僵住了。蒋爱兰看看老伴，老伴说，走就莫走了，你一个人睡也行的，要不，我和你姑姑到别人家搭歇插铺睡，你和小峰一人一张床在这睡吧。

小峰看看小杨，小杨点头说，嗯，那也好。

蒋爱兰瞪着老伴说，年边上的，家家都有人回来，还不晓得能不能插铺睡得成呢。

老伴并没有理会到蒋爱兰的意思，说，去看看，估计差不多，东头小旺家床铺多，他儿子也不回家过年。

蒋爱兰没有办法，只好说，那就先过去看看。她和老伴俩刚走到院子门外，蒋爱兰就停下步子，轻声地说，我恨不得把你那张嘴割了喂狗！

老伴急了，腊月黄天的，你怎么恶骂人了，怎么了？

蒋爱兰说，你是猫尿喝多了，头喝晕了，你想想，我们两人出去睡了，他们俩不还是会睡到一起去？

老头子这才明白，他嘿嘿地笑，这一层我倒是忘了，那怎么搞法子呢？

蒋爱兰说，我也不晓得怎么搞法子，我就晓得老规矩不能在我们家破了。

他们俩躲在村口大树下窃窃私语，商量着办法，像两只老鼠在夜里打洞。蒋爱兰真恨不得把夜晚打出一个大洞来，那样天亮了，也就不要睡觉了。一时也没有什么好的办法想，村子里人家的灯火越来越稀少了，也是到了睡觉的时候了，蒋爱兰急得背心骨淌汗。她忽然想起看过的一个电视剧，一个屋子里人正在打麻将，而另外有人放在屋子里的定时炸弹马上就要爆炸了，倒计时的钟表嘀嗒嘀嗒地响着，那真是急人呢。不过，想到麻将，蒋爱兰一拍手，一下有了主意，她对老伴说，有了，老头子，找人来我家打麻将。

老伴不解地问她，打麻将？平时我打点小麻将，你都气得呼呼的，回到家还要看你脸色，今天怎么还要我请人来家打？

蒋爱兰说，你想啊，小峰和小杨不是喜欢打麻将嘛，你上场一个，加上小峰他们两个，再请一个人来，不就凑成了一桌？你们就打个通宵，不睡觉了，不就过了这一晚？

老伴想想，说，这是个好主意，就是一晚上要费不少电费。

蒋爱兰没有工夫跟他争嘴，催促着老伴说，你快快去借副麻将，再找个打麻将的，我这就回家，我要是回去迟了，怕是他们早上床睡到一起了。

老伴在夜色里往村庄人家走，蒋爱兰飞快地往自己家赶，还好，她到家时，推开门，小杨虽然已经睡到床上，小峰却还在炭火边抽烟。

小峰说，姑，你怎么又回来了？没有找到插铺睡的地方？

蒋爱兰说，你姑父只晓得睁着眼睛说瞎话，这个大腊月里，哪里像平时，平时不要说借宿两个人，就是20个人也闲闲的，这会子不行，哪家都有人，都住得满满的，小旺家空着的两张床早就被人占去了。

小峰怔了怔说，那怎么办呢？

蒋爱兰说，还早嘛，你别急，我再来想想办法，你们先打打麻将好不？你姑父去借麻将和找人去了，说你和小杨平时在外面也想不到打麻将，今天在我家好好玩玩，反正腊月里没事。

小峰一听，来了劲，他喊小杨，杨玉莹，杨玉莹，起来，打麻将了。

蒋爱兰这才知道小杨的大名。小杨在床上应了声，嘴里说，不早了，我不想打了。可她一边说，一边却麻利地穿衣起床。

小峰说，我以为你真不起来呢。

小杨呸了一声说，我比你好些，你是麻将煎水都能喝两碗。

小峰笑着说，好，好，好，我比你麻将瘾大些好吧。

小杨也笑着说，本来就是，不是陪姑父，睡得好好的，我才懒得起床呢。

他们俩在那斗嘴，蒋爱兰忙开了，把快要熄了的炭火又加了炭，黑炭一个挨一个，像发烧的病人互相传染，不一会子，炭们一个个红了脸，屋子里又暖洋洋的了。她又在炭火上坐了个壶，烧开水。晚上夜深了，除了喝的，还要吃的，她从米缸里摸出十几个鸡蛋，搁在水里，放上八角、桂皮、茶叶，煮起了五香茶叶蛋。

一切都准备妥了，水也烧开了，茶也泡好了，茶叶蛋有了香气了，却左等右等不见老伴回来。小杨又打起了呵欠，她嘀咕着，就是请个皇帝也该请到场了啊。

蒋爱兰也跟着急起来，这个老头子，是不是到哪家又喝酒去了？正说着，小峰叫了一声，来了，回来了。

大门果然吱呀一声开了，老伴裹着一身寒风进屋来了。一进屋，他就拍打着衣服，头发上、肩膀上竟落了细细的雪花。下雪了，晚上恐怕要下大雪。他边拍边说。

蒋爱兰看他两手空空，而且还是一个人，就问，麻将呢？人呢？

老伴拍完了身上的雪，雪花落在地上迅速地化为雪水，在地上洇湿了一小圈。他跺跺脚说，我走遍了瓦庄，也没借到一副麻将，也没碰到一个愿意来打麻将的。所有的麻将都用上场子了，年轻人打工回家，家家都在打，不管怎么样，我明年也要买一副麻将了，要不，家里来了客人，都没有陪客的。

麻将是打不成了，可是这睡觉问题还是没有解决。夜越来越深了，屋外刮起了风，呜呜地叫着，从屋顶上飞过，在屋瓦的缝隙里打转转。蒋爱兰看着小峰和小杨，两个年轻人在昏黄的灯光下，默不作声。蒋爱兰又把目光转到炭火上，炭火正旺，喷吐出幽蓝的火苗。火苗一跳一跳的，蒋爱兰的心里也跳了一下。她招呼了一下说，哎，小杨、小峰，今天晚上，姑姑要求你们帮我做件事。

蒋爱兰说得一脸郑重，小峰问，什么事啊？

蒋爱兰说，帮姑姑熬糖稀，切芝麻糖。你妈妈不是给我带来了糖饼吗，我就不送到镇上糕点坊加工了，我们自己熬糖切糖，好不？我们有好几年都没有在自己家里熬糖切糖了。小峰你记不记得，你小的时候到姑家来，看我熬糖切糖，看得一身是劲，一晚上都不睡觉。

小峰摸摸头说，是的呢，是的呢，那个自家切的糖才叫好吃。

小杨听到小峰这样说，白了他一眼说，看你口水都要流出来了。

小峰说，我来切糖，我切糖有经验，杨玉莹，你帮姑姑熬糖，好不？

大概是受到了小峰的感染，小杨点点头说，好，要烧火吧，我会在灶下塞柴掌握火候。

哎呀，蒋爱兰说，把握火候是最重要的了，有小杨帮忙我就好办了，走，到厨房去。

炭火被移到了厨房锅灶下，小杨坐在灶下小杌子上，往灶里添柴，火光映红了她的脸。柴是杉木条子，火力快，有些杉木条子空了心，便会随着火苗子发出呵呵的声音，像一个孩子在笑，小杨也跟着笑了起来。

锅灶上，蒋爱兰把糖饼切开，放到锅里化开，本来已经结块的糖饼遇到热锅，就像铁块遇到了锅炉，慢慢变红、变软，最后变成了稀稀的、亮亮的糖稀了，锅铲一拉一钩往上一提，便牵成了细细一条线，越拉越长，越拉越细，这个时候就可以拌料切糖片了。

锅灶另一边，小峰和他姑父早就准备好了，把糖稀浇在炒好的芝麻、冻米、花生仁这些料上，趁糖稀还是软的，飞快地搅拌，搅拌匀了，再倒在一个木框子里，用木头块子拍打，拍打得和了糖稀的芝麻、冻米、花生仁规规整整的，然后脱出木框，形成糖模子，黑芝麻、黄冻米、白花生嵌在金黄色的糖中，两把亮亮的菜刀登场了，两个人一人一把，把糖模子切下一长条，再横过来切成一片片的，吱咯，吱咯，方方正正，小巧精致的糖片就切成了。

第一片糖片刚离开刀锋，小杨就和小峰抢了起来，最后，两人一人一半。好吃，好吃，他们俩叫道。

糖稀是用大米和麦芽熬的，芝麻、冻米、花生仁也是先在锅中把香味炒出来，小小的厨房里，这些植物的香气弥漫着，像有了质感，成了流体，吸一口仿佛能吸到胃里。

这是瓦庄腊月二十七的夜晚，夜渐渐深了，灶里的火声、锅里糖稀的冒泡泡声、案板上错落有致的切糖片声，显得香甜而温暖。蒋爱兰熬完最后一块糖饼，打开窗子看看外面，呀，果真落雪了，雪花大朵大朵地还在飘着，村庄里静静的，像被雪抱在怀里。

现在到底几点了，雪落得都分不出时间了，她问小峰。小峰掏出手机一看，5 点了，这一夜过去了。

蒋爱兰哦了一声，那现在是腊月二十八了，后天就是大年三十了。

像印证她说的话似的，远远的，不知村里哪户人家的小孩子早早醒了，大概是看见了大雪，兴奋地在雪地里放鞭炮，啪，啪，啪，那带着年味的喜庆的声音传得很远很远。

（原载《长江文艺》2009 年第 12 期）

雾月的灰马

1

黑陶记得，养马人和他的灰马是在雾月的第一天来到瓦庄的。仿佛是，养马人和灰马一同随着一场大雾突然降落到瓦庄，降落到他家的牛栏里一样。

那天早晨，黑陶像平常一样，早早起了床，第一件事就是先去卸下小卖部的木门板。他下掉了一块门板，就看见浓浓的大雾裹住了外面的山林、田野、房屋，大雾缓缓移动着，往小卖部里面挤来。黑陶心里一动，暗暗说了声，雾月来了。每年的夏初，瓦庄总是在一个多月的时间里，每天早晨大雾弥漫。黑陶喜欢雾月，喜欢大雾在瓦庄走来走去，把瓦庄走成了一头巨大的、毛茸茸的动物。黑陶摸着雾，就像摸到了大动物的大腿、尾巴、额头，大雾温驯地任由他抚摸着，然后，迈开步子，带着瓦庄的山林、田野、房屋，在大地上走动起来。

黑陶伸出手在大雾里抚摸了一会儿，便慢慢卸下另外几块木门板，搭在门外的几条长凳上，再搬出一些蔬菜、水果之类，摆放在平躺的门板上。黑陶一边搬东西，一边看着大雾。他刚拖了一袋土豆出来，忽然觉得眼睛里跳进了一个东西，他揉揉眼睛，发现那东西并不在眼皮里，他睁大眼睛，这才看见小卖部左边，隔壁王小海家早就废弃不用的牛栏里，朦朦胧胧地好像站着一个高大的东西，那东西还在动着。

王小海一家早就搬去了南京，像村里大部分人家一样，在那里煮砂锅卖，连过年都很少回来。现在，怎么会突然冒出了一个活物来？黑陶眨眨眼，就看见一个穿灰衣服的人，不紧不慢地挥舞着竹扫把，打扫着牛栏门前的落叶。他好像把雾也扫去了一些，扫着，扫着，他在黑陶的眼前扫出了先前他看见的那个高大的东西，那是一匹站立的马。

真的是一匹马。

是一匹真的马。

马就站在离灰衣人不远的地方，低着头，啃着草，长长的尾巴应和着灰衣人挥舞的扫把，也在自己两条长腿间扫来扫去。

人和马都神情自然，好像他们一直就住在瓦庄，一直在王小海家生活着似的。

黑陶吃惊地看着眼前的一人一马，他们像是用雾做成的。他不知道他们是什么时候来的，又是从哪里来的。昨天晚上，他做完作业，扶着父亲老黑上床睡觉后，又出来检查了一遍小卖部的门窗有没有关严实，也没有发现对面王小海家的屋子里有一星灯光。这么说，他们是在深夜，随着夜雾一起来的？

“马。”黑陶忍不住叫了一声。

这还是黑陶第一次看见真正的马。瓦庄从没有人养过马，瓦庄周围的村庄也没有人养过马。瓦庄人以前养牛耕田地，现在有了犁田机，不要说马了，就连一头牛也没有了，也不要说牛了，连牛栏都没留下几座。王小海家因为出去得早，一直在外面煮砂锅，牛栏也就没有来得及拆而保留了下来。

几年前，父亲的腿还没有坏的时候，曾经带黑陶去过一次市里的动物园，就在那一次，黑陶见到了大象、猴子、孔雀，还有一头脖子伸出来有两层楼高的长颈鹿，可就是没有见到马。黑陶还记得，他和父亲坐着汽车从市里回瓦庄的路上，经过一个长长的山岭，山上长满了树，车窗把外面山林里的景象一幅幅地播放。突然,眼睛一直贴着车窗玻璃上的黑陶看见山坡上有一匹马。“马。”他指着山坡,对父亲喊。可是父亲摇摇头:“不是马。肯定不是马。我们这里没有养马的。”

黑陶那次坚持认为他看见了一匹马,虽然他没有看见过真正的马,可是,马这种动物太好认了,谁会不认识马呢?

“马。”黑陶又叫了一声,“爸,王小海家来了一匹马!”

2

大雾散了后,王小海家牛栏前立即围上了瓦庄所有在家的人,15个老年人、9个妇女、8个小孩子,包括黑陶的缺了一条腿的父亲,全都集合在一人一马的身边。

灰马静静地站立在那里,并不理会瓦庄人的热情,它只是低着头,不停地咀嚼着嘴里的草。它巨大的身躯让瓦庄的人不敢过于靠前,只是在自认为的安全范围内观察和评论着它。与此同时,他们不断地向养马人发问,马是从哪里来的?马吃什么呢?怎么就找到了王小海家?你是要开养马场吗?养马人在瓦庄人一连串的急切的询问面前,变得更加瘦小了,他轻声地说了几句话,却没有一个人听得懂他说什么。“那么,那么。”养马人说。大家猜测着说:“内蒙古,内蒙古!”哦,原来他是来自内蒙古大草原,“内蒙古大草原!包头?呼和浩特?”立即有人搜索出了瓦庄有两家就在包头市一带煮砂锅,他们向养马人比画着,说着他们知道的地名,表明他们是见过世面的,内蒙古再远,他们也是熟悉那个地方的。

养马人只是一遍遍轻声说:“那么,那么。”然后望着瓦庄人微笑。

“牛栏里养马,好玩!”瓦庄人对着那一人一马发了一通感慨后,自认为他们了解了这个养马人和他的马的一切情况,便一个个离开了。自从瓦庄人在外面许多城市里煮砂锅后,他们认为没有什么事情是他们不知道的,“从南京到北京,我见过裤子裆里点电灯”。瓦庄人在外面煮了十几年砂锅,什么稀罕没有见过？他们边离开也边表达了他们对养马人和马的担忧。他们认为，马这种东西应该生活在内蒙古那样的大草原上，牛栏当马厩用，山坡坡当草原，这能行吗？

接下来的日子里，瓦庄人发现，那个养马人还是挺有办法的。他不知道怎么找的，找到了瓦庄三里外的一片宽阔的河滩地，那里的草茂盛得像草原一样，是足够一匹马吃的了。

养马人常常是在弥漫着大雾的早晨带着马去河滩边草地吃草，而去河滩地，就要经过整个村庄人家。养马人在前面走，手里并不牵着缰绳，那马乖乖地跟在后面，嘚嘚地踏在人家门前的青石板上。那是雾最浓的时候，两条狗迎面碰到了，都看不大清楚公母。这样走了两趟后，黑陶发现，养马人和灰马走到了哪一家门前，哪一家就吱呀一声开了门，点亮了门前的电灯，像是迎接这人和马似的。后来，知道了养马人和马出发的固定时间，每天到了那个钟点，瓦庄人就先打开门，看着一人一马从门前嘚嘚走过。到了中午时分，又目送着这一人一马在固定的时间里，嘚嘚地穿过村庄回到王小海家牛栏前。为了让灰马走得更畅通一些，瓦庄人装着不经意地，将他们门前原先有些挡道的破缸、废农具、柴火堆等等，一齐收拾走了，将石板道上原先有几处缺口的地方都填上了平整的砖头。

黑陶觉得那匹灰马很适合瓦庄。虽然瓦庄之前还从来没有生活过一匹马，但它现在行走在瓦庄一点也不显得另类和突然，尤其是在雾月的瓦庄。很可能因为它是一匹灰马。初一学生黑陶知道灰马并不为人们重视，书上、电视上说起马，会说起黑马，“黑走马”“黑骏马”这些个词就是专为黑马套上的；会说起红色的马，像关公关老爷骑的赤兔马，还有传说中的汗血宝马；会说起黄色的马，像那个倒霉的英雄秦琼，一文钱难倒了英雄汉，最后就无奈地卖掉了他的黄骠马；当然说得最多的还是那白马了，什么“白龙马”了，“白马王子”了，明显与其他马拉开了档次。只有灰马好像没有什么说法。黑陶觉得这样才好，只有一匹朴素的灰马来到他们这个从来没有马的地方，才是恰当的，才和瓦庄的山林、田地、房屋、雾月融为一体。另外，和灰马相配的，是那个精瘦的养马的人，他四五十岁的样子，也总是穿着一套灰色的衣服。黑陶觉得，这个养马人就像是一匹灰马变的。养马人也像马一样，一天到晚沉默寡言，他不像村子里别的人那样，有事没事就到小卖部里来聊天。

黑陶家的小卖部已经开了两年了。两年前，黑陶一家也在南京煮砂锅卖，他们在雨花台附近有一个小小的临时摊点，父亲进菜、洗菜、洗砂锅，母亲负责切菜、配菜、煮砂锅，黑陶放学了会帮助他们端砂锅、擦桌子、算账、收钱。他们一家的目标是也像邻居王小海家一样，在南京能租上一个固定的门面。黑陶听父亲和母亲晚上坐在床上记账，他们一致乐观认为，照这样下去，如果老天帮忙，他们的目标三五年内就会实现。但是，老天没有帮忙。一个下雪的傍晚，父亲带着黑陶去郊区的蔬菜批发市场进菜，回来的路上，一辆小轿车撞飞了他，把他的一条腿给撞没了。独腿的父亲只好回到瓦庄，开起了这个小卖部，他一个人在家不方便，黑陶就跟着他回到了瓦庄。而母亲留在了南京，给王小海家帮工，继续做她的砂锅。“我做的砂锅比他们家做的好吃多了，要是老天帮忙，我们早就能租个自己的门面了。”每次打电话回家，母亲总要这样对黑陶和老黑说。父亲老黑就会安慰母亲说：“老天不帮忙，那有什么办法？嘿嘿，现在，我们不是在瓦庄有了自己的门面吗？”父亲说着，厚着脸皮呵呵呵地笑了起来。

瓦庄本来就没几个人，又大多跑到外面去煮砂锅了，只剩下几个缺牙瘪腮的老人，他们每天定时在黑陶家的小卖部前聚会。面对着这一匹灰马和一个精瘦的养马人，他们的话题有点像脱缰的野马了。黑陶平时懒得听他们说话，但现在，他往往趴在柜台上装着专心写作业，其实却尖起耳朵一字不漏地听着。

“1954 年，我不满 10 岁，我妈得了血吸虫大肚子病，我拎着个菜筒子去公社医院去看她，走到象石岭，忽然从山上冲下来一队人马，个个穿军装，挎长枪，骑着高头大马，呼啦啦，嘚嘚嘚，从我身边风一样刮过去，吓得我菜筒子一甩，整个人仆倒在枞树根下，一筒子好菜硬是喂了土地老爷。”一个老头子说着，不管别人笑不笑，他自己先笑了起来。

黑陶把眼光再次投向养马人和灰马。灰马从牛栏里被养马人牵到了晒场上，还是保持着军人一样站立的姿势。这时候，养马人停止了扫地，他坐在小马扎上，抱着灰马的一只脚左看右看，灰马的尾巴也应和着他，左摇一下，右摆一下。黑陶听妈妈打电话回来，算是摸清了这养马人和灰马的一些来历。她说："养马人本来在城市郊区养马，可是，那里要建设新区，不让养马了，他就租了王小海家的屋，到瓦庄来养马了。王小海家的屋和牛栏本来闲着也是闲着，这一下还额外租到了钱，他家真是老天帮忙。"

3

大雾散尽后，黑陶慢慢挪到了养马人的身边。

黑陶还是第一次这样近距离地看一匹马。马的头好大，怕是有一个小孩身子那么大。黑陶闻到了一股浓烈的马的气息，混合着青草、雾、溪水、月亮、土路、鸟鸣等等东西的气息，这些气息有一些是瓦庄的，但也有一些让黑陶分辨不出来，他只知道，那是灰马自身从遥远的地方带来的。巨大的马头抬了起来，灰马的鼻翼像蝴蝶一样抖了抖，它也看着黑陶。它的眼睛也大，黑陶能在它的眼睛里清楚地看到自己。黑陶张了张嘴，灰马眼睛里的自己也张了张嘴。灰马直直地看着黑陶，黑陶被它看得不能动了。灰马的眼睛湿湿的，黑陶觉得自己的眼睛也湿湿的。

养马人抱着马脚，左看右看，忽然他抬起一只马蹄搁在自己的膝盖处，将马掌朝上用左手扶着，右手从身边的袋子里拿出一把铁钳子。他捏着钳子一颗一颗拔掉马掌上的旧钉子，卸下旧马掌，然后将马蹄关节朝前，从袋子里拿起一柄雪亮的削刀，用力地在马的蹄心上挖了一下，露出白色的软骨。

黑陶惊叫了一声："马不会疼吗？"

养马人头都不抬地说："马掌处这里就像人的指甲一样，到了一段时间就要修剪，否则会磨破马脚。"接着，他拿出了修蹄钳，将马蹄边很厚很硬的

“指甲”剪掉，并用锉子将马蹄锉平。养马人忙活的时候，日头出来了，养马人额头上渗出了一粒粒黄豆汗。

接下来，养马人又从袋子里拿出一块U型的铁，黑陶猜测那就是铁马掌了。养马人拿起马掌，他没有立即钉上去，而是在马蹄上对照了一番。他似乎来了兴致，不待黑陶发问，自己先开口说了：“钉马掌不仅是体力活，更是技术活。如果锉不平，马掌钉上会不牢靠，马也会不舒服，这就像是人穿鞋，穿得舒服了，才跑着有劲。”他说着，认真地用马钉将新铁马掌钉在马蹄上。

叮，叮，叮，铁钉一根根被钉进了马掌里，每钉一下，养马人的嘴就歪一下。而黑陶老是担心，灰马会因为疼痛突然一脚踢开养马人，发疯般地跑走。但是灰马始终安静，除了脚肢微微颤动着，它就像是一具雕塑。

养马人钉完了最后一根钉子，嘴角露出了一丝小小的笑意，他放下马脚，打量着灰马。

“你会骑马吗？我怎么没有看见你骑过它呢？”黑陶问。

“马掌换了就可以骑啦，”养马人说，“可能过几天我就会骑着它出去了。”

“那，你骑马的时候，能告诉我一声吗？假如我没有看到的话。我想看看你是怎么样骑马的。”黑陶说。

“可以。”养马人说。

黑陶没想到养马人这么轻易地就答应了他，他忍不住继续追问养马人：“你养马做什么呢？”

养马人愣了一下，他的眼神有点茫然，他摇摇头说：“不做什么，就是养着它。”他说着，指指灰马，“我要是不养它，谁会养它呢？没有地方会收留它。”

灰马好像听懂了他们的对话，它突然停止了咀嚼，将头昂起来，两只前蹄不安地刨着地面，鼻子里咴咴地喷着气，肩胛骨也耸立了起来，似乎就要奔跑起来了。

养马人走上去，拍了拍灰马的长脸，嘴里不知咕噜了句什么，灰马慢慢地安静了下来。这时，黑陶才发现，从村口不远处驶过一辆小轿车，车子一路上不停地鸣笛，喇叭的声音由强到弱，渐渐消失了。灰马也随之彻底沉静了。

黑陶不知道那是谁家的车，瓦庄在南京煮砂锅的人家，有一大半都买了小车了，一家一家比着买，一家比一家高档，春节回家，各种牌子的小车把瓦庄的村口都塞满了。现在，连父亲老黑都能准确地认出那些车的标志了，三颗子弹是别克，四个圆圈是奥迪，五角星是江淮。但平时，瓦庄是很少有车开进来的，顶多是一辆农用三轮，拖着流动货厢贩卖农资化肥、五金百货，隔几天来一趟。黑陶爸爸老黑是最烦开农用三轮的，他们一来，就是和他抢生意。

黑陶不禁替养马人和灰马担心起来："要是到过年了，那么多车子开进村子里来，灰马怎么办呢？"

养马人摸着马脸说："不要紧，它只是讨厌车子的叫声，它不会怕的，它甚至可以和汽车赛跑呢。"养马人说这话时，眼神显得很锐利，脸上是一种特别自信的神情。

这让黑陶多少放心了些，他还想，反正离过年还远着呢。

4

自从遭遇了那一场车祸，父亲老黑便对在公路上行走充满了恐惧，并对所有在公路上跑动的东西充满了厌恶，包括卡车、小车、拖拉机，现在又增加了一匹灰马。他不时地警告黑陶："不要向那个东西靠近，它会一蹄子把你踢到联合国去。"但黑陶根本听不进父亲的恐吓，他一有空就去到牛栏前，看那匹低头吃草的灰马。

过了差不多半个月，有一天，早晨的雾还没有完全散去，那个养马人冒着老黑敌意的目光，朝小卖部走来，他直接对黑陶说："我要骑马去县城。"

黑陶点点头："你现在就去吗？"他很感谢养马人来告诉他——他要骑马

了。他放下了手里正在搬运的一纸箱子粉丝,跟着养马人往王小海家的牛栏前走。

养马人走了两步又停了下来,返过身来看着老黑,却面对着黑陶说:"你把书包带上吧,我顺便带着你去镇上,你不正好要去上学吗?"

平常,黑陶都是骑自行车去上学的,他没敢想他也能骑上马去上学。黑陶看了一眼父亲老黑,老黑果然拿眼瞪他,示意他不要跟着养马人骑着马去。黑陶没有理会父亲,他拎起柜台上的书包,冲向了一旁的牛栏。

灰马在晨雾里显得格外高大,它的背上已经披上了毡子、系上了马鞍。养马人让黑陶踩着马镫抓住马鞍,在马下托了他一把,黑陶就骑上马背。随后,养马人也坐了上来,就坐在他的身后。黑陶觉得自己悬挂在空中了,他坐着的不是马,而是浮动的灰云。马蹄有节奏地响起来,又轻快又平稳。黑陶听见耳旁的风呼呼地吹过,山林里的树一棵棵晃过。当晨雾散去之后,他们已经奔驰在去往镇里的公路上了。养马人略略一踩马镫,缰绳抖了一下,灰马便扬开四蹄腾踏起来,嘚嘚嘚,嘚嘚嘚。

黑陶没想到灰马跑得那样快,快得像闪电一样,他在马背上兴奋地笑了起来。他听见养马人也轻声笑了,他明显感觉到养马人对于骑马的兴奋劲,他听见养马人一边骑着马一边还哼唱着一句歌词:马儿哟,你慢些走呀慢些走……他不断地哼唱着,马儿哟,你慢些走呀慢些走……黑陶也跟着养马人哼唱,马儿哟,你慢些走呀慢些走……他们唱得那样欢快。

公路上驶过几辆车子,一辆小轿车、一辆大卡、一辆农用中巴,还有一辆手扶拖拉机。黑陶发现,真的像养马人所说的那样,灰马并没有惊慌,它按照自己的节奏走着自己的路,它连看都不看一眼那些喝汽油的铁家伙。倒是那些开车的,一个个伸长颈脖子瞪大眼睛吃惊地盯着灰马看。黑陶想,他们一定以为,我们是从天上飞下来的。

从那以后,每隔十天半个月,养马人就会骑上马去县城一趟。只要赶上黑陶上学的时间点,他就会带着黑陶,骑上马,顺道送黑陶到学校去。

养马人和灰马去县城一般是早上去晚上回,只要他们出去了,黑陶就坐在小卖部门口，也不关上店门，点着电灯，等他们回来。养马人与灰马还在村口的时候，黑陶就能知道是他们。隔得很远，他都能听得到马蹄声。

夜晚的瓦庄像一面小小的鼓，马蹄是鼓槌，最轻微的敲击都能让它发出声音。黑陶喜欢听马蹄的声音。在不同的路上、不同的时候，灰马踏出的蹄声都是不一样的，但所有的蹄声都让黑陶沉醉。灰马走在田野上，蹄声像溪水，哗——哗——哗——走在石桥上，又像是春雨打在夜晚的蓖麻叶上，蹄声是绿油油的、嫩润润的；走在硬土路上，便是叭儿——叭儿——叭儿——像老头吸一根香烟。

黑陶曾经问过养马人："你和灰马去县城做什么呢？"

养马人略略迟疑了一下，轻轻叹息一声，笑了笑又含糊地说："那么，那么。"黑陶发现，养马人一旦说着"那么，那么"，他就是不想继续说下去了。

黑陶听不懂他的话，看着养马人蹙起的眉头，就不再问了，他就去拍拍灰马的长脸。黑陶现在也能随意拍灰马的脸、颈和宽阔的脊背了，不过他一直没有拍马屁股。拍马屁总归是一件不好的事，他认为他真要去拍，灰马肯定也不会反对他的。

5

雾月快要结束时，王小海开着一辆小轿车回到瓦庄。他在车上播放着震天响的音乐，黑陶听不出是什么歌曲，咚咚咚，咚咚咚。

当时，黑陶和灰马正站在牛栏前，他和它一起听见村路上传来的音响和车子的鸣笛声，灰马像上一次一样，停止了咀嚼，将头昂起来，两只前蹄不安地刨着地面，鼻子里吭吭地喷着气，肩胛骨也耸立了起来。黑陶学着养马人，拍了拍灰马的长脸，嘴里说："没事，没事，它开不到牛栏门口来。"灰马竟然听懂了，它安静了下来。可是，黑陶刚刚说完了这句话，王小海就开着车唰地冲到了牛栏门前，闪亮的车头像一颗大炮弹一样直直地撞了过来，眼看着就要撞到了灰马和他的身边了。

父亲老黑一直坐在小卖部门口，他看见这一幕，惊慌而凄厉地喊了一声："完了！"

黑陶也惊呆了，他闭上眼，一头靠在灰马的长脸上，完了，他想。可是，随后，他听到一声刺耳的刹车声，吱扭，他睁开眼，看见小车神奇地来了个180度转弯，倒了个个儿，稳稳地停在了另一边空地上。

灰马踏着蹄子，往后不停地退着，都要退到墙边了。在屋里的养马人走了出来，他冲王小海点了点头，接过了黑陶手中的缰绳，不断拍着灰马的长脸，将它牵到了一旁的竹林边。他对黑陶说："我们到县城去了！"然后骑着马走了。因为是放暑假，黑陶不用上学，他也就不能再跟着养马人骑着灰马到镇上去了。

小车上的音响还在咚咚咚地响着，王小海从车上下来，一按手中的钥匙，关上了车门，咚咚咚的音响也终于停下了。

王小海呵呵笑着，对黑陶说："怎么样，刚才那一手漂移漂亮吧！"

黑陶说："吓死我了！"

王小海笑着说："胆小鬼，还不相信我的车技？"

坐在小卖部门前的父亲老黑叫了起来："王总，你好抖啊，买了小车了呀！别克是吧？"

王小海又呵呵笑："老黑叔，你真厉害，连别克你都知道！"

父亲老黑说："又不过年，你开个车回来做什么？"

王小海说："违章扣分多了，我到县交警队找人销分！"

父亲老黑说："你开得闪电一样，不违章才怪！"

王小海已经走到了小卖部门口，从口袋里掏出一盒香烟，挨着那几个老人散了一圈烟："没办法，控制不住速度，轻轻一点油门，它就飙到了一百三四十码。"

父亲老黑摇摇头："你家厉害，老天帮忙，竟然在南京租下了门面煮砂锅，现在还开上了小车。我家就不行，不讲开车了，连撞我的车都是辆二手破车。"父亲老黑当时被撞了后，王小海作为村子里的能人也帮忙去处理事故。肇事车主也是个苦主，开的是辆旧奇瑞。王小海说，要是被宝马奔驰什么的撞了嘛，赔偿至少贵一倍。父亲老黑从此对这件事耿耿于怀，他埋怨老天不帮忙，连被撞一次都摊不上好车。

黑陶很不高兴王小海刚才的故意惊吓，他拉长着脸，看也不看王小海一眼，径直往小卖部里走。

王小海一把拉住他："别走，你妈带了东西给你。"

一听这话，黑陶的眼睛亮了，长脸立时变成了圆脸。他跟在王小海身后，又来到车子旁边。

王小海又按了一下车钥匙，打开车门。黑陶看看车又看看王小海。王小海穿着一件立领的短袖花衬衫，领子以下三粒扣子都没扣上，露出了小胸脯，理着韩式小分头，下身是一件小脚裤，蹬着一双油亮的软皮鞋，人和车一样鲜亮亮的，像那些画报上的明星。"老天不帮忙"，黑陶忽然想起父亲和母亲常说的一句话，要不然，说不定自己也能和王小海一样了。

王小海朝车子里扫了一眼，嘴角漏着笑。他眨了眨眼睛，冲着小卖部门口黑陶父亲说："老黑叔，我忘记了，黑陶妈让带的东西我丢在县城了，我带黑陶去县城吧，等我办好事再送他回来。"

没等老黑回话，王小海就钻进了驾驶座，对黑陶说："上来呀，笨蛋，带你坐小车去县城转转！"

黑陶刚一坐上车，王小海就发动了车子，咚咚咚，咚咚咚，没等黑陶醒过神，他就哧溜一下蹿了出去，又吱呀一声，原地 180 度旋转，向着村口飞奔。这个铁家伙实在是太快了，快得让黑陶看不清眼前掠过的山林、树木、田野，特别是到了镇上的公路上，车子风一样快，风吹起他们的头发、衣衫。黑陶想起养马人说过，灰马甚至可以和汽车赛跑，他想，那得看开到什么速度了，像王小海这样子的速度，灰马是无论如何也跑不过的。

"坐稳了！"王小海大声说。

黑陶死死抓住旁边的一个把手，只听得车子轰鸣着，呼啸着，子弹般射出去。"啊！"黑陶不由得惊叫了起来。黑陶感觉自己的心脏已经飞出了身体外面,他的身体已经彻底空了、轻了、飘了,醉酒了一样。他全身只有一颗头颅还有重量,其他的部分都变得羽毛一般轻盈,这感觉真不错。“啊!啊!”黑陶又叫了起来,应和着音响里传来的咚咚咚,咚咚咚。

“刺激吗?爽吗?”王小海在风中问。

“爽!爽死了!”黑陶大声喊。

一直到了县城,王小海才将车的速度稍稍放慢下来。黑陶看着他灵巧地在人流与车流里鱼一样穿梭。王小海左冲右突,车子玩得让黑陶眼花缭乱。王小海指着前边的一辆帕萨特说:“看我是怎么超它的。”他说着,立即加速。眼看着他们的车就要撞上前面车的屁股了,他猛一甩方向盘,车子几乎倾斜着,拐上了另一个车道,又突然一个前插,直冲向前,车子贴着帕萨特的车身只几厘米,顺利地滑行向前,稳稳超过。王小海哈哈笑着,举起一只手,黑陶也举起一只手,两只手在空中响亮地对击了一下,“耶!”

6

王小海到交警队办完了事。黑陶问:“我妈带的东西在哪呢?”

王小海呵呵笑着说:“笨蛋,你妈带的东西就在我车的后备厢里,我只不过撒个谎顺便带你出来耍耍。”

黑陶觉得这个王小海真是有点坏,不过,好像坏得不让人讨厌,他也跟着王小海笑了起来。

王小海并没有马上开车回瓦庄,他打了几个电话后,把车开到了一家酒店前。不一会儿就来了五六个人,在包厢里打扑克,到了吃中饭的时候,又来了五六个人,满满地围了一大桌,热闹轰天地喝酒。王小海也喝了酒,他对黑陶说:“至少得酒气消了才能开车,我等会儿还要跟他们K歌去,你吃饱了吗?吃饱就自己出去转转吧,到6点的时候你还到这里来等我。”

黑陶正闷得无聊,他一溜烟地跑到了大街上。县城里的车辆好多,像过年时的瓦庄,喇叭声一声接一声。黑陶学着父亲老黑辨认车屁股后的汽车标志，标致、福特、大众、林肯、凯迪拉克，他发现竟然几乎所有的车牌他都识得出，可是平时自己并没有认真地去记这些呀。有些车屁股后贴着的字也让人发笑，比如："别对哥放电，嫂子有来电显示。""别嘀嘀，越嘀越慢，再嘀熄火。""我慢，我排量小；你快，你飞过去！"忽然，他看到有一个车屁股后贴着"马儿哟，你慢些走呀慢些走……"，那也是一辆"宝马"，虽写着"慢些走"，可它跑得挺快，一眨眼就走远了。

黑陶不禁想起灰马来，它不是也在县城里吗？这样想着，他好像嗅到了灰马的气息，他循着那气息往一旁一个小区里走，他听到那里传来一阵鞭炮声。走到小区里面一看，原来是一户人家结婚，小区的绿化带上、大门廊上，都系着大大的贴着双"喜"字的红灯笼。接着喜庆的音乐响起来，黑陶看见一群人从楼道里拥了出来。让他没想到的是，他真的看见了灰马。

灰马背上被披上了大红布，额头上系上了一朵大红花，马身上坐着的不是养马人，而是西服新郎和红裙新娘。养马人面无表情地牵着马，木木地走在一队吹手前面，人和马的步伐都疲沓沓的，像是被押解到刑场似的。

马蹄嘚嘚声淹没在一片哄闹声中。

黑陶看着灰马和养马人从自己面前走过，可是他们都没看见自己，他们只是目光直直地往前走。原来，他们十天半个月来一次县城就是干这个啊！黑陶看着走过去的队伍，心口里像塞进了一堆破棉絮，堵得吐不过气来。他踢开脚底下的一堆鞭炮屑，快快地从小区的另一边门走了出去。

6 点不到，黑陶就回到了那家酒店。王小海刚唱完歌，又在另一个包厢里吃饭。他喊黑陶也上去吃饭，黑陶摇头说："我不饿，我不想吃了，我就坐在你车子上等你吧。"

到了晚上 8 点多，王小海才吃好了饭上了车。

王小海发动车子，却几次没有发动起来，他向黑陶扔过来一个塑料袋："印度飞饼，特别好吃，你吃吧，热的。"

黑陶接过来，并没有吃，他是真的不想吃。

王小海反复发动着车子，车子仍然只是闷哼了几声就熄火了。"他妈的，二手车就是不行。”王小海嘀咕着，“你吃啊，黑陶，马上就好。”

黑陶勉强吃了点飞饼，他没觉得有多好吃。

王小海掀开车顶盖，这里摸摸那里敲敲，天色越来越黑了，王小海额头上冒出了一圈油汗。最后，他开始给一个人打电话：“我靠，你坑死我了，关键时刻掉链子呀，早知道这样，我打死也不买你的破摇货。”他按着电话里那个人的提示，捣鼓了好一会儿，终于发动成功。

车子开出了城外，天已经全黑了，车灯射出的亮光将黑暗穿开了两个洞。咚咚咚，咚咚咚，王小海浑身又打了鸡血一样：“小毛病，这个车虽然是二手，性能还是挺好的，又没跑多少公里，跟新车一样。”他又说，“坐稳了啊！”

王小海像是为了证明车子性能，猛地一加速，车子立即飞奔轰鸣着。路上没有什么车，他们像是在大海上乘风劈浪一样，黑暗海水般在耳边哗哗地后退。黑陶能感受到小车的速度，但是却找不到上午来时的爽快刺激的感觉了。他不知道自己怎么了，老想着那匹替人娶新娘的灰马。那些嘈杂的声音在他脑子里轰鸣着，他头晕晕的，他觉得自己可能是要发烧生病了。

车子开上了通往村子的乡路，王小海眯着眼，也似乎有些疲倦了，但他一直没有减速，咚咚咚，咚咚咚。

忽然，黑陶看见车前方有一个高大的影子，就抵在鼻子尖上。“灰马！”黑陶喊道。

王小海猛地惊醒，他一踩刹车，一甩方向。黑陶看见王小海这次没有完成他的原地 180 度大漂移，小车反而带着巨大的惯性重重地撞向灰马。应该是有巨大的响声的，但那一刹那，黑陶没有听见任何声响，世界失去了声音，像正在播放的电视被设置成了静音，只有动作，没有声响，而且动作也成了慢动作。黑陶看见王小海张开了嘴巴，一双眼睛惊恐地看着前方；黑陶看见灰马高高地跃起，如一片树叶一样地飘落到地上；黑陶看见养马人紧紧抱着灰马的长鬃，随着灰马的腾起落下而浮起沉落，最后落到了一旁的山地里，山地里种着一大片还没有挖掘的红薯，红薯肥嫩的叶子凉瓦瓦的。

也不知道过了多久，黑陶看见王小海忽地关了大灯，他踩着油门，哆哆嗦嗦地掉转了车头，驶进了浓得墨一样的黑暗中。离开了灰马和养马人，黑陶反而听见了他们的声音，他们留在红薯地深重的喘息声。黑陶想说话，可是，他张张嘴，舌头却动弹不了。一直到王小海把他送回到瓦庄村口，他都没法指挥自己的舌头。

王小海对他说："你什么都没有看见，可知道？"

王小海彻底熄灭了车灯，踩一脚油门，小车飞快地离开了瓦庄。那个时候，大雾又开始升起来了，一团团地涌动着。

7

下半夜的时候，大雾已经彻底弥漫在瓦庄。黑陶悄悄地爬起床，他跑到小卖部外，望着村口。村子里一片寂静，只听到河滩上的青蛙叫得厉害，它们好像在吵架，好像是一万只青蛙在吵架。"哇，哇哇！"黑陶觉得自己也想像青蛙一样叫起来。他在大雾里摸索着，来到了灰马的牛栏前。

牛栏里空荡荡的。黑陶扶着牛栏的栏杆，吸吸鼻子，他又闻到了灰马的气息，混合着青草、雾、溪水、月亮、土路、鸟鸣等等东西的气息。这些气息有一些是瓦庄的，但也有一些让黑陶分辨不出来，他只知道，那是灰马自身从遥远的地方带来的。黑陶想起灰马第一次来到瓦庄的情形，他仿佛看见灰马巨大的马头抬了起来，灰马的鼻翼像蝴蝶一样抖了抖，它也看着黑陶。它的眼睛也大，黑陶能在它的眼睛里清楚地看到自己。黑陶张了张嘴，灰马眼睛里的自己也张了张嘴。灰马直直地看着黑陶，黑陶被它看得不能动了。灰马的眼睛湿湿的，黑陶觉得自己的眼睛也湿湿的。

第二天早上，黑陶看见牛栏前，一只手悬吊在绷带里的养马人正蹲在那匹灰马面前，抚摸着灰马。灰马躺在地上，比平常站立时显得矮小了许多，怎么看都不像一匹马了。黑陶觉得，只有站立的马才是马。他后悔昨天和王小海一起去县城，光听王小海表演车技和说着城里的那些新鲜事了，他忘了向王小海打听一下，养马人和灰马是怎么找到他的。难道，养马人就是骑着灰马，来到他家的砂锅店前，对他说租房子的事吗？黑陶想想那个画面就觉得好笑，像武侠电影中的镜头。

黑陶想当面去问问养马人，再看看灰马的伤情，可是，他迈不开步子。就像昨天晚上，他老是动弹不了自己的舌头。当时，在最初的黑暗中，王小海也没有动弹舌头，可是，过不了一会儿，他调转车头踩下油门时，他的话就特别多了起来，他一路上不停地说话。他哆哆嗦嗦、喋喋不休地像是对自己说，又像是对黑陶说："没事，不管撞死没撞死，都没事。你知道不，那个养马的，养了一辈子马，他是被人家跑马场请了去驯马的，结果，城市规划，那个马场要拆了，他舍不得他驯的那匹马，他又买不起那匹马，他就偷了马跑了出来。他是个小偷，没事，不管撞死没撞死，都没事。你说，他是不是个疯子？不是疯子，他偷一匹马出来养做什么？没事，不管撞死没撞死，都没事。"

王小海一路反反复复对黑陶这样说着，一直到了村口，在一片渐起的大雾里，他让黑陶下了车，最后还对黑陶说："你什么都没有看见，可知道？"

黑陶记得自己当时在大雾里点了点头，黑陶觉得大雾像一张白纸，自己的嘴脸在雾中，被拉扯开来，像一个动画片里的人。

黑陶蹲下身子，他不敢去看灰马。黑陶看见瓦庄的老人，又像他们第一次见到灰马时一样，都围到了灰马的身边，不过，这一次，他们有的捧来了艾草，有的捧来了黄豆，他们都以他们以前养牛的经验来慰问受伤的灰马。

8

黑陶又早早就起来了，卸下小卖部的木门板时，他眼前一亮，大雾没有如往常一样长了脚似的涌进屋里来，他一怔，知道瓦庄的雾月结束了。他仰头看着天上的鲤鱼斑样的云彩，慢慢走到竹篱笆前。缠绕在篱笆上的喇叭花一朵比着一朵开，像是要开到天边去。黑陶靠在喇叭花们中间，又去看着牛栏。

黑陶忽然发现，牛栏里，已经没有了卧着的灰马，也没有了悬着一只手的养马人。晒场上空空荡荡，空得像抽干了水的池塘。

黑陶拼命地扑向牛栏。

黑陶听见父亲老黑在喊他："黑陶！黑陶！"

黑陶似乎又骑在了灰马上，耳旁刮过呼呼的风，嘚嘚的马蹄声淹没了别的声音，他高高地骑在灰马的背上，略带俯视地看着小小的瓦庄。

过去了好一会儿，黑陶才发现，自己就站立在牛栏前，站立在平常灰马站立的地方。就像他们来时一样，养马人和灰马离开瓦庄时也没有留下一点儿痕迹，也没有弄出一点儿声响。灰马不是受伤了吗？难道它还能站立起来走动？黑陶望了一圈四周，他不知道灰马会选择从哪一个方向离开瓦庄。黑陶忽然想到，养马人和灰马是随着雾月的雾一同降落到瓦庄的，现在，他们又随着雾月的雾突然而去，那么，他们一定会在明年的雾月里再次来到瓦庄的。

黑陶抬头看看天空，没有雾的瓦庄天空上，有一朵云变幻着，样子像极了养马人和灰马，养马人骑在灰马身上，灰马腾开四蹄，在广阔的天空上奋力奔跑着。他听见养马人不停地哼唱着：

马儿哟，你慢些走呀慢些走……

马儿哟，你慢些走呀慢些走……

（《小说选刊》2017年第8期选载，原载《雨花》2017年第6期）

千手观音

据说有一种叫竹节虫的昆虫，它遇到紧急情况时，就会变换身体的颜色，霎时由绿变黄，秒秒钟成为一截枯草。而这个元旦之夜，毫无预兆地，我的一双手竟然也拥有了这样的功能。

我还清晰地记得那天晚上的情形。一开始，一切都很正常，甚至可以说是美好。我的感觉也挺好的，直到他说出那句话之前。

他穿着当季流行的小立领皮草上衣，一条暗红色围巾很艺术地缠绕在脖子上，裤脚俏俏地挽起了一小圈，露出白皙而饱满的脚踝，相当地精致，相当地韩日范儿，连弧度适中的笑容也像是从韩国电影海报上男一号那里复制过来的。他就在我对面坐着，像极了一只求偶期的男狐，漂亮，妩媚，浑身散发着一种情欲满满的气息。

当时的气氛也挺好的，一朵小小的蜡烛火跳跃着，烘烤着透明的玻璃茶具，水果花茶在渐渐上升的水温中，慢慢打开它们的肉体与香气。

这引诱得我也几乎要打开自己了，像孔雀开屏。当然，理智告诉我，时机没到，我对他的来路还不是十分地清楚。他是不是那种所谓的“凤凰男”？我可不想在那种人身上浪费时间。我不便于直接去询问，我只能凭感觉，或者捎带着旁敲侧击。他很镇定，也很有经验，对我的敲打兵来将挡，水来土掩，应答得滴水不漏。看着他优雅、精致、自信的样子，我几乎要断定，他就是我心目中出身高贵的王子，而不是那些从遥远的乡村一路走来，吭哧吭哧地毫无背景努力往上爬的可怜家伙。我对他的好感浓得要爆表了。我对自己说,那么,就是他了。

现在,我已不太记得我们那天都聊了些什么,反正聊得挺投机的。虽然在同一个大公司系统内工作,但我在总部,他在分公司,我们的业务范围也分属于不同的区域,所以,我们的对话既有交集,又有分叉,话题很多。我猜测,他大概不知道我曾经是老吴的人,因为他是新来的嘛,而且,老吴也已经离开公司这个圈子半年多了。

基于以上因素,我于是从桌底下将一直并拢放在膝盖上的两只手端上了桌面,像是端出了一盘好菜。也确实是一道好菜,对所有的男人来说,都是。这是我最大的自信。

果然,他一看见我的一双手,立即眼睛发直,喉头像一只不安的松鼠蹿上蹿下,我知道,他此时肾上腺素分泌一定达到了历史最高峰值。

我也低头看着我的手,十指那样的修长白嫩,甲床透亮莹润,指节似有还无。我不胖,但我的手却是丰腴的,白而软的指间微微地旋出几个美人靥,笑靥如花,它们正以一种超性感的姿势躺在桌上,这一双裸体的光洁的天使呀。我轻轻变动了一下手势,拇指与食指轻捏,其他三指微微上斜,只是一个细小的动作,但是我知道此时的视觉效果对于任何一个注视它们的男人,都是惊雷般的,是温泉水滑美人出浴,是梨花春雨娇莺啼啭。

我微笑着看着他。我能听到他急促的呼吸声。

"哇！你的手!"他的脸涨红着,除了惊叹似乎失去了别的语言。

我将两手并拢在一起,轻轻交叉,360度旋转,竖立,这让我的手看起来更立体一些。曾经有很多人比喻它们是纯洁的白鸽、亭亭的白莲什么的,可是我觉得这些比喻都太平庸了,真正美的东西是任何比喻与形容都表达不出来的。我也不说话,我还是微笑着看着他。

"你的手,像两只白馍馍!"他突然冒出这么一句。

我愣了一下,我有点想笑,哈哈,他居然有这么一说。我不由得将眼光从我的手上抬起来,盯着他看。

他大约也发觉这句话透露了底细，便连忙起身拿起水壶为我斟茶。不料，心慌手乱，茶水溅出了水杯，洒落在茶桌上，他又犯了一个错误，他竟然用宽大的手掌一把抹去那些茶水，手到渍去，如风卷残云。这更加暴露了他的来路。

我哼了一声，一言不发地盯着他看，我立即非常讨厌他了。我在心底说，兄弟，不带这么玩的。

他被我看得心慌，失去了原先的从容，局促地搓着手，桌底下两只腿也不争气地抖动起来。

我有一种报复的快感，我没有放过他，仍然盯着他看。我好像看见了他怯生生地伸出他那一双童年的手，一双布满了冻疮、老茧、伤疤、鼻涕的手，怯生生地，又急不可耐地，从一锅刚蒸好的水汽弥漫的屉笼里抢出两个白嫩嫩的馍馍来。他一定那时起就根深蒂固地认为，这世界上最美好的东西就是那白面馍馍了。

我看不起他那样的手，我讨厌他那样的手。哪怕是他的手现在变了模样，看起来也手模手样了，但我知道，一旦遇到个什么特殊情况，它们就会立刻露出本来面目，那多烦人哪，我不要！

我已经明确地在心底里把他移出了我的内存空间了，立即启动杀毒、卸载和删除程序。我准备收回我的目光，然后和他说“再见”。

不料，他突然脸色大变，惊讶地看着我的手，嘴巴张得像河马。

我低头看我的手，差点惊叫起来。我的手不知什么时候变了，变成了一双孩童的手，一双布满了冻疮、老茧、伤疤、鼻涕的手，和我刚才想象的他的手一模一样，它们正不安地抖动着。难道，我的手正变成了他的童年的手，或者说，变成了被我发现了真相的他的曾经的手？

他看着我，他一定以为我在变魔术。他恢复了他们那一类人被揭去伪装后，暴露出来的可怜的自尊：“是的，小时候，我的手就是这样。”他不无怨恨地承认，然后是一副你爱怎么着怎么着的表情。

我知道，他这样一说，就说明他已经明白了我的意思了，我再纠缠于他的过往与背景已经毫无意义了。

我不再盯着他看,很快,我的手又慢慢复原了,重新又变成了让我自豪与骄傲的一双堪称手模的手。

我们同时松了一口气。

他招手埋单。我说:“AA 吧”。

“好的。”他说。

看着他有些小愤怒又有些小忧伤地走出了咖啡馆门外,我又低头看我的手,我解释不了刚才的现象,难道我的手会变成别人的手?我把我的手上下左右轻轻摇晃,还好,它们并没有变,它们仍然那么莹润、白嫩、修长、柔软、匀称。

我想,刚才那一幕可能是我们的幻觉,我太关心我的这双手了,它们可是我的贵人呀,我可不允许它们出现什么变故。我赶紧从坤包里掏出澳洲绵羊油护手霜,细细地给我的双手涂抹,又用专用护手纸巾封裹,再套进手套里,不让它们再经一丝丝风雨。每隔四个小时我都要这么做一次,连晚上都要起夜给它们做个二次护理呢。

我的双手分毫无损地回到了手套里,这让我安心不少。对于刚才那个假冒的高富帅的离去,我并没有多少遗憾。我遗憾的是,这个元旦之夜,我的这双美手找不到一个舞台,去展示给我觉得值得展示给他看的人。

从前年开始,一连三个元旦之夜,都是我这一双手的盛大节日。是的,不是我这个人,而是我这双手。当然,这一切都是拜老吴所赐。“千手观音”这一出就完全是老吴为我的这双手打造的。

三年前,我大学毕业,兜兜转转,好不容易来到了我现在供职的这家公司。我在公司做什么呢?我的岗位有个好听的名字,叫行政文员。就是坐在公司大堂前台,来客人了,立即端茶倒水,客人走了,立即扫地抹桌子;没有客人了,就给行政部的经理们打印文件,为出差的那些公司高管们订餐、订房、订机票、订高铁票,等等。我干的活跟我大学学习了四年的那个物候气象学专业一毛钱关系也没有。

每天早晨，一上班，如果老总来了，我还有一个重要任务，就是给他调制冲泡一种奇怪的饮料。我不知道老总怎么了，为什么要喝那种奇怪的饮料。全公司都没有人知道。老总的脾气有点大，大家谁都不敢问他一句多余的话。那个饮料被一包包冷藏在冰箱里，老总一来，我必须立即拿一包出来，倒在固定的老总专用的玻璃杯里，再兑上100毫升的红酒，不停地晃动，10分钟后送到老总办公室。这似乎不是什么难事，但我担保这件事99%的女孩子都做不了。为什么？那饮料包打开后，倒在杯子里，约大半杯子，暗红色的，黏稠的，冒着一个个小小的气泡，一旦红酒倒进去后，它立即散发出一股浓浓的血腥味，那气味异常强烈怪异，像是一群邪恶的血虫子，它们成群结队直飞进鼻底，然后从鼻腔滑入口腔，扭动着黏糊糊冷冰冰的软体肢节，在我喉咙里蠕动，再下探到腹腔。在这个过程中，它不断繁殖，到达肠胃时，已经集聚了成千上万条了……不管我怎么样闭紧嘴巴，屏住呼吸，那气味总有办法进入我的呼吸与消化系统，让我整个人不停地颤抖、恶心，浑身冒虚汗。这个时候，我就想起小时候玩的一个游戏。我们捉住一只蚂蚁，放在悬空的一枚树叶上，蚂蚁急慌慌地走，走到树叶的边缘就立即止步，又掉头往另一个方向走，可是，它往哪一个方向走都是悬崖，都是绝路。我觉得，我就是那只可怜的蚂蚁。

不过，这些我都能忍受，毕竟，每天冲饮料的时间也不过10多分钟，权当我在这世界上死了那十几分钟吧。最让我难受的是，我在公司里看不到希望，薪水太低，职位太低，凭我的平庸的相貌和大脑，我知道我根本就没有翻身的机会。每当我端着老总喝完的空饮料杯，走到洗漱池前清洗时，看着我的一双手，我就更加悲伤和绝望。我一遍遍地清洗着我的手，我觉得我实在是对不起它们——要说我的人生还有什么可骄傲的，我就只剩下这一双手了；要说我的人生还有什么资本，我就只剩下这一双手了。可是现在，它们竟然沦落到洗一只恶心的杯子的地步。

大约是家族遗传，我和我姐的手都挺漂亮的，但这在我们瓦庄也不是什么新鲜事，哪家没有一个出色的地方呢？比如，王芳家的人牙齿都白得出奇，比白雪还要白；张秀凤家的人头发黑得出奇，比木炭还黑；刘玉琴家呢，她家每个人的耳朵都大得像猪八戒。所以，对于我们姐妹俩的手漂亮这一点，我们起初也没当回事，直到我姐读初三那年。

我姐读初三时，我刚好读初一。那个暑假，我姐参加了中考，没考上县里的一中，她也无所谓。瓦庄的女孩子大多都是读了个初中后，就到南方广州、深圳那些大城市去打工，十几岁就能给家里挣钱了。我姐准备去福建晋江的鞋厂，因为瓦庄有好几个和她一般大的女孩都在那里，早就给她联系好了工厂。临走的前几天，我姐对我特别好，不像以前那样，老是看我不顺眼，动不动就训我骂我，要不就半天不理我。那几天，她给我买油条吃买花卷吃，买扎头的橡皮筋，买笔和本子，目光像一头怀孕的老牛一样慈祥，在我身上扫来扫去。

出发前最后一个夜晚，我们把凉席搬到家门前的晒场上，并排躺在一起。满天都是星星，四下里青蛙也叫得星星一样密集，我们就像躺在一条宽阔的河床上。我们东拉西扯地说着话，我姐突然拉起我的手，把她的手贴在我的身上。

“你的手比我小一号。”她说，“可是，将来，你的手要比我的还漂亮。”

我在星光下打量我们的手，我那时候还不太能懂得欣赏一双女人的漂亮的手。我姐摸摸我的手，她叹了一口气说：“你看看，我们也没少干农活，但还是这么光滑细嫩，怪不得……”她突然不说话了。

“怪不得什么？”我问。

我姐沉默了一下，她转过身来，一双眼睛发着光：“大卫老师喜欢我的手。每次上体育课，他都要亲自带我练单杠，哼，他其实是想摸我的手！”

“大卫”是我们学校的体育老师，高个头，长手长腿，一头卷发，身材和脸蛋都长得像美术书上介绍的雕塑“大卫”，加上他名字叫戴伟，所以我们就给他取了个“大卫”的外号。我姐这样说着，好像是生气了，但听那口气又不像生气。我问她：“那你让他带你练了吗？”

我姐猛地坐起来,拉着我的手说:“傻瓜,你记着,女孩子的手可不要随便让男人摸,你可记得了?”

我虽然不懂她说的话,可我还是点点头。

“何况我们俩这样漂亮的手!”我姐说,“我给你买了一盒护手霜,从明天起,你就要天天擦,你要好好护理你的手,可知道啦?”

我又点点头,接着问:“天天擦,那要是用完了呢?”

“用完了我就给你寄!”我姐坚定地说。

我放心地点点头。

我姐说:“我们不要像妈那样,一双手老得像鸡爪子。她就是不注意保养,以前,她的手也和我们的一样漂亮呢。”

这时,天空中滑过一颗流星,拖曳出一条长长的光痕,我们目不转睛地盯着它看,然后,我和我姐的手就紧紧握在一起了。我觉得我姐的话里突然有了一种郑重的意味,仿佛是给我上了一堂启蒙课。也许,就是从那一刻起,我开始对我的手在意起来了。

等我上初三时,我的胸脯像我姐一样挺起来了,我的手也越发漂亮了。“大卫”也像对我姐一样,每节体育课都要单独辅导我练习单杠。因为我姐有提醒,我总是练习一小会儿就借故走开,留下“大卫”在单杠前站成个雕塑。然而,走不开的是那些或明送或暗递的男生们的纸条,无一例外的,这些家伙都会在信里赞美我的一双美丽的手。

那么多男生的情书,一时让我骄傲起来。俗话说得好哇,骄傲使人后退,本来我读书的成绩在班上是数一数二的,可是后来,我滑落得很厉害,看样子我考不上重点高中了。这也无所谓,和我姐一样,刚刚中考完毕,我就坐上火车去晋江看我姐去了。我姐出去三年都没有回到瓦庄,偶尔打个电话回来,也只是三言两语短短的几句话,我还没有跟她打开话题她就匆匆挂了,她再也没有问起我的手,也不说她的手,更没有按约定给我寄护手霜,她好像把我们的手都给忘记了。这让我很疑惑。我早就决定了,我这次去看我姐,如果合适,我就待在她那里不回来了,反正,打工在哪不都是一个打嘛。

折腾了一天一夜,终于在第二天晚上10点多赶到我姐的工厂。我姐竟然没有到厂门口来接我,而是让她的一个同学来接我。把我安顿在集体宿舍我姐那张窄小的床上,她同学就出去了。我又累又困,躺在床上一会儿就睡着了。

一觉睡到天光蒙蒙亮时,我醒了,我要起床,发现身边睡着个人。“姐!”我喊她。

她背对我,似乎动了一下,但马上又静止下来。我推了一下:“姐!”

她突然转过身,瞪着我说:“吵什么嘛!”

我有点委屈,我这么远路来看你,你对我就这德性?我看着我姐,她和几年前区别不大,但是总觉得少了点什么,后来,我想起来了,她的眼神没有以前那样有神了,她的眼睛里空落落的,她看我,就像什么也没看见一样。我轻轻地去握她的手。

她像触碰到了一条蛇一样,猛地甩开我的手,啪嗒一下,整个人竟跳到了地上:“早上吃什么?我等会去给你到食堂打来!”她板着脸说。

“我不吃,我饿死算了!”我不能理解她为什么对我这个样子,我躬着腰,面朝着墙壁,哽咽着嗓子说。

我姐在那里愣了一下,然后说:“你先洗一下,洗脸间在走廊左边到头。”她说着走出去了。

听着她脚步声走远了,我爬起来,打量一下她的宿舍,像是我们的学生寝室,也是6个人一间,其他床上的人都不在,我只好找出牙刷毛巾去刷牙洗脸。

等我从洗脸间回来,我姐已经把早点买回来了,一根油条、两个包子、一个粽子,还有一杯豆浆,放在一个大塑料袋里。“吃吧。”她还是面无表情地说。

我赌气不吃,虽然我饿得肚子呱呱直叫。

她看着我,把食品袋往我身前一推,语气柔和了些:“吃吧,你不是最喜欢吃油条了吗？冷了就不好吃了。”

我装着不情愿地伸手去接，忽然发现，我姐的手，那曾经完美的手明显地不对劲。我姐看见我在看她的手，她把食品袋塞在我怀里，急急地要缩回她的手。

我一把抓住她。她的手固执地缩在她的怀里，我坚决攥着要拉出来，她使劲要缩回去。我们都不说话，拔河般默默用力。她的脸忽然憋得通红。这样僵持了一会儿，她看着我，忽然松了劲，一任我拉出她的手，像是从蛇洞里拉出一条蛇。

我姐的手躺在我手里，真的和一条死蛇差不多，我吓了一跳。以前玉笋样白嫩的小手，现在成了一棵老腌菜，颜色灰黑，这还不算，大拇指和食指竟然不见了，断口处露出两个红兮兮的肉瘤，像两颗秃头绝望地顶出来。

我姐早已泪流满面，我一把搂住她：“姐，姐，你怎么了？”

我姐哭了会儿，推开我，再也不掩饰自己的手了，她擦干泪水，指着食品袋说：“吃吧！”

我不敢违抗她的命令，立即吃了起来。

我姐看着我，然后弯腰从床底下拖出拉杆箱，打开，取出一盒东西递给我：“给，护手霜，以后一定要记得擦。”

我拿着护手霜，不解地看着她。她忽然放松下来，坐在床上，伸出那只受损的手对我说：“学剪鞋样时剪的，机刀太厉害了，把你手切掉时，你都不晓得痛。”她像是说着别人的故事，嘿嘿地笑，“我看见自己两个手指掉在机床上都不晓得去捡，结果被碾碎了。他们都说，我应该捡起，还有可能缝合起来。哼！我才不捡呢，那缝起来成了什么样子？能和我从前的手比？”

她把那只手在我眼前舞来舞去，像舞一片霜打的落叶。“就你一个人被伤了？”我问。

“有好多，不是被机子伤，就是被药水伤，反正在这里是难保住一双好手的。”她说着，停止了落叶之舞，垂下手，夹在了胳肢窝里，“你快点吃啊！”

我在我姐那里没有停留，吃完了那份早餐，我带着那盒护手霜，连夜坐上了返回瓦庄的火车。回到家后，我没有对我爸爸妈妈说我姐姐的那只手的境遇，我只是对他们说："我要读高中。"

临近午夜，咖啡馆里的人越来越多，都是双双对对的情侣。这家咖啡馆坐落在市民广场大钟楼边，元旦之夜，他们集聚在这里，听着大钟楼敲响新年的零点钟声，显得很文艺、很浪漫，很不同寻常。

三年前，我和老吴就是在这里坐到了午夜，坐到了新年，在钟声的最后一响，我主动向老吴交出了我的双手。老吴这个老男人捧着它们，竟然激动得说不出话来。磨了三个月，他终于"得手"了。而我呢，我那时正看了一本《感恩生活》的鸡汤书，冒上我脑海的便是"感恩双手"这几个字。

读高中时，我的双手一如既往地美丽着，那些明里暗里的情书也一如既往地向我砸来。每当我的骄傲春草一样滋生时，我就想起我姐的那只枯叶般的手，我就按捺下性子，擦着我姐给我留下的护手霜，慢慢地心就凉成了秋天，萌生的野草立即就枯萎了，我就又钻进课本里去了。我的成绩在那所县普通高中里很快遥遥领先。高考时，我成为全校为数不多的一本达线生。我终于以另一种不同于我姐的方式到了城市，毕业后，就到了现在这家公司上班，貌似一个都市白领了。

就在我对我的城市生活绝望透顶，每天都像死了一回似的，给老总冲泡那杯邪恶的饮料时，我的双手——这两只天使——显灵了。

那天，我端着那杯饮料送到老总办公室，他来了一位客人，看样子，他们是很亲密的关系，我立即又泡了一杯绿茶进去，递到了那位客人手上。后来，老吴一直问我，那天我是不是故意要用一双手去引诱他。其实，我并没有那样的心思。我在公司工作了三个月，并没有人注意我的那双美手，就像没有人注意我的脸蛋、身材、声音等等。我在他们眼里只不过是一个没有人的属性的机器人，只不过是一阵会干活的风。我没想到，老吴会注意到我的手。他看着我的手，很突兀地叫了一声："咦?"

声音不大，但足以将我震飞，因为来老总办公室的都是重量级人物。我不知道我做错什么了,有点不知所措,紧张地看着他。这个男人50来岁,略有点谢顶,神情倒是很温和,他笑了笑说:“对不起,能给我换杯大红袍吗?”他的声音很温柔,腔调像个台湾人,我连忙如获大赦般点头说:“好的,先生,请您稍等。”

我转身出去,重又泡了一壶大红袍过来,递到他面前。他站起来,手伸出一丈远接过茶杯,一双眼睛直勾勾地盯着我的手:“谢谢,谢谢!”

这个叫老吴的男人因为这一次泡茶而和我认识了,或者说,和我的一双手认识了。他后来对我说,他承认,他当时就被我的那双手迷住了。而我猜测的也没有错,老吴正是一家台资企业的老板,和我们公司有紧密的业务合作。老吴从此天天打我电话,约我喝茶、看电影,送鲜花,那些该使的招数都使过了,我当然没有那么轻易交出我的双手,这可是我最后的唯一的资本金啊,我得看准了才投资。

三个月后,就到了这年的年底,辞旧迎新的日子。老吴送了我一个大礼——他让我们老总将我调离了行政文员岗位,一下子跃到了经营一部做副总经理。就在这家咖啡馆,老吴笑眯眯地看着我,然后告诉了我这个消息:“放心,你那点业绩任务由我包了,你再熟悉个半年,一切就顺了,到时,你就会是一部的蓝波湾(No.1,第一名)。”老吴说完了,看着我,我的两只手被我塞到了桌子底下,此时,它们正不安地交互揉搓、推搡,正在进行剧烈的思想斗争。要不要拿上来为老吴开放?一只手说,要的,要的,老吴这个家伙的耐心也是有限的,三个月了,人家又送了这样一份大礼,你还不应该出来?而另一只手却说,再等等吧,再等等,谁叫这家伙那么迷你呢,不妨再吊他一吊。

老吴继续笑着说:“为什么要藏起你那双美丽的手呢,让我看一眼都不成?给我看一眼吧。”

老吴这样说,我只好将它们端了上来,平放在桌面上。柔和的灯光照着我的双手,我的手有瓷一样的光泽,但它们不是瓷那样冷冰冰的,而是散发出温润的气息。它们是会呼吸的,它们有着美丽的腰身,凝脂一样的肤色,鲜花一样的香气,圣洁而又充满着诱惑。

老吴痴痴地看着,突然说:“它们要是舞动起来,该多么美啊!我要让它们舞起来!”

没几天,我就接到了通知,说是总裁办亲自定的,要我牵头,挑选一批女员工,在公司元旦迎新年会上表演一个节目:“千手观音”,而我得亲自作为领舞的。那几年正时髦那个“千手观音”的舞蹈,接到任务,作为在新岗位上的第一份重要工作,我只好天天带着公司一群女孩排练那个节目。

年会上,老吴作为嘉宾坐在了头一排,他笑眯眯地看着我。轮到我们表演了,我没想到,在舞台的聚光灯下,我的双手一出场,全场便掌声雷动,所有的手机都对着我的双手拍个不停,我的双手成了那天年会上最为夺目的演员,它们的风头甚至压过了公司特邀前来助兴的一位当红女歌星。

年会结束,我和老吴又坐在了这间咖啡馆里,在这里坐到了午夜,坐到了新年,在钟声的最后一响,我主动向老吴交出了我的双手。老吴捧着我的手,贴在他的胸口,他在我耳边说:“这是我所有的新年夜里最快乐的一夜!”

从那以后,我在公司就立住了脚跟。当然,所有的总部的人都知道,我是老吴的人。我无所谓。我知道老吴在台湾有妻子有孩子,我也从没有问过他。这三年来,每年公司的迎新年会,我的“千手观音”都是保留节目。

可是,今年这个迎新年会,老吴缺席了。他台湾的公司出了问题,他赶回去救火去了,已经回去半年了。开始时他还不时有些信息给我,渐渐地,一丝音信也没有了。据说,他现在遇到的麻烦很大,一时半会儿是回不了大陆了。

对我来说,老吴这个时候消失,也不失为一件好事。作为女人,我总得要谈婚论嫁吧,老吴这一走,恰好为我腾出了空间。我开始约会,最终,我选中了分公司的这个韩日范儿。我们交往了有一段时间了,我原以为在这个崭新的元旦之夜,我会开启一段崭新的生活,可我没想到会是这样的结局。这个“凤凰男”再有范儿,也不是我的菜,我早就定下来了,有些东西是我以后要在生活中彻底屏蔽掉的,有些人是我以后再也不要见到的,就像我再也不愿意见到我姐的那只枯叶般的手。

新年的钟声敲响了,周围一片欢呼声,我抽出我的双手。它们十指纤纤,美妙绝伦,风情万种,简直就是10个小美人哪。一种满满的自信又涌上了心头,我站起身,走出了众声喧哗的新年夜。

新年过后,公司业务繁忙起来。

老吴这个靠山走了,我不能在公司倒下。好在这三年来,我历练得不错,老吴留下来的一些资源和人脉,我都维护得挺好的。为了业绩,我频频地和业务代表们谈判、会谈、签约。

然而,我身上发生了件奇怪的事情。新年夜和那个假冒高富帅在一起时发生的景象,竟然不是我的一时幻觉,而是我的一种特异功能。

那天,我应约在一家会所与一位大佬会谈。这位大佬是我们公司的重要客户,据说他毕业于某名牌大学,又到剑桥进修双博士,家世很好,坊间传闻,他在京城是能和某某某、某某某那些如雷贯耳的大人物说上话的,因为他们从小就在一个大院里玩大的。大佬很会谈判,他不急着进入主题,他只是优雅地和我喝着红酒,并仿佛不经意地说起他在德国的私家葡萄酒庄园,品评着手中这款红酒的产地和质地。他就像一只阔嘴的鱼,不停地吐出酒体、品诺、果香一串串的专业词语。

看着他握着高脚红酒杯的手,我不禁羡慕地想象着这一双手的显赫的过往。我看着他的手,看着看着,我忽然发现,我的手又开始变了,变成了一双男青年的手,而这手,骨节粗大,手掌漆黑,满是油污,连指甲盖里也塞满了机油,掌心里凸出四个黄豆大的老茧。这是一双苦逼的机修工人的手。有了前一次的经验,我不再那么慌乱,我赶紧放下我(这时是他的)握着酒杯的手,掩藏在酒桌下面。

“对不起,我很好奇,我想问您,您会机修吗?”我脱口而出。

大佬愣了一下,警觉地问:“你怎么知道?”

我笑而不语,装出一副早就了解一切的样子。

大佬有点气急败坏地放下红酒杯，扯扯脖子上的领带，整个人顿时松弛下来，他不再山道弯弯了，他不再九曲回旋了，直接和我说起合同事宜。

这时，我偷偷地观察我的手，它们又悄悄恢复了原形。

此后，我发现，只要我盯着对面的人看，我的手就会变成他或她的手。还好，由于我处理得较为得体，这个特异功能基本上没有为我的工作带来大的不便，某些时候甚至还能有利于谈判。

只有一次，我弄砸了。

那天我和公司的一位女高管一起出差，飞机因为大雾的原因延误了，我们只好到贵宾室候机。女高管并不是直接分管我们部门的，但我对她早有耳闻，她年轻、漂亮，到公司之前就在一家大的国家级新闻机构供职，十分能干。更要命的是，据说她还是富二代。她好像自带光环，走到哪里，哪里就是一片金色时空。看着她一副雍容华贵、气质不凡的样子，我只有低到尘埃里去了。我小心翼翼地坐在她对面，陪着她喝咖啡，聊天，其实，基本是她在说，我在沙发上搭了半边屁股，身子努力前倾，努力配合着，认真听取她的重要发言。

她正在说她的非洲之旅，她举起一只手，做了一个射击的手势："你不敢相信吧，在中非草原上，我射杀过一头非洲水牛。"

"哇，水牛多么巨大呀！太惊险了！"我看着她的手说，我确实不敢相信眼前这双美女的手曾经在非洲大地上让一只水牛丧了命。她的手从美感上来看，当然没法和我的相比，但由于被她强大的气场笼罩着，加上她手指上戴着闪着幽光的宝石戒指，此时她的双手显得华贵无比。

"那是一群水牛啊！上百头水牛，要知道，水牛群体一旦发威，连狮子们都要退避得远远的呢！"她继续挥动着双手。她省略了和谁、何时等等在非洲草原英雄行为的细节，只是一再详述那些野水牛的习性、体态。在我听来，似乎和我小时候放过的家养水牛没有多大区别，但我还得认真地聆听，双眼假装认真地跟随着她的手势移动。

看着她挥舞的双手，忽然，我搭在膝盖上的双手不由自主地又开始变化了。这双手上布满了划痕，血丝沁出后又结痂了，虎口处还裂了一道，左手的小指头最后一个指节上，有一道斜斜的深深的伤口。我暗自惊讶，这双手太像瓦庄的那些女孩子的手了，我太熟悉她们了。凭经验，我知道这手上的划痕是被山里荆棘丛上的小刺划的。在大山里放牛砍柴，那是太正常不过的事了。而左手的小指头最后一个指节上的那道斜斜的深深的伤口也实在太常见了，那一定是手持镰刀割稻割麦或割草时留下的，右手持刀，左手搂草，草深刀快，一不注意，最靠近草棵下端的小指头最后一节最容易挂彩。

原来，我们的雍容华贵的女高管也有那样一个苦逼的童年背景啊。我心里想，我得帮她保守这份秘密，我拼命掩饰着自己的双手。

“你怎么了？不舒服？”她停下来问我。

“没有，没有。”我扭动着身子，迅速地把手包拿起压在我的手上。

“那头水牛最后被称量了一下，有 1000 多公斤，好家伙！”她继续挥舞双手。

可是，奇怪，我的双手（其实是她的双手）根本就不听我的指挥。这两只手变得生机勃勃，变得野水牛一样孔武有力，它们撑开四蹄，像遭遇了枪击，死命地往上蹦，要蹦到桌面上来。

“真正的水牛皮真是厚实极了，如果不掌握技巧是很难一枪致命的……”

啪，啪，两只不听话的手，野水牛一样不管不顾地拼命蹿上了桌面。

她惊呆了。

那只受伤的左手小拇指头袒露着伤口，在她面前喘着气。

她忍不住低头看看自己的左手小拇指，那里戴起了一节玉指环，恰好遮住了伤口。

她拉起自己的行李箱，黑着脸，转身走到另一边去了。

过了好久，我的手才恢复成自己的模样。而不一会儿，行政部文员打电话告诉我，让我不要跟女高管出差了，由别人替代我。

这件事让我非常苦恼，我几次想找女高管说明情况，表明我不是有意的，可是她再也不理我。她一看见我，远远地就昂着头，目不斜视，咯噔咯噔野水牛一样越过我。不过，可能她也不想我多说什么，在此后的工作中，她倒也没让我为难过，这让我稍稍放下心来。

虽然侥幸逃过一劫，但我对我这双手的表现越来越担心，照这样下去，保不准哪天它们就会给我惹来事端呢。为此，我天天睡不好觉，陷入一种深深的担忧中。

这天晚上，我正在给我的手做护理，突然接到我姐的电话，她对我说，我妈病危住院，让我赶紧回老家一趟。

我姐在外打了几年工，嫁了一个同乡，就和她在同一个工厂做工。后来，她生了孩子，就回到了老家。和她当年一样，自从我从瓦庄出来以后，我也一直没有回去过。一想到，回去就要见我姐的那双手，我就觉得我不能面对。可是，现在这情况，我不管怎么样也得硬着头皮回去了。

我赶紧买了票，在凌晨时分坐上了回老家的火车。

和我同座的是两个小孩子，一个女孩子，十三四岁，还有一个男孩子，十一二岁的样子，一看他们的长相，就知道是姐弟俩。他们大约是第一次坐火车，姐姐很安静，眼睛一直好奇地望着窗外，弟弟却一刻不消停地在车厢里走来走去，一会儿去接水，一会儿上卫生间，一会儿又去别的车厢。他不时地回来向姐姐报告他的发现，姐姐却十分警惕，她老是告诫男孩，不要乱跑，再跑，警察马上要来逮你！男孩根本不吃她那一套，照旧四处走动。

我不知道母亲的病情怎么样，心里担忧着，一时睡不着，便取出随身带的 kindle 电子书阅读器翻看我下载的时尚杂志。我用手划动着页面，一帧帧美图在眼前滑过。男孩停止了跑动，他被我手上的这东西迷住了。他离我越来越近，身子紧挨着我，我都能感受到他鼻孔里呼出的声息，他身上散发的一股来自乡野的味儿。这让我想起了多年前的夜晚，我和我姐在瓦庄的晒场上，铺着凉席看星星的情景。男孩的头都要伸到屏幕里去了，最后，他看得手痒痒，忍不住用他的手也在屏幕上快速地划了一下："咦，像翻真的书一样！"

他这一举动让姐姐大为不满，她一把拉过他，斥责他："章小虎，你别乱动人家的东西！"

男孩不满地对他姐说："章小玉，要你管！"

女孩抱歉地看了我一眼，像一个家长教训她不听话的孩子，同时，她的眼神里，有一种我熟悉的东西。

这眼神让我心里微微一动："你叫章小玉？"

女孩点点头。

"没关系，没关系，让他玩好了，玩又玩不坏。"我把 kindle 一把塞到男孩手里。

男孩的手长得挺漂亮，手指修长，指节细密，只是有点黑，有点脏，指甲缝里有不少污垢。我帮他从 kindle 翻出一款"抓鱼"游戏来，让他伸出网去捕鱼，他很快掌握了技巧，手指头在屏幕上上下左右忙活着，埋头捕捉起来，一条条鱼蹦跳到鱼篓里。

女孩绞着双手，有些感激地看着我。我问她："你们这是去哪？"

"到海城去，去看妈妈。"她说。

我这才想起，现在是暑假了："妈妈在海城工作？做什么工作呢？"

女孩点点头："嗯，在海城煮砂锅。"

女孩说着，看着我的手，想必她发现了我这双手的美丽。我再看看她的手，和她弟弟一样，她的手其实也挺漂亮的，就是黑了点，少了点光泽，特别是左手中指的指甲缺失了，露出了纠结成一团的肉瘤子，这让她的手大大地减分了。她有点不好意思地悄悄地藏起了她的左手。

"妈妈有几年没有回去了吧？"我问她。

"三年。"她说着，用右手怯怯地伸出了三个指头。

我盯着她的手看，同时把我的手放在她面前，我忽然对她有了特别强的认同感，我想让我的手变成她的手。可是，我盯了好一会儿，我的手并没有发生变化。

我双手的那种特异功能又没有任何预兆地彻底丧失了。我不由得吓了一口气。

下午2点,我在老家所在的那个市火车站下车,而章小玉姐弟俩还要坐上10个小时才能到达海城,她弟弟还在捕鱼。临下车时,我把那个kindle送给了男孩,我对女孩说:“你知道吗?我和你同名,我也叫章小玉。”

我在站台上和他们挥手告别,对着他们的窗口喊:“章小玉、章小虎,你们的手很好看!”列车开出好远了,我还在挥手。

送太阳去乌沙镇

1

“我想把太阳送到乌沙镇,送给我父。可是飞机、火车、汽车全都不给带。我今年一定要把这事办成,想天办法也要办成。”

“太阳?”

“哦,我忘了告诉你,”你放下手中通红的小龙虾对我说,“太阳是一只狗。”

那天的饭局是宝来组织的。宝来是我们罗城老乡群里的活跃分子,那天据他自己说是他和他女朋友订婚的日子,虽然他好像隔一段时间就会换一个女朋友,但我们还是一如既往地给他面子。虽然他的女朋友并没有露面,但我们 20 多号人还是全都拥到了老谢龙虾店——没办法,红包都交过了。

“你们两家只隔了一个乡镇,你们还不认识啊?”宝来在开喝啤酒之前这么对我们俩说。因为他也知道,一旦开喝了,那场面绝对不是他能够控制的,哪怕他是当天的准新郎。

其实,你一开口我就知道你是哪个镇的了,我知道那个乌沙镇,那个长江边上的小镇,那里的人说话文绉绉的,比方说“爸爸”,他们说“我父”,我一听他们这么说，就要想起基督教之类的，主啊，父啊，阿门。

还好，你并没有在胸口前画十字，而是继续掰那只小龙虾的长腿，露出它那红壳里的白嫩的肉。那天晚上有点热，我们吃着喝着，就都往挂在壁上的摇头电风扇下靠去，这样，我们就靠在同一个电风扇下。我还一直想着“太阳”，我没有能把“太阳”和一只狗联系起来，我最多能将头上摇来摇去的电风扇与太阳联想到一起，因为它们都是我们的头顶上方的一个圆。

“我查了一下地图，从我们这里到乌沙镇，有1598公里，公里呀，一公里等于两里。”你说着，又狠狠地扯下一条小龙虾的腿，“这真是个问题。”

“那只有千里走单骑了。”我终于也憋出了一句文绉绉的话来了，刚好前几天我从网上看了一部电影就叫《千里走单骑》。

你那天晚上穿着一件白T恤，胸前画着一个可爱的狗头，狗的两只眼睛很黑，乌溜溜的，你的眼睛也很黑，我一下子就对你感觉不错，我就拼命地在脑海里搜索词汇。大学语文我没怎么学，高中时语文成绩又不好，这让我看起来脑子运转有点吃力。

“走单骑？骑什么？骑马？”

另外一个电风扇下，响起一阵喧哗声，准新郎宝来也像电风扇一样摇晃着，他站起来，手举着啤酒杯，像举着一只麦克风：“今天，是我的好日子啊，我应该高兴，是不是？你们也应该高兴，是不是？你们都应该喝得，像、像这只小龙虾。”这之后，他说了什么我再也没听进去。

“骑自行车，骑摩托车。”我说。

“嗯，屁股会不会骑烂？”你黑黑的眼睛一眨不眨地看着我，神情不像是开玩笑。

我刚要说话时，宝来插进来了，他举着他那杯啤酒，对我晃动着：“炸了，我们俩炸了！”

我看到宝来两片嘴唇以上已经是一片麻木了，两只耳朵垂子红通通如鲜血欲滴。“你喝高了，不能喝了。”我说。

“炸了，我们俩炸了！”宝来一把扭住我的衣领，“你不喝就是看不起我，嗯？”

我看看宝来，又看看你，你冲我嘟了一下嘴巴。我一仰脖子，喝光了。

宝来也喝光了，他摇晃得越来越厉害了，他打着嗝，指着我说：“记着啊，你们有业务来找我啊，20%的佣金啊。”宝来在什么财富管理公司工作，也就是拉人存钱。这年头，这活儿不好干，我看宝来够呛，他说的那些高回报项目我不懂，反正今天这个饭局是我们众筹他埋单，我懂得这个意思也就行了。

“为什么是一只狗呢？要是换成手机啊、衣服啊，你送给你父不就容易多了吗？”

“那不一样。”你回答得很干脆，“那不一样，你养过狗吗，小时候？”

我有点惭愧地摇摇头，只要有人问起我小时候，我一律惭愧。

“我小时候养过狗。你知道吗？我特别喜欢狗，小时候，我父知道我喜欢狗，为了给我弄一只狗，在大冬天的早晨，对了，他那时就是骑自行车的，他骑了20多公里地，专门用一担稻子给我换回了一只狗。”

我脑子里想象着她描述的那幅画面。

“现在，我父老了，不能动了，他要有个伴，所以，我要送他一只好狗，陪着他度过晚年。你知道，我们那个村子里，跑得没剩下几个大人了。”

“明慧，等我赚了个大单，我就买20张年卡，给你们每人发一张。”宝来在桌子那头对你这边喊，“根据各人需要让美女帅哥教练单独辅导你们！”屋子里响起一片笑声，我也咧着嘴笑，我想象得出来，自己那样子一定丑陋极了。

“我才不卖给你呢。”你对宝来说，“我们那可是高级会所。”

我隐约听到宝来介绍过，说你是什么健身会所的销售专员。现在好像不时兴叫经理了，比如我吧，我现在就是一家培训机构的招生专员，不管是经理也好，专员也好，说白了，差不多就是满大街的那些发传单的。我们的工作就是盯着别人的钱袋子，想办法把那里面的钱招到我们的口袋里来。当然，大家都是这样想的，就看谁的办法有效了。

我在那一刻，不知是不是因为胃痛，反正胸口那里扯了一下。我就在那时候强烈地喜欢上你的，嗯，是严重喜欢。我看着你白T恤上的狗头，看着你黑黑的乌溜溜的眼睛，看着你嘟起的小嘴唇，我觉得自己在摇晃。

“太阳可以陪我父说说话。”

我把眼光从你的嘴唇上离开，试图寻找从你嘴唇上跑走的话：“什么，说话？”

“你别以为狗不会说话，其实，它什么都懂，你说的它都懂。”

“好像经过训练，有的狗会做算术，一加一等于二什么的。”

“你知道不，一个人一天到晚找不到一个说话的，他会疯了的。所以，我父需要一只狗，一只能够陪他说话的狗。”

你这样一说，我就觉得这事变得严肃起来，并不是一个玩笑话了：“嗯，确实，一个人一天到晚不说话是不行的。”

“老人和小孩子都一样的，都要伴儿。”你说着，把椅子往后推了推，站起身来，“你加我微信吧，我的微信头像就是太阳。对了，你的全名是？”

“周，周杰伦的周，杰，李连杰的杰，文，文章的文，周杰文。你要走了？”

“周杰文。”你小声念着，像在回忆什么，“厉害，你父会给你起名字，让你跟周杰伦扯上了。我要走了，我们头儿叫我过去，有个大客户，在等着我们呢。”你说着，也不和准新郎宝来打招呼，迈着你的两条饱满有力的小腿，一毫（一点儿）也不拖泥带水，踩过四周的喧闹声，消失在门外。

“我父……”我模仿着你的口音，把这个词说了一遍，喝了一小口啤酒，然后，偷偷地在胸前画了个十字，“阿门”。

2

随后的几个星期，我通过微信，不断地邀你出来，看电影呀，吃龙虾啊，你都没理会我。你的微信上水波不兴，我天天看着你微信封面图像上的那只狗，把狗的两只眼睛都看得滴溜溜转了，也没见你回个信。我有点丧气，我向宝来打听你的信息。宝来说:“我也不知道她具体什么情况。”他在电话里说,“猴子不上树,多打一遍锣嘛。你天天微信里多问候她几次不就成了?”

我没有按宝来说的做,你不是猴子,我也不想做个杂耍艺人。就在我差点要忘了你的时候,大概离上次聚会一个多月吧,有一天,你突然邀请我去看你的“太阳”。

“科学大道民主巷53号。”你说,“我们在胡桃里见啊。”

我向主管谎称出去跑业务,早早下了班,直奔胡桃里。我走进那个逼仄的小巷子,天上下了点小雨,黄昏的地面上泛起了一层微光,衬托着霓虹灯上“胡桃里”三个字有一种暧昧的气息。这个气息我喜欢,你选择这个地方,我觉得有戏。

推开门,走进胡桃里,我吓了一跳。屋里光线暗淡,来之前我以为这里是一家咖啡馆,而空气中也确实游荡着一股咖啡味儿。可是,在一张张卡桌之间,在磨制咖啡的吧台上,在地板上,还游荡着一双双蓝色的、灰色的、琥珀色的眼睛,过了好一会儿,我才看出来,它们是一只只猫,它们的眼睛像一只只玻璃珠儿镶嵌在它们的毛乎乎的身上,它们毛乎乎的身体又镶嵌在一个个黑暗的角落以及人们的怀抱里。

“欢迎来到胡桃里猫吧。”一个穿花衬衫的大学生模样的服务生说。

原来是猫吧,我嘀咕着,四处搜寻着你的身影。我的样子一定很滑稽,像在大森林里迷路的白痴,我伸长着脖颈,左看右看,生怕脚下会踩着一个软体动物。我以为靠窗的那个座位上的人是你,她也留着一条长辫子。临到近了,我才发现不是你,那个人怀里抱着一只猫,她的眼睛也像猫,狠狠地白了我一眼。

在一片喵呜声中,我终于听到了你喊我。“周杰伦。”你喊着,“嗨!在这里,周杰伦!”

我走到你身边:“周杰文,你乱喊,喊得许多人都看着我呢。”

你哈哈大笑:“坐!”你拍拍身边的沙发。

我坐下去,立即跳起来,一个毛茸茸的东西猛地向我扑过来。

“太阳!”你喊了一声。

我慢慢坐下来,这时,我看清楚了,这就是你头像上的那只狗,应该是博美或泰迪之类的小宠物狗,我不懂宠物狗的种类,在我看来,它们全都一个样。

“猫吧里怎么会有一只狗?”我说。太阳警惕地看着我,凑到我身边嗅个不停,喉咙里还咕咕噜噜的。

你摸着太阳的头:“乖,这个家伙似乎是个好人。”你对它说。

“不是似乎,是绝对的好人。”我抗议说。

“你知道吗?我和太阳有缘哦,我第一次来,它就粘上了我,它不睬别的人,它可是这猫吧里唯一的狗。”

你点了两杯咖啡,又要了一份比萨。

“太阳就养在这里?”我问。

“我会买了它的,我已经交了定金了,这里的老板好讨厌,老是催着我带走它,可是我现在没时间养它啊。”你亲了一下太阳的小脸,这让我挺嫉妒的,我的喉咙里发出了一声类似狗类的呜咽声。

“你别嫉妒。”你说。

我被你说中了心思,只好装着大度地喝了一口咖啡。咖啡里有一种怪味,我怀疑,是不是真的掺了猫屎,既然这里原料那么多。“我没嫉妒。”我说。

你安慰似的,用轻拍太阳的手也拍了我的手背一下,“我父需要太阳。”你说。

我只能犹豫着点了点头。

“你上初中的时候是不是上了报纸?周杰伦?”你忽然问我。

我愣了一下,“嗯,”我不自然地说,“那又不是什么光彩的事。”

你忽然挤了过来,把太阳挪到了另一边,而和我坐到了一起:“我那天看着你就觉得眼熟呢,你和那时报纸上的样子没怎么变。”

对你突然的亲昵，我既高兴又有点不安，“那个记者……”我嘟囔了一句。

上初一的时候，六一儿童节的前几天，那天还没下课，我就被班主任叫了出去，说是市里日报一个记者要采访我。

记者就在班主任的办公室里，不停地问我：“是什么力量鼓舞着你，让你小小年纪就懂得照顾生病的爷爷，帮助年迈的奶奶喂猪种菜？”

我不停地捏着我的上衣左下角，我不知道怎么回答那个记者的提问。在我看来，给瘫痪的爷爷端水洗脚是很正常的，帮奶奶做事也是没办法呀，谁不想出去疯呀。

记者见我不说话，又问我：“如果你想得到一件六一儿童节的礼物，你最想要什么？”

我想了想说：“一辆好的自行车。”

“要好的自行车做什么呢？”

我说：“我就可以骑着它，去找我爸爸了。我以前骑车去找过，可是车子总是骑到半路就爆胎了。”

那次接受采访的成果是，我得到了一辆别人捐的名牌山地自行车，还有市报上大半个版的报道，标题是什么“关爱留守儿童”之类的。

“你父，后来，回家了吗？”你小声地说。

我摇摇头，我不想说这个话题，我扭过头去寻找那只猫吧里唯一的狗。

你又坐过来了一点儿，离我更近了，我能闻到你头上好闻的洗发水的气味了。“你知道不，那年，我在学校阅报栏下读到那张报纸，我、我都哭了。那天是黄昏，夕阳照在操场边上的阅报栏上，金黄黄的，操场上没人了，你那时说的话好煽情啊。”

“有些话不是我说的。”我说，“都是那个记者自己瞎编的。”

“让我要哭的那些话肯定是你说的。”你说着，仰靠到沙发背上。

我现在忘记了那天晚上，后来我们都说了些什么，我只记得，我们走出胡桃里时，小雨停了。

“下次还陪我来看太阳吗?”你对我说,“你要不喜欢就算了。”

“当然喜欢。”我说,“我喜欢太阳。”

“真的?”

“真的。”

3

真的要感谢太阳,如果不是太阳,我不会那么快就能把你从树上敲下来,敲到我的怀里来。

那天,我们又去胡桃里看望你的太阳。

我们刚进到胡桃里,在那样昏暗的光线里,你还是一眼就看到了太阳。太阳正被一个长得像秦俑一样的男人逗弄着,那人梳着一头脏辫,他一手高举着一片面包,一手不停地戳弄着太阳的两腮(如果狗也有两腮的话),嘴里叫道:“跳啊,跳啊!”

太阳跳了一下,脏辫男人的手随之抬高了一点儿,这样,太阳总跳,但总也够不着那片悬在它头顶上的遥远的面包。后来,太阳就蹲下来不跳了,脏辫男人怎么戳它它也不跳了。他换了招数,开始吓唬它,抡起拳头要揍它,太阳吓得团团转,想要逃出脏辫的包围圈,但是脏辫不让它得逞,总是在最后关头成功拦截住太阳,太阳的喉咙里发出无奈的叫声。

你生气地看着脏辫男人。按照猫吧这里的规矩,玩玩猫宠,本来就是这里提供的服务的一种,谁都可以玩,哪怕是唯一的一只狗。太阳大概看见你了,叫得更起劲了。你突然上前,一把捞起太阳,你冲着那个脏辫男人说:“有你这么玩的吗?”

“奇了怪了。”脏辫男人说,“你凭什么呀?我乐意,我高兴!你把它送过来,老子今天还就玩定了!”

你紧紧抱着太阳,回击道:“我不会给你的!”

脏辫男人冲过来,要抢你的太阳,我只好硬着头皮插在了你们中间。

脏辫男人立即抓住了我的衣领，这家伙力气不小，我被勒得透不过气来，我左右摇晃着头颈，虚弱地说：“你干什么？你干什么？”

太阳汪汪汪地叫了起来，这是我第一次听见它像一只真正的狗那样叫起来。

店老板过来了，他拉开了我们，在他的劝说下，脏辫骂骂咧咧地走了。你抱着太阳！突然蹲下身子，呜呜呜地哭了起来。

我去扶你，把你拉到沙发上坐下，给你递上纸巾。你仍然在哭，你边哭边说：“他们就这样对待我的太阳！他们就这样对待我的太阳！”

我走到吧台边对老板说：“今晚我们得带走那只狗，多少钱？”

老板看了看我说：“押金2000，租金100，明天要送过来哟。”

靠，我做一整天活儿薪水才有100，这狗比人贵呀！我没吱声，直接付了押金，然后和你一起带着太阳，坐上了出租车，坐了一个多小时才回到你在城郊的那间城中村里的出租房。

你掏出钥匙准备开门的时候，突然又改变了主意：“对了，我们遛太阳去！”

在夜晚去遛太阳，我现在想想就觉得当时我们都挺疯狂的。

我们下楼在超市买了太阳吃的火腿肠和面包，然后，你在前头跑，太阳在中间，我在后头追赶着。你把我和太阳带到了一条河边。河边有草坪，有杨树，是那种大叶杨，风一吹就哗哗哗响，像是一群人拍巴掌。

太阳疯了，它大概好久没这样疯过了，它跑得太快了，连翻了几个跟头，跌跌撞撞地爬起来还继续来回跑。你不断地喊着太阳的名字，追赶着它，河面上，偶尔会跃起一只鱼，啪，像是河水也在应答你的呼喊。

我坐在草坪上，看着你和太阳。你疯得一身汗津津的，你也跑不动了，最后你坐到了我身边，你一下子靠在我身上。在黑夜里，我看见你的两只黑眼睛，我抱住了你，你也抱住了我。

“小时候，我放学回家，天黑了，我养的那条狗老远就去迎接我，它一见到我，又蹦又跳的，直往我身上扑，非要我抱它。”你说。

“那只狗也叫太阳？”

“聪明。”你说，“你怎么这么聪明呢？”

我没有说话，我感觉到你的头发撩着我的脸了，我伸出手撩开你的头发，我捉住了你的脸，然后，我的舌头捉住了你的舌头。当我抬起头时，我看见太阳正蹲在一边，静静地看着我和你。

那天晚上，我们在你的出租房里，一起给太阳洗了个澡。然后，我就和你一起睡在你的床上了。

半夜里，我醒过来了，摸摸身边，你不在，我吓得一下子睁开眼，却看到你坐在我身边，正裹着薄被看着我。我看见你身上没有遮盖的部分，散发出一种柔和的亮光，我禁不住用手去摸。“真美。”我说。

你用手堵住了我的抒情。你的辫子散了开来，你低着头，看着我说：“我父会喜欢你的，要是你见到他的话。”

“嗯，我肯定会见到他，只要你同意。”我说。

黑暗中，你有些不相信我似的，轻微地摇了摇头。我不知道你是对什么摇头，是说我不会见到你父亲呢，还是说你不同意我见你父亲。“我想我父了。”你忽然说。

“哦。”我拉着你的手，想把你拉我身边来，你没有钻到被窝里，你仍然采取坐姿，将黑暗中的剪影对着我。我穿过你的背影，能看见窗外远处闪闪烁烁的城中心的灯光。

“我父为了我和我弟弟，一直没有出去打工。他会好多手艺，瓦工、电工、木工，他都会，他要是早点出去打工，他肯定能挣不少钱，可他就是舍不得我和我弟弟在家没有人照顾。”

“你妈呢？”

“我没有妈。”你说，说得斩钉截铁。

我估猜你妈大概和我妈一样，出去了就再不回来了。

“我父会做饭，他腌的菜特别好吃。他还会做山芋干，将山芋蒸熟，捣成泥，再撒上芝麻粒，切成片，晒干了，超好吃，又甜又有嚼头。每天我和我弟弟上学，都会抓上一把放在口袋里，当零食吃。你睡了吗？”

“没。”我说，“我听着呢，你父会做吃的。”

“我父还会做木火箱。冬天冷的时候，他就用木板钉小火箱，箱子里放了泥钵，泥钵里是火炭，我和我弟弟拎着小火箱去上学。我和我弟弟的手是班上唯一没有生冻疮的。你又睡着了？”

“嗯，没呢。”我说，“我听着呢。”

“那你说，我说什么了呢？”

“嗯.”我说，“你呀，你在说你父呗。”

4

从夏天到秋天，我们在一起了三个月。我们几乎每天都要打电话、发微信，一周至少要去看一次太阳，然后，一起去你的出租屋。我们一起做饭、做爱、做梦，然后，在半夜里醒来，听你说你父的故事。

我喜欢你在床上的样子，每次我们做爱后，你都低着头，发辫散开来，铺在我的脸上，你用说梦话一样的口吻说：“我父会喜欢你的，要是你见到他的话。”你说这句话的时候，像一个圣母在宣祷，满脸庄严的光辉。

可是你说这话却让我每次都有点惭愧，我几乎没有想过我爸。在我妈卷起包袱去了城市再也没有回来后，我爸也走了，他丢下我爷爷我奶奶我弟弟和我，他走了那么多年再也没有回家。开始的那几年，我经常站在村头的大坝埂上望着通往村外的公路，或者骑上自行车四处找他，我总以为他会在一个早晨或一个黄昏突然回来。那时候，我天天想他，可是自从那个记者采访过我，写了那个什么“关爱留守儿童”的报道后，很奇怪，我就不怎么想他了，慢慢地，我一点儿也不想他了。

秋天的那一个夜晚，我们看了太阳回来，在你的出租屋里把该做的都做了一遍，包括深夜的宣祷。然后，我们抱在一起，又睡着了。可是等我第二天早上醒来，你却不在了，你在桌子上留给我一张纸条：

公司有麻烦了，我也要开溜，你不要联系我了，等我联系你吧。

你在落款的地方，画了一个狗头的模样。

我这才察觉到，你这一段时间十分反常，几乎每天都要拖着我去那个猫吧，去看太阳，然后，总是整理行李箱，做出一副随时要出差的样子。我扭头一看，果然，你的行李箱不在了。你从不向我说你公司的业务，但我隐隐约约从你和别人的电话里猜测，你们弄的大概就是和传销差不多的模式。

我离开你的出租屋，临走的时候，我不知道我怎么想的，我拿走了你的牙刷，你平常每天刷牙的牙刷。

我还是忍不住打了你的电话，打不通，我站在大街上，口袋里竖着你的牙刷，像竖着一根手指。

随后的两个星期里，我天天晚上跑到你的出租屋前等你，但我进不去了，房东换了另一个租户，那是一个一脸警惕的胖女孩。我开始口角生疮，嘴角四周长出一串串葡萄籽一样的颗粒物。我坐立不安，躺在床上的时候，我就拿起你的牙刷，堵在我的嘴上，就像你曾经用手指堵在我的嘴上。夜越深，你说的那些故事就越在我的脑海里活跃起来，特别是关于你父的。

其实，我是多么喜欢你絮絮叨叨地说着你父啊。我们挤在你那张窄小的床上时，你给我讲述你幸福的童年和你幸福的源泉——你父——的故事。你父完全不像村里别的那些粗暴的男人，他从没有打过你，哪怕是动过一根手指头；他还不反对你读初中时偷偷地擦胭脂涂口红；你父长得很英俊，村里有不少女人想嫁给他呢，可你父为了不让你受委屈，硬是没有再娶；你甚至还说过，你第一次来例假时，吓得躺在床上哭，是你父去叫了你姑姑来，让她告诉你该怎么办。我听着你讲述你父的故事，一点也不厌倦，听着听着，有时候，我甚至觉得你讲的就是我爸，原来我们俩有同一个爸爸。

现在，我回想着你讲述的那些故事，但是我想不出来你父的具体面容了，这不怪我，因为你一次也没给我看过你父的照片，也没有描述过你父的长相,我只能自己去想象了。在我的想象中,你父出现在乌沙镇,已经年迈的他,在村口的大树下,张望着公路的方向。“现在,我父老了,不能动了,他要有个伴,所以,我要送他一只好狗,陪着他度过晚年。你知道,我们那个村子里,跑得没剩下几个大人了。”我想起你第一次见我时说的话了。

第二天早晨,我起来后,看见那些葡萄籽一样的水泡泡已经蔓延到我口腔里面了。拉开窗帘,阳光刀一样砍进来,照得我眼泪一直流。我摸出手机打电话给宝来,我说我要借他的摩托车用几天。他吭哧了一会儿总算是答应了,随后,他问我:“明慧有没有消息?”

“没有。你的车在哪儿?我现在就来取。”

5

“太阳,太阳。”看来,它的记忆力不错,我轻轻一呼唤,它就从猫吧里一个黑暗角落中蹿了出来,急切地用它的小腰身摩挲着我的裤腿。“走,我们回乌沙镇。”

我在摩托车后座上绑了一只塑料筐,垫上了一些废报纸,我拍拍后座,看着太阳:“上来吧。”

它绕着摩托车观察了一番,发现实在没有别的地方能安放上它,只好哼哼叽叽地从脚踏上往上爬,一纵身进了筐子里。

一路往北,引擎在我屁股底下轰隆着,城市在我们身后隐退。出了城市以后,我上了一条省道,路两旁全是高大的杨树,它们在哗哗哗地拍着巴掌,我总觉得,那些巴掌是你拍的,你说不定就在乌沙镇等我们呢。

我通过手机百度地图搜索,从胡桃里出发到乌沙镇上,果真显示有 1598 公里,我决定在一周内赶到。太阳是只不错的狗,它乖乖地待在后座上,一般我过一两个小时会放它下来走两步,给它一点吃的,遇到有清澈的河流溪涧,我们还会洗个脸,我在上游喝水,让它在下游喝水。

我们经过集市、小镇、县城、村庄,当路上少有行人和车辆时,我便将摩托车时速提高到将近100公里，风从耳朵边呼呼刮过，有关你父的记忆也风一样充斥着我的大脑，好像我曾经和他生活在一起很多年似的。你父在风中变幻着各种形象，他有时是清晰的，他方脸浓眉，留着平头，穿着咖啡色的夹克，脚上套着一双结实的黄球鞋，肩上扛着一柄长长的锄头，这符合一个能干的、负责任的父亲形象；有时，他嘴上会衔着一根香烟，那烟从他头顶上缭绕而上，渐渐地，他的形象又模糊了。

我脑子里偶尔也会出现他唯一一次喝醉了酒的画面。是你说的，你父平时很少喝酒，其实，他酒量很大，他只是不喝罢了，他怕自己喝多了，会像别的人一样控制不住发酒疯，打你和你弟弟。但是，你考上大学那一年，你父高兴得喝酒了，而且喝多了，你父喝多了就坐在村口大树底下，又哭，又笑。你对我说了你父喝酒这件事后，你父的形象在我脑海里就更真实了，我都想和他喝一杯了。

那天晚上在床上，我正抱着你低头亲吻你的头发的时候，你问我："我有没有对你说过我父赌博的事？"你用手抚摸着我的头顶心，任由我亲着你，一边像电影旁白一样，对我说着你父的趣事。就像你父从不喝酒一样，他也从不赌博，虽然村里喝酒赌博的男人有很多。但你父还是赌了一次，那次是为了你能上县城一中，你父去给你找人托关系，谁叫你中考差了那5分呢。你父找到了一个人，请那人吃了晚饭，那个人喜欢打麻将，晚上找不着人，三缺一，就硬留着你父陪他打麻将。上半夜，你父老是输，都快要把你的学费输光了，你父对你说，他当时全身都被汗湿透了，可是到了下半夜，他竟然又全赢回来了，顺带把你的一学期的生活费给赢起来了，真是传奇呀。

天黑了，我看到前方有一个村庄，便慢下来，骑进村子里，看看能不能在村子里找到借宿的地方。

听到摩托车声，一群小孩子拥了上来，他们看看我，说："你不是卖苹果的吗？"

"你们家有住的地方吗？"我问。

他们互相看看，小眼睛里满是警惕的神情，突然拔腿就跑。

我跟随他们到了村里，却没有一家愿意收留我们——我和太阳。村里的老头老太太看着我，像看着一头怪物，他们关上了大门，只留着一条门缝对我说："小伙子，不是我们狠心，是我们不敢留宿。以前有个来借宿的，一晚上把我们一村的鸡都拿走了，我们这老的老，小的小，都不敢追出去，眼睁睁看着抓鸡贼大摇大摆地骑着摩托车走啦。"

那天晚上，我和太阳在村外的瓜棚里睡了一夜。棚顶的塑料薄膜破了，下半夜，秋露滴下来，凉冰冰的，我和太阳紧紧挨在一起，四下里虫子们叫得像头顶的星星样密集。我侧过身，太阳睁着眼看着我，两只眼睛黑黑的，像你的眼睛一样，有一刹那，我把它当成你了："嗨，我这个千里走单骑走得不错吧？"我说。

6

我和太阳是在第七天的傍晚时分到达乌沙镇的。

镇子的头部还是有点人气的，有学校、蛋糕店、五金店，甚至还有一家婚纱摄影店。但是沿着进镇子的唯一一条道路往里走，就越来越荒凉了，房子倒是不少，却大多紧闭着大门，很多人家的门前长出的杂草都有一人高了。我继续往里走，按照你给我描述过的印象寻找着你家。

我果真找到了那一座小寺庙，你说过的，从寺庙往东走两里多路就到了你家所在的村子。那座低矮的寺庙，周身涂满了佛黄，寺庙外面就是大片的绿色的油菜地，整个看起来，这景象就像小孩子们画的一幅彩笔画。

我将太阳从后座上放了下来，让它追着摩托车，我们一路慢慢地往你的村子走去，往你父的村子走去。

到了村子里，天色更黑了，一团蠓蠓虫老是在眼前缠绕着，我熄了摩托车，带着太阳去寻找你父。你没有告诉过我，你家住在村子的什么方位，我只好去找人打听了。这时候，我才发现了一个新问题，你从来没有告诉过我你父的名字。

我只好向村里的人不断地补充着寻人线索,一个男人,60 多岁,他有一个儿子一个女儿,女儿叫明慧,他姓孙,他女儿以前养了条狗,他一直没有出去打工,他不喝酒,也从不打麻将,他是一个好男人,他老婆走了后,他一直没有再娶,虽然他很英俊,可他现在还是一个人生活。

那些被我询问的人全都露出了茫然的神情:“姓孙的? 一个人在家? 没有这个人。”连问了好几家,他们一律摇头。

按你所说的,这个村子拢共也没几户人家,现在还长年在村子里的生活的人更是扳着手指头都能数得出来,怎么会出现这个情况呢? 我有点怀疑我是不是跑错了地方,这里是不是乌沙镇?

我最后在村民的指点下,在一个小卖部找到了村文书,据说村里什么事问他就能问清楚了,一来,他那里有档案,二来,他是村里最年轻的,才 40 多岁,因为一只脚跛了,他就没出去打工了。村文书正在小卖部里看电视,类似于车载电视,小小的,屏幕只能框住他的一张脸。在我买了一条烟、两瓶酒后,他抬起头说:“孙明慧?”他点点头说,“有,你找她? 她不在家。”

“不,我不是找她。”我说,“我找她父亲。”

村文书把我上上下下打量了一遍,笑了:“‘孙猴子’也借了你钱? 你就别费劲了,他都十几年没有回来了。”

“孙明慧她父叫什么? 叫孙猴子?”我问。

“那是他外号,这个家伙,瘦瘦精精的,歪头巴脑的,一副猴相,又抽烟又喝酒又赌博,他老婆生了小儿子后就离婚走了,他赌得欠了一屁股债,只好跑了,这么多年都没有回来。”

这太出乎我意料了,我看着太阳,太阳也看着我,突然,它汪地叫了一声。

村文书看见狗,说:“明慧那姑娘小的时候也养了一条狗,她父天天在外鬼混不归家,就是那只狗陪伴她,那只狗比她父作用还大呢。可是孙猴子那家伙也太狠心了,他自己临跑走之前,还把那只狗拖到县城狗肉店卖了,换了一顿大酒喝了。他带狗走的时候,我可是看见的。狗没有了,明慧哭得村前村后找了一天一夜，我对她说，是她父卖了狗，她还不信呢。”

我也不相信眼前这个瘸腿男人的话，我觉得他一定在说谎，这个村庄在集体说谎。我掏出手机再次拨打你的手机，你手机还是关机的。

“那他家呢？在什么地方？”我问。

村文书指着左边说：“那里，你往前走，看见最破的三间小平房就是他家了。”

我带着太阳，几乎是跑着去到你家的小屋的。

月亮升起来了。月亮照着你家的小屋。小屋的院墙已经倒塌了，院门边有一棵树，像是桂花树，桂花还没有落尽，一阵阵的香气在黑暗中浮动。野草淹没了门前的晒场，有一个长条凳，翻倒在地上，我把它拉起来，它的四只脚还是好的，我用手直接擦了擦泥灰，坐了上去。月光下，你家的土砖屋被蒙上了一层光辉，使它看上去并没有显得多么破败，反而有一种朴素的美。太阳挤到了我脚边上，它看着屋里，伸长着舌头，似乎品尝着月光下你家屋子的气息。

我坐在长条凳上，看着黑暗的屋子。我好像看见大门开了，吱呀一声，你父走了出来。他方脸浓眉，留着平头，穿着咖啡色的夹克，脚上套着一双结实的黄球鞋，肩上扛着一柄长长的锄头。他把锄头上的泥刮去了，靠在了门边，然后，他递给我一支香烟，我们点着了烟，并排坐在晒场上，各自的嘴上香烟明灭，那烟从我们头顶缭绕而上。

“明慧在城里还好吧？”你父问我。

“挺好的。”我说，我指指太阳，“这是她让我带给你的，她怕你一个人在家孤单。”

你父点点头，慈祥地看着我，就像你说的，我从他的眼神里感觉到了，你父，他真的喜欢我。